Les Secrets de l'aube

Virginia C. Andrews™

Les Secrets de l'aube

FRANCE LOISIRS
123, boulevard de Grenelle, Paris

Titre original : *Secrets of the Morning*
Publié par Pocket Books
Traduit de l'américain par Françoise Jamoul

Édition du Club France Loisirs, Paris
réalisée avec l'autorisation des Éditions J'ai lu

ISBN 2-7242-7954-9

Chers lecteurs de V. C. Andrews,

Ceux d'entre nous qui connaissaient et aimaient Virginia C. Andrews savent que, pour elle, ce qui comptait le plus au monde, c'étaient ses romans. L'instant où elle prit en main le premier exemplaire de *Fleurs captives* lui procura la plus grande fierté de sa vie. Auteur plein de talent, narratrice unique en son genre, Virginia écrivait chaque jour que Dieu fait avec une ferveur constante. Elle ne cessait d'inventer de nouvelles histoires, projets d'éventuels romans futurs. L'autre grande joie de son existence, égalant presque sa fierté d'écrivain, lui venait des lettres dans lesquelles ses lecteurs lui exprimaient leur émotion.

Depuis sa mort, un grand nombre d'entre vous nous ont écrit pour nous demander si d'autres romans de Virginia C. Andrews devaient paraître. Juste avant sa disparition, nous nous sommes juré de trouver un moyen d'en créer d'autres de la même veine, reflétant sa vision du monde. Avec les derniers volumes de la saga des Casteel, nous nous sommes attelés à la tâche.

En étroite collaboration avec un écrivain soigneusement choisi, nous nous consacrons à prolonger son œuvre en composant de nouveaux romans, comme *Aurore* et *Les Secrets de l'aube*, inspirés par son magnifique talent de conteuse.

Les Secrets de l'aube sont le deuxième volume d'une nouvelle série. Nous ne doutons pas que Virginia eût éprouvé une grande joie à savoir que vous seriez si nombreux à l'apprécier. D'autres romans, dont plusieurs s'inspirent des récits auxquels travaillait Virginia avant sa mort, paraîtront dans les années à venir. Nous espérons que vous y retrouverez tout ce que vous avez toujours aimé en eux.

Sincèrement vôtre,

La famille ANDREWS

Prologue

Comme nous descendions à travers une mer de nuages, New York apparut brusquement au-dessous de moi. New York ! La ville la plus excitante du monde, et que je connaissais seulement par mes lectures, les récits et les photos des magazines. Je me penchai au hublot et retins mon souffle. Les gratte-ciel s'étiraient à une hauteur vertigineuse, dépassant tout ce que j'avais pu imaginer.

L'hôtesse nous dit d'attacher nos ceintures et de relever le dossier de nos sièges, le signal demandant aux passagers de ne plus fumer s'alluma, et mon cœur se mit à battre à grands coups. Est-ce que la charmante vieille dame assise à mes côtés pouvait l'entendre ? Je faillis le croire quand je la vis sourire.

Je me renversai en arrière et fermai les yeux.

Tout était arrivé si vite ! Juste après avoir découvert les véritables circonstances de mon enlèvement, j'avais obligé Grand-mère Cutler à reconnaître ses mensonges. Contrainte et forcée, elle s'était engagée à faire sans délai libérer sur parole l'homme que j'avais toujours appelé papa, Ormand Longchamp. En échange, j'acceptai à mon tour d'entrer dans une école préparant aux arts de la scène, le conservatoire Sarah-Bernhardt de New York. Ceci grâce à l'entremise de Grand-mère, ravie de se débarrasser d'une petite-fille qui n'était pas « une vraie Cutler ». Après avoir avoué sa liaison avec un chanteur de passage — mon véritable père —, ma mère s'était abritée derrière sa fragilité nerveuse pour esquiver ses responsabilités, comme d'habitude. Bien pratique ! Il me fallait passer par les quatre volontés de Grand-mère, comme tout le monde à Cutler's Cove, y compris son fils Randolph, le mari de ma mère.

Quant à ma vie à l'hôtel, une fois qu'on m'eut ramenée dans ma véritable famille... un enfer ! Et mes nouveaux frère et sœur — comment pourrais-je oublier leur comportement ? Philippe m'avait violée, et la rancune de Clara Sue s'était reportée sur mon pauvre Jimmy, échappé d'un horrible foyer d'accueil. Au bout du compte, il avait été emmené par la police et moi, je me retrouvais entre deux mondes : mon existence odieuse dans cet hôtel, où je ne pouvais compter sur aucun appui, et l'effrayante perspective d'affronter New York, où je ne connaissais personne.

J'allais réaliser mon rêve : devenir chanteuse, et pourtant j'avais la gorge nouée, mon cœur cognait comme un tambour. Mais rien d'étonnant à cela : l'immensité de la ville me terrifiait.

— A-t-on envoyé quelqu'un vous prendre à l'aéroport ? s'enquit ma voisine, qui se présenta comme Myriam Lévy.

— Un chauffeur de taxi, marmonnai-je en fouillant dans mon sac, à la recherche des instructions que l'on m'avait remises. (J'avais dû lire et relire au moins vingt fois la note au cours du vol, mais j'éprouvais le besoin de vérifier.) Il m'attendra près du tapis roulant à bagages, avec une pancarte à mon nom.

— Ah oui, beaucoup de gens font ça, vous verrez, me rassura-t-elle en me tapotant la main.

Je lui avais appris que j'habiterais dans une pension, avec d'autres étudiants du conservatoire. Elle m'affirma qu'il se trouvait dans un très joli quartier de l'East Side. Quand je voulus savoir ce qu'elle entendait par East Side, elle m'expliqua que les rues et les avenues se divisaient en deux tronçons, Est et Ouest, et qu'il fallait toujours préciser. Si je voulais me rendre au numéro 15 de la 33e Rue, par exemple, je devais savoir s'il s'agissait du côté Est ou du côté Ouest. Cela me parut terriblement compliqué. Je me voyais déjà complètement perdue, errant sans fin le long d'interminables avenues, affreusement larges, dans l'agitation frénétique d'une foule indifférente.

— Ne vous affolez pas, dit ma voisine en rectifiant l'aplomb de son chapeau. New York est grand mais les gens sont très gentils quand on les connaît. Surtout dans mon quartier, à Queens. Je suis sûre qu'une charmante jeune fille comme vous se fera très vite un tas d'amis. Et pensez à toutes les choses fabuleuses que vous allez voir et faire !

Je remis ma brochure touristique dans mon sac de voyage.

— Je sais.

— Quelle chance vous avez de venir étudier dans une école renommée de New York ! J'étais à peine plus jeune que vous lorsque je suis arrivée d'Europe avec ma mère. Nous nous figurions que les rues seraient pavées d'or ! s'esclaffa Myriam Lévy. Mais ce n'était qu'un rêve, naturellement. Un beau conte de fées...

À nouveau, elle me tapota la main.

— Mais peut-être que pour vous, les rues seront réellement pavées d'or, ajouta-t-elle en m'enveloppant d'un regard chaleureux. J'espère que tous vos rêves se réaliseront, comme dans les contes.

— Merci, répondis-je, sans conviction.

Je ne croyais plus aux fées, ni aux dénouements heureux. En tout cas, pas pour moi.

Le train d'atterrissage fut sorti, nous nous rapprochâmes de la piste et, une fois encore, je retins mon souffle. Il y eut un choc léger, puis nous roulâmes sur le bitume. Nous avions touché le sol.

Et voilà ! J'y étais pour de bon. J'étais à New York !

1

Nouvelle vie, nouvelle amie

Nous débarquâmes un par un, lentement, et dès notre arrivée au terminal, Mme Lévy aperçut son fils et sa belle-fille. Elle leur fit signe de la main, ils s'avancèrent pour l'embrasser et je restai en retrait, à les observer. J'aurais tant voulu être attendue ainsi par de la famille, moi aussi ! Ce devait être si bon, à l'issue d'un long voyage, de trouver quelqu'un qui soit venu pour vous, impatient de vous serrer dans ses bras, et qui vous dise combien vous lui avez manqué... Connaîtrais-je un jour pareil bonheur ?

Dès qu'elle eut retrouvé les siens, Mme Lévy m'oublia. Je suivis donc le flot des voyageurs, qui s'acheminaient tous vers la même destination : la réception des bagages. Mais je me faisais l'effet d'être une petite fille qui va au cirque pour la première fois. J'étais captivée par tout ce qui m'entourait, les choses, les gens. Sur les murs, d'immenses affiches aux couleurs tapageuses annonçaient tous les spectacles de New York. Et les récitals, et les concerts, avec tous les artistes que j'avais à peine osé rêver d'entendre ! Leurs noms s'étalaient tout autour de moi. Se pouvait-il que ces vedettes, ces opéras se trouvent ici, à portée de ma main ? Était-ce folie de ma part de croire qu'un jour... mon nom aussi flamboierait sur une de ces magnifiques affiches ?

Les yeux levés sur un gigantesque panneau réclame vantant une marque de parfumerie, je poursuivis mon chemin le long du couloir. Les femmes qui posaient pour ces publicités portaient toutes des toilettes et des bijoux fantastiques, leur visage rayonnait. De vraies étoiles de cinéma ! Comme je pivotais sur moi-même pour tout voir, une voix jaillit du haut-parleur, dominant le brouhaha. On annonçait la liste des arrivées et des départs imminents.

Une famille passa près de moi en jacassant dans une langue étrangère. Le père se plaignait de je ne sais quoi, tandis que la mère halait sa marmaille derrière elle aussi vite qu'elle le pouvait. Deux marins me dépassèrent en sifflant d'un air admiratif et s'esclaffèrent en voyant ma mine effarée. Un peu plus loin, j'aperçus deux adolescentes, guère plus âgées que moi, en train de fumer dans un coin. Toutes deux portaient des lunettes noires, bien inutiles à l'intérieur, et elles parurent furieuses de se voir observées. Je m'empressai de détourner les yeux.

Je n'avais jamais vu autant de monde à la fois, et surtout pas des gens si riches. Les hommes en élégant complet sombre et chaussés de cuir fin, les femmes toutes vêtues de soie, robe et manteau dernier cri. Leurs colliers et leurs boucles d'oreilles en diamants jetaient des feux, et leurs talons hauts claquaient à tous les échos.

Au bout d'un moment, je commençai à craindre de m'être trompée de chemin, m'arrêtai pour faire un tour d'horizon : aucun des passagers de mon avion ne se trouvait plus dans les parages. Et si je m'étais perdue, si le chauffeur de taxi qu'on m'avait envoyé s'en allait ? Qui appeler, et où aller ?

Je crus voir Mme Lévy s'approcher en hâte et mon cœur bondit de joie. Pas pour longtemps : la voyageuse n'était pas ma compagne de vol mais une autre vieille dame, vêtue dans le même style. Je déviai vers la gauche, en direction d'une haute silhouette plantée près d'un kiosque à journaux : un agent de police.

— Excusez-moi, dis-je en l'abordant.

Le front plissé sous ses boucles brunes, il baissa les yeux vers moi par-dessus son journal.

— Oui ? Que puis-je faire pour vous, jeune fille ?

— Je crois que je suis un peu perdue. Je viens juste de

débarquer et j'étais censée me rendre à la réception des bagages mais je me suis mise à regarder les affiches et...

Les yeux bleus de l'agent pétillèrent.

— Vous êtes toute seule ? s'informa-t-il en repliant son journal.

— Oui, monsieur.

Il m'observa avec attention.

— Quel âge avez-vous ?

— Presque seize ans et demi.

— Alors vous êtes assez grande pour vous débrouiller, si vous suivez bien les indications. Vous n'êtes pas si perdue que ça, ne vous en faites pas.

La main posée sur mon épaule, il me fit pivoter et me remit sur la bonne voie. Après quoi, il me menaça du doigt.

— Et ne vous laissez plus distraire par toutes les affiches, c'est bien compris ?

— Oui, affirmai-je en m'éloignant précipitamment, accompagnée par son petit rire amusé.

Il y avait foule autour du tapis roulant, où les passagers se bousculaient pour saisir leurs bagages. Je repérai un petit espace entre un jeune militaire et un vieux monsieur en complet, et dès qu'il m'aperçut, le jeune homme s'écarta pour me faire place. Il avait les yeux noirs, un sourire amical, et une carrure impressionnante que soulignait son uniforme. Je ne pus m'empêcher de lorgner la décoration épinglée sur la poche droite de sa veste.

— C'est pour mon adresse au tir, déclara-t-il fièrement.

Je rougis. Une des choses que m'avait apprises Mme Lévy sur New York était qu'on ne doit pas dévisager les gens, et je ne faisais que ça ! Sur l'autre poche de la veste, je lus le nom de famille de mon compagnon : Wilson.

— D'où êtes-vous ? s'enquit-il.

— De Cutler's Cove. En Virginie.

— Et moi, de Brooklyn. Le Brooklyn de New York, je veux dire... (il sourit de toutes ses dents) le cinquante et unième État. Ah, bon sang, ce qu'il m'a manqué !

— Brooklyn est un État ?

Le jeune homme rit de plus belle.

— Comment vous appelez-vous ?

— Aurore.

— Aurore, je me présente : Première Classe Johnny Wilson, Bross pour les copains. C'est à cause de mes cheveux, précisa-t-il en passant la main sur son crâne. Je les portais déjà coupés ras avant de m'engager.

Je lui souris, juste avant d'apercevoir une de mes valises bleues. Je tendis la main vers elle, sans succès.

— Oh, ma valise !

— Attendez voir, fit le soldat Wilson en contournant prestement la personne qui se tenait sur ma gauche.

Et il harponna mon bagage au passage.

— Merci beaucoup, mais j'en ai encore une autre. Je ferais mieux de surveiller ce tapis roulant.

Wilson se pencha, happa son sac militaire coincé entre deux grosses malles noires, et c'est alors que je vis ma deuxième valise. Une fois de plus, il fonça dans le tas pour s'en saisir.

— Merci encore.

— Où allez-vous, Aurore ? Pas à Brooklyn, par hasard ? demanda-t-il d'un ton plein d'espoir.

— Oh, non ! Je vais à New York.

Cette fois, il éclata de rire.

— Brooklyn fait partie de New York, voyons ! Vous ne savez pas où vous allez ?

— Non, on doit venir me chercher. Un chauffeur de taxi.

— Oh, je vois. Alors laissez-moi vous aider jusqu'à la sortie.

Sans me laisser le temps de répondre, il empoigna une de mes valises et me précéda jusqu'à la porte extérieure. Là aussi, on s'entassait. Et comme l'avait prédit Mme Lévy, beaucoup de gens brandissaient des écriteaux ; mais j'eus beau chercher, je ne vis pas mon nom. Une boule se forma dans ma gorge. Et s'il y avait eu un malentendu, si personne n'était là pour m'accueillir ? Tout le monde semblait savoir où aller. Étais-je donc la seule à débarquer à New York pour la première fois ?

— Et voilà ! annonça mon guide.

Je regardai dans la direction qu'il m'indiquait du doigt et découvris un individu de haute taille, brun, mal rasé, l'air épuisé et mort d'ennui. Il tenait une pancarte au nom d'Aurore Cutler.

— Avec un prénom comme Aurore, pas d'erreur possible, observa Wilson en me poussant en avant.

Et il ajouta à l'intention de l'homme à la pancarte :

— La voilà.

Le chauffeur ne m'accorda qu'un bref regard.

— Parfait. Je suis garé en face mais j'ai un flic de l'aéroport sur le dos. Allons-y, conclut-il en soulevant mes deux valises, pressé de quitter la place.

Je remerciai le Première Classe Wilson, qui me sourit.

— Bonne chance, Aurore ! s'écria-t-il tandis que je m'éloignais derrière mon grand diable de chauffeur.

Quand je me retournai, plus de Wilson. À croire qu'il était descendu du ciel, tel un ange protecteur, pour m'aider dans un moment difficile et disparaître aussitôt. Pendant quelques instants, je m'étais sentie rassurée, même parmi ces hordes d'étrangers. J'avais eu quelqu'un pour veiller sur moi. C'était presque comme si j'avais retrouvé Jimmy.

À peine dehors, je dus cligner des yeux pour voir où je mettais les pieds, tellement le soleil tapait dur. Pourtant, j'accueillis avec joie l'éclat brûlant du plein été. C'était une note d'espoir, un signe de bienvenue. Le chauffeur me pilota vers le taxi, casa mes valises dans le coffre et m'ouvrit la porte arrière.

— Grimpez ! m'ordonna-t-il en voyant s'approcher un agent à la mine hargneuse. Voilà, voilà, ajouta-t-il à son adresse en contournant prestement la voiture, on y va !

Il se coula derrière le volant et commenta en démarrant :

— Ils ne vous lâchent pas d'une semelle, ici ! Pas moyen de gagner sa vie.

Je dus m'accrocher à la poignée placée au-dessus de la vitre, tellement il conduisait vite. Puis il freina brutalement derrière une file de véhicules. Une seconde plus tard, il déboîtait, s'insérait dans un espace libre et se lançait dans une course en zigzag avec une maestria qui me coupa le souffle. Évitant de justesse plusieurs collisions, nous nous retrouvâmes bientôt sur l'autoroute.

— Premier voyage à New York ? s'informa mon conducteur sans tourner la tête.

— Oui.

— Ben c'est comme ça tous les jours, figurez-vous. Il y a de quoi faire un ulcère mais je ne voudrais pas vivre ailleurs, voyez ce que je veux dire ?

Étais-je censée lui répondre ? Je me posai la question.

— Vivre et laisser vivre, contentez-vous de ça si vous voulez pas de problèmes. Moi, voilà ce que je dis toujours à ma fille : dans la rue, regarde droit devant toi et n'écoute personne, voyez ce que je veux dire ?

— Oui, monsieur.

— Alors vous aurez pas de problèmes, je vois ça d'ici. Vous m'avez l'air futée et vous allez dans un chouette quartier. Y prennent des gants pour tout, par là, même pour vous faire les poches. Escusez, qu'y vous disent, vous auriez pas dix dollars ?

Il jeta un coup d'œil dans le rétroviseur et gloussa devant mon air ébahi :

— C'était juste une plaisanterie !

Puis il brancha sa radio et je me tournai vers la fenêtre, pour voir s'approcher la fourmilière bourdonnante hérissée de gratte-ciel. Je voulais savourer pleinement mon arrivée en ville, m'emplir les yeux de New York, faire provision d'images pour plus tard. Tout cela me semblait si fabuleux ! Et Grand-mère Cutler, comment s'attendait-elle à me voir réagir en m'envoyant ici ? Espérait-elle que j'allais m'affoler et la supplier de me reprendre ? Ou que j'allais m'enfuir, lui épargnant l'épreuve de me voir reparaître devant ses yeux soupçonneux ?

Je me raidis intérieurement. Non, je ne rentrerais pas, et je ne me sauverais pas non plus. Je tiendrais. Et je lui prouverais que je pouvais être aussi déterminée et aussi forte qu'elle, sinon plus.

Nous franchîmes un pont, pour plonger en plein cœur de la ville. Je n'en finissais pas de regarder en l'air. Les immeubles étaient si hauts ! Des gens y entraient et en sortaient sans arrêt, des klaxons rugissaient, des chauffeurs de taxi hurlaient des injures à leurs collègues et aux autres conducteurs. Les piétons traversaient les rues en courant comme s'ils craignaient que les voitures fassent exprès de les écraser. Et les vitrines ! Je retrouvais les noms fameux que je connaissais déjà par ouï-dire, ou par mes lectures. À croire que tous les magasins du monde se trouvaient réunis là.

— Vous allez avoir le torticolis si vous continuez comme ça ! s'égaya le chauffeur.

Je me sentis rougir. Je ne m'étais pas rendu compte qu'il m'observait dans le rétroviseur. Il enchaîna :

— Vous savez à quoi on reconnaît un vrai New-Yorkais ?

Je secouai la tête.

— Il ne regarde pas des deux côtés avant de traverser une rue à sens unique.

Il parut trouver sa plaisanterie très drôle, mais elle m'échappa totalement. J'en conclus que j'avais beaucoup à apprendre, avant d'être une vraie New-Yorkaise.

Bientôt, le décor changea. Les rues étaient plus agréables, les gens mieux habillés, les trottoirs plus propres. Les façades aussi semblaient plus neuves, et mieux entretenues. Finalement, nous nous arrêtâmes en face d'une maison en pierre de taille patinée par les ans. Un escalier à rampe de fer forgé conduisait à la porte à double battant, qui me parut être en chêne massif.

Quand le chauffeur eut posé mes deux valises sur le trottoir, je descendis et pris le temps d'examiner les environs. Mon nouveau chez-moi, méditai-je, et sans doute pour un bon moment. Tout là-haut, en plein ciel, deux avions montaient dans l'azur moucheté de nuages floconneux. De l'autre côté de la rue, un petit parc. Et derrière, à peine visible entre les arbres, de l'eau : l'East River, probablement. J'étais si absorbée dans ma contemplation que j'en oubliai le chauffeur, toujours planté à mes côtés. Il annonça tout à trac :

— La course est payée, mais pas le pourboire.

— Le pourboire ?

— Bien sûr, ma jolie ! Règle absolue : ne jamais oublier le pourboire du chauffeur new-yorkais. C'est la seule chose importante à retenir, en fait.

— Oh !

Mal à l'aise, je fouillai dans mon sac à la recherche de monnaie. Combien étais-je censée donner ?

— Un dollar suffira.

Je dénichai un dollar et le lui mis dans la main.

— Merci, et bonne chance ! dit-il en contournant la voiture avec la même célérité qu'à l'aéroport. Faut que je retourne au charbon.

Quelques secondes plus tard, le taxi klaxonnait en coupant la route à un autre, avant de disparaître au coin de la rue.

Je me retournai vers le petit escalier de pierre. Comme il me paraissait grand, subitement ! Presque menaçant... J'empoignai mes valises et commençai à grimper les marches. Une fois en haut, je posai mes bagages sur le perron et appuyai sur la sonnette. Elle ne devait pas fonctionner, ou personne n'avait dû entendre, car rien ne bougea. J'attendis un long moment avant d'enfoncer à nouveau le bouton. Presque aussitôt, la porte fut ouverte à la volée par une grande femme d'allure imposante aux cheveux bruns striés de gris. Elle se tenait très droite, les épaules rejetées en arrière, exactement comme si elle posait pour un manuel de maintien avec un livre en équilibre sur la tête. Je lui donnai la soixantaine, à peu de chose près.

Elle portait une longue jupe bleu marine qui lui arrivait à la cheville, des ballerines roses et une blouse écrue à manches bouffantes. Le haut de sa grande collerette, mal fermée, laissait voir un collier de grosses pierres aux couleurs vives. Des imitations, supposai-je. Le pendentif de son oreille gauche s'ornait des mêmes pierreries, au format réduit mais qui devait être quand même un peu lourd. Sa seconde boucle brillait par son absence, et je me demandai si elle s'en était aperçue.

Le visage enduit de fard, les joues marbrées de rouge comme si elle s'était maquillée sans y voir, les paupières soulignées de noir, elle arborait des cils trop longs pour être vrais. Et l'écarlate de ses lèvres luisait comme un vernis.

Elle m'examina avec une attention soutenue, de bas en haut et de haut en bas, puis hocha la tête d'un air entendu.

— Vous êtes Aurore, je suppose ?

— Oui, madame.

— Moi, c'est Agnès. Agnès Morris.

C'était bien le nom qu'indiquaient mes instructions, et j'acquiesçai d'un signe. Mais elle devait s'attendre à une réaction plus marquée de ma part, car elle parut déçue.

— Eh bien, prenez vos bagages et entrez ! Nous n'avons pas de domestiques pour ce genre de choses, ici. Ce n'est pas un hôtel.

— Oui, madame, répétai-je docilement.

Elle s'effaça devant moi, et je perçus au passage la senteur agressive de son eau de Cologne. Un mélange de jasmin et de rose, comme si elle avait essayé un parfum, puis, l'oubliant aussitôt, s'était aspergée d'un autre.

Je m'arrêtai dans l'entrée au plancher ciré, dont le tapis ovale montrait la corde. Les motifs orientaux n'étaient presque plus visibles. Derrière mon hôtesse, je franchis la seconde porte donnant sur le hall et j'avais à peine refermé les battants qu'une vieille horloge se mit à carillonner.

— Voilà M. Fairbanks qui se présente lui-même, observa Agnès Morris en se tournant vers la pendule d'acajou.

Je remarquai les chiffres romains du cadran et les grosses aiguilles noires, dont chaque pointe évoquait un doigt tendu.

— M. Fairbanks ? m'étonnai-je, sans comprendre.

— L'horloge, voyons ! J'ai donné à tout ce qui m'appartient le nom d'un acteur célèbre avec qui j'ai travaillé. Cela rend la maison plus... plus... (elle regarda autour d'elle comme si elle cherchait ses mots en l'air)... plus personnelle. Eh bien quoi, ça vous dérange ?

Ses yeux se rétrécirent et elle se mordit les lèvres, si fort que les commissures blanchirent.

— Oh non, pas du tout.

— Je déteste les gens qui critiquent tout, simplement parce qu'ils n'ont pas eu l'idée les premiers.

Elle caressa la caisse de l'horloge et sourit, comme si elle se trouvait en présence d'un être humain.

— Oh, Roméo, soupira-t-elle. Roméo...

Je transférai mon poids d'un pied sur l'autre. Mes valises pesaient lourd, et on aurait dit qu'elle m'avait oubliée.

— Madame ?

Elle pivota et me fustigea du regard, l'air outrée par l'inconvenance de mon interruption.

— Par là, dit-elle en balayant l'espace d'un grand geste.

Juste en face de nous s'amorçait un escalier à la rampe massive, en bois sculpté, et dont le tapis grisâtre ne valait pas mieux que celui de l'entrée. Les murs étaient tapissés de vieilles photos d'acteurs, chanteurs et danseurs, de coupures de presse et d'articles découpés dans des revues théâtrales, tous encadrés. La maison tout entière avait un petit air suranné plutôt plaisant. Elle était propre et nette, bien plus agréable que la plupart de celles où j'avais vécu avec papa et maman, Jimmy et Fern. Les quatre Longchamp, mon ancienne famille... Mais tout cela semblait si loin, maintenant. Pour moi, c'était une autre vie.

Agnès fit halte devant une porte, sur notre droite.

— Notre salon, m'apprit-elle. C'est là que nous recevons nos invités. Entrez. Je préfère que notre premier entretien ait lieu sans tarder, afin d'éviter tout malentendu.

Elle s'interrompit un instant et reprit, la bouche pincée :

— Vous devez avoir faim, je suppose ?

— Oui. Je n'ai rien pris dans l'avion et suis venue directement de l'aéroport.

— L'heure du déjeuner est passée, et je ne tiens pas à ce que Mme Liddy perde son temps à servir les étudiants selon leur caprice. Ce n'est pas une esclave.

— Désolée, je ne voulais déranger personne.

Je ne savais plus que dire. C'était Agnès qui avait parlé de repas, et maintenant elle me faisait un crime d'avoir avoué que j'avais faim.

— Allez, entrez ! m'ordonna-t-elle.

— Merci.

Je me retournai vers la porte, mais elle m'arrêta en me posant la main sur l'épaule.

— Non, voyons ! Toujours entrer la tête haute, comme ceci, pérora-t-elle en joignant le geste à la parole. Il faut vous imposer d'emblée, faire sentir instantanément votre présence sur scène. Autant apprendre tout de suite les règles de l'art.

Sur ce, elle s'éloigna d'un pas nonchalant et je pénétrai dans la pièce. Le soleil tamisé par les rideaux ivoire y versait une lumière vaporeuse, presque irréelle. L'usure n'enlevait rien à l'aspect confortable de la bergère et du canapé tendus de cretonne, ni au vieux rocking-chair qui faisait face à ce dernier. Je remarquai les revues de théâtre éparpillées sur la table basse et poursuivis mon inspection.

À droite, près d'un magnifique bureau, une table en

chêne noirci. Et sur le plateau... un électrophone tellement démodé qu'on l'eût cru sorti du magasin des accessoires, flanqué d'une pile de disques aussi vieux que lui. Celui du haut était un antique enregistrement de l'opéra *Madame Butterfly*. Et dans le grand tableau ornant le manteau de la cheminée, je crus reconnaître la scène du balcon de *Roméo et Juliette*.

Mais ce qui m'attira vraiment, ce fut le piano, sur la gauche, et la partition ouverte sur le pupitre. J'avais étudié ce concerto de Mozart, à Richmond ! Le bout des doigts me démangeait, je fus sur le point de m'asseoir sur le tabouret. J'eus le sentiment que c'était là ma place, ma partition, qui attendait que je la joue.

Derrière le piano, des rayonnages ployaient sous leur poids de livres, pièces de théâtre et romans surannés. Tout à côté, dans une armoire vitrée, s'entassait un fatras de souvenirs. Vieux programmes, portraits d'acteurs, épingles de cravate, masques de bal, figurines de verre... je vis même une paire de castagnettes accompagnée de cette note : « Cadeau de Rudolph Valentino ». Puis, mon regard s'arrêta sur une photographie dans son cadre d'argent, celle d'Agnès Morris à la fleur de l'âge, me sembla-t-il. Je pris en main le portrait pour l'examiner de plus près. Sans la moindre trace de fard, le visage rayonnait de jeunesse et de fraîcheur.

— On demande la permission, avant de toucher quelque chose !

Je sursautai et me retournai brusquement. Agnès était debout à l'entrée du salon, les mains plaquées sur la poitrine.

— Je suis désolée, je voulais simplement...

— Même si je tiens à ce que les étudiants se sentent chez eux dans cette maison, ils sont tenus de respecter mes biens.

— Je suis désolée, répétai-je en me hâtant de reposer le portrait.

— Je possède beaucoup d'objets de valeur, absolument

irremplaçables, même à prix d'or. Ils font partie de mes souvenirs. Ah, les souvenirs... les plus précieux des joyaux !

Elle s'approcha du portrait et se radoucit sensiblement.

— Ravissante, cette photo. Chaque fois que je la regarde, j'ai l'impression de contempler une inconnue. Elle date de ma première apparition sur scène.

— Vraiment ? Vous paraissez si jeune !

— Je n'étais pas beaucoup plus âgée que vous.

Agnès pencha la tête de côté et leva les yeux au plafond, fixant la suspension de cuivre.

— J'ai connu le grand Stanislavsky et joué *Hamlet* avec lui. J'étais Ophélie, et la critique m'a portée aux nues.

Elle m'observa pour voir si l'information m'impressionnait, mais je n'avais jamais entendu parler de Stanislavsky. Une pointe d'aigreur perça dans la voix de mon hôtesse.

— Asseyez-vous. Mme Liddy va vous apporter du thé et des sandwiches. Mais ne vous attendez pas à être servie comme une princesse, surtout !

Je pris place sur le canapé, tandis qu'elle s'installait dans le rocking-chair.

— J'en sais déjà long sur vous, déclara-t-elle d'un ton pointu, le regard filtrant.

Et subitement, elle glissa la main sous la ceinture de sa jupe et en tira une lettre. Drôle d'endroit pour ranger sa correspondance, me dis-je à part moi. Elle brandit son enveloppe comme si elle contenait un secret d'importance, et mon cœur vacilla. J'avais reconnu le papier à en-tête de Cutler's Cove. Quand elle le déplia, je pus voir qu'il avait été déjà longuement manipulé, comme si Agnès avait passé son temps à le lire et à le relire depuis son arrivée.

— C'est un mot de votre grand-mère. Une lettre d'introduction, en quelque sorte.

— Ah bon ?

— Oui. (Mon hôtesse leva les sourcils et se pencha en avant pour me dévisager.) Elle me met au courant de certains de vos problèmes.

— Mes problèmes ?

Grand-mère Cutler avait-elle raconté par écrit ma douloureuse histoire ? Mais pourquoi ? Espérait-elle me faire apparaître comme indésirable, avant même d'avoir pris un nouveau départ ? En ce cas, elle avait trouvé le meilleur moyen de saborder mes rêves.

Agnès se renversa dans son rocking-chair et s'éventa avec l'enveloppe.

— Oui, vos problèmes. Ceux que vous vous attiriez au collège. Les raisons pour lesquelles il a fallu vous transférer sans cesse d'une école à l'autre. Vos histoires avec les élèves de votre âge.

— Elle vous a dit ça ?

— Oui, et je l'en remercie.

— Mais je n'ai jamais eu de problèmes au collège ! J'ai toujours été bonne élève et...

— Inutile de nier, m'interrompit Agnès en tapotant la lettre du doigt. Tout est là, noir sur blanc. Votre grand-mère est une femme remarquable, très distinguée. Cela a dû lui briser le cœur d'être contrainte à ces révélations. Et vous avez dû être un fardeau pour votre famille, surtout pour elle.

— C'est faux !

— Ah, je vous en prie ! coupa-t-elle en levant une main déformée par l'arthrite. (Une vraie main de sorcière !) Tout ce qui m'intéresse, moi, c'est la suite.

— La suite ?

— Eh bien, la façon dont vous allez vous conduire maintenant que vous êtes sous ma responsabilité.

— Et que vous écrit Grand-mère, à part ça ?

— C'est confidentiel.

Agnès replia la lettre, la glissa dans l'enveloppe et remit celle-ci à l'endroit d'où elle l'avait tirée, dans sa ceinture.

— Mais il s'agit d'informations qui me concernent ! protestai-je.

— Là n'est pas la question. Et ne discutez pas, trancha-t-elle sans me laisser le temps de placer un mot. Et maintenant, étant donné votre passé déplorable, je crains de ne pouvoir vous admettre chez moi qu'à titre provisoire. Je vous prends à l'essai, pour ainsi dire.

— Mais je viens juste d'arriver ! Je n'ai rien fait de mal.

— Peu importe, c'est une précaution nécessaire. Veillez à ne transgresser aucune règle, m'admonesta-t-elle, le doigt tendu. Tout le monde doit être rentré avant dix heures les jours de semaine, et minuit pendant le week-end. En outre, je dois savoir, lorsque vous sortez, où se trouve chacun ou chacune d'entre vous.

« Ni tapage, ni laisser-aller, ni vandalisme ne sont tolérés. Vous comprenez certainement que vous êtes ici en tant qu'invités, en quelque sorte. C'est clair ?

— Oui, madame, répondis-je d'une voix sourde. Mais puisque c'est à mon sujet que ma grand-mère vous écrit, ne voulez-vous pas m'apprendre ce qu'elle dit d'autre ?

Agnès n'eut pas le temps de répondre. Une petite femme replète en robe claire et tablier à fleurs venait d'entrer, apportant un sandwich et du thé sur un plateau. Un vrai petit pot à tabac, joues rebondies, doigts boudinés. Mais sous ses cheveux blanc bleuté, ses yeux rayonnaient de bonté et son sourire amical m'alla droit au cœur.

— Tiens ! Voilà notre nouvelle Sarah Bernhardt, pas vrai ?

Agnès avala ses joues dans une petite moue affectée.

— Tout juste, madame Liddy : notre nouvelle prima donna. Aurore, voici Mme Liddy. C'est elle qui s'occupe de tout, ici. J'entends que vous lui obéissiez comme à moi-même, et je ne tolérerai aucune inconvenance à son égard, déclama-t-elle avec emphase.

— Oh, je suis sûre que je n'ai rien à redouter de cette jeune personne, madame Morris, affirma la gouvernante en posant son plateau sur la table à thé.

Puis elle recula et campa les poings sur les hanches.

— Bonjour, petite. Et bienvenue à la maison.

— Merci.

— Joli brin de fille, commenta Mme Liddy à l'intention d'Agnès.

— Possible, mais les jolies filles sont souvent celles qui s'attirent le plus d'ennuis.

Prise entre deux feux, j'avais l'impression d'être un des bibelots de la vitrine. Mme Liddy me tira d'embarras.

— Alors voilà, mignonne. Je passe presque toute la matinée dans la cuisine. Si vous avez besoin de quelque chose, vous savez où me trouver. Chaque week-end, vous changez vos draps, dix heures dernier délai. Et une fois par semaine, nettoyage à fond de la maison : tout le monde y met la main.

— Exact, renchérit Agnès. Tout le monde travaille, ici. Les filles attachent leurs cheveux, enfilent de vieux vêtements et on remonte ses manches, garçons compris. Les fenêtres sont lavées, les salles de bains récurées. Place nette et enchaînez, vous voyez ce que je veux dire ?

Je dus convenir que non, et Agnès ouvrit des yeux ronds comme si elle doutait d'avoir bien entendu.

— Quand une pièce quitte l'affiche, toute la troupe débarrasse le plateau pour qu'on puisse répéter la suivante.

À cet instant précis, Mme Liddy s'éclipsa en souriant et mon hôtesse changea brusquement de sujet.

— Avez-vous déjà étudié le piano ?

— Un peu.

— Parfait. Vous participerez à nos réunions artistiques. Chaque mois, j'essaie de regrouper tout le monde pour un petit récital. Certains étudiants récitent des extraits de rôles, d'autres chantent ou jouent d'un instrument. En ce moment, il n'y en a que deux, en fait. Mais à la rentrée d'automne nous aurons trois personnes de plus. Les jumelles Beldock, des anciennes, et Donald Rossi. Un nouveau, comme vous.

« Trisha Kramer consent à partager sa chambre avec

vous. Si vous ne parvenez pas à vous entendre avec elle, je me verrai forcée de vous loger sous les combles ou de vous prier de partir. Trisha est une jeune fille adorable, très distinguée, et une danseuse pleine d'avenir. Il serait désastreux qu'une circonstance quelconque vienne à lui gâcher son séjour. Me suis-je bien fait comprendre ?

— Oui, madame.

Quels mensonges Agnès avait-elle pu raconter à ma future compagne de chambre ? J'aurais bien voulu le savoir.

— Et surtout, pas d'histoires avec l'autre pensionnaire qui se trouve ici actuellement, n'est-ce pas ? Il s'appelle Arthur Garwood et étudie le hautbois. Quel être délicat ! soupira Agnès. Et tellement sensible ! Ses parents sont très célèbres : Bernard et Louella Garwood font partie de l'orchestre philharmonique de New York.

« Bon, je vois que vous avez apprécié la collation. Je vais vous faire visiter le reste de la maison et vous montrer votre chambre.

— Merci, dis-je en me levant. Dois-je rapporter le plateau à la cuisine ?

— Naturellement. D'après votre grand-mère, vous êtes habituée à vous faire servir, mais je crains fort...

— C'est faux ! Je n'ai jamais été servie par qui que ce soit !

Agnès plissa les paupières et me dévisagea longuement.

— Allons d'abord à la cuisine. Nous reviendrons chercher vos valises quand je vous aurai fait faire un tour d'horizon.

Je suivis Agnès jusqu'au fond de la maison, où se trouvaient la salle à manger et la cuisine, ou plutôt la kitchenette. Une pièce de dimensions réduites, avec une petite table au centre, quelques chaises et une fenêtre unique donnant sur un immeuble. Le soleil du matin n'y entrait sûrement jamais, et pourtant, elle semblait lumineuse. Mme Liddy avait si bien ciré le linoléum jaune paille et fourbi les ustensiles que tout étincelait.

L'étroite salle à manger s'étirait en longueur. Au-dessus de la table, assez vaste pour douze convives, un lustre à pendeloques de verre. Au milieu, un vase empli de fleurs trônait près d'une coupe en cristal. À l'une des extrémités, quatre couverts étaient mis, selon toute apparence pour Agnès, les deux autres étudiants et moi-même.

— C'est Trisha qui a mis la table ce matin, m'expliqua mon hôtesse. Chaque étudiant a son tour, pendant une semaine, au cours de laquelle il fait également la vaisselle. Et personne ne se plaint, ajouta-t-elle vertement.

La pièce ne possédait pas de fenêtres, mais ses dimensions se trouvaient doublées par le miroir qui occupait l'un des murs. Sur celui d'en face, je vis d'innombrables photographies d'acteurs, de chanteurs et de danseurs, dont certaines avaient viré au brun, tant elles étaient vieilles. Mais la moquette marron, par contre, semblait nettement plus neuve que le tapis de l'entrée.

À l'autre bout de la salle, une porte ouvrait sur un petit couloir. Agnès m'apprit qu'il menait à sa chambre et à celle de Mme Liddy, située tout au fond.

— Si vous avez besoin de bavarder, n'hésitez pas à frapper chez moi, déclara-t-elle en faisant halte devant sa porte.

Son regard s'adoucit quelque peu, ce qui m'étonna et me mit du baume au cœur. Enfin une parole aimable !

— Ce qui rend ma maison si populaire parmi les étudiants qui se préparent aux carrières de la scène, c'est que je sais comprendre leurs problèmes. J'ai moi-même été si longtemps sur les planches ! souligna-t-elle avec ostentation.

Il lui arrivait d'accompagner ses propos de grands gestes, comme si nous nous trouvions bel et bien sur scène, en public. Notre conversation me faisait l'effet d'un dialogue de théâtre. Elle heurta légèrement la porte du doigt et annonça :

— Voici comment vous devrez frapper, puis vous attendrez. Quand je dirai : « Entrez », tournez délicatement la poignée et poussez le battant très lentement, comme ceci. J'ai horreur des entrées brutales.

Je l'observai, bouche bée, fascinée par le ton grave de sa voix, le ralenti de ses mouvements. Que d'embarras pour ouvrir une porte ! Puis mon regard dévia légèrement et je vis le rideau, derrière elle. Un grand rideau rouge tombant du plafond, à environ un mètre cinquante du chambranle. Impossible de pénétrer dans la chambre sans avoir d'abord écarté les plis, exactement comme pour une entrée en scène. Sans me laisser le temps de poser une question, Agnès referma la porte et se tourna vers moi.

— Vous avez bien compris mes instructions, au moins ?

— Oui, madame.

— Bon. Je vais vous montrer votre chambre.

Nous revînmes sur nos pas, je repris mes valises au salon et je suivis mon hôtesse au premier. Quatre chambres donnaient sur le corridor, et deux salles de bains, une de chaque côté. Agnès fit halte devant celle de gauche.

— En principe, bien qu'en cas d'urgence tout le monde puisse utiliser l'une ou l'autre, celle-ci est réservée aux garçons. Je n'aime pas qu'on traîne trop longtemps à la salle de bains, d'ailleurs. C'est une forme d'égoïsme. Il faut penser aux autres et ne pas passer des heures à se pomponner.

« Depuis que je reçois des étudiants, je n'ai jamais eu de problèmes entre garçons et filles, et pourquoi ? Parce que chacun fait preuve de discrétion. Deux pensionnaires de sexe opposé éviteront de s'isoler pendant un temps inconsidéré. Celui ou celle qui est seul dans sa chambre laisse la porte ouverte. Me suis-je exprimée clairement ?

— Je crains qu'on vous ait très mal informée sur mon compte ! protestai-je, les larmes aux yeux.

— Voyons, ma chère Aurore ! Pas de fausse note dès le lever du rideau, je vous en prie. J'entends que la pièce se déroule sans anicroche. Donnez-moi la bonne réplique et nous croulerons sous les applaudissements. Je compte sur d'innombrables rappels, pas vous ?

J'en restai sans voix. Pourquoi des applaudissements ? Pour un usage modéré de la salle de bains ? Pour éviter les histoires avec les garçons ? Quelles répliques attendait-on de moi ? Je me bornai à hocher la tête et Agnès ouvrit la porte d'une chambre.

— Vous êtes sans doute habituée à plus d'espace et de luxe, observa-t-elle en entrant, mais je suis assez fière de mes aménagements.

Je gardai le silence. À quoi bon réfuter les idées préconçues d'Agnès ? Grand-mère Cutler avait déjà distillé son venin.

Je trouvai la chambre très agréable, avec ses lits jumeaux à baldaquin, d'un joli bois clair. Entre les deux, sur une petite table, une lampe à abat-jour évasé. Pas de moquette, mais un grand tapis rose assorti aux courtepointes. Sur la droite, au-dessus des deux bureaux, deux petites fenêtres aux rideaux de coton blanc ourlés de dentelle. Les stores étaient relevés, afin de laisser entrer le peu de soleil que n'occultait pas l'immeuble voisin. Deux commodes et une vaste penderie à glissière complétaient l'ameublement.

Agnès m'informa que je disposerais du lit et de la commode situés du côté droit. J'aperçus deux photographies sur celle de Trisha. Le portrait d'un couple sympathique (ses parents, probablement) et celui d'un jeune homme de belle mine qui devait être son frère... à moins que ce ne fût son amoureux. Sur sa table de travail, livres et cahiers s'empilaient en ordre impeccable.

— Eh bien, je vais vous laisser vous installer, décida mon hôtesse. Trisha devrait rentrer d'ici une heure ou deux. Et n'oubliez pas, m'enjoignit-elle en marchant vers la porte, vous êtes ici en invitée.

Sur le seuil, elle fit volte-face et ajouta avant de s'éclipser :

— Acte un, rideau.

Je posai mes valises et, une fois de plus, examinai la pièce qui allait devenir mon chez-moi. Elle était accueillante et chaleureuse, mais j'allais devoir la partager, ce que je trouvais excitant et aussi un peu inquiétant. Surtout après les avertissements d'Agnès. Et si je ne m'entendais pas avec ma compagne ? Si cela se passait vraiment mal, que deviendraient mes rêves d'avenir ?

J'entrepris le déballage de mes vêtements, les suspendis aux cintres et disposai mon linge dans la commode. Je venais juste de ranger mes valises au fond de la penderie quand la porte s'ouvrit à la volée : Trisha Kramer entra en coup de vent dans la chambre. Légèrement plus grande que moi, brune, les cheveux tirés en un chignon élaboré sur le sommet du crâne, elle était tout de noir vêtue, à part ses ballerines argentées. Sur des collants sans pieds, elle portait une robe en mousseline, ample et flottante comme un souffle.

Elle avait les yeux verts, d'un éclat sans pareil, les sourcils tracés au pinceau et un ravissant petit nez. On pouvait trouver un peu grande sa bouche aux lèvres minces, mais son teint lumineux et sa silhouette fluide rachetaient amplement ces imperfections. Je souris de plaisir.

— Salut ! s'exclama-t-elle, moi c'est Trisha. Désolée de n'avoir pas été là pour t'accueillir, mais j'avais un cours de danse. (Elle exécuta une pirouette et cette fois, je ris de bon cœur.) Il m'a fallu un mois pour réussir ça, figure-toi.

— Magnifique !

Trisha fit la révérence.

— Merci, merci, et maintenant plus un mot, plus un geste. (Je n'avais pas eu le temps de bouger le petit doigt !) Assieds-toi et raconte-moi tout sur toi. Ab-so-lu-ment tout, insista-t-elle avec une exagération voulue. Je suis affamée de compagnie, féminine je veux dire. Le seul autre pensionnaire en ce moment c'est Fil-de-fer, quant à Agnès... tu l'as déjà vue, acheva-t-elle avec un regard éloquent vers la porte.

— Fil-de-fer ?

— Arthur Garwood, mais laissons-le pour l'instant. Vas-y, fit-elle en me tirant par la main pour me faire asseoir sur mon lit. Raconte, raconte et raconte. À quelle école étais-tu, avant ? Combien d'amoureux as-tu déjà eus ? Tu en as un, en ce moment ? Et tes parents, c'est vrai qu'ils dirigent un grand complexe de vacances en Virginie ?

Je ne pus que sourire, elle était déjà repartie.

— Demain, ça se pourrait qu'on aille au cinéma. Tu aimes ça, j'espère ?

Elle s'attendait manifestement à un « oui », mais force me fut d'avouer :

— Je ne suis jamais allée au cinéma.

Trisha eut un haut-le-corps, ses traits se figèrent, puis elle se pencha en avant.

— Ils n'ont donc pas l'électricité, en Virginie ?

Pendant quelques longues secondes nous ne fîmes que nous dévisager, puis je fondis en larmes.

Et franchement, il y avait de quoi, après tout ce qui venait de m'arriver, toutes ces découvertes successives... une vraie cascade ! Pour commencer, les parents que j'avais aimés pendant quatorze ans n'étaient pas les miens. La famille à qui on m'avait brutalement rendue ne voulait pas de moi. Philippe, le premier garçon qui m'ait fait battre le cœur, se trouvait être mon véritable frère. Et c'était Jimmy, celui que j'avais toujours pris pour mon frère, que j'aimais d'amour. J'héritais d'une sœur odieuse, méchante, Clara Sue, qui me jalousait à mort, et ma véritable mère se révélait un monstre d'égoïsme. Et tout cela pour aboutir à un marché avec ma grand-mère, qui pour des raisons difficiles à accepter eût préféré me savoir morte. Elle m'envoyait étudier à New York, et bon débarras ! C'en était trop, la coupe débordait.

Devant le regard vibrant de Trisha, son exubérance, sa passion pour des choses aussi simples que le rock et le cinéma, je prenais conscience de ma différence. Je n'avais jamais eu la chance d'être une adolescente comme les autres. Parce que maman, Sally Longchamp, était tombée malade, j'avais dû assumer son rôle. J'aurais tant voulu être une jeune fille comme Trisha Kramer ! Cette joie me serait-elle donnée ? N'était-il pas trop tard ?

Je suffoquais, incapable de m'arrêter de pleurer.

— Qu'y a-t-il, Aurore ? J'ai dit quelque chose qui t'a fait de la peine ?

— Oh non, Trisha, je te demande pardon. Tu es formidable, au contraire. Et Agnès qui prétendait...

— Ah, elle ? coupa Trisha avec un geste désinvolte. Ne t'occupe pas de ce qu'elle raconte. Elle t'a montré sa chambre ?

Je balayai mes larmes d'un revers de la main.

— Oui, j'ai vu le rideau.

— Drôle de numéro, non ? Elle s'imagine qu'elle vit sur les planches, attends un peu d'avoir vu le reste ! Tu as déjà ton emploi du temps ?

— Oui.

Je tirai le papier de mon sac et le lui tendis.

— Chouette ! Nous avons deux cours en commun, anglais et chant. Je vais te faire visiter l'école mais d'abord, changeons-nous. Mettons-nous en jean et en sweater, allons nous offrir des *ice-creams-sodas* et bavardons jusqu'à ce que la langue nous colle au palais.

— Ma mère ne m'a acheté que des toilettes élégantes, avouai-je d'un ton piteux. Je n'ai pas de tenue décontractée.

— Ah, tu crois ça ? rétorqua Trisha en bondissant vers le placard.

Elle en tira un sweater bleu vif, me le lança, et nous nous changeâmes en un clin d'œil, pouffant et jacassant comme des pies. Au moment de sortir, Trisha m'arrêta sur le pas de la porte.

— Je t'en prie, ma chère, minauda-t-elle en singeant les façons d'Agnès Morris. Pour entrer ou sortir d'une pièce, tiens la tête haute et rejette bien les épaules en arrière, sinon personne ne te remarquera.

Nous dévalâmes l'escalier dans un joyeux éclat de rire.

J'étais à New York depuis quelques heures à peine, et j'avais déjà une amie !

2

Premier contact

Le petit café-bar où Trisha m'emmena n'était qu'à deux pâtés de maisons de la pension, mais la crainte de me perdre me tenaillait. Les rues étaient si longues et Trisha marchait si vite ! J'avais du mal à la suivre, et en même temps j'essayais de tout voir : les gens, les magasins, les immeubles. Mon regard papillonnait sans arrêt. Alors que Trisha fonçait droit devant elle, le nez baissé, comme si elle avait un radar ou des yeux dans le dos. Évitant miraculeusement tous les obstacles, elle m'entraîna jusqu'au bout du trottoir, tourna, s'engagea dans une autre rue et s'écria en me voyant hésiter :

— Dépêchons-nous de traverser pendant que le signal est au vert !

Puis elle me saisit par le poignet et nous plongeâmes dans la circulation. Nous étions aux trois quarts du passage piétons quand les feux changèrent. Des klaxons cornèrent à nos oreilles, mais Trisha ne fit qu'en rire.

Elle semblait très connue au café, qui faisait office de restaurant pour le déjeuner de midi. Le caissier chauve et bedonnant la salua de son comptoir, et quelques serveuses en firent autant. Elle se faufila dans le premier box libre et je m'empressai de l'imiter, soulagée. Enfin, un endroit tranquille pour papoter tout à notre aise.

— Je n'ai jamais mis les pieds en Virginie, commença Trisha. Ma famille est du coin. Et comment se fait-il que tu n'aies pas l'accent du Sud, au fait ?

— Je n'ai pas été élevée en Virginie. Nous voyagions beaucoup et n'avons presque pas vécu dans le Sud.

La serveuse s'approcha de notre table.

— Tu prends un *Black and White* ? me demanda Trisha.

Je me sentis stupide. Je n'avais pas la moindre idée de ce dont il s'agissait, mais je ne voulais pas qu'elle s'en doute.

— D'accord.

— Tout le collège vient ici, tu sais. Ils ont un juke-box, tu veux un peu de musique ?

— Volontiers.

Elle se leva d'un bond et revint presque aussitôt.

— Super, non ? Mais j'y pense... Tu ne m'as pas dit que tes parents voyageaient beaucoup ? Si j'en crois Agnès, ils dirigent un hôtel célèbre, et même depuis longtemps. D'après elle, c'est presque un site classé.

— En effet.

— Alors là, je n'y comprends plus rien.

— Oh, c'est assez compliqué, éludai-je, pressée de changer de sujet.

J'étais certaine qu'une fois au courant de mon histoire elle regretterait de m'avoir pour compagne de chambre.

— Excuse-moi, Aurore, je dois te paraître indiscrète. M. Van Dan, le prof d'anglais, dit toujours que je devrais tenir la chronique mondaine dans un journal.

— C'est que... pour l'instant, il m'est assez pénible d'en parler, répondis-je.

Ce qui, je le vis bien, ne fit qu'exciter davantage sa curiosité.

— Bon, j'attendrai. Nous avons tout le temps de nous tirer les vers du nez, toutes les deux !

Comment se fâcher, avec elle ? J'éclatai de rire.

— Parfait, alors je commence. Cette photo, sur ta commode, à côté de celle de tes parents... c'est ton frère ou ton cher et tendre ?

— C'est mon petit ami, un garçon de chez nous. Je suis fille unique, tu sais, et terriblement gâtée. Tiens, regarde ce que mon père m'a envoyé la semaine dernière, ajouta-t-elle en tendant le bras.

Je contemplai la montre en or qui ornait son poignet. Un bijou superbe, avec deux diamants à la place des chiffres six et douze.

— Quelle merveille !

Mon admiration était sincère, mais j'avais le cœur gros. Et mon père, à moi, le vrai ? Saurais-je un jour qui il était ? Pourrais-je le connaître, m'en faire aimer, recevoir de lui la tendresse qu'une fille est en droit d'attendre ? D'après Grand-mère Cutler, il avait fait preuve de la plus totale indifférence à mon sujet et s'était empressé de fuir ses responsabilités. Mais tout au fond de moi, j'espérais qu'elle mentait, comme elle avait menti sur tout ce qui me concernait. J'entretenais le rêve secret de le retrouver ici, à New York justement, la capitale du spectacle. Et une fois que je l'aurais trouvé, il serait fou de joie de me connaître, forcément.

— Il m'envoie toujours des cadeaux, poursuivit Trisha. Je dois être ce qu'on appelle une fille à papa ! Et le tien, comment est-il ? Tu as des frères et sœurs ? Ça, je peux te le demander tout de suite, je suppose ?

— Oui. J'ai un frère et une sœur. Philippe a un an de plus que moi et Clara Sue, un de moins. Mon père...

J'eus une pensée pour Jimmy et Fern. C'était si dur de ne pouvoir en parler comme de mes frère et sœur ! Et Randolph, le mari de ma mère, qui s'arrangeait toujours pour être occupé ailleurs quand j'avais besoin de lui ?

— Mon père est très pris, achevai-je abruptement.

— Inutile d'en dire plus ! s'écria Trisha en se penchant à travers la table. Alors, tu fais quoi ?

— Comment ça, je fais quoi ?

— Qu'est-ce que tu étudies, nunuche ! Moi, je vais être ballerine, mais tu le sais déjà. Et toi ?

— Je chante, mais…

— Oh non, gémit-elle, encore une !

Puis son visage s'illumina et ses yeux pétillèrent comme une flambée d'étincelles.

— Je plaisantais, voyons ! Je meurs d'envie de t'entendre.

— Je ne suis pas si douée que ça.

— Allons donc ! Tu es entrée à Bernhardt, non ? Tu as réussi leur audition ? Quelle corvée ! Tu n'as pas trouvé ça odieux, ce genre d'examen ? N'empêche qu'un gros bonnet a jugé que tu avais du talent, sans ça tu ne serais pas là.

Que répondre ? Si je mentionnais l'intervention de Grand-mère Cutler, Trisha pourrait le prendre mal. Il me faudrait lui expliquer notre marché, et pour finir lui débiter toute l'histoire.

— De toute façon, Agnès te demandera de chanter à une de ses réunions, un de ces jours.

— C'est vrai qu'elle était actrice ?

— Oh oui, et elle l'est encore ! Dans la vie, je veux dire. Et tous ces vieux comédiens qui viennent prendre le thé le dimanche ! C'est franchement comique de les entendre radoter. Tu as vu Mme Liddy ?

— Oui. Elle est charmante.

— Agnès et elle se connaissent depuis toujours. C'est la seule personne qui ait de l'autorité sur elle. Mais ne t'inquiète pas, la maison te plaira. À condition de ne pas laisser Fil-de-fer te saper le moral.

— Et pourquoi ferait-il ça ?

— Il est toujours tellement sinistre ! lança Trisha au moment où la serveuse apportait nos consommations (des limonades avec une glace dedans, vanille et chocolat). Je parie que s'il souriait, ça lui crevasserait la figure.

— Pourquoi le surnomme-t-on Fil-de-fer ?

— Quand tu le verras, tu comprendras, fit Trisha en plongeant sa paille dans son verre. Hmmm ! Délicieux.

Quelle fille ! Radieuse, pétulante, un vrai rayon de soleil. Je n'avais jamais rencontré la pareille.

— Dépêche-toi d'avaler ta limonade, me conseilla-t-elle. Nous avons des tas de choses à faire et je dois rentrer donner un coup de main pour le dîner. C'est ma semaine.

— D'accord, on y va.

Trisha insista pour payer, sans oublier le pourboire, ce qui me rappela mon chauffeur de taxi. Je lui rapportai l'incident.

— Et il a osé réclamer ? Quel toupet ! Mais c'est normal, remarque. Ils sont tous comme ça, à New York. Allez hop, en route ! conclut-elle en me saisissant le poignet.

Je frémis à la perspective d'une autre galopade sur le trottoir, et ce fut le cas. Nous sortîmes en coup de vent pour filer ventre à terre vers la gauche et tourner le coin. J'avais déjà oublié de quelle direction nous venions ; à mes yeux, toutes les rues se ressemblaient.

— Mais comment fais-tu pour t'y retrouver, dans ce chaos ?

— C'est plus facile que tu ne crois, tu t'y feras vite. Encore une rue jusqu'au tournant, ensuite une autre et on y est, m'informa-t-elle en cours de route. Au fait, mon copain s'appelle Victor, mais tout le monde dit Vic. Chaque semaine j'ai droit à deux lettres et un coup de fil, et il est déjà venu me voir deux fois, cet été.

— Super ! Tu as de la chance d'avoir quelqu'un d'aussi sympa qui s'occupe de toi.

— Oui, mais... (Elle s'arrêta et m'attira tout contre elle, comme si les passants risquaient d'épier nos propos.) Il faut que je te dise un secret.

— Ah bon ? J'écoute.

— Il y a un garçon, au collège, Graham Hill. Beau comme un dieu, je te jure. Il est en dernière année d'art dramatique. Malheureusement...

Je vis s'abaisser les coins de sa bouche.

— Il ne sait même pas que j'existe, me confia-t-elle

en baissant la tête... pour la relever presque aussitôt. Dépêchons-nous ! Ils seront encore en répétition, nous pourrons aller jeter un coup d'œil.

Nous dépêcher ? Qu'avions-nous donc fait jusque-là ?

Passé le coin, le collège Sarah-Bernhardt se révéla de l'autre côté de la rue, en retrait dans son parc. De hautes grilles l'entouraient, à moitié enfouies sous la vigne vierge. L'allée qui partait du portail escaladait en sinuant une élévation de terrain, avant d'aboutir à une bâtisse en pierre grise, dont les proportions imposantes et les lignes courbes évoquaient un château. L'aile droite, toutefois, basse et percée d'ouvertures plus vastes, devait être d'adjonction récente. Sur la gauche, un peu à l'écart, j'aperçus deux courts de tennis, où deux couples jouaient en double. Leurs rires parvenaient jusqu'à nous malgré les bruits de la rue.

Le ciel, où dérivaient de petits nuages mousseux, devenait d'un bleu plus sombre, et la brise tiède qui faisait voleter mes cheveux avait un petit goût de mer. Derrière le collège aussi, on voyait l'eau.

— Allons-y ! m'enjoignit Trisha quand le feu passa au vert.

Le décor de Bernhardt me laissa bouche bée. Des parterres fleuris, des bancs et des fontaines, et ces petits chemins dallés d'ardoises courant dans l'herbe verte... je ne m'attendais pas à trouver cela en plein New York. À l'ombre d'érables et de chênes majestueux, des étudiants se prélassaient, lisaient ou bavardaient à voix basse, et des cohortes de pigeons se pavanaient sous leur nez. Et ce parc était celui d'un collège ? On se serait cru dans un somptueux domaine privé.

— Ce que c'est joli !

— C'était la propriété d'un milliardaire, un admirateur passionné de cette grande actrice française, Sarah Bernhardt. Quand elle est morte, il a décidé de fonder un collège en son nom. Il date de 1923, mais tout est moderne et il y a dix ans, on a ajouté une aile. Tiens, tu vois cette plaque ?

Comme nous prenions pied sur le trottoir, Trisha tendit le doigt vers la grille et je m'en approchai pour déchiffrer l'inscription.

À LA MÉMOIRE DE SARAH BERNHARDT
DONT L'ÉCLAT FIT RESPLENDIR LA SCÈNE
D'UNE LUMIÈRE INCONNUE JUSQUE-LÀ.

— As-tu jamais lu quelque chose de plus romantique ? soupira Trisha. Je souhaite qu'un jour un homme richissime tombe amoureux de moi et fasse graver mon nom sur le marbre.

— Cela arrivera, affirmai-je en souriant.

— Merci ! C'est très gentil d'avoir dit ça, je suis rudement contente que tu sois là ! s'exclama-t-elle en glissant le bras sous le mien.

Et elle m'entraîna vers le portail cintré.

Je promenai autour de moi un regard craintif. L'endroit était encore plus impressionnant de près que de loin. Ici, dans ce sanctuaire, où enseignaient les meilleurs professeurs, de grands talents avaient pris leur essor. Je serais vite reconnue pour ce que j'étais : le fruit gâté qu'il faut rejeter. Je venais à peine de commencer à étudier le piano, je n'avais jamais pris de véritables leçons de chant. Et c'est à l'influence de Grand-mère Cutler que je devais mon admission. Je n'avais pas passé d'audition, personne ne m'avait déclarée digne d'être choisie. Gagnée par la panique, je courbai la tête, accablée.

— Qu'est-ce qui ne va pas ? s'enquit Trisha. Un coup de fatigue ?

— Non, je... Nous ferions peut-être mieux de revenir demain, balbutiai-je, clouée sur place.

— Ne me dis pas que tu as peur ! fit-elle précipitamment. (Mais le son de sa voix me fit soupçonner qu'elle avait éprouvé les mêmes appréhensions.) Allons, du nerf ! Tout le monde est très gentil, ici, et tout le monde sait ce que c'est que le trac. Cesse de te ronger les sangs.

Une fois de plus, elle m'entraîna comme un chien en laisse et nous nous hâtâmes le long de l'allée. Nous arrivions à l'entrée quand un homme de haute stature, en complet sport bleu marine, la franchit en sens inverse. Ses cheveux argentés, sa moustache blanche et ses yeux bleu azur formaient un contraste saisissant avec son teint couleur de brique.

— Trisha ! s'écria-t-il, l'air tout étonné.

— Bonjour, monsieur Van Dan. Je vous présente Aurore Cutler, une nouvelle élève qui vient tout juste d'arriver. Je lui fais faire un petit tour d'horizon.

Il me toisa d'un regard pénétrant.

— Ah oui ! Vous êtes inscrite à mon cours.

— En effet, monsieur.

— J'ai hâte d'être à demain pour vous entendre, Aurore. Un bon conseil... (Une étincelle malicieuse pétilla dans ses prunelles.) Retranchez la moitié de tout ce que Trisha vous racontera, elle a une légère propension à l'hyperbole.

Sur ce, il poursuivit son chemin et je décochai à ma compagne un sourire moqueur.

— Propension à l'hyperbole... tu peux me traduire ?

— Il veut dire que j'ai tendance à exagérer, gloussa-t-elle. Il est très sympa et très amusant, en classe. Tu vois, je t'avais dit que tout le monde était gentil.

En entrant, la première chose qui accrocha mon regard fut l'immense fresque du hall, qui se déployait pratiquement du sol au plafond. Un portrait de Sarah Bernhardt, les yeux au ciel et la main gauche tendue vers le haut, comme si elle cherchait à attraper quelque chose qui flottait dans l'air.

— Par ici, annonça Trisha qui s'élança vers la droite, en me remorquant sur le dallage de marbre aux tons ambrés.

Un soleil attardé filtrait par les hautes fenêtres à vitraux, éclaboussant les murs d'un arc-en-ciel rutilant. Au bout d'un interminable corridor, nous débouchâmes dans un vestibule de proportions plus modestes, en face de portes jumelles à double battant. Entre les deux, punaisée sur un grand panneau, une affiche annonçait la pièce qui serait jouée prochainement : *La Mouette*, d'Anton Tchekhov.

— C'est l'amphithéâtre, m'informa Trisha en poussant doucement la porte la plus proche.

Par-dessus son épaule, je coulai un regard à l'intérieur. Des gradins en demi-cercle faisaient face à la scène, occupée par une demi-douzaine de personnes en train de répéter. Un doigt sur les lèvres, Trisha me fit signe de la suivre dans l'allée latérale. Environ à mi-distance du plateau, elle s'assit et m'invita silencieusement à prendre place auprès d'elle. Nous écoutâmes pendant quelques instants le metteur en scène donner ses directives aux acteurs, puis Trisha se pencha pour me souffler à l'oreille :

— Celui qui est resté tout le temps sur la droite, c'est Graham. Il est fantastique, non ?

J'examinai le grand jeune homme blond, au profil de médaille, dont les cheveux retombaient mollement sur le front. Adossé à un portant, il semblait totalement indifférent à ce qui se passait autour de lui.

— Oui, chuchotai-je.

Mais déjà, Trisha donnait le signal de la retraite et nous repartîmes comme nous étions venues.

— Viens, dit-elle en refermant la porte derrière nous. Je vais te montrer les classes, les salles de musique et le studio de danse où nous travaillons.

Ce fut une visite éclair, mais je me sentis quand même plus rassurée quant au lendemain. Au moins, j'avais une idée des lieux. Ce petit tour achevé, Trisha s'avisa qu'il était grand temps de rentrer et à nouveau, ce fut la course. Nous prîmes le trot en direction d'une sortie annexe et dévalâmes un raccourci vers la porte de service. Toujours courant, nous contournâmes le coin d'un immeuble, puis un autre... et nous nous retrouvâmes devant la pension. À peine étions-nous entrées qu'Agnès jaillit du salon comme si elle nous avait guettées derrière la porte.

— Où étiez-vous passées ? clama-t-elle, les poings sur les hanches.

— Je suis allée chez George avec Aurore prendre une glace-limonade, puis je l'ai emmenée faire un tour à Bernhardt. Pourquoi ?

— Et pourquoi n'avoir pas demandé à Arthur s'il voulait venir ? Il avait peut-être envie d'une glace, lui aussi. Vous êtes plus prévenante que cela, d'habitude, Trisha. Ne vous laissez pas influencer en mal.

Agnès accompagna ces mots d'un coup d'œil significatif (dans ma direction) et se redressa de toute sa hauteur pour ajouter :

— Dorénavant, vous signalerez chacune de vos sorties sur une feuille afin que je sache si vous êtes là ou non. C'est bien compris ?

— Quoi ! s'effara Trisha... noter nos sorties ?

— Parfaitement. Je laisserai un bloc à cet effet sur la table de l'entrée. Nom et heure, et ce dès à présent. Je suis allée dans votre chambre pour présenter Arthur à Aurore, et je n'ai trouvé personne, fit observer Agnès, comme s'il se fût agi d'un crime à peine imaginable.

— Je suis sûre qu'il s'en moquait éperdument, répliqua Trisha en lorgnant de mon côté.

— Allons donc ! Il ne s'en moquait pas du tout, au contraire. On aurait dit un acteur sans public. Venez, Aurore, je vais faire les présentations tout de suite. Je n'aime pas qu'on laisse le pauvre Arthur en plan.

Bon gré mal gré, nous suivîmes Agnès dans l'escalier. Elle s'arrêta devant une porte, cogna discrètement, mais personne ne répondit ni ne vint ouvrir. Intriguée, je me tournai vers Trisha, qui se contenta de hausser les épaules. Agnès recommença son manège.

— Arthur ? Arthur, mon cher, vous êtes là ?

Quelques instants plus tard, le battant s'écarta, découvrant un grand échalas squelettique à la pomme d'Adam proéminente. Une vraie perche à houblon, comme aurait dit papa... enfin, Ormand Longchamp. Je croyais l'entendre.

Arthur avait de grands yeux tristes, aussi noirs que ses longs cheveux en broussaille où, de toute évidence, le peigne ne passait jamais. Un nez interminable en lame de couteau, des lèvres minces comme un trait de crayon et un visage étroit, que terminait un menton en pointe. Avivée par la noirceur de ses prunelles, sa pâleur avait un aspect carrément blafard. Il me fit penser à ces champignons qui poussent dans les sous-bois humides et sombres. Son pantalon noir de charbon pendouillait en accordéon et sa chemise tout aussi noire ballonnait autour de lui comme si elle était gonflée d'air.

— Bonsoir, Arthur, roucoula Agnès. Voici la jeune fille que j'ai promis de vous faire connaître, notre nouvelle étudiante. Aurore Cutler, ajouta-t-elle en s'effaçant devant moi, laissez-moi vous présenter Arthur Garwood.

— Bonjour, dis-je en tendant la main.

Arthur l'examina comme pour s'assurer qu'elle ne grouillait pas de microbes, l'effleura et la relâcha si rapidement que je me demandai s'il l'avait bien touchée.

— Bonjour.

Suivit un regard tout aussi bref, mais avant qu'Arthur ne baisse les yeux, j'eus le temps d'y voir passer une lueur d'intérêt.

— Arthur, comme je vous l'ai dit, est un musicien bourré de talent.

Du coup, le musicien releva les yeux. Ils étincelèrent.

— Non ! aboya-t-il. Je n'ai aucun talent.

— Bien sûr que si, voyons. Vous êtes tous des jeunes gens très doués, sinon vous ne seriez pas là. Bien ! fit Agnès en joignant les mains sur son cœur, j'espère que vous deviendrez tous d'excellents amis. Et aussi que plus tard, quand vous serez célèbres, vous vous souviendrez que c'est moi qui vous ai présentés.

— Je ne l'oublierai jamais, affirma Trisha.

Sur quoi, imperméable à l'ironie, Agnès roucoula :

— Et si nous allions nous préparer pour le dîner ?

Arthur vit là une invitation à fermer sa porte, ce qu'il fit si brutalement que j'eus tout juste le temps de reculer. Un peu plus, il me coinçait le pied ! Trisha vit ma surprise, me prit par le coude et m'entraîna vivement vers notre chambre. Dès qu'elle eut repoussé la porte, elle céda à un fou rire si contagieux que je ne pus y résister. J'éclatai de rire à mon tour.

— Tu vois pourquoi je l'appelle Fil-de-fer, hoqueta-t-elle, pliée en deux. « Je n'ai aucun talent », reprit-elle, imitant la voix sépulcrale d'Arthur.

— Mais pourquoi est-il si malheureux ? Je n'ai jamais vu d'yeux aussi mélancoliques.

— Il ne se plaît pas, ici. Ce sont ses parents qui l'ont fait inscrire à Bernhardt. Si jamais tu veux t'offrir une bonne dépression, demande-lui de te lire quelques-uns de ses poèmes. Enfin, Dieu merci, tu es là ! Je n'aurai plus à subir ce supplice toute seule.

Sur ce, Trisha entreprit de se déshabiller dans l'intention de prendre une douche.

— Tu n'es pas obligée d'attendre que j'aie fini, tu sais. Tu peux utiliser l'autre salle de bains.

— Mais elle est réservée aux garçons, d'après Agnès, non ?

— En principe, mais Arthur ne prend jamais de douche et ne s'habille jamais pour le dîner. Il garde toujours les mêmes vêtements sur le dos, et en ce moment il n'y a pas d'autre garçon dans la maison.

Je choisis pour ce premier dîner une jolie robe rose, de coupe princesse, et l'étendis soigneusement sur mon lit. Puis, munie de mon nécessaire de toilette, je pris le chemin de la salle de bains. Je venais de me déshabiller et me préparais à passer sous la douche quand j'entendis la poignée tourner et la porte se rabattre à l'intérieur. Manifestement, elle fermait mal, eus-je le temps de penser. Après cela, tout alla si vite que je n'eus pas celui d'intervenir. Arthur entra, les yeux baissés, une serviette sur l'épaule. Je poussai un cri et couvris du mieux que je pus ma nudité de mes deux mains. Arthur leva la tête, ouvrit la bouche et vira au rouge pivoine. Enfin, je tendis le bras et m'entortillai dans le rideau de douche.

— Je... oh, désolé... je... oh ! balbutia le pauvre Arthur en reculant, avant de refermer la porte en toute hâte.

Mon cœur battait la charge, et pas seulement à cause du côté gênant de l'incident. Je me remémorais l'intrusion de mon frère Philippe dans ma chambre, à Cutler's Cove, et ce qui s'était passé entre nous. Un souvenir si déplaisant que, prise de vertige et de nausées, je dus m'asseoir sur le rebord de la baignoire et respirer lentement, longuement. Mais le souvenir subsistait, le film de ces instants se déroulait dans ma tête. Les mains de Philippe explorant mon corps nu, ses lèvres avides sur mes seins, ses supplications et enfin, la brutalité du viol. Je n'avais pu me confier à personne, ce jour-là, car Jimmy se cachait dans l'hôtel et pour le protéger, je devais me taire. Oh, quels moments horribles ! Les images, toujours présentes, me transperçaient le cœur comme autant de coups de poignard.

J'étreignis mes épaules et me berçai doucement, d'avant en arrière, jusqu'à ce que mes nausées cessent. Puis je respirai un bon coup, passai sous la douche et laissai monter la température de l'eau à la limite du supportable. Sans doute espérais-je me brûler, arracher cette honte de moi, de ma mémoire. Je sais maintenant que je ne pourrai jamais m'en délivrer.

Quand ma peau fut rouge, récurée au point que la douleur devint intenable, je mis fin au supplice. Je m'étrillai rapidement, enfilai mon peignoir éponge et regagnai ma chambre en courant. Trisha, sa toilette achevée, mettait la dernière main à sa coiffure. Je repoussai la porte derrière moi et m'y adossai, les yeux fermés.

— Qu'est-ce qu'il t'arrive, Aurore ? Ça ne va pas ?

Je lui relatai brièvement l'incident.

— Cela m'a rappelé de mauvais souvenirs, marmonnai-je en allant m'asseoir sur mon lit.

Trisha vint aussitôt m'y rejoindre.

— C'est vrai ? Tu veux en parler ? (Elle jeta un bref regard à sa montre.) Oh, zut ! Plus le temps, il faut que je descende aider Mme Liddy. Ce sera pour ce soir, alors. Nous monterons nous coucher de bonne heure, nous éteindrons la lumière et nous parlerons jusqu'à ce que nous tombions de sommeil. D'accord ?

Ce fut plus fort que moi, je fis un signe de tête consentant. Une part de moi-même souhaitait enterrer pour toujours mes tortueux secrets, mais l'autre... l'autre désirait follement une amie à qui se confier. Si seulement j'avais eu une mère normale, comme toutes les autres filles. Une mère avec qui j'aurais pu rire, parler de mes problèmes, qui m'aurait consolée de mes peines en me serrant contre elle et en me caressant les cheveux. Mais la mienne redoutait le moindre sujet de tristesse, comme une fleur fragile craint le gel.

Tous ceux qui m'étaient vraiment chers avaient disparu de ma vie, remplacés par d'autres qu'il m'était impossible d'aimer. Grand-mère Cutler, cruelle et soupçonneuse ; Randolph, père de remplacement absent et lointain, jamais disponible ; Mère, maladive et nerveuse ; Clara Sue, ma perfide sœur ; et Philippe, qui réclamait de moi bien autre chose qu'un amour fraternel. J'avais désespérément besoin d'une amie comme Trisha, et même un peu trop sans doute. Je faisais des vœux ardents pour qu'elle ne fût pas comme les autres, et surtout pas de celles qui trahissent. Mais quelquefois, il faut savoir faire confiance à quelqu'un... lorsqu'on n'a pas le choix.

Trisha partie, je m'habillai, donnai un bon coup de

brosse à mes cheveux et descendis pour mon premier dîner de pensionnaire.

Si Arthur s'était montré timide en ma présence, le mal avait considérablement empiré. Le pauvre diable semblait terrifié à la seule idée de croiser mon regard. Les joues toujours aussi rouges, il ne levait les yeux de son assiette que s'il ne pouvait absolument pas faire autrement.

Mais quel dîner ! Rôti aux pommes sautées accompagné d'une sauce délicieuse et légumes accommodés de main de maître. Je n'avais jamais mangé de carottes et d'épinards aussi savoureux. Comme dessert, nous eûmes une génoise macérée dans l'alcool, nappée de crème fouettée, d'amandes et de meringue. Mme Liddy m'apprit que cela s'appelait un diplomate.

Après avoir aidé à servir, Trisha s'assit à mes côtés, mais il nous fut presque impossible d'échanger deux mots. Agnès Morris monopolisa la conversation avec ses histoires de théâtre. Les acteurs qu'elle avait connus, ceux avec qui elle avait joué et dans quelles pièces, le nom des metteurs en scène : tout y passa. Il s'avéra qu'elle avait son opinion sur tout et n'importe quoi, y compris les épinards. Quand je glissai un compliment à leur sujet, elle s'écria :

— Oh, cela me rappelle une histoire tellement drôle !

Je risquai un coup d'œil en direction d'Arthur. Il n'avait pas cessé de m'épier à la dérobée, mais chaque fois que je le prenais sur le fait, il rougissait de plus belle et piquait du nez sur son assiette. Agnès poursuivait son odyssée.

— Il s'agit d'une jeune actrice, dont je tairai le nom puisqu'elle est devenue la coqueluche de Hollywood, ces temps-ci. Une jeune personne pleine d'elle-même, comme certaines que je connais. (Regard appuyé à mon adresse.) Bref, elle ne pouvait pas passer devant une vitrine sans s'arrêter pour y contempler son reflet.

« Donc, la demoiselle avait jeté son dévolu sur un jeune

homme, très beau garçon et des plus séduisants. Elle réussit enfin à se faire inviter à dîner, puis proposer une promenade nocturne dans Central Park ; ce qui — espérait-elle — devait se terminer de façon on ne peut plus romantique. Mais il n'en fut rien, loin de là. Quand son chevalier la déposa chez elle à la fin de la soirée, il se contenta de lui serrer la main et de lui dire bonsoir. Sans le moindre petit baiser d'adieu, vous vous rendez compte ?

« Voilà notre coquette au désespoir, comme vous pouvez l'imaginer. Elle se précipite dans sa chambre pour pleurer dans son oreiller, et naturellement s'admire au passage dans le miroir de l'entrée. Et que croyez-vous qu'elle y découvre ? Un morceau d'épinard, coincé entre ses deux dents de devant ! s'esclaffa Agnès en tapant dans ses mains.

Trisha me regarda, leva les yeux au ciel, et je vis trembler les lèvres d'Arthur. Pour un peu, il aurait souri. J'offris d'aider mon amie à débarrasser, mais Agnès déclara que c'était chacun son tour. Et, sous prétexte de me montrer sa collection de coupures de presse, elle m'ordonna pratiquement de la suivre au salon.

— Naturellement, Arthur peut venir aussi, si le cœur lui en dit, prit-elle soin d'ajouter.

Du coup, Arthur daigna se faire entendre pour la première fois de la soirée.

— Je vous remercie, mais il faut que je termine mes devoirs de maths si je veux avoir le temps de travailler ma musique, allégua-t-il. Je dois *m'exercer*.

À la façon dont il insista sur ce dernier mot, en tordant la bouche, on aurait dit qu'il proférait une insanité. Puis il me décocha une œillade furtive et s'esquiva. Un lapin apeuré n'eût pas filé plus vite.

Ce ne fut pas un dossier de presse qu'Agnès exhiba, mais cinq. Cinq albums remplis d'articles et de coupures, de la première à la dernière page. Elle gardait tout ce qu'on avait pu écrire sur elle, y compris les bulletins scolaires datant du lycée. Certaines annotations étaient même soulignées, comme celle-ci par exemple : « Agnès fait preuve d'un certain goût pour le théâtre. » Textuel !

— Et voici une photo de moi, à l'âge de cinq ans, en train de danser sur la véranda.

Un cliché si vieux et si décoloré qu'on distinguait à peine le petit visage enfantin, mais je souris et le déclarai ravissant. Agnès avait un commentaire à faire sur la moindre ligne imprimée. Nous n'en étions qu'à la moitié du second album quand Trisha, sa tâche terminée, accourut à mon secours.

— Il est temps que je m'attaque à mon anglais, annonça-t-elle, du seuil de la pièce. J'ai pensé que si je montrais à Aurore où nous en sommes, cela pourrait l'aider à se mettre à niveau.

— Oh, mais bien sûr, approuva Agnès.

— Merci. Bonsoir, madame.

Je bondis du canapé, lançai un regard de gratitude à Trisha et la suivis dans le hall. Contenant à grand-peine notre envie de rire, nous grimpâmes l'escalier quatre à quatre pour filer d'un trait jusqu'à notre chambre.

— Je sais ce que c'est ! explosa Trisha, une fois la porte close derrière nous. J'ai subi le même supplice, les premiers soirs. Seulement moi, j'étais piégée. Je n'avais personne pour venir me tirer de là.

Après un silence de courte durée, elle ajouta :

— Mais d'où lui vient cette lubie de nous faire noter nos sorties ? Elle n'était pas comme ça, avant !

— C'est à cause de moi, certainement.

— À cause de toi ? Parce que tu n'étais pas là quand elle a voulu te présenter à Arthur, tu veux dire ? Non, je crois...

— À cause des horreurs que ma grand-mère lui a écrites à mon sujet. Elle m'a déclaré qu'elle m'acceptait sous conditions. À l'essai, en quelque sorte.

— À l'essai ! Agnès a dit ça ? Bizarre. Elle n'est pas si à cheval sur les consignes, d'habitude. Elle a plutôt tendance à les oublier. Mais pourquoi ta grand-mère a-t-elle fait une chose pareille ?

Je n'eus pas le temps de répondre : on frappait à la porte. Agnès passa la tête à l'intérieur.

— Un coup de fil pour Aurore, annonça-t-elle.

— Pour moi ?

— J'ai oublié de vous prévenir que les appels téléphoniques sont interdits après dix-neuf heures, sauf en cas d'urgence ou s'il est question du travail scolaire. Comme il s'agit d'une communication à longue distance, j'ai fait une exception. Vous pouvez utiliser le téléphone du salon.

Je tirai sans me presser ma robe de chambre du placard.

— C'est ma mère qui m'appelle ?

— Non. Un certain Jimmy.

— Jimmy !

Comme une flèche, je passai devant Agnès et dévalai les marches jusqu'au salon pour décrocher le combiné.

— Jimmy ?

— Salut, Aurore. Comment ça va ? J'espère que je ne vais pas t'attirer d'ennuis, en appelant si tard ? La dame qui a répondu n'avait pas l'air enchantée.

— Non, ne t'inquiète pas. Comment vas-tu ?

— Tout ce qu'il y a de mieux. J'ai de grandes nouvelles pour toi, et comme je m'en vais demain, j'ai pensé qu'il valait mieux essayer de te joindre.

— Tu t'en vas ? Et où ça ?

— Je me suis enrôlé dans l'armée, Aurore. Nous partons demain pour le camp d'entraînement.

— L'armée ! Et tes études, alors ?

— L'officier recruteur m'a expliqué que je pourrais passer mes examens pendant mon service, et je vais apprendre un métier qui me servira plus tard.

— Mais Jimmy... l'armée...

Je m'interrompis, le cœur battant. Je revoyais le jeune soldat de l'aéroport, si serviable, et qui m'avait rappelé Jimmy. Cette rencontre avait-elle été un présage ?

— Ne t'en fais pas, Aurore, tout ira bien pour moi, affirma Jimmy d'un ton résolu. Je veux être indépendant, j'en ai assez de passer d'une famille à l'autre.

— Mais quand nous reverrons-nous, Jimmy ?

— Juste après l'entraînement, j'aurai une permission et je viendrai te voir à New York. Promis. D'ailleurs, tu es la seule personne que j'aie à voir, la seule qui compte pour moi, Aurore, dit-il à mi-voix.

Une image s'imposa à moi, vibrante de clarté. Je revis le visage plein de douceur de Jimmy, ses yeux noirs traversés de lumière, implorant cet amour que nous avions cru impossible entre nous. Et maintenant qu'il nous était permis, nous avancions maladroitement l'un vers l'autre, pareils à deux enfants qui doivent tout apprendre, cherchant les mots justes, ne sachant pas encore comment nous comporter. Nous avions vécu comme frère et sœur pendant de si longues années, c'était si difficile d'affronter la réalité, si nouveau. Un peu comme s'il nous fallait assumer une autre identité.

— Tu me manques, Jimmy, plus que jamais. New York est si grand, si terrifiant !

— Ne te tracasse pas, Aurore. Je serai là avant que tu aies le temps d'y penser, et je sais que tu vas t'en sortir.

— Je me suis déjà fait une amie, Trisha, ma compagne de chambre. Une fille très gentille. Elle te plaira.

— Ah, tu vois ? J'en étais sûr !

— Mais toi, il faudrait que tu essaies de retrouver papa, Jimmy. Surtout maintenant que tu t'es engagé. Il a besoin de toi. Je ne supporte pas l'idée qu'il se retrouve tout seul en sortant de cette affreuse prison. Maman n'est plus là, ni toi, ni Fern. Il n'a plus personne.

Un silence s'établit, se prolongea.

— Jimmy ?

— Je lui ai écrit, avoua-t-il enfin.

— Oh, ce que je suis contente !

— Je l'ai fait parce que tu me l'as demandé, précisa-t-il d'un ton bourru, qui se voulait très viril.

— Ça me fait très plaisir de savoir que tu as fait quelque chose pour moi, chuchotai-je.
— Hm-hmm... bon. Et ta nouvelle famille ? Ils vont venir te voir ?
— Il paraît. Jimmy...
— Oui ?
— C'est toujours toi, ma vraie famille.
Cette fois, le silence dura un peu plus longtemps.
— Bien, il faut que je raccroche, Aurore. Je dois faire mes bagages et j'ai encore quelques petites choses à régler.
— Sois prudent, Jimmy, et écris-moi. Je t'en prie.
— Bien sûr que je t'écrirai. Et... (sa voix se fit taquine) ne te presse pas trop de devenir célèbre et de m'oublier.
— Pas question, promis juré.
— Au revoir, Aurore.
— Au revoir.
— Aurore...
— Oui ?
— Je t'aime, dit-il précipitamment.
Je savais combien il lui en coûtait de parler ainsi, de formuler ces sentiments que nous avions crus défendus.
— Moi aussi je t'aime, Jimmy.
L'appareil cliqueta lorsque la communication fut coupée et j'allais raccrocher à mon tour, quand je crus entendre un second déclic. Agnès Morris avait-elle écouté ? Il était fort possible que Grand-mère Cutler lui ait demandé de m'espionner.
Ce fut seulement après avoir reposé le combiné que je sentis les larmes ruisseler sur mes joues. Je les écrasai de mes paumes et, lentement, je repris le chemin de l'étage. Trisha était au lit, plongée dans un magazine qu'elle s'empressa de rejeter, pour lever sur moi un regard lourd de questions. Puis elle passa à l'attaque.
— Qui est Jimmy ?
— Le garçon que j'ai pris pour mon frère pendant des années.

Elle en resta bouche bée.

— Tu croyais qu'il était ton frère ?

J'acquiesçai d'un signe.

— Un garçon que tu prenais pour ton frère. Une grand-mère qui écrit des horreurs sur ton compte. En voilà une drôle de famille ! Et si tu éclairais un peu ma lanterne ?

Je compris que le moment était venu de lui raconter une partie de mon histoire. Si je voulais une amie, une vraie, je ne pouvais pas avoir de secrets pour elle. Enfin... pas trop. Je devais lui faire confiance, courir ma chance et éprouver son amitié. En priant le ciel qu'elle ne me trahisse pas et n'aille pas répandre ma triste histoire dans tout le collège. Ce qui suffirait à me faire étiqueter comme indésirable, surtout par ceux qui ne me connaissaient pas.

— Tu promets de ne rien raconter ? À personne ?

— Bien sûr ! répliqua-t-elle, les yeux brillants d'excitation. Croix de bois, croix de fer, si je mens, je vais en enfer !

Je hochai la tête et Trisha s'assit sur ses talons, rejeta ses cheveux en arrière et croisa les mains sur ses genoux. J'eus l'impression qu'elle retenait son souffle.

Ma pensée s'envola vers Jimmy. Je nous revis l'un près de l'autre, au temps de nos longs bavardages nocturnes, quand nous chuchotions côte à côte dans notre vieux lit pliant tout déglingué. J'allai m'étendre sur le mien et levai les yeux au plafond.

— Quelques jours après ma naissance, j'ai été kidnappée, commençai-je.

Et je dévidai mon histoire.

Trisha demeura très longtemps silencieuse, sans poser la moindre question. Elle finit par s'allonger, croisa les bras et se borna à écouter ; elle devait craindre que je me taise si jamais elle m'interrompait, je suppose. Quand je lui eus tout dit sur papa et maman, Fern, Jimmy et la vie que nous menions, j'en vins rapidement à mon arrivée à

Cutler's Cove. J'avais bien trop honte de mon amourette avec Philippe à Peabody et de ce qui s'était passé à l'hôtel pour me risquer à l'évoquer.

— Quelle garce, cette Clara Sue ! explosa-t-elle enfin. C'est ignoble, ce qu'elle a fait à Jimmy.

— Et je ne suis pas pressée de la revoir, crois-moi.

Trisha se tut longuement, s'assit pour me faire face et, guidée par son intuition, fit observer :

— Quand tu es revenue de la salle de bains, après l'intrusion d'Arthur, tu as parlé de mauvais souvenirs. Quels mauvais souvenirs ? Encore une chose qui s'est passée à l'hôtel ?

— J'ai failli être violée en prenant une douche... par un employé, achevai-je, optant pour un demi-mensonge.

— Quelle horreur ! Et qu'est-ce que tu as fait ?

— Je me suis débattue, je l'ai repoussé et il s'est sauvé. La police est toujours à sa recherche.

Je dus détourner les yeux, de crainte que Trisha ne fût trop perspicace. Un véritable accès de panique s'était emparé de moi, la tête me tournait, des frissons me couraient dans le dos. Comment Trisha allait-elle réagir à mes confidences ? Qu'avais-je fait ? New York était mon unique chance de vie nouvelle, personne n'y savait rien de mon étrange passé. Pourquoi avais-je été révéler ce qui aurait dû rester enfoui six pieds sous terre ? Mon cœur battait la chamade quand j'osai affronter le regard de Trisha : serait-ce la haine que j'y lirais ? À ma grande surprise, elle s'exclama :

— Quelle chance tu as !

— Quoi ? (Je n'en croyais pas mes oreilles.) De la chance ?

— Tu as eu une vie si passionnante, et moi il ne m'arrive jamais rien, se lamenta-t-elle. Je n'ai fréquenté qu'une seule école, dans une petite ville, je n'ai eu qu'un seul amoureux sérieux et je ne suis pratiquement jamais allée nulle part. Sauf à Palm Beach, bien sûr, des dizaines de fois, mais ce n'est franchement pas drôle. Je me retrouve toujours coincée dans un hôtel bondé, obligée de me tenir à carreau à cause de tous ces gens bien à l'affût les uns des autres, et surtout des enfants des autres. Pour un cheveu qui dépasse, ma mère pique une crise d'hystérie. Je dois me tenir comme une Anglaise qui a avalé un parapluie, et attention si je pose un coude sur la table !

Trisha bondit de son lit, vint s'étendre à plat ventre à côté de moi et déclara d'un ton farouche :

— Mais attends que je sois devenue une étoile de la danse, alors là ! Je ferai scandale, tu verras. Je porterai des toilettes faramineuses, j'aurai une foule de soupirants beaux comme des dieux, à la réputation douteuse. Je fumerai avec de longs fume-cigarette en nacre et je me montrerai dans tous les endroits en vogue, avec une meute de photographes à mes trousses. Et je ne me marierai pas avant... au moins trente ans, et encore : avec un homme fabuleusement riche ! Toutes les portes s'ouvriront devant lui et tout le monde lui obéira au doigt et à l'œil. Plutôt excitant comme programme, non ?

— Oui.

Je ne voulais pas doucher son enthousiasme, mais j'étais loin de le partager. C'est plutôt moi qui me sentais partagée. Je voulais devenir une grande cantatrice, connaître la gloire et le monde, j'avais tellement de choses à découvrir ! Mais au plus profond de mon cœur j'entretenais un autre rêve, mon espoir le plus vivace et le plus secret. Je voulais une famille et des enfants que j'aimerais et chérirais, pour qu'ils ne connaissent jamais un sort pareil au mien. Cela, je ne le souhaitais à personne.

— Agnès est-elle au courant de tout ça ? demanda Trisha en se retournant sur le dos.

— Non, elle ne sait que ce que lui a écrit Grand-mère, un tissu de mensonges. J'ignore le contenu exact de sa lettre, d'ailleurs. J'aimerais bien mettre la main dessus.

— Nous l'aurons.

— Comment ?

— Quand nous saurons qu'Agnès est sortie pour un bon moment et que Mme Liddy sera occupée ailleurs, nous nous faufilerons dans sa chambre et nous chercherons.

À cette seule perspective, mon cœur s'emballa.

— Je n'oserai jamais !

— Alors laisse-moi faire. Ouaoh ! C'est la chose la plus palpitante qui me soit arrivée depuis des lustres.

— Je m'en passerais bien, marmonnai-je.

Mais elle n'entendit pas ma réflexion, ou n'en tint aucun compte. Elle me fit revenir sur mon récit, décrire par le menu mes déménagements et changements d'écoles successifs, curieuse de mes impressions et du moindre détail. Nous bavardâmes jusqu'au moment où, bien forcées de nous avouer notre fatigue, nous nous décidâmes à éteindre la lumière.

Épuisée par mon voyage et tout ce qui s'était passé ensuite, je m'endormis presque aussitôt. Mais vers le milieu de la nuit, un crépitement de pluie me réveilla : mon premier orage d'été à New York. Le staccato des gouttes sur le toit ravivait en moi des souvenirs que j'avais espéré oublier, étouffer à jamais. Ma première nuit à Cutler's Cove, mon désarroi dans ce monde inconnu, parmi ces autres inconnus : ma nouvelle famille. Et ma déchirante nostalgie des miens, papa et maman, Fern et Jimmy. Oh, comme ils m'avaient manqué !

Je me levai. Trisha dormait à poings fermés, le souffle calme et régulier. Je sortis avec mille précautions pour me rendre aux toilettes et, en revenant, je crus entendre un son bizarre. Quelqu'un pleurait tout bas, et le bruit venait de la chambre d'Arthur Garwood. Je m'approchai de sa porte et tendis l'oreille.

— Arthur ? appelai-je à voix basse. Tout va bien ?

Les sanglots cessèrent, mais je n'obtins pas de réponse et j'attendis encore un peu avant de regagner ma chambre, toute songeuse. Quelle humeur noire pouvait bien tourmenter ce garçon taciturne, replié sur lui-même comme un escargot dans sa coquille ?

3

La lettre

L'été, d'ordinaire si lent et si long, passa comme un éclair ; et je m'éveillai, un beau matin, toute surprise de découvrir que le mois d'août était presque achevé. Avec toutes ces émotions, New York, le collège, le temps avait glissé sur moi sans que je m'en rende compte. La panique des premiers moments ne s'était pas dissipée tout de suite, pourtant, même si Trisha avait dit vrai. Tout le monde se montrait amical et coopératif envers moi, surtout les enseignants, bien moins formalistes à Sarah-Bernhardt qu'ailleurs. En classe, sauf pour les cours de maths et de sciences, nous étions assis en demi-cercle en face du professeur, qui s'adressait à nous sur le ton de la conversation, ou presque. Mon professeur de diction voulait même que ses étudiants l'appellent par son prénom !

D'ailleurs les élèves aussi étaient différents, à Bernhardt. À la cafétéria, dans les couloirs, on ne discutait que théâtre, musique ou cinéma. Nous n'avions pas d'équipe de basket ni de football : tout était centré sur les arts. En général, quand les autres parlaient de leurs acteurs ou de leurs œuvres favoris, j'écoutais sans ouvrir la bouche. J'aurais eu bien trop honte d'avouer que je n'avais jamais assisté à une vraie représentation théâtrale, et encore moins à Broadway. Mais je l'avais dit à Trisha, bien sûr, et elle s'était empressée d'y remédier, en m'emmenant voir une pièce jouée en matinée.

Sur le tableau d'affichage apparaissaient presque chaque jour des offres de récital ou d'audition, presque toutes destinées aux élèves de dernière année, naturellement. Mais quand même : on les payait pour se produire ! Combien de temps me faudrait-il pour en arriver là ? J'osais à peine imaginer que mon tour viendrait. Trisha non plus, ce qui ne nous empêchait pas de consulter le tableau chaque jour, sous prétexte d'assister à la séance.

Mon professeur de diction et mes camarades du cours de musique me prodiguaient compliments et encouragements, et ils auraient pu me tourner la tête... sans Mme Steichen, mon professeur de piano. Elle avait donné des récitals en Autriche et elle était très célèbre. Faire partie de sa classe était considéré comme un grand honneur, bien que cette distinction m'eût d'abord paru redoutable. Rien qu'à voir la façon dont ses étudiants entraient en classe, on comprenait qu'elle bénéficiait d'une considération toute spéciale. En plus de ses cours collectifs, elle donnait des leçons particulières.

Mme Steichen se présentait toujours devant ses élèves habillée comme pour un récital. Elle arrivait un peu en avance, n'admettait pas le moindre retard. Assis en demi-cercle, nous l'attendions dans le plus grand silence, et le claquement de ses hauts talons nous avertissait de son approche. Quand elle entrait, personne ne pipait mot. Et rarement la voyait-on sourire.

Elle était grande, mince, avec de longs doigts fins qui semblaient s'animer d'une vie propre dès qu'elle effleurait le clavier. Quand elle jouait, ses yeux gris foncé prenaient un éclat intense, remarquable. Je n'avais jamais vu cela chez personne d'autre. Je trouvais très impressionnant de faire partie de ses élèves, et aussi très exaltant.

Les cheveux toujours soigneusement tirés en chignon sur la nuque, elle ne se maquillait jamais, pas même pour colorer ses lèvres pâles d'un soupçon de rouge. Quand j'étais assise à ses côtés, au piano, je pouvais voir sur ses poignets et sur ses tempes ces taches brunes qui sont la marque de l'âge. Elle avait la peau si fine qu'on distinguait presque à l'œil nu les petites veines de ses paupières.

Pourtant, cette apparence fragile était trompeuse. En classe, elle se montrait ferme, forte, et n'hésitait pas à recourir à l'ironie la plus caustique, si le besoin s'en faisait sentir. À deux reprises, au moins, elle m'amena au bord des larmes.

— Ne m'aviez-vous pas dit que vous aviez pris des leçons de piano ? fit-elle observer, la première fois que je jouai devant elle. Ou vous aurait-on laissé croire que je n'ai pas d'oreille ?

— Non, madame, et j'ai vraiment pris des leçons. Je...

— Je vous en prie, m'interrompit-elle, avec un geste de la main qui balayait toute objection. Oubliez tout ce qu'on a pu vous apprendre et considérez-vous comme une débutante. (Elle me vrilla de son regard intense.) Vous m'avez bien comprise ?

— Oui, madame.

— Bon, commençons par le commencement, décida-t-elle.

Et ce jour-là, elle me traita exactement comme si je venais tout juste d'apprendre ce qu'était un piano.

Pourtant, vers la fin de l'été, au moment où elle terminait son cours, elle marqua une pause et me dévisagea longuement. Je frémis d'angoisse, prête à m'entendre dire que je devais abandonner le piano, mais non. L'avis qu'elle laissa tomber comme une sentence produisit sur moi un effet de choc.

— Il semble que vous ayez un don inné pour la musique. Je crois que vous avez l'étoffe d'une pianiste, finalement.

Là-dessus, elle tourna les talons, me laissant clouée sur mon tabouret. Pas pour longtemps, cela va sans dire : je courus annoncer la nouvelle à Trisha. Et nous allâmes fêter l'événement chez George, devant une mirobolante glace aux fruits confits nappée de mousse au chocolat. Nous étions même si excitées qu'en partant, en voyant le pauvre Arthur déambuler sur le campus, nous lui proposâmes de se joindre à nous. Il ouvrit des yeux ronds, comme si nous lui demandions de sauter du pont George-Washington, puis son regard s'attacha sur moi et je crus qu'il allait accepter. Mais il secoua la tête, nous remercia et s'en fut à grandes enjambées. Pendant tout l'été, il s'était tenu à l'écart, mais je sentais qu'il cherchait à dominer sa timidité et à me parler, surtout quand j'étais seule.

À part Trisha et quelques nouveaux amis du conservatoire, je n'avais personne à qui confier mon bonheur. Je pouvais écrire à Jimmy, mais pas l'appeler. Et je commençais à me sentir quasiment orpheline. Un destin sans pitié m'avait dépossédée de ma famille, pour me lier à une autre qui ne voulait pas de moi. En fait, c'était comme si je n'avais plus de famille du tout, ni passé, ni présent, ni avenir. Les autres filles de mon âge échangeaient toutes sortes de confidences sur leur enfance, leurs frères et sœurs, parents et grands-parents. Ils se racontaient des anecdotes sur leurs familles, leurs belles soirées de vacances, les faits et gestes de leurs proches, leurs plaisanteries, mais moi ! Moi je restais bouche cousue, et pour cause !

Ma véritable mère, Laura Sue, ne vint jamais me voir malgré sa promesse. Pourtant, un beau soir, le dernier lundi du mois d'août, elle appela pour prendre de mes nouvelles et s'excuser de m'avoir négligée tout l'été. Et vraiment, ce n'étaient pas les excuses qui lui manquaient !

— Je ne me sens plus du tout d'aplomb depuis ton départ, commença-t-elle. D'abord, j'ai eu un rhume des foins épouvantable, qui a failli dégénérer en pneumonie. Et après ça, une allergie si grave que les médecins n'y comprenaient plus rien.

« Car j'en ai vu plusieurs, figure-toi. Randolph a fait venir toutes sortes de spécialistes, un vrai défilé. Et en pure perte : je continuais à pleurer et à éternuer. Tu imagines dans quel état j'étais : je n'ai pratiquement pas quitté ma chambre.

— Je suis désolée de l'apprendre, Mère. Et si tu venais à New York ? Le changement d'air te guérirait peut-être de ton allergie, qui sait ?

— Inutile : elle a disparu aussi vite qu'elle était venue, comme par enchantement. Je vais mieux, maintenant, bien que je me sente assez faible, c'est normal. Les médecins me conseillent de garder le lit encore un moment, et j'en suis navrée. J'aurais tellement aimé courir les boutiques avec toi !

« Et comment ça se passe, pour toi ? Tu t'amuses ? Le collège te plaît ?

S'en souciait-elle vraiment ? J'en doutais fort. Par contre, je savais que si je répondais par la négative, elle tomberait en pâmoison et raccrocherait avant que j'aie le temps de dire ouf.

— Oui, affirmai-je. Tout va bien.

— Tant mieux. Je pense être en mesure de voyager d'ici un mois. En attendant, je veillerai à ce que Randolph t'envoie de l'argent, pour que tu puisses faire quelques courses avec tes amies, ça te va ?

« Je t'aurais bien envoyé Randolph lui-même, mais avec tout ce monde à l'hôtel, il est très occupé. Grand-mère Cutler a besoin de lui. Elle compte beaucoup sur lui.

— Ah oui ? J'aurais juré qu'elle n'avait besoin de personne, pourtant. Et elle ne compte que sur elle-même.

— Voyons, Aurore ! Ne prends pas les choses ainsi, cela ne te mènera à rien. Ne vaut-il pas mieux tirer le meilleur parti de la situation ? Ne crée pas de nouveaux problèmes, s'il te plaît. Pas maintenant, juste au moment où je retrouve assez de forces pour te parler.

— Cela représente donc un tel effort pour toi, Mère ? Pourquoi ? À cause de tous ces mensonges qui nous séparent ?

— Oh, non ! Je ne vais pas discuter de tout ceci par téléphone ! Je te rappellerai bientôt, conclut-elle en raccrochant précipitamment.

J'étais encore sous le coup de la surprise quand je perçus un second déclic sur la ligne, et un frisson me courut le long du dos. Ainsi, Agnès Morris épiait mes communications ? Ulcérée, je montai prévenir Trisha.

— Elle écoute mes conversations téléphoniques, j'en suis sûre ! Et tout ça parce qu'elle croit tous les mensonges de Grand-mère.

— Il faut que nous mettions la main sur cette lettre, décida mon amie. Nous essaierons demain soir, quand elle sera au théâtre. Je suis certaine qu'elle ne ferme pas sa chambre à clef.

— Oh, Trisha ! Tu crois vraiment... et si on nous surprenait ?

— On ne nous surprendra pas. Tu veux lire cette lettre, oui ou non ? Eh bien, réponds !

Je la regardai droit dans les yeux.

— Oui, je veux la lire. J'en meurs d'envie.

Le lendemain soir, nous nous attardâmes au salon, feignant un intérêt passionné pour les albums d'Agnès. Je faillis même l'empêcher de sortir, tant je paraissais suspendue à ses lèvres. Elle n'en finissait plus de dévider les anecdotes sur son prestigieux passé théâtral. Ce fut M. Fairbanks qui nous sauva. Au premier carillon, Agnès s'aperçut brusquement qu'il lui restait tout juste le temps de se préparer avant d'aller rejoindre ses amis.

Dès qu'elle fut partie, nous nous mîmes à la recherche de Mme Liddy, pour découvrir qu'elle écoutait la radio dans sa chambre. Aussitôt, Trisha m'adressa un signe d'intelligence et s'approcha de la porte d'Agnès. Effectivement, elle n'était pas fermée à clef. Quand Trisha fit jouer la poignée, je me sentis vaciller sur mes jambes.

— Et si elle revenait pendant que nous serons chez elle ?

— Impossible, voyons ! Elle est au théâtre. Allons-y ! chuchota ma complice.

Par-dessus mon épaule, je lorgnai la porte close de Mme Liddy. La radio jouait toujours, mais la gouvernante pouvait très bien sortir et nous surprendre. Je frémis à cette idée, puis je pensai à Grand-mère. Ce fut comme si je croisais son regard métallique, étincelant de méchanceté démoniaque.

— D'accord ! Je te suis.

Je n'avais jamais vu l'autre côté du rideau. Trisha l'écarta et je lui emboîtai le pas. J'eus l'impression de faire mon entrée sur un plateau mal éclairé.

La seule lumière provenait de la petite lampe Tiffany, à abat-jour de verre coloré, posée sur le coin gauche du bureau. Deux tables de nuit en pin encadraient le lit ancien, en fer forgé laqué blanc. La courtepointe était blanche, elle aussi, gansée de vieux rose et surchargée de coussins. À droite, sous un immense miroir, une coiffeuse disparaissait sous les pots de crème, les tubes et les poudriers. L'un des angles était si encombré de flacons de parfum qu'on se serait cru au rayon parfumerie d'un grand magasin. En approchant, je m'avisai qu'une rangée d'ampoules surmontait le miroir : exactement comme dans une loge.

Sur la gauche, des commodes jumelles flanquaient une porte close, sur laquelle on avait accroché l'écriteau : « Sortie ».

— Elle a rapporté un tas de trucs de différents théâtres, expliqua Trisha, en réponse à mon regard intrigué. Sa coiffeuse vient vraiment d'une loge. Et regarde ces tentures, aux fenêtres ! Elles sont taillées dans un rideau de scène. Tous les matins, quand elle sort de sa chambre, elle s'imagine qu'elle reprend le premier rôle dans une nouvelle pièce.

J'examinai les photographies qui tapissaient les murs. Toutes montraient Agnès dans des costumes divers, et j'en reconnus quelques-unes, déjà vues dans son album.

Brusquement, tout cela me parut très triste. Pauvre Agnès ! Elle s'enfermait dans le passé, n'ayant plus ni présent ni avenir. Chaque jour, elle brodait de nouveaux fantasmes sur la trame de ses souvenirs pour éviter d'affronter la réalité. Sa beauté, sa jeunesse enfuies, son public disparu, voilà ce qu'elle fuyait. Elle vivait par procuration, à travers ses pensionnaires. Quelle était la part d'illusions, dans tout ce qu'elle nous avait raconté ? J'en étais là de mes réflexions quand Trisha fit observer :

— Si la lettre se trouve ici, c'est probablement sur ce bureau. Voyons un peu...

Sitôt dit, sitôt fait. Nous commençâmes à fourrager parmi les papiers en désordre, fatras hétéroclite de factures, lettres, dépliants publicitaires et programmes de théâtre. Mais de la lettre de Grand-mère Cutler, pas trace, et dans les tiroirs non plus. Soudain, je crus entendre des pas dans le couloir et touchai l'épaule de Trisha en manière d'avertissement. Nous écoutâmes pendant quelques instants, mais tout demeura silencieux.

— Nous ferions mieux de partir, chuchotai-je.

Trisha laissa errer son regard autour d'elle.

— Une minute ! Mettons-nous à la place de cette pauvre Agnès. Pour elle, cette lettre fait sûrement partie d'un scénario... Oui, c'est ça ! Une sorte de correspondance secrète, réfléchit-elle à haute voix. Maintenant que j'y pense...

Elle examina les lieux d'un œil de limier.

— On a donné une pièce policière, l'année dernière. Agnès y est allée, naturellement. Donc...

Elle s'approcha lentement du lit.

— Partons, maintenant ! implorai je.

Si Mme Liddy sortait de chez elle, elle nous entendrait, j'en étais sûre. Trisha me fit signe de ne pas interrompre ses méditations. Puis elle souleva légèrement le couvre-lit, s'agenouilla et glissa la main entre le matelas et le sommier. Elle parcourut toute la longueur du lit, ne trouva rien et changea de côté pour répéter l'opération.

— Trisha...

— Attends !

Elle disparut dans la ruelle et j'allai coller mon oreille à la porte. Un instant plus tard, Trisha se relevait, brandissant la lettre, et me rejoignait près du bureau. Là, elle tira le feuillet de l'enveloppe, l'étala sous le cône de lumière et je lus lentement, à haute voix.

Chère Agnès,

Comme vous le savez, j'ai fait inscrire ma petite-fille Aurore au conservatoire Sarah-Bernhardt et chargé M. Updike de lui obtenir une chambre chez vous. Je sais que je puis compter sur votre amitié. Je répugne à placer un tel fardeau sur vos épaules, mais franchement, vous êtes mon dernier espoir.

Cette enfant a été une cause de graves soucis pour nous tous. Ma belle-fille ne sait plus à quel saint se vouer, elle a même frisé plusieurs fois la dépression nerveuse. Quant à mon fils, Randolph, je ne saurais vous dire à quel point il a vieilli à cause de cette... eh bien, oui, je dois me résoudre à l'écrire... de cette mauvaise graine, la honte de la famille.

Ironie du sort, cette délinquante juvénile possède un réel talent pour la musique. Et comme ses tendances dévoyées et dévergondées lui ont valu des renvois successifs de plusieurs lycées, j'ai cru bien faire en la poussant vers les études artistiques. À mon avis, canaliser son énergie sur ses dons naturels pourrait agir comme un dérivatif souhaitable à ses mauvais penchants.

Nous portons tous notre part de responsabilité. Nous l'avons trop gâtée. Randolph n'a fait que la combler de cadeaux depuis qu'elle est au monde. Jamais elle n'a levé le petit doigt pour participer aux travaux de l'hôtel. Quoi qu'on lui demande, elle ne sait que se plaindre.

Et ce n'est pas tout. J'ai peur qu'elle ne soit devenue très sournoise, n'hésitant pas à soutenir les pires mensonges sans sourciller. Elle a même été jusqu'à voler une de mes plus vieilles clientes.

Il se pourrait que, malgré mes mises en garde, elle reste en contact avec certaines de ses anciennes relations de lycée, dont la fréquentation ne lui vaut rien. Ayez l'œil sur elle, et veillez à ce qu'elle respecte les règles en vigueur chez vous. Naturellement, je vous entretiendrai plus en détail de tout ceci, dès que possible.

Je ne saurais vous dire combien nous apprécions, ma

famille et moi, l'aide que vous nous apportez en acceptant de vous charger de ce qu'il faut bien appeler une adolescente difficile. À tel point que nous redoutons son influence éventuelle sur Philippe et Clara, qui nous donnent tant de satisfactions.

Croyez, chère Agnès, que je pense à vous fidèlement et avec amitié.

Bien à vous,

Liliane Cutler

J'éclatai en sanglots et Trisha m'entoura les épaules de son bras.

— Cette lettre n'est qu'un ramassis de mensonges, m'écriai-je à travers mes larmes, et d'une méchanceté gratuite, odieuse ! Moi, une enfant gâtée, voleuse, menteuse, dévergondée, la honte de la famille ? Et elle qui déteste ma mère, en plus ! Comment ose-t-elle prétendre que j'ai eu une mauvaise influence sur Clara Sue ? Je t'ai raconté ce qu'elle nous a fait, à Jimmy et à moi, et encore... pas tout !

— Tu devais bien t'attendre à quelque chose de ce genre, non ?

— C'est vrai, mais de là à le voir écrit noir sur blanc ! Quelle langue de vipère, cette femme, quelle méchanceté, quelle... oh, je ne sais pas ce que je lui ferais ! explosai-je en grinçant des dents. Si seulement je savais comment lui rendre la pareille !

— C'est bien simple, rétorqua tranquillement Trisha : réussis. Donne-lui un démenti sur toute la ligne.

— Tu as raison. Je vais m'acharner au travail. Et chaque fois que je décrocherai une bonne note ou un compliment, je penserai à la tête qu'elle ferait en l'apprenant.

— En attendant, nous ferions mieux de ranger ça, décréta Trisha en replaçant l'ignoble lettre dans son enveloppe.

Elle la glissa sous le matelas, remit tout en ordre et nous

nous faufilâmes sans bruit dans le couloir. Mais après le tournant, et juste avant de me diriger vers l'escalier, je fis halte pour regarder derrière moi. Je crus distinguer deux yeux luisants dans l'obscurité, et le mouvement furtif d'une ombre.

Trisha ne s'était aperçue de rien et continuait son chemin. Mais je revins sur mes pas et découvris Arthur Garwood, le dos plaqué au mur. Mince et tout de noir vêtu, il était presque invisible dans la pénombre. Il devait savoir que je l'avais vu, mais il ne s'avança pas pour se montrer, au contraire. Il s'aplatit littéralement contre le mur pour se fondre dans les ténèbres. Je faillis appeler Trisha, hésitai et la suivis jusqu'à notre chambre. Et là, sans perdre une minute, je lui racontai l'incident...

— Et il s'est contenté de rester là, dans le noir ?

Je hochai la tête et refermai les bras sur mes épaules en frissonnant. Bizarre, cette rencontre, quand même... Trisha s'empressa de me rassurer.

— Ne t'inquiète pas, il ne dira rien à Agnès. Il ne tient pas à ce que nous sachions qu'il nous espionnait.

— Mais comment savait-il que nous voulions pénétrer chez elle à son insu ?

— Il a très bien pu nous suivre, ou alors...

Elle eut un regard éloquent vers la porte.

— Ou alors surprendre notre conversation, voilà. Si jamais je le prends sur le fait, il s'en mordra les doigts, je te le garantis ! Mais n'y pense plus, il est un peu cinglé, tu sais bien.

C'était plus facile à dire qu'à faire, l'image de la silhouette filiforme d'Arthur m'obsédait. Prise de doutes, je me demandai si je l'avais bien vue ou si ce n'était pas le fruit de mon imagination. J'allai même jusqu'à entrouvrir la porte pour essayer de l'apercevoir quand il regagnerait sa chambre, mais non. Rien en vue.

— N'y pense plus, répéta Trisha. Il ne vaut pas la peine qu'on se tracasse pour lui.

Je refermai la porte et Trisha brancha la radio, ce qui nous fournit un fond sonore pendant que nous faisions nos devoirs. Après quoi, j'eus un mal fou à m'endormir. Je ressassais indéfiniment chacune de mes entrevues avec Grand-mère Cutler, sans exception. Depuis la toute première, où elle avait voulu m'imposer le nom d'Eugénie, jusqu'à cette confrontation où je lui avais appris que je savais la vérité sur mon enlèvement, et la part qu'elle y avait prise. Grand-mère ne savait pas accepter la défaite avec le sourire, oh non ! Elle se vengerait, mais par quels moyens ? Rien que d'y penser, j'en avais la chair de poule.

À la fin de la session d'été, le conservatoire ferma ses portes. Quelques étudiants de dernière année restèrent, cependant, pour préparer leurs futures auditions. Mais la plupart des professeurs et des élèves profitèrent de cette brève interruption avant la rentrée pour prendre un peu de vacances. Pour ma part, j'avais déjà décidé de ne pas retourner à l'hôtel. Je n'y tenais pas du tout, et si je posais la question à ma mère, j'étais sûre qu'elle n'insisterait pas pour me voir. Ma décision ne parut pas surprendre Agnès : on aurait dit qu'elle s'y attendait.

Trisha rentra chez elle, bien sûr, et je ne lui en voulus pas. Elle mourait d'envie de revoir ses parents, son amoureux, ses vieux amis. Elle m'offrit à plusieurs reprises de l'accompagner, mais je refusai. Je ne voulais pas être un poids pour elle. Ce qui ne l'empêcha pas de me laisser des instructions écrites sur les horaires des cars.

— Au cas où tu changerais d'avis, on ne sait jamais... et je te préviens ! Dans quelques jours, je t'appelle et je recommence le siège par téléphone. Ça me rend malade de te laisser toute seule ici, ajouta-t-elle.

Et elle avait des larmes dans la voix.

Pour être seule, je le serais ! Arthur lui-même s'en allait. Ses parents vinrent le chercher la veille du départ de Trisha, et le hasard voulut que nous les rencontrions dans le hall.

Quand Agnès fit les présentations, il me vint à l'esprit qu'il aurait pu tout aussi bien être un enfant adoptif. Il ne ressemblait en rien à ses parents. Son père était courtaud, presque chauve, avec des joues rebondies, une bouche pincée et de petits yeux noisette. Et sa mère ! Encore plus petite que son mari, elle avait une silhouette en poire, les cheveux blond-roux et les yeux bleus, un teint de lait. Leur seul point commun avec Arthur était leur humeur taciturne.

Ils parlaient à peine, et paraissaient n'avoir d'autre souci que de respecter leur programme. Ils partaient pour ce qu'ils appelaient « des vacances utiles », où alterneraient loisirs et travail. Un concert à Boston pour commencer, puis un peu de tourisme, y compris un petit tour au cap Cod. Arthur ne se montrait pas très enthousiaste, mais ils insistèrent pour qu'il les accompagne. Il ne dit au revoir à personne. Mais au moment de franchir la porte, il se retourna et me dévisagea longuement, ses grands yeux lourds d'une telle mélancolie que, pour la première fois, ma compassion me fit oublier tout le reste. J'étais plus triste pour lui que pour moi.

C'est quand tout le monde fut parti, quand je me retrouvai dans ma chambre vide, sans Trisha, que je compris le poids de ma solitude. Je lus un peu, puis je décidai de sortir acheter un album pour tenir un journal. Notre professeur de lettres nous l'avait suggéré, pour des raisons fort différentes des miennes. Il estimait que ces notes constitueraient une mine d'informations, descriptions, impressions, dont nous pourrions avoir besoin plus tard ; pour un devoir, par exemple. Personnellement, j'y voyais un moyen comme un autre de démêler le chaos de mes émotions. Cela pourrait m'y aider, en tout cas.

Dans la journée, j'aidai Mme Liddy, qui profitait toujours de ces congés d'été pour faire un grand nettoyage.

— En général, la maison est vide à cette époque, avait-elle déclaré, sans intention désagréable, d'ailleurs.

Son sourire me l'avait aussitôt confirmé.

Faire les chambres à fond, une par une, me rappela l'époque où je travaillais comme femme de chambre à l'hôtel. Je pensai à Mme Boston, la gouvernante ; à Sissy, ma collègue, qui m'avait aidée sans le vouloir à découvrir le secret de mon enlèvement en me conduisant chez Mme Dalton. Je me mis à l'ouvrage comme on se jette à l'eau, récurai les planchers, époussetai, astiquai, jusqu'à ce que les meubles reluisent comme un miroir. Je lavai les fenêtres, vitres et boiseries, et frottai tant et si bien qu'on ne savait plus si elles étaient ouvertes ou fermées. De temps en temps, Mme Liddy s'arrêtait pour m'observer, les poings sur les hanches, et hochait la tête d'un air approbateur. Un peu plus tard, en fin d'après-midi, elle appela Agnès pour lui faire admirer mon travail.

— Mais regardez-moi ça ! fit-elle en tapant dans ses mains. Une perle, pas vrai, Agnès ? Nous n'avons jamais eu d'étudiante qui abatte autant d'ouvrage. Jamais de la vie !

— Non, reconnut Agnès en baissant les yeux. Il faut que j'écrive à votre grand-mère à ce sujet.

— Bonne idée, répliquai-je, bien que son opinion m'importe peu. Et pendant que vous y êtes, ajoutai-je en me mordant la lèvre, demandez-lui donc où une fainéante aussi égoïste et gâtée a bien pu apprendre à faire le ménage.

Les yeux de Mme Liddy pétillèrent.

— Peut-être que vous êtes en train de changer ? suggéra Agnès.

Et elle s'en fut, me laissant ruminer ma fureur.

Je tuai le temps en visitant les musées et en faisant du lèche-vitrines sur la Cinquième Avenue. Un après-midi, j'entrai même à l'hôtel Plaza, pour le seul plaisir de m'asseoir dans le hall et de béer devant les allées et venues de la clientèle ultrachic. J'essayai de nous imaginer, Jimmy et moi, en séjour dans ce fabuleux hôtel pour une éblouissante semaine. Je m'achèterais des toilettes étourdissantes, nous irions dans les plus grands restaurants, et même, qui sait ? nous danserions dans la salle de bal. Je voyais mon cher Jimmy, si grand, si fort, abaissant sur moi son regard sombre et m'entourant de son bras protecteur, un sourire taquin au coin de ses lèvres sensuelles. Et ces pensées faisaient courir sous ma peau de bizarres petits frissons, à la fois effrayants et délicieux.

Bien sûr, Jimmy ne voulait jamais se mettre en frais, ni se faire passer pour ce qu'il n'était pas. Mais à son retour de l'armée, peut-être serait-il différent ? Plus mûr, et même, pourquoi pas — plus ambitieux ? Qui sait s'il n'éprouverait pas les mêmes désirs que moi ?

Un soir, après une longue journée passée au musée d'Histoire naturelle, je m'étais attardée au salon. Assise au piano, je tapotais une mélodie quand soudain, je perçus une présence dans la pièce. Je n'avais pas entendu venir Agnès, mais quand je me retournai, je la surpris en train de m'observer d'un air étrange. Pendant un instant, je crus même qu'elle était fâchée parce que j'utilisais le piano sans permission.

— Mon père était un excellent pianiste, dit-elle enfin. Mais il trouvait que ce n'était pas un métier pour un homme, et il n'a pas fait carrière.

— Mais alors... c'est peut-être de lui que vous tenez votre talent, Agnès ?

— Oui, sans doute.

Je ne l'avais jamais vue aussi mélancolique. Elle ne portait que du noir et aucun bijou, aucun maquillage, ce qui ne lui ressemblait guère.

— Avez-vous des frères et sœurs, Agnès ? Je n'ai pas vu de photographies d'eux, dans vos albums.

— Non, je suis fille unique, soupira-t-elle. Ma naissance a été une telle épreuve pour ma mère qu'elle s'est juré de n'avoir jamais d'autre enfant.

— Et vous n'avez jamais souhaité vous marier ?

À voir la fixité soudaine de son regard, je m'attendais à une réprimande cinglante pour cette intrusion dans sa vie privée. Et subitement, elle sourit.

— Oh, ce ne sont pas les occasions qui m'ont manqué, mais... j'ai toujours eu un peu peur du mariage.

— Peur ? Et de quoi ?

— Peur que le mariage me coupe les ailes, et m'enferme dans une cage dorée, comme un canari. Il peut toujours chanter, mais son chant est si triste, si lourd de désirs et de rêves ! C'est très difficile d'être une bonne épouse et une bonne mère, en menant de front une carrière théâtrale, déclama-t-elle, reprenant son ton doctoral. Nous sommes une race à part, nous les comédiens et les artistes, vous comprendrez cela plus tard.

« Mon premier amour, c'est le théâtre. Et malgré nos promesses à ceux qui nous sont chers, nous ne le trahissons jamais. Notre carrière passe avant tout, nous lui sacrifions tout. Ah, quand une salle se rallume, quand les applaudissements éclatent... savez-vous ce qu'il se passe ? Nous faisons l'amour avec notre public, voilà ce qu'il se passe ! Pendant toutes ces années...

Elle parcourut la pièce du regard comme si elle se trouvait sous les feux de la rampe.

— J'ai été mariée, en fait. Avec le théâtre.

— Mais si je veux chanter, devrai-je renoncer à avoir un mari, une famille, moi aussi ?

Ma voix laissa percer mon angoisse. Je ne voulais pas avoir à choisir entre tous mes rêves.

— C'est difficile à dire. Cela dépendra entièrement de votre mari. Il peut être aimant et compréhensif, ou terriblement jaloux.

— Jaloux ? Mais pourquoi ?

— Parce qu'il vous verra en scène, quand vous chanterez pour d'autres, quand vous les embrasserez, quand vous leur direz que vous les aimez. Vous serez si convaincante que le public croira pour de bon à cet amour.

Je n'avais jamais vu les choses sous cet angle, et mon cœur me parut soudain très lourd, si lourd qu'il me fit mal. J'essayai d'imaginer Jimmy dans la salle, et moi sur scène, faisant tout ce que venait de décrire Agnès. Mon cher Jimmy, apparemment si dur et au fond, si vulnérable...

— Mais quand même, reprit Agnès en plastronnant, j'ai brisé quelques cœurs ! Savez-vous ce que contient ce vase que je garde sous clef ?

Elle s'approcha de la vitrine et désigna le fameux vase, dans lequel je n'avais vu jusque-là qu'une antiquité, conservée pour sa seule valeur.

— Non. Que contient-il ?

— Les cendres de Sanford Littleton, un jeune homme qui m'a aimée à la folie, jusqu'au suicide. Il a laissé des instructions pour que ses précieux restes me soient remis après son incinération, figurez-vous !

Agnès fit suivre cette déclaration d'un rire aigu et s'exclama tout aussitôt :

— Ne prenez pas cet air accablé, vous n'êtes pas obligée de décider de votre avenir à la minute !

Je n'étais pas accablée, mais choquée. Et pas encore au bout de mes surprises. Agnès tourna les talons et, sur le point de sortir, jeta par-dessus son épaule :

— Ah, au fait ! Vous avez une lettre, aujourd'hui.

— Une lettre !

— Mme Liddy l'a déposée dans votre chambre en montant du linge.

— Merci.

Je filai d'un trait jusqu'à l'étage et trouvai l'enveloppe sur mon lit. J'espérais un message de Jimmy, m'annonçant son arrivée prochaine, mais je reconnus le papier et le cachet de Cutler's Cove. En retournant l'enveloppe, je vis qu'elle avait été ouverte et recollée avec de l'adhésif. Mais le nom de l'expéditeur me fit battre le cœur : c'était celui de papa ! Enfin... d'Ormand Longchamp, qui restait toujours un père pour moi, bien plus que Randolph ne le serait jamais.

Je me jetai sur mon lit, déchirai l'enveloppe et la date

me sauta aux yeux : la lettre remontait à près de trois semaines.

Trois semaines ! Et Grand-mère l'avait lue, naturellement. Quel procédé ignoble ! De quel droit agissait-elle ainsi ? Je m'efforçai en vain de dominer ma rage : autant essayer de passer trois minutes sans respirer ! Je tremblais encore quand je commençai ma lecture.

Chère Aurore,

Je suis heureux de t'apprendre qu'on m'a rendu la liberté. Je ne sais toujours pas pourquoi ni comment les choses sont allées si vite, mais un beau matin le gardien-chef m'a fait appeler pour m'annoncer que j'étais libéré sur parole. D'ailleurs la prison n'était pas le plus dur à supporter, dans tout ça. Le pire, c'était de savoir que je vous avais fait tant de mal, à tous les trois. Je te demande pardon, je n'aurais jamais cru que tout finirait comme ça, et si tu me détestes à présent, je ne te le reprocherai pas. J'espère que tout va bien pour toi, maintenant que tu vis avec ta vraie famille et que tu es riche. Au moins, tu ne tireras plus le diable par la queue. Finis les pois chiches et les lentilles !

Le directeur de la prison m'a déniché un bon emploi dans une grande blanchisserie, je m'occupe de l'entretien. J'ai aussi trouvé un petit logement pas trop loin de mon lieu de travail. Il coulera de l'eau sous les ponts avant que je puisse me payer une voiture, mais je n'ai pas le droit de quitter le coin, de toute façon. Je suis « assigné à résidence », c'est comme ça qu'on dit.

Mais le mieux, c'est que Jimmy m'a téléphoné, et même écrit, en plus. On est de nouveau copains, et je suis rudement fier de lui. Il m'a dit qu'il ne te perdait pas de vue, toi non plus. Ça me fait de la peine que Fern soit chez des étrangers, mais il paraît que c'est des gens bien, et qu'ils ont les moyens, alors c'est pas plus mal. Au moins elle aura tout ce qu'il faut.

J'espère pouvoir la reprendre bientôt, tu penses, et j'en ai parlé avec mon juge, mais il n'a pas trop su quoi me répondre. Tout ce qu'il a pu me dire, c'est que si la famille voulait adopter Fern, j'aurais de sacrés problèmes. Ça veut dire qu'il me faudrait une armée d'avocats pour en sortir, je vois ça d'ici. Mais vu que j'ai tous les torts, je ne peux pas trop me plaindre.

En tout cas, je voulais t'écrire pour te dire que je regrette le mal que je t'ai fait. Tu as toujours été une chic fille et moi j'ai toujours été fier d'être ton papa, même si j'étais pas le bon.

Pour être franc, vous me manquez tellement, Sally Jean et vous trois, que j'en suis malade. Ça me fait gros au cœur, si tu savais ! Des fois, la nuit, j'y pense tellement que je ne peux pas dormir. On en a vu de dures, c'est vrai, mais au moins on était tous ensemble.

Bon, j'arrête. Peut-être qu'on se reverra un jour, mais si tu ne veux plus entendre parler de moi, je ne t'en voudrai pas.

Que le bon Dieu te bénisse,

Papa

P.-S. : Si j'écris ça, c'est que je le pense vraiment : pour moi, tu es toujours ma fille.

J'éclatai en sanglots, et, la lettre serrée contre mon cœur, je m'abandonnai à mon chagrin. J'étouffais, j'avais mal, je me balançais comme un enfant se berce, les joues sillonnées de larmes. Je pleurai tant et tant que mon couvre-lit en devint tout humide. Puis je repris le dessus, respirai profondément et m'essuyai les yeux. Je glissai la lettre entre les pages de mon journal et m'assis à mon bureau pour répondre à papa.

Je lui dis que je savais tout, que je l'aimais toujours et que je mourais d'envie de le revoir. Je noircis je ne sais combien de feuillets, lui racontai tout en détail. L'existence que j'avais menée à l'hôtel, l'hostilité de ma famille, comment et à quel prix j'avais découvert que l'argent ne fait pas le bonheur. Puis je lui parlai de New York, du conservatoire : ma lettre grossissait à vue d'œil. Elle finit par être si volumineuse que j'eus du mal à la glisser dans l'enveloppe. Après quoi, je courus la poster. Celle de papa avait été retenue si longtemps à l'hôtel ! Il devait croire que j'avais coupé les ponts avec lui. Je voulais qu'il sache le plus tôt possible qu'il n'en était rien.

Trisha appela plusieurs fois au cours de cette première semaine, pour tâcher de me décider à la rejoindre. Je lui répétai mon étrange conversation avec Agnès, sans oublier de mentionner le vase et son contenu. Sa réaction ne se fit pas attendre.

— Tu ne vas pas croire cette histoire, au moins ! Elle a vu ça dans une pièce.

— Franchement, j'aimerais mieux. Ça me fait tout drôle d'entrer dans le salon, maintenant.

Je lui promis de réfléchir sérieusement à son invitation, mais un événement inattendu vint tout changer. Un matin, merveilleux entre tous, Agnès frappa à ma porte pour m'annoncer qu'on me demandait au téléphone : c'était Mme Steichen.

— Je suis rentrée plus tôt que d'habitude, m'apprit-elle, comme si cela expliquait tout.

— Oui, madame ?

— J'aurai une heure de libre entre neuf et dix chaque matin, à partir d'aujourd'hui.

— Oh ! Merci, madame ! J'y serai.

— Parfait.

Sur ce, elle raccrocha.

J'avais des ailes aux pieds en me rendant au collège. Et d'emblée, je perçus le changement d'attitude de Mme Steichen à mon égard. Elle me parlait avec plus de douceur, presque avec affection, sa voix elle-même avait changé. Et dès que la nouvelle de ce traitement de faveur fut connue des professeurs, je m'aperçus qu'ils me regardaient d'un autre œil, même ceux dont je n'avais jamais suivi les cours. Brusquement, j'étais devenue quelqu'un.

Trisha fut la première à rentrer de vacances. Nous en avions des choses à nous raconter ! Nous réussîmes à compresser en une seule trois heures de conversation ordinaire. Je lui parlai de mes journées new-yorkaises, de mes leçons avec Mme Steichen, qui produisirent une forte impression sur elle. Puis je lui fis lire la lettre de papa. Elle en pleura. Et quand elle sut qu'on l'avait retenue à l'hôtel, et ouverte, elle fut aussi révoltée que moi.

Après quoi, nous allâmes chez George savourer nos traditionnelles glaces-limonades en écoutant le juke-box.

Nous revînmes à la maison sans nous presser, dans la chaleur humide et moite du crépuscule. Le soleil s'abaissait derrière les gratte-ciel, étirant de longues ombres que nous trouvions rafraîchissantes après ce jour brûlant, aussi bienvenues que la brise du fleuve. C'était toujours l'été, mais la circulation n'avait pas ralenti, les piétons marchaient toujours aussi vite. Je savais maintenant que New York possédait son rythme propre, et que ceux qui voulaient y vivre et y travailler devaient s'y adapter, sous peine d'être broyés par lui.

Décidément, c'était la journée des surprises. À peine avions-nous franchi le seuil de la maison qu'Agnès vint à notre rencontre, tout sucre et tout miel.

— Il était temps que vous arriviez, Aurore ! Vous avez un visiteur.

— Un visiteur ?

Jimmy ne serait jamais venu sans me prévenir, alors de qui s'agissait-il ? J'adressai une grimace perplexe à Trisha et nous nous hâtâmes vers le salon. Mais sur le seuil, je me figeai. Impossible de faire un pas de plus : mes pieds refusaient d'avancer. Bien installé sur le canapé, Philippe souriait jusqu'aux oreilles.

— Salut, Aurore !

Très à son aise, il se carra confortablement, le bras étendu sur le dossier. Ses cheveux blonds ramenés en arrière en vague souple, il était plus beau que jamais. Une petite lueur aguicheuse pétillait dans ses yeux d'aigue-marine.

— J'ai pu m'absenter une journée pour venir te voir, avant la rentrée.

— Quelle charmante attention, non ?

Agnès était conquise, quant à moi... je n'ouvris pas la bouche.

— Eh bien, Aurore ? Vous ne présentez pas votre frère à Trisha ?

— Je ne lui ai pas demandé de venir, répliquai-je avec sécheresse.

— Quoi ?

Agnès dévisagea Philippe comme pour lui demander de traduire mes paroles. Son sourire conquérant n'était déjà plus qu'un souvenir.

— Et moi qui croyais que tu serais contente de voir quelqu'un de la famille...

— Eh bien, tu t'es trompé !

Un sursaut de rage et de crainte me tordit l'estomac, j'avais la nausée. Je me sentis virer au cramoisi. La seule vue de Philippe me rappelait intensément le contact de ses lèvres et de ses mains sur mon corps nu.

— Je n'ai pas spécialement envie de te voir. Tout ce que je te demande, c'est de me laisser tranquille ! Alors laisse-moi tranquille ! m'écriai-je en tournant les talons.

Et je m'enfuis sans demander mon reste.

— Aurore ! glapit Agnès. Revenez immédiatement !

Mais je grimpai les marches quatre à quatre, courus jusqu'à ma chambre et claquai la porte derrière moi. Puis je m'abattis sur mon lit, croisai les bras et contemplai sombrement le plafond.

Je ne jouerais pas la comédie de l'amour fraternel, ah ça non ! Pas après ce qu'il m'avait fait. Cela, je ne l'oublierais jamais.

Trisha ne tarda pas à me rejoindre. Elle referma très doucement la porte et me dévisagea, stupéfaite.

— Comment as-tu pu traiter ton frère de cette façon ? Il est si beau, en plus, et il a l'air si gentil ! Je croyais que c'étaient Clara Sue et ta grand-mère qui...

— Oh, Trisha !

Elle vit trembler mes lèvres et ne fit qu'un bond jusqu'à mon lit, où elle s'assit à mes côtés.

— Eh bien ?

— Je t'ai menti, le jour où tu m'as demandé pourquoi j'étais si bouleversée à cause de cette histoire de salle de bains. Tu te rappelles, avec Arthur ?

— Tu m'as menti ?

— Je t'ai dit que c'était un employé qui avait essayé de me violer.

— Mais... c'était qui, alors ?

— Philippe. Mon frère.

J'enfouis mon visage dans l'oreiller et gémis d'une voix lamentable :

— J'ai tellement honte, si tu savais ! Et il a le toupet de venir me voir ici, comme si de rien n'était !

Trisha effleura mes cheveux de la main.

— Quelle horreur ! Pauvre, pauvre Aurore, tu as tant de choses à oublier... si jamais tu y arrives !

Je me retournai et levai les yeux sur elle. J'aurais juré qu'elle ne m'enviait plus ma vie romanesque, maintenant. Et qu'elle ne trouvait plus la sienne aussi ennuyeuse, en comparaison. Moi, la réalité m'avait forcée à grandir plus vite que je ne l'aurais voulu. Je n'avais pas eu le choix.

4

Retrouvailles

Quand Philippe eut enfin compris que je refusais de le voir, il s'en alla. Il m'avait apporté une boîte de bonbons qu'il chargea Agnès de me remettre, en la priant de me dire qu'il reviendrait sous peu.

— Votre frère était bouleversé, soupira-t-elle en me toisant d'un œil sévère. Le pauvre, un garçon si charmant ! Et votre grand-mère qui espérait voir vos manières s'améliorer, chez moi...

Je faillis répliquer vertement qu'elle parlait de ce qu'elle ignorait, mais je me mordis la lèvre. Et j'eus du mérite ! Que savait-elle de ma vie, de mes malheurs ? Strictement rien. Et à propos de manières... c'était plutôt Grand-mère qui avait des progrès à faire. Elle qui régentait l'hôtel comme une plantation, et nous traitait tous en esclaves. Je gardai néanmoins mes réflexions pour moi et, comme c'était mon tour, j'allai rejoindre Mme Liddy pour l'aider. Je lui offris également la boîte de bonbons, ce qui lui causa le plus vif plaisir.

En fin d'après-midi, Agnès avait à nouveau enfourché son dada. Elle papillonnait dans toute la maison, surexcitée par son grand projet du moment : un déjeuner en l'honneur de la contribution des Barrymore à la gloire du théâtre. L'événement était prévu pour la fin de la semaine, et elle se répandait en anecdotes sur Ethel, John et toute la dynastie. À l'entendre, elle avait joué deux fois avec le grand Lionel Barrymore en personne. Dans la soirée, son émotion changea d'objet, pour se reporter sur l'arrivée imminente des autres pensionnaires. Et le lendemain, premières du peloton, les jumelles Beldock faisaient leur apparition.

Agnès nous fit appeler, Trisha et moi, pour accueillir la famille. Je savais que les jumelles avaient quatorze ans, et Trisha m'avait dit qu'elles étaient petites... mais petites à ce point-là ! Un mètre cinquante ou guère plus, de vraies poupées, et absolument délicieuses. Un soupçon de nez, la bouche en cœur, des yeux noisette et des cheveux blonds comme les blés, coupés à hauteur d'épaule et noués d'identiques rubans roses. Les mêmes robes, naturellement, blanc et rose, les mêmes sandalettes... deux copies conformes. Jusqu'aux fossettes de leurs joues qui se trouvaient exactement au même endroit ! Face à face, elles devaient avoir l'impression de se regarder dans un miroir.

J'adorai leur façon de prévoir chaque mouvement qu'allait faire l'autre et de terminer sa phrase à sa place. Trisha m'avait déjà informée qu'on surnommait Samantha « Sam » et Bénédicte « Bettie ». Toutes les deux jouaient de la clarinette et excellaient dans leur partie. Mais si les jumelles me plurent d'emblée, que dire de leurs parents !

Je trouvai le jeune couple rayonnant. Leur père était le type même du bel athlète américain, au charme ravageur et aux manières affables. Un bon mètre quatre-vingts, pour le moins, et des yeux bleus moirés de lumière dont un hâle superbe avivait l'éclat. Leur mère aussi avait les yeux bleus, et c'était d'elle qu'elles tenaient leur petite stature si délicate. Elle avait une voix mélodieuse, un sourire éblouissant, et sa façon de cajoler ses filles et de les embrasser me fit fondre.

Comme je leur enviais leur enfance heureuse ! Elles personnifiaient pour moi la famille idéale, rassurante, comblée. Je n'avais pas manqué d'amour, quand je vivais avec les Longchamp, mais l'angoisse était notre lot quotidien. Manger, s'habiller, trouver un toit, tout était difficile, sans compter l'humeur sombre et farouche de papa, la santé de maman. Je ne me souvenais pas de ne pas l'avoir vue malade, ou lasse à mourir. Quant à ma famille actuelle... mieux valait n'en rien dire.

Pourquoi certains enfants avaient-ils droit au bonheur, et d'autres non ? Étions-nous pareils à des graines jetées au vent qui retombent où elles peuvent au hasard ? Certaines dans la bonne terre, d'autres sur un sol aride, où il leur faudra mériter durement une minuscule place au soleil ? Et ceux qui me voyaient pour la première fois, comme les parents Beldock, par exemple... Devinaient-ils au premier regard toute la misère que j'avais reçue en partage, et qui ne m'avait pas quittée ?

Trisha et moi aidâmes les jumelles à s'installer dans leur chambre. Elles en avaient des choses à raconter !

— Oh, Trisha ! babilla Sam, c'est merveilleux...

— De se retrouver ici, acheva Bettie. Nous n'arrêtions pas de parler...

— De Bernhardt, reprit Sam au vol. Et c'est tellement chouette de voir une nouvelle tête !

Cela fut dit à mon intention, très gentiment. Et je ne pus me retenir de sourire en les voyant ranger méthodiquement leurs affaires, chacune rappelant à l'autre où se trouvait exactement chaque chose avant leur départ. Puis nous les invitâmes dans notre chambre et l'après-midi se passa à parler musique, cinéma et chiffons.

Mais Agnès, elle, se faisait un sang d'encre : sa dernière recrue manquait toujours à l'appel. Au beau milieu du dîner, cependant, le carillon de l'entrée la fit bondir sur ses pieds et elle courut accueillir l'arrivant, Donald Rossi. Le père de ce dernier, fantaisiste en vogue, se produisait à Boston et c'était son chauffeur qu'il avait chargé de « déposer » son fils. Fils et bagages dûment déposés à la porte, le chauffeur s'en fut et Agnès nous amena sans attendre son nouveau pensionnaire.

Quel personnage, ce Donald ! Petit pour ses quinze ans, blond, bouclé, joufflu, des taches de rousseur sur le nez et une bouche... une bouche incroyable. Très rouge, lippue, toujours en mouvement, elle se contorsionnait avec une vivacité prodigieuse quand il se lançait dans ses imitations de comiques célèbres. Et quel toupet, quel sans-gêne, surtout pour une première prise de contact ! Je n'avais jamais vu son pareil.

— Je meurs de faim, annonça-t-il en se laissant tomber à côté d'Arthur, qui grimaça de détresse.

Et il recula sa chaise comme pour fuir le contact d'un pestiféré.

— Ne voulez-vous pas monter vos bagages d'abord, Donald ? s'enquit Agnès.

— Oh, ils peuvent attendre... mais moi, non ! s'esclaffa bruyamment l'interpellé.

Et il ajouta à l'intention d'Arthur :

— C'est pas comme toi, mon vieux ! Question pitance, on dirait que tes valises sont mieux servies que toi.

Et de rire de plus belle aux frais de son voisin, qui rougit et me décocha un regard malheureux. Donald piqua sa fourchette dans un petit pain comme s'il craignait de le voir s'enfuir et poursuivit :

— Ça m'en rappelle une bien bonne, mon père vient juste de me la raconter. Celle des deux gars perdus dans le désert qui meurent de faim, tu la connais ? Ils tombent sur un chameau crevé et le premier dit à l'autre : « Je m'offrirais bien un sandwich au chameau, mais je ne peux pas supporter l'odeur. L'odeur ? lui fait l'autre, s'il n'y avait que ça ! Moi c'est les bosses qui me rendent malade. »

Cette fois, Donald poussa un véritable rugissement et les jumelles ouvrirent tout rond leurs bouches identiques. Arthur soupira lugubrement.

— Mon cher Donald ! s'interposa notre hôtesse. Je ne suis pas sûre que le lieu soit bien choisi pour cette démonstration de vos talents d'humoriste.

Donald leva les yeux de son assiette. Après y avoir empilé une provision de légumes qu'il se hâtait d'engouffrer, il s'attaquait à une cuisse de poulet.

— Oh, je vois : vous préférez des plaisanteries plus... comestibles ? Alors écoutez celle-là ! Il y avait une pomme pourrie au fond d'un cageot, et une bonne femme qui se figurait que les meilleurs fruits étaient enfouis sous le tas. Et que je te fouille, et que je te remue, et voilà qu'elle ramène un truc tout gluant...

— Donald ! protesta plus fermement Agnès, les chameaux morts et les fruits pourris ne sont pas nos sujets de conversation préférés quand nous sommes à table.

Il enfourna une énorme bouchée de pain, mastiqua pendant quelques instants d'un air pensif et proposa :

— Une autre, alors ? J'y suis ! C'est un nain qui meurt et qui demande une place au Paradis...

Apparemment, il n'existait aucun moyen de l'interrompre, une fois lancé. Je cherchai le regard d'Agnès, qui soupira. Vaille que vaille, notre petite équipe était formée. Les jumelles avaient leur chambre, Arthur la sienne, Donald était logé — Dieu merci ! — tout au bout du couloir, et Trisha et moi restions ensemble, naturellement.

Avant la fin de la semaine, une querelle éclata entre Arthur et Donald, qui ne cessait de le taquiner sur sa maigreur. Agnès intervint et obtint une trêve, mais celle-ci demeura précaire. Nous n'attendions plus le dîner avec la même impatience : chaque repas devenait vite une occasion de conflits entre les deux garçons, mais ce n'était qu'un début. Vint le jour où Donald entama son tour de service à table. Il avait trouvé le moyen de se glisser dans la cuisine à l'insu de Mme Liddy et ôté tout le blanc d'une cuisse de poulet. Au dîner, il déposa dans l'assiette d'Arthur l'os décharné, une cuillerée à café de purée... plus un petit pois. Ce fut irrésistible, Trisha et les jumelles éclatèrent de rire. Mais Arthur se leva, furibond, et quitta la table. Agnès exigea immédiatement que Donald aille lui présenter ses excuses.

— Nous avons toujours vécu en paix, dans cette maison. Nous formons une troupe unie, et elle doit le demeurer si nous voulons que la pièce marche.

— Ça va, je ne gâcherai pas le spectacle ! rétorqua l'incorrigible Donald en allumant un cigare imaginaire.

Et, tout en singeant Groucho Marx, il alla s'excuser auprès d'Arthur. Ou plutôt, il sortit sous ce prétexte. Mais il revint presque aussitôt en déclarant qu'il voulait bien parler à une porte, à condition que celle-ci lui fasse au moins l'honneur de grincer.

Peu après, en croisant Arthur dans le hall, je lui conseillai de ne pas prêter attention à Donald.

— C'est un exhibitionniste, il cherche à imiter son père, voilà tout. Ignore-le, et il te laissera en paix.

— Je croyais que tu le trouvais drôle ?

— Quelquefois, mais en général je le trouve plutôt odieux. Je n'aime pas qu'on prenne quelqu'un comme tête de Turc.

Arthur se radoucit sensiblement.

— Tu as raison, il ne mérite pas qu'on s'en occupe.

Je m'éloignais en souriant quand il me rappela.

— Aurore ! Je... hm ! Je me demandais si... si tu ne voudrais pas lire quelques-uns de mes poèmes, un de ces jours. Je crois que tu les aimerais.

— Mais certainement, Arthur, cela me ferait grand plaisir. Merci de me l'avoir proposé.

— Alors... entendu.

Jamais je n'avais vu son visage changer si vite : il s'illumina. Ses yeux d'habitude si sombres rayonnèrent. Je ne dis rien à Trisha, car elle m'avait conseillé d'éviter toute relation avec Arthur, mais j'avais pitié de lui. C'était le garçon le plus solitaire et le plus triste que j'aie jamais rencontré.

Peu de temps après la rentrée, je reçus une lettre de papa. Il me remerciait de la mienne, qui lui avait réchauffé le cœur et remonté le moral, disait-il. Il ajoutait que je lui manquais, qu'il n'avait pas osé me l'écrire dans sa première lettre, estimant qu'il n'en avait plus le droit. Puis il me donnait toutes sortes de détails sur son nouvel emploi et son appartement. Il semblait très heureux d'avoir de nouveaux amis, en particulier une certaine veuve qui habitait dans le même immeuble. Je pris la décision de lui écrire deux fois par mois, au moins. Ou en tout cas, d'essayer.

Un après-midi, quelques jours après qu'Arthur m'eut proposé de lire ses poèmes, on frappa à ma porte. Trisha était au cours de danse et j'étudiais mon anglais, assise par terre, le dos appuyé au lit. Quand j'eus répondu qu'on pouvait entrer, Arthur se montra sur le seuil.

— Excuse-moi... bredouilla-t-il. Je te dérange ?

— Bonjour, Arthur. Que puis-je faire pour toi ?

Il m'observa longuement, les yeux rétrécis, le cou rentré dans les épaules. On aurait dit un volatile.

— Je me demandais... à moins que tu ne sois trop occupée... si tu voulais jeter un coup d'œil à mes poèmes ?

Il serrait un énorme cahier sous le bras.

— Bien sûr, j'en serais ravie. Entre donc.

Il jeta un regard furtif derrière lui, hésita, se décida. Je tapotai le plancher à côté de moi.

— Assieds-toi, je t'en prie.

— Par terre ?

— Et pourquoi pas ? On est très bien. C'est toujours comme ça que nous faisons nos devoirs, Trisha et moi.

Il lui fallut un certain temps pour plier ses longues jambes dans une position confortable, mais il finit par y arriver. Et il me tendit son cahier : un vrai pavé.

— Ciel ! m'écriai-je, impressionnée. Quelle œuvre !

Il rétorqua, non sans une pointe de sécheresse :

— J'écris depuis très longtemps.

— Et qui d'autre connaît tes poésies ? demandai-je en ouvrant l'album.

— Pas grand monde, à part ceux qui fourrent leur nez partout, naturellement.

Je supposai qu'il faisait allusion à Trisha, et non sans raison. Elle m'avait dit qu'un jour où le cahier d'Arthur traînait dans le salon, elle y avait jeté un coup d'œil. Je tournai la première page.

Trisha n'avait pas menti, les sujets de prédilection d'Arthur étaient déprimants au possible. Animaux tués ou abandonnés, étoiles qui s'éteignent, maladies horribles et mortelles... Les poèmes devaient être bons, malgré tout, si j'en jugeais par l'émotion qu'ils éveillaient en moi. Ils m'emplissaient de tristesse et d'effroi, et réveillaient mes plus douloureux souvenirs.

— C'est très beau, Arthur, vraiment.

Il osa enfin croiser mon regard et je scrutai ses yeux trop calmes, aux profondeurs insondables d'étangs figés par le gel. Ce fut comme si je forçais une porte et surprenais un secret. Je devinai toute sa solitude, son désarroi, sa tristesse infinie.

— Je sais que mes vers sont bons, puisqu'ils expriment ce que j'ai moi-même éprouvé.

— Mais puisque tu écris si bien, pourquoi ne pas choisir des sujets qui rendent les gens heureux ?

— J'écris ce que je sens, et ce que je vois.

J'approuvai d'un signe, sans plus : je comprenais. Un poème surtout m'avait touchée, celui qui parlait d'une belle colombe aux ailes brisées. L'oiseau contraint de se poser sur une branche nue pour attendre la mort me faisait penser à maman, après la naissance de Fern. De plus en plus faible, elle aussi avait dépéri, colombe privée de ses ailes, jusqu'à l'épuisement total. En pensant à l'instant où son pauvre cœur avait cédé, le besoin que j'avais d'elle me ressaisit, lancinant. J'aurais tant voulu qu'elle fût là, elle ou papa, pour me réconforter quand j'avais peur ou quand j'avais mal, me serrer sur son cœur et me caresser les cheveux !

— Tu pleures ! Personne n'a jamais pleuré en lisant mes poèmes.

C'était vrai, les larmes roulaient sur mes joues.

— Je te demande pardon, Arthur. C'est juste que... ce que tu écris me rappelle de si mauvais jours !

Je lui rendis son album, et pendant un instant, il resta

tout interloqué. Puis il hocha la tête, avala sa salive, et je vis remuer sa pomme d'Adam.

— Tu n'aimes pas ta famille, n'est-ce pas ? Je suis au courant, pour la lettre de ta grand-mère.

— Alors tu nous épiais, ce soir-là ? Et tu nous as vues entrer chez Agnès, c'est ça ?

— Oui. Je sais que tu m'as vu. (Il baissa les yeux sur ses mains et les releva presque aussitôt.) J'écoutais à la porte, et je sais combien vous étiez furieuses après avoir lu ces méchancetés. Pourquoi ta grand-mère te déteste-t-elle à ce point ?

— C'est une longue histoire, Arthur.

— Tu m'en veux de vous avoir espionnées ?

— Non, mais je n'aime pas ça. Quand on m'épie, je me sens coupable et cela me donne la chair de poule.

Un silence plana entre nous, puis Arthur avoua :

— Je n'aime pas être avec mes parents. Je déteste rentrer chez moi pour les vacances.

— C'est terrible d'éprouver de pareils sentiments pour son père et sa mère ! Pourquoi dis-tu ça ?

— Je les déçois toujours. Ils voudraient que je devienne musicien, comme eux. Mais j'ai beau travailler, je ne suis qu'un médiocre. Mes professeurs le savent aussi bien que moi, d'ailleurs. S'ils me tolèrent comme élève, c'est uniquement à cause de mes parents.

— Alors parles-en avec tes parents, dans ce cas !

— J'ai essayé je ne sais combien de fois, mais ils ne veulent rien entendre. « Travaille », voilà tout ce qu'ils savent dire. Mais le travail ne sert à rien, sans le talent. Il faut des dons innés pour réussir. Mes parents veulent faire de moi ce que je ne suis pas, et ils ne s'en rendent pas compte.

— Justement, Arthur, c'est une question de temps. Ils finiront par comprendre, j'en suis sûre.

Il eut une moue désabusée.

— Ça m'étonnerait, et puis je m'en moque !

Je vis se soulever ses épaules étroites. Il respira un grand coup et, une fois de plus, attacha sur moi son étrange regard fixe.

— Je vais écrire un poème pour toi, Aurore, et même sur toi, débita-t-il tout d'une traite.

Puis il se leva, si précipitamment qu'il faillit trébucher.

— Je veux dire... euh... tu es une fille très bien.

— C'est très gentil de ta part, Arthur. Je suis très curieuse de lire ce poème.

Il ouvrit des yeux ronds et, pour la première fois depuis son arrivée, sourit. L'instant d'après, il avait disparu. Tout interdite, j'essuyai du dos de la main mes joues encore mouillées de larmes.

Une merveilleuse surprise m'attendait le lendemain, au retour du collège. Une lettre de Jimmy ! Il m'annonçait qu'il aurait une permission la semaine suivante. Il comptait passer voir papa d'abord, puis me rejoindre à New York pour le week-end. Il ferait en sorte d'arriver à midi pile, pour m'emmener déjeuner. Je ne me tenais plus de joie. Chaque soir, je faisais de nouveaux projets de toilette, et je songeai sérieusement à changer de coiffure. Trisha prétendit que je devenais folle à lier.

— On dirait que tu attends une vedette de l'écran, ma parole ! Aucun garçon ne m'a jamais fait cet effet-là, constata-t-elle avec une pointe d'envie.

— Il y a si longtemps que nous ne nous sommes pas vus, et tant de choses se sont passées... Oh, Trisha ! S'il allait me trouver trop gamine ? Il a dû rencontrer tellement de jolies filles !

Elle éclata de rire.

— S'il t'aime autant que tu le dis, rien ne pourra changer ses sentiments, crois-moi.

— Espérons-le !

Le vendredi, nous allâmes dans le plus prestigieux grand magasin de la Cinquième Avenue, directement au rayon parfumerie. Par chance, deux mannequins faisaient une démonstration de maquillage. Quand j'eus acheté un bâton de rouge, d'une nouvelle nuance, et un flacon de parfum, une démonstratrice s'occupa de moi. Elle m'apprit à manier la brosse à poudre et le pinceau à paupières, et me donna même des conseils pour ma coiffure. Après quoi, je m'offris l'ensemble que j'avais repéré dans un magazine, un sweater et la jupe assortie. Tout l'argent fourni par Mère y passa.

Puis ce fut le grand jour, et dès l'instant où j'ouvris les yeux, une excitation folle s'empara de moi. Je m'étais déjà longuement exercée au maquillage, selon les conseils reçus. Je me fis donc une beauté, brossai mes cheveux jusqu'à ce qu'ils brillent comme de l'or fondu, passai ma nouvelle toilette et me campai devant le miroir. Mon reflet m'émerveilla moi-même. L'émotion rosissait mes joues, mes yeux étincelaient, et mon ensemble d'un bleu tendre m'allait à ravir. Le sweater dessinait ma poitrine, juste assez mais pas trop, et la jupe en corolle ondoyait au-dessus de mes chevilles avec une grâce dansante. Toute vanité mise à part, je ne fus pas mécontente de moi.

Au petit déjeuner, il me fut impossible de rien avaler. J'avais les nerfs à vif. Malgré la douceur de septembre, le temps était couvert et maussade. Je redoutais la pluie. Moi qui avais tellement rêvé à de longues flâneries avec Jimmy, main dans la main, à travers la ville ! Trisha sortit dans la matinée, pour aller à la bibliothèque chercher quelques livres dont nous avions besoin pour notre exposé trimestriel. Quand elle rentra, il était plus de midi... et toujours pas trace de Jimmy. Je m'affolai.

— Il est en retard. Je suis sûre qu'il lui est arrivé quelque chose et qu'il ne peut pas venir.

— Il t'aurait prévenue, dans ce cas-là. Ne t'inquiète pas, ce n'est pas si simple de se retrouver dans New York. Et arrête de te ronger les ongles, il ne va plus t'en rester !

J'ôtai précipitamment la main de ma bouche et Trisha me tendit un livre.

— Tiens, prends ça, emporte ton carnet de notes, et descendons travailler au salon, en attendant.

— Mais je ne pourrai jamais, voyons !

— Si, tu pourras, décréta-t-elle d'un ton sans réplique. Ça nous fera passer le temps jusqu'à ce que Jimmy arrive. Je resterai avec toi.

Nous descendîmes donc et les heures s'égrenèrent, interminables. Toutes les cinq minutes, je consultais mon miroir de poche, tapotais mes cheveux, redressais une mèche. Arthur Garwood revint de sa répétition du samedi, passa la tête dans le salon, ébaucha un mince sourire. Mais quand il aperçut Trisha, il recula comme si un élastique le tirait en arrière et monta s'enfermer dans sa chambre. Enfin, après des heures et des heures d'attente, le carillon de l'entrée grésilla. Trisha et moi échangeâmes un regard. Agnès faisait des courses avec des amies, Mme Liddy était dans sa cuisine.

— Veux-tu que j'aille ouvrir, Aurore ?

— Non ! Non, j'y vais. De quoi est-ce que j'ai l'air ?

— Le même air qu'il y a cinq minutes, la dernière fois que tu me l'as demandé, gloussa Trisha.

Je me levai, passai dans le hall et, devant l'entrée, je m'arrêtai. Le temps d'un battement de paupières, je me représentai Jimmy dans notre cachette de Cutler's Cove, le soir où nous nous étions confié nos sentiments les plus secrets. Ces instants-là et les mots dits alors étaient si loin ! Ils m'apparaissaient comme des chimères à présent, de simples rêves d'enfant. Auraient-ils résisté à l'épreuve du temps ? Le cœur étreint d'angoisse, j'ouvris la porte pour accueillir le nouveau Jimmy.

Il semblait tellement plus grand dans son uniforme ! Les épaules rejetées en arrière, il rayonnait de confiance en lui-même. Sur ses traits, plus mûrs et plus fermes, je ne retrouvai pas l'innocente douceur de jadis. Ses cheveux bruns étaient coupés court, bien sûr, ce qui ne le désavantageait pas, bien au contraire. Cela mettait curieusement en valeur ses yeux noisette... les yeux de Sally Jean. Quand il les abaissa sur moi, ce fut comme si un flot de tendresse me traversait de part en part et me réchauffait le cœur.

— Salut, Aurore ! Désolé d'être en retard, mais le car est tombé en panne et je me suis un peu perdu. Tu es en beauté, tu sais ça ?

— Merci.

Je restai immobile, une vraie statue. C'était comme si le temps avait fait un bond en avant, nous laissant tout désemparés dans notre nouveau rôle. Nous avions grandi côte à côte, comme un frère et une sœur, et ne plus l'être nous effrayait encore.

— Eh bien, fit la voix de Trisha dans mon dos, tu ne l'invites pas à entrer ?

— Pardon ? Oh, excuse-moi, Jimmy. Voici Trisha, ma compagne de chambre. Trisha, je te présente Jimmy.

Il s'avança et prit la main qu'elle lui tendait.

— Heureux de vous connaître. Aurore m'a beaucoup parlé de vous.

— Moi aussi, j'en sais pas mal sur... je préfère te tutoyer, si tu permets ?

— Si tu veux.

Ils échangèrent un coup d'œil complice, puis me regardèrent d'un air, mais d'un air... on aurait juré que j'avais trahi leurs plus grands secrets !

— Et si nous passions au salon ? suggéra Trisha avec un sourire de mannequin, un peu idiot pour tout dire.

— Quoi ? Oh, mais bien sûr ! m'exclamai-je en reprenant mes esprits. Par ici, Jimmy.

Il m'emboîta le pas, prit place sur le canapé et son regard fit le tour de la pièce.

— Jolie maison, commenta-t-il, laconique.

Trisha vint à mon secours, non sans malice.

— Aurore semble avoir oublié tout savoir-vivre, Agnès en serait malade ! Aimerais-tu boire quelque chose ?

— Non, merci.

Un silence s'établit, s'éternisa, puis trois questions fusèrent à la fois :

— Comment va papa ?
— Alors, tu te plais dans ton collège ?
— Quel effet ça fait d'être à l'armée ?
Nos rires aussi jaillirent tous à la fois, et Jimmy se carra sur son siège, nettement plus détendu. Comme il me paraissait changé, plus calme, et tellement plus fort aussi. Je m'étais toujours sentie beaucoup plus jeune que lui, comme une très jeune sœur. Maintenant, sa maturité renforçait encore cette impression.
— J'aime beaucoup l'armée, affirma-t-il. Comme on nous l'a dit au camp, c'est un peu mon nouveau foyer.
Ce dernier mot me fit tiquer, et, me voyant hausser le sourcil, Jimmy m'adressa un clin d'œil.
— Vraiment, j'aime bien ça. Les copains sont très sympas et j'apprends des tas de choses qui me serviront plus tard, surtout la mécanique. Je suis désolé pour ce retard, Aurore. Je devais t'emmener déjeuner, et voilà qu'il va falloir remettre ça au dîner. Si ça t'est possible, bien entendu.
— Oh, pas de problème !
— Il faudra que tu m'indiques un bon restaurant. Je ne connais pas New York, expliqua-t-il à l'intention de Trisha, qui réagit aussitôt.
— Alors je vous conseille Antonio, au coin de York Street et de la 28e.
— Trop cher, fis-je observer.
Nous n'y étions jamais allées, sauf pour jeter un coup d'œil : cela m'avait suffi.
— Ne t'inquiète pas pour ça !
Pendant une brève seconde, l'orgueil de Jimmy reparut dans ses yeux, puis j'y vis pointer une petite étincelle de malice et il conclut :
— Habillée comme tu es, tu ne voudrais pas que je te sorte dans une gargote, tout de même !
Je rougis si violemment que je sentis la nuque me picoter. Mais devant le petit sourire narquois de Trisha, je capitulai.

— Bon, alors allons-y. Je meurs de faim.

— Pas étonnant ! s'exclama-t-elle à l'adresse de Jimmy. Elle n'a rien pu avaler de la journée.

— Trisha !

Jimmy s'esclaffa et nous nous levâmes tous les trois.

— Bonne soirée, vous deux !

— Merci, répondit Jimmy, tandis qu'elle me glissait à l'oreille :

— Il est vraiment super.

En sortant, je m'aperçus qu'un taxi attendait Jimmy devant la maison. Et pendant tout ce temps-là, le compteur tournait...

— Pourquoi n'as-tu rien dit ? protestai-je. Cela va te coûter une fortune !

— Au diable l'avarice ! Après tout ce que j'ai enduré, j'ai envie de faire des folies... surtout avec toi, ajouta-t-il en me guidant vers la voiture.

Et subitement, le soleil perça entre les nuages gris, ravivant tout le long de la rue les fraîches couleurs des arbres. Cela me fit chaud au cœur, tout en me donnant l'impression d'entrer tout éveillée dans un rêve. Tout cela semblait si incroyable ! Nous retrouver ainsi, après nos années de privations et presque orphelins, sur le point d'aller dîner dans un grand restaurant de New York... que d'événements étranges pour en arriver là ! Pas étonnant que j'aie tant de mal à distinguer le rêve de la réalité. Mais à quoi bon essayer ? Je décidai à part moi que ce n'était vraiment pas le moment.

L'établissement était à la hauteur de sa réputation. Le maître d'hôtel nous demanda si nous avions réservé, puis, sur notre réponse négative, consulta son registre et hocha la tête. Selon toute apparence, l'uniforme de Jimmy l'impressionnait favorablement.

— Je m'occupe de vous, déclara-t-il en nous pilotant vers une table à l'écart, dans un angle.

J'eus le sentiment que tous les dîneurs nous suivaient du regard. C'est tout juste si je ne fis pas tomber mon couvert d'argent sur le tapis en dépliant ma serviette, tant j'étais nerveuse. Puis, j'entendis que l'on nous proposait des cocktails.

Des cocktails ! Quel âge le garçon me donnait-il ? Jimmy déclina l'offre en souriant.

— Non, merci. Nous préférons dîner tout de suite : nous mourons de faim.

— Très bien, monsieur. Je vous apporte le menu.

Quand je vis les prix, mon cœur manqua un battement.

— Oh, Jimmy ! On pourrait vivre toute une semaine pour le prix d'un seul repas !

— Tu vas cesser de t'inquiéter, oui ? J'ai gardé toute ma solde pour cette permission. Et j'ai même pu donner un peu d'argent à papa, conclut-il fièrement.

J'attendis qu'il eût passé commande pour poser la question qui me tenait à cœur.

— Et lui, comment va-t-il vraiment, Jimmy ?

Il serra les lèvres et son visage se ferma, comme chaque fois qu'il luttait contre la colère ou la tristesse. Tête basse, il crispa les doigts sur sa fourchette.

— Il m'a paru plus vieux et un peu ratatiné, mais c'est la prison qui veut ça, j'imagine. Il a maigri, il grisonne un peu, mais quand il m'a vu, alors là ! Il a repris du poil de la bête. Nous avons beaucoup parlé de... de tout ça, et il m'a expliqué pourquoi ils avaient agi comme ça, maman et lui. Ils croyaient bien faire, étant donné que tes vrais parents ne voulaient pas de toi. Et comme ils avaient perdu leur bébé...

Jimmy releva la tête et s'interrompit, les larmes aux yeux. Mais il se domina et enchaîna très vite :

— Naturellement, il reconnaît qu'il a eu tort, il regrette le mal qu'il nous a fait à tous et pourtant... je me sentais plus triste pour lui que pour moi. Cette histoire l'a démoli, et il n'a plus personne maintenant que maman est partie.

Bien moins forte que Jimmy, je ne pus empêcher les larmes de rouler sur mes joues et il se pencha pour les essuyer.

— Allons, il reprend goût à la vie, maintenant, Aurore, et il t'envoie toute son affection. Il s'est fait de nouveaux amis, et il aime son métier.

— Je sais, il me l'a écrit.

— Mais je parie qu'il ne t'a rien dit de cette femme... son amie ? précisa Jimmy avec un sourire en coin.

— Son amie ?

— Elle lui fait la cuisine, et... (son sourire s'élargit) pas seulement la cuisine, à mon avis, mais ils n'avaient pas l'air pressés de parler de ça.

Connaissant le poids de la solitude, j'étais contente pour papa, bien sûr, mais quand même ! Je ne pouvais pas ne pas penser à maman, et l'idée que papa ait choisi de vivre avec une autre me faisait mal. Jimmy dut en deviner quelque chose, car il tendit le bras à travers la table et prit ma main dans la sienne.

— Mais il m'a dit aussi que personne ne remplacerait maman dans son cœur, Aurore.

Je hochai la tête, pas très sûre de comprendre, et Jimmy ajouta :

— Papa m'a dit qu'il avait remué ciel et terre pour découvrir où se trouvait Fern, mais il n'est arrivé à rien. Il semble que le secret soit bien gardé. C'est pour protéger les familles d'adoption, paraît-il. Et aussi l'avenir de Fern.

— Mais c'est lui, son vrai père !

— C'est aussi un repris de justice, n'oublie pas. Un homme sans moyens d'existence réguliers, ni femme pour s'occuper d'un enfant. Naturellement, il continue d'espérer qu'un jour...

— Un jour, il la retrouvera, Jimmy, affirmai-je d'une voix résolue, et nous reconstruirons la famille.

Son visage s'éclaira.

— Oui, Aurore. J'en suis certain.

Ce fut seulement quand on nous eut servis que nous nous lançâmes dans les confidences personnelles. Jimmy me parla de sa vie au camp, de ses amis, de ce qu'il avait fait et vu. Je lui décrivis le collège, mes leçons avec Mme Steichen, les autres pensionnaires d'Agnès et surtout le pauvre Arthur Garwood. Au bout d'un moment, le rôle de Jimmy se réduisit à celui d'auditeur. Les yeux ronds, il buvait littéralement mes paroles.

— On peut dire que ça te change de tout ce que tu as connu avant, conclut-il quand j'en eus terminé. Et je suis rudement content que tu vives avec des gens qui apprécient ton talent.

Puis il passa aux mauvaises nouvelles. La véritable raison de son voyage à New York, c'est qu'il s'embarquait le surlendemain pour l'Europe.

— L'Europe ! Mais quand est-ce que je te reverrai ?

— Plus tôt que tu ne le crois, et je t'écrirai souvent. Allons, ne fais pas cette tête, nous ne sommes pas en guerre ! Tous les soldats font un temps de service à l'étranger. Comme ça, je verrai du pays, et aux frais de l'oncle Sam, par-dessus le marché.

Il me sourit et reprit aussitôt son sérieux.

— Nous n'avons plus beaucoup de temps à passer ensemble, Aurore. Profitons-en pour être heureux, tu veux bien ?

Comme il était devenu sage, mon Jimmy ! Le temps et l'épreuve l'avaient transformé. C'est qu'il avait dû se battre seul, depuis ce matin tragique où la police avait frappé à notre porte, à Richmond, pour nous révéler que notre père était un voleur d'enfants. Et voilà comment il était devenu adulte : lui non plus n'avait pas eu le choix. Refoulant mes larmes, je me forçai à sourire.

— Allons faire un tour, je voudrais te montrer mon collège.

Jimmy tira son portefeuille et, sans sourciller, paya la note astronomique. Une fois dehors, il s'émerveilla de mon aisance à retrouver mon chemin dans le dédale de la grande ville. Je lui expliquai que Trisha et moi prenions souvent le bus ou le métro pour aller visiter des musées, ou faire du lèche-vitrines.

— Tu grandis vite, Aurore, constata-t-il avec un soupçon de tristesse. Tu évolues tellement que j'aurai du mal à te reconnaître, à mon retour, si toutefois tu as toujours envie de me voir.

Je m'immobilisai, le temps de protester avec indignation :

— Ne répète jamais cela, Jimmy, c'est trop affreux. Jamais je ne m'estimerai meilleure que toi !

— Ça va, ça va, s'excusa-t-il en riant. Je te demande pardon.

— Si je savais que tu penses une chose pareille, je quitterais le collège instantanément.

— Ah ça non, par exemple ! Tu es destinée à une grande carrière, affirma-t-il avec véhémence. Je le sais.

Sur ce, il saisit ma main et ne la lâcha plus jusqu'à Bernhardt. Je lui fis faire le tour du parc, puis il me parla de son hôtel.

— Cela n'a rien de somptueux, mais la vue est belle : je perche au vingt-huitième étage, figure-toi !

— Et si tu me montrais ça ? Je n'ai jamais mis les pieds dans une chambre d'hôtel new-yorkais.

— Ça te tente vraiment ?

Il hésita et j'eus le sentiment qu'il allait formuler une objection, au lieu de quoi, il héla un taxi. Quelques secondes plus tard, nous étions en route pour son hôtel.

Je ne m'attendais pas au luxe du Waldorf ou du Plaza, mais je trouvai l'endroit fort agréable. Et si la chambre était petite, la vue me coupa le souffle. Dominant le quadrillage des rues et des immeubles, le regard portait jusqu'à l'océan. Pendant de longues minutes, nous contemplâmes le spectacle en silence, côte à côte ; puis j'inclinai la tête sur l'épaule de Jimmy et fermai les yeux, luttant contre l'émotion qui me nouait la gorge.

— Je te demande pardon, Jimmy, mais je ne peux pas m'empêcher de penser à Fern. Je la revois dans mes bras, ou en train de manger, de se traîner par terre, je l'entends rire et gazouiller. Et je revois maman, aussi, au temps où elle était belle et en pleine santé.

Il me caressa les cheveux et fit pleuvoir des baisers sur mon front.

— Je sais.

— Et je pense à nous deux, là-bas, à Cutler's Cove.

— Moi aussi, très souvent... tout le temps, en fait. (Je relevai la tête et son regard d'ambre m'enveloppa.) Aurore, chuchota-t-il, si tu as envie de pleurer, vas-y. Pleure pour nous deux, pendant que tu y es !

Il dit cela d'un ton infiniment triste, mais je ne pouvais pas pleurer. Simplement, je tendis la main pour effleurer sa joue. Et sans hâte, comme si nous franchissions au ralenti le gouffre creusé entre nous par la distance et le temps, nos lèvres se touchèrent. Très doucement, d'abord, puis avec une passion croissante. Quand Jimmy se redressa, je vis luire une larme au coin de ses yeux.

— C'est toujours pareil, Aurore, je ne sais pas où j'en suis ! Je ne pense qu'à toi, je rêve de toi, je te désire... et puis je me souviens que nous avons grandi ensemble, comme un frère et une sœur. Je ne peux pas nous imaginer autrement : j'ai l'impression que c'est mal.

— Je sais, Jimmy. Mais je ne suis pas ta sœur.

— Je ne sais pas quoi faire, avoua-t-il. C'est comme si un mur se dressait entre nous, pour nous interdire de nous toucher.

— Alors saute par-dessus ! m'écriai-je, avec une détermination qui me surprit moi-même.

Je pris sa main, l'attirai à moi et la plaquai fermement sur ma poitrine. Il m'embrassa, encore et encore, puis nous nous dirigeâmes à pas lents vers le lit, pour nous y asseoir côte à côte. Tout d'abord, nous ne fîmes rien d'autre que nous caresser tendrement. Puis Jimmy se rapprocha de moi, appuya son front contre le mien et son souffle chaud balaya ma joue. Je renversai légèrement la tête et crus rêver quand les lèvres brûlantes de Jimmy se posèrent au creux de mon cou. Elles s'y attardèrent, ma respiration s'accéléra, et de longues minutes s'écoulèrent avant qu'il ne s'éloigne. Mon premier frisson de plaisir s'intensifia, s'amplifia, devint un torrent de feu dont la source était cette brûlure à la naissance de mon cou, et qui me traversa bientôt tout entière, vague après vague. Avec un gémissement sourd, je me laissai tomber sur l'oreiller. Penché sur moi, Jimmy m'enferma dans ses bras et sourit.

— Tu es si jolie ! Je ne peux pas m'empêcher de t'aimer. Tu seras toujours la seule au monde pour moi, et je franchirai ce mur, je te le jure. Même s'il me faut des années pour y arriver !

— Maintenant, m'entendis-je répondre, comme si une autre avait parlé pour moi.

Il redevint subitement très grave. Ses yeux se rétrécirent, s'assombrirent. Puis il se redressa, ôta vivement son blouson militaire et commença à déboutonner sa chemise. Totalement immobile, je l'observais. Mais quand il abaissa la ceinture de son pantalon, je me débarrassai de mon sweater et fis glisser la fermeture de ma jupe. Jimmy rabattit la couverture et je me coulai sous les draps, uniquement vêtue de mon slip et de mon soutien-gorge. Serrés dans les bras l'un de l'autre, nous nous embrassâmes longuement. Les doigts de Jimmy tâtonnèrent, trouvèrent l'agrafe de mon soutien-gorge, la détachèrent. Et quand, avec mon aide, il eut dénudé mon buste, il enfouit son visage entre mes seins.

— Dieu, que tu es belle ! soupira-t-il. Je me rappelle, quand tu étais plus jeune... tu étais si pudique ! Tu portais toujours ces immenses tee-shirts qui m'empêchaient de voir ta silhouette. Et si par hasard je te touchais...

Et voilà ! Il avait reconstruit le mur. Moi aussi je me souvenais, maintenant, et les interdits de notre adolescence resurgissaient entre nous. Combien de fois nous étions-nous touchés sans le vouloir, pour nous sentir aussitôt honteux et coupables ? Nous avions été frère et sœur, et les images du passé ne cessaient de me hanter. Comment aurais-je pu les oublier ? Quand le sexe de Jimmy durcit contre mon ventre, je frissonnai, mais pas seulement de plaisir. Moi aussi je me sentais coupable. Mais de quoi ? me demandai-je avec désespoir. Jimmy n'était pas mon frère !

Il perçut mon malaise, releva la tête et me regarda gravement.

— Nous allons trop vite, Aurore. Au lieu de consolider notre amour, nous allons le détruire. Tu es ce que je désire le plus au monde, mais je ne veux pas risquer de te perdre. Restons simplement ainsi, l'un près de l'autre, décida-t-il avec une sagesse que j'étais bien loin d'atteindre. C'est mieux comme ça.

Il passa un bras autour de mes épaules, m'attira tout contre lui et je posai la tête sur sa poitrine. Et nous restâmes ainsi, très longtemps, sans parler, simplement serrés l'un contre l'autre. Peu à peu, l'agitation de nos cœurs se calma et fit place à une paix merveilleuse. Par la fenêtre, nous regardâmes tranquillement le soleil baisser à l'occident, et le soir tombant se cribler de feux scintillants. Bientôt, ces milliers de lumières qui rendent New York si excitant la nuit palpitèrent aux quatre coins de l'horizon. Jimmy ferma les yeux, je l'imitai, et le sommeil nous surprit dans les bras l'un de l'autre.

Quand je me réveillai, en sursaut, il me fallut un certain temps pour reprendre mes esprits. Jimmy dormait toujours. Très doucement, je me retournai pour allumer la lampe de chevet et jetai un coup d'œil au réveil. Je faillis m'évanouir en voyant l'heure.

— Jimmy ! m'exclamai-je en m'asseyant brusquement.

Il leva sur moi un regard papillotant.

— M-moui ?

Rejetant la couverture, je m'habillai en toute hâte.

— Il est deux heures du matin ! Agnès va être furieuse.

Nous sommes censés rentrer à minuit, pendant le week-end, et à dix heures les autres jours.

— Bigre ! Je ne sais vraiment pas ce qui s'est passé...

Il enfila ses vêtements à une vitesse record et une minute plus tard, nous étions dans le hall de l'hôtel. À pareille heure, il n'y avait personne à la réception, naturellement. Trouver un taxi nous prit un temps fou et il était presque trois heures quand nous arrivâmes devant chez Agnès. Une fois là, Jimmy suggéra :

— Veux-tu que j'entre avec toi pour expliquer...

— Expliquer quoi ? Que nous nous sommes endormis au lit, à ton hôtel ?

— Je suis désolé. Tu vas avoir des problèmes au collège à cause de moi, juste ce que je voulais éviter.

— Je trouverai une excuse. Appelle-moi demain matin... oh, mais on est déjà demain ! Surtout, ne pars pas pour l'Europe sans me revoir, promis ?

— Promis. Je serai là vers onze heures.

Je l'embrassai, bondis de la voiture et naturellement, trouvai porte close. Je fus obligée de sonner. Jimmy m'observait par la vitre du taxi et je fis signe au chauffeur de repartir. Puis, plusieurs minutes s'écoulèrent avant qu'Agnès ne vienne ouvrir. En robe de chambre, les cheveux défaits et sans son habituelle couche de fard, elle était d'une pâleur spectrale. Et elle paraissait dix ans de plus que dans la journée.

— Vous savez l'heure qu'il est ? aboya-t-elle, avant même de m'inviter à entrer.

— Je suis navrée, Agnès. Nous n'avons pas vu le temps passer et quand j'ai regardé l'heure...

— Je n'ai pas appelé la police, mais il a bien fallu que je prévienne votre grand-mère. Inutile de vous dire combien elle s'inquiétait ! J'ignorais que ce garçon était un délinquant juvénile et qu'on l'avait arrêté à l'hôtel.

— C'est faux ! m'indignai-je. Elle ment à propos de Jimmy comme elle ment sur tout le reste dans la lettre qu'elle vous a écrite.

Agnès se drapa dans une dignité offensée.

— Ah oui ? Si quelqu'un ment, ma chère petite, j'ai plutôt l'impression que c'est vous.

Et la voilà dans un nouveau rôle ! méditai-je. Mais ce n'était pas le moment de lui chercher querelle.

— Vous avez abusé de ma confiance, Aurore. Vous est-il venu à l'esprit que vous compromettiez ma réputation et mes relations avec le conservatoire ? Votre grand-mère voulait déposer une plainte auprès de l'administration. Mais je lui ai promis que cela ne se reproduirait plus, et que vous ne reverriez jamais ce garçon.

« Donc, poursuivit-elle en croisant les bras, raide comme la justice, vous êtes consignée pour six mois. Vous devrez être rentrée à dix-huit heures, y compris le week-end. Vous n'aurez le droit de sortir que pour aller au collège ou pour une raison concernant votre travail. Et jamais sans mon autorisation, c'est compris ?

Tant d'injustice me révolta, mais j'acquiesçai d'un signe, ravalant ma fureur. Et puis, sortir ou pas, cela m'était bien égal à présent. Dans deux jours, Jimmy serait parti pour l'Europe.

— Alors tant mieux, laissa tomber Agnès en s'effaçant pour me laisser entrer. Filez dans votre chambre et sans bruit, surtout. Les autres dorment. Vous m'avez beaucoup déçue, Aurore.

Je me hâtai vers l'escalier. Je venais à peine de refermer la porte de la chambre quand Trisha s'assit dans son lit.

— Où étais-tu ? Agnès est furibonde.

Je m'affalai sur le bord de son matelas et fondis en larmes.

— Je sais. Je suis privée de sortir pour six mois, grâce à Grand-mère Cutler.

— Mais où étais-tu, à la fin ?

Je lui racontai comment nous nous étions endormis à l'hôtel, Jimmy et moi, dans les bras l'un de l'autre.

— Ouaoh !

— Mais il ne s'est rien passé, Trisha, je ne suis pas comme ça ! (Elle ne parut pas convaincue.) J'aurai besoin de toi dans la matinée, Jimmy vient et il faut que je le voie. Il part après-demain pour l'Europe.

Nous préparâmes nos batteries. Elle guetterait Jimmy dehors et viendrait me chercher dès qu'il arriverait. Nous irions nous promener tous les deux dans le parc, où nous nous ferions nos adieux. Puis je rentrerais m'abrutir de travail pour tâcher d'oublier, entre mes études et mon piano, la longue séparation qui nous attendait.

Je me couchai en rêvant au jour où Jimmy reviendrait et où nous partirions ensemble pour vivre notre vie, enfin libres, loin de Grand-mère et de tous ces gens odieux. Ce serait une existence merveilleuse, que je devrais uniquement à mon talent et à la musique. Tout nous serait permis…

Fallait-il que je sois puérile pour nourrir de tels espoirs !

5

Les joies de la famille

Après des adieux déchirants, Jimmy partit pour l'Europe et je me jetai à corps perdu dans le travail. Mais le temps s'étirait interminablement et j'en vins rapidement à exécrer le calendrier. On aurait dit qu'il me narguait, en me rappelant constamment la lenteur des semaines et des mois qui s'écoulaient. Je n'aurais jamais cru que ma punition me serait à ce point pénible. Surtout les jours où Trisha sortait avec nos autres amies pour aller au cinéma, à une surprise-partie, au restaurant, ou simplement pour courir les boutiques.

Un samedi soir, peu après le départ de Jimmy, Arthur Garwood vint frapper à ma porte. Je crus d'abord que c'était Agnès, venue m'inviter à descendre au salon au lieu de me cloîtrer dans ma chambre, et je me préparai à bouder ferme. Je ne pris même pas la peine de répondre. Mais au bout d'un moment, Arthur m'appela par mon nom et j'allai aussitôt lui ouvrir. Planté sur le seuil comme s'il allait prendre racine, il tenait une boîte sous le bras.

— Arthur, quelle surprise ! Qu'est-ce que tu veux ?

Il tapota le côté de la boîte.

— J'ai pensé que tu aurais peut-être envie de jouer aux dames… mais tu n'es pas obligée d'accepter, s'empressa-t-il de préciser.

Résigné d'avance à un refus, l'œil morne et la mâchoire affaissée, il fit mine de tourner les talons.

— Mais j'en serais ravie, affirmai-je, sans trop savoir si je faisais cela pour lui ou pour moi.

Du coup, ses traits s'illuminèrent. Nous installâmes le damier sur mon bureau et la partie commença, toujours à mon avantage, comme par hasard. Je jurerais qu'Arthur faisait exprès de me laisser gagner, à seule fin de prolonger le jeu. Il manqua ainsi volontairement plusieurs bonnes occasions, avant de se décider à m'annoncer :

— Je travaille à ton poème, au fait. Je me donne du mal parce qu'il a une importance toute particulière à mes yeux, mais je ne devrais plus en avoir pour longtemps.

— Je suis impatiente de le lire, Arthur. As-tu dit à tes parents que tu souhaitais abandonner le hautbois ?

— Je ne sais pas combien de fois, et en pure perte. Patience, on verra, travaille : c'est toujours la même rengaine. Ils n'entendent que ce qu'ils ont envie d'entendre, voilà ! Tu sais que je suis censé me produire en solo cette année, pour les Journées musicales ?

Chaque année, les élèves déjà avancés de Bernhardt (que l'on nommait comme partout ailleurs les seniors) participaient à une audition de printemps. Deux soirs de suite, toujours pendant le week-end, les familles venaient assister aux prouesses de leurs enfants, mais on invitait également des sommités new-yorkaises, critiques, directeurs, producteurs... Et beaucoup d'entre eux se déplaçaient pour ce que l'on nommait les Journées musicales.

— Tout se passera mieux que tu ne le penses, Arthur. J'en suis certaine.

— Ce sera un désastre et tu le sais bien, rétorqua-t-il âprement. J'ai toujours été nul et je ne vois pas ce qui pourrait changer, à moins d'un miracle. J'ai prévenu mes parents. Je les ai suppliés de me faire dispenser, mais ils ont très mal pris ça. Ils étaient ulcérés.

— Et tes professeurs, qu'en pensent-ils ?

— Je te l'ai dit, ils sont à plat ventre devant mes parents. Pas de danger qu'ils me dispensent de l'audition ! Je vais être la risée publique. Tous ceux qui ont un minimum de sens musical verront immédiatement quel beau zéro je suis.

Le front pressé entre les mains, il poussa un soupir à fendre l'âme. Et quand il releva la tête, je vis qu'il était sur le point de pleurer.

— Tout le monde va se moquer de moi. Tout le monde !

Il me dévisagea longuement, de ses yeux d'anthracite voilés de larmes, puis reprit d'une voix sourde :

— Aurore, tu es musicienne, toi. Tu as ça dans le sang. Et tu m'as déjà entendu jouer, je le sais. Je t'ai vue passer devant la salle de musique où je répétais, et tu as écouté un moment. Je ne connais personne d'aussi sincère que toi, ajouta-t-il avec une franchise qui me fit rougir. Alors dis-moi la vérité, je t'en prie. Que penses-tu vraiment de mon jeu ?

Je pris le temps de respirer profondément. La plupart des gens acceptent plus facilement les mensonges que la vérité, même s'ils savent qu'on leur ment. Ma sœur Clara Sue, par exemple. Elle n'ignorait pas qu'elle était trop grosse. Et aussi affreusement égoïste. Mais parce que j'avais osé le lui dire, elle me haïssait encore plus qu'avant. C'est tellement plus commode et rassurant de se nourrir d'illusions : presque tout le monde préfère ça. La vérité dérange.

Je pensai à Mme Steichen, si totalement vouée à son art qu'elle était incapable de mentir à ses élèves. Si elle vous jugeait mauvais, elle vous le disait, avec une honnêteté parfois cruelle. C'est justement cela qui la distinguait de tous les autres professeurs : cette inflexible rigueur.

Et voilà qu'Arthur Garwood me choisissait pour juge, et comptait sur mon honnêteté. Je compris que, dans sa lutte pour affronter la réalité, il cherchait en moi une alliée.

— Tu as raison, Arthur, le hautbois n'est pas ton fort et je ne pense pas que tu feras carrière, malgré l'influence de tes parents. Mais je trouve que tu devrais persévérer un peu, pour leur faire plaisir. Avec le temps, ils comprendront d'eux-mêmes, s'ils sont vraiment aussi bons musiciens qu'on le dit, et tu...

— Non ! explosa-t-il en abattant la main sur le damier, si violemment que les pions s'éparpillèrent. Ils sont totalement aveugles en ce qui me concerne. Mon échec serait leur échec, et ils ne supportent pas l'échec.

— Mais tu peux faire des tas d'autres choses intéressantes. Devenir un grand écrivain, par exemple, ou encore...

— Ils ne voudront pas le savoir !

Arthur baissa la tête, au bord des larmes, et se recroquevilla littéralement sous mes yeux. Le cou rentré dans les épaules, on aurait dit un vêtement prêt à glisser de son cintre. Un silence s'établit entre nous et je n'osai pas le rompre. Arthur était si imprévisible ! Je redoutais un de ses éclats de colère qui surgissaient quand on s'y attendait le moins. Le plus souvent calme et soumis, osant à peine se faire entendre, il pouvait subitement s'enflammer comme de l'amadou. Dans ces cas-là, sa voix grimpait dans les aigus et son corps filiforme se convulsait de fureur. Cette fois-ci, quand il reprit la parole, ce fut en serrant les dents et pour me dire ce que j'avais soupçonné dès le début.

— Je suis un enfant adopté, avoua-t-il comme s'il s'agissait d'un crime. Mais personne ne doit le savoir. Mes parents ont gardé le secret depuis toujours.

Il osa enfin lever la tête et ravala ses sanglots.

— Tu es la seule personne à qui j'en aie jamais parlé.

— Mais dans ce cas, observai-je avec douceur, tes parents ne peuvent pas s'attendre que tu aies hérité de leur talent ?

— C'est justement le problème ! Si je ne me montre pas aussi doué qu'eux, ils s'imaginent que les gens devineront la vérité sur ma naissance.

— Et pourquoi tiennent-ils à en faire un secret ?

Je le vis trembler, se rembrunir, ce qui laissait présager une révélation choquante. Malgré tout, je ne m'attendais pas à ce que j'entendis.

— Ils ne vivent pas comme mari et femme, voilà.

Je dus paraître gênée, car il se hâta de poursuivre :

— Ils ne dorment pas dans le même lit, ma mère n'a jamais... fait ce qu'il faut pour avoir un bébé. Et ne me demande pas comment je le sais !

Je ne le demandai pas, mais je crus le deviner. Arthur avait dû apprendre très tôt à écouter aux portes.

— Mais laissons tout ça, ajouta-t-il très vite en affrontant à nouveau mon regard. Quel égoïste je fais ! Tu es claquemurée ici pour six mois, et je viens te parler de mes problèmes. Quelle cruauté de la part d'Agnès, quand même ! Je ne l'aurais jamais crue comme ça, commenta-t-il d'une voix offensée, les lèvres blanches de colère.

— Ne la blâme pas, c'est ma grand-mère qui a exigé cela d'elle. Mais ne t'inquiète pas, je survivrai.

— Alors je ne sortirai plus, décréta-t-il d'un ton catégorique. Je resterai ici le soir, chaque week-end, et je serai à ta disposition si tu as besoin de compagnie. Nous pourrons jouer aux dames, ou aux cartes, ou bavarder... je ferai tout ce que tu voudras. Tu n'auras qu'à demander.

Un tel dévouement me toucha jusqu'aux larmes.

— Tu n'y penses pas, Arthur ! Te punir toi-même ? Il n'en est pas question.

— Je ne fais jamais rien de bien intéressant dehors, tu sais. Et je n'ai pas d'amis intimes. En fait, tu es la seule personne que j'aie vraiment envie de voir, conclut-il d'un air embarrassé.

Je l'étais autant que lui et ne trouvai rien à lui répondre. Je jugeai plus simple de prétendre n'avoir pas compris, ou pas entendu.

— Les pions sont tout mélangés, fis-je observer. Recommençons la partie.

— Comme tu voudras.

Il remit les pions en place et nous jouâmes jusqu'à ce que je me voie contrainte d'avouer ma fatigue. Je remerciai Arthur de m'avoir tenu compagnie et il se retira, me laissant toute songeuse.

À quoi bon se marier, si l'un des époux ne supportait pas le contact de l'autre ? L'amour physique n'était-il donc pas un moyen de rapprochement, l'union la plus totale qui soit avec l'être qu'on aime ? Pourquoi une femme en avait-elle si peur ? À cause de la grossesse ? Décidément, le monde était bien compliqué, et bien décevant, une fois qu'on avait perdu les illusions de l'enfance. On vit dans une bulle et un beau jour la bulle éclate, la réalité s'impose avec ses souffrances et ses épreuves. Et pas moyen d'y échapper. Arthur Garwood n'y échapperait pas, lui non plus.

Bizarrement, ma punition avait rendu les choses plus difficiles entre nous, je me sentais piégée. Je ne voulais pas lui laisser croire que je deviendrais son amie de cœur. Et je ne voulais pas non plus lui faire de la peine en le renvoyant chaque fois qu'il venait me voir. Par chance, Trisha passa plusieurs soirées avec moi, et quand elle sortait, les jumelles étaient souvent dans les parages. Quand un autre pensionnaire passait la soirée à la maison, surtout si c'était Donald, Arthur ne venait jamais. Il ne me parlait que s'il me trouvait seule. Au collège ou dans la rue, s'il m'apercevait en compagnie de quelqu'un, il m'adressait un simple signe de tête et continuait son chemin.

Jusque-là, tout pouvait aller. Mais un samedi soir, il vint me présenter son poème, sous enveloppe, et annonça d'emblée :

— Je préfère que tu sois seule pour le lire, alors je te laisse. J'attendrai que tu me dises franchement ce que tu en penses. Viens quand tu veux mais surtout, donne-moi un avis sincère.

Là-dessus, il s'esquiva et je retournai l'enveloppe : il l'avait même cachetée ! J'allai m'allonger sur mon lit, me calai dans mes oreillers et l'ouvris sans me presser. Arthur s'était donné beaucoup de mal pour rédiger son texte en calligraphie gothique. Et s'il n'était pas doué pour le hautbois, il possédait un réel talent de poète. Le poème s'intitulait *Aurore*.

Sur le monde et sur moi s'est refermé le piège des ténèbres.
Quelle étoile échapperait à la griffe impitoyable
Qui nous étreint de sa noirceur ?
Aucune.
Et moi, qui entendra mes cris,
Qui voit mes larmes ou s'en soucie ?
Personne.
Seul je suis, prisonnier de l'ombre qui enserre la mienne.
L'oiseau dont on coupa les ailes,
Où ira-t-il, sans force, sans espoir ?
Nulle part.
Seul sur la branche nue pourtant, il attend.
Et voici que tu viens, tu t'approches, tu te lèves à l'orient,
Et quelle nuit luttera contre ton sourire ?
Il rayonne.
Mon front qu'il a touché s'éclaire, et pareil
À l'oiseau qui renaît à la chaleur du jour
J'ouvre mes ailes et je prends mon essor
Au vent du ciel.

Ma lecture finie, je lorgnai furtivement vers la porte mais Arthur avait tenu parole : il était retourné dans sa chambre. Il m'attendait avec angoisse, je le savais. Pourtant, pendant un long moment, je fus incapable du moindre mouvement. Ce texte était très beau, mais tellement révélateur ! La profondeur des sentiments d'Arthur à mon égard m'effrayait. Qu'avais-je fait pour lui inspirer une telle ferveur ? Je lui avais accordé un peu d'attention, je ne m'étais pas moquée de lui, et voilà tout. Jamais je ne lui avais demandé de m'aimer, ni de m'ouvrir son cœur, jamais je ne l'avais encouragé. Et pourtant, lire ses paroles vibrantes me donnait l'impression d'avoir trahi Jimmy. Il aurait détesté savoir qu'un autre garçon m'aimait à ce point, j'en étais sûre. Mais que pouvais-je y faire ? J'imaginais ce que Trisha m'aurait conseillé :

— Dis-lui que tu as trouvé ça très bien, et basta !

Mais Arthur était beaucoup trop sensible pour se contenter de si peu. Je ne devais pas décevoir son attente : j'irais lui parler en toute franchise. Je me levai pour aller discrètement frapper à sa porte. Elle était fermée, comme d'habitude, mais il répondit instantanément et j'entrai. Je le trouvai à son bureau. À la lumière de la lampe, son visage blafard me fit penser à un masque.

— Quel merveilleux poème, Arthur, vraiment ! Mais je ne le mérite pas.

— Oh si !

— Arthur, j'aurais dû te le dire plus tôt mais j'ai déjà un ami, un garçon que j'aime depuis toujours et qui m'aime, lui aussi. Nous nous sommes promis de nous attendre, débitai-je tout d'une traite.

Et je me hâtai d'ajouter :

— Il n'y a pas beaucoup de gens qui le savent, mais j'ai confiance en toi. Tu m'as confié ton secret, toi aussi.

Plus que jamais pareil à un masque, il me dévisagea, les traits figés. Je ne vis même pas trembler ses lèvres.

— Tu peux quand même garder le poème, dit-il enfin.

— Oh mais j'y tiens, Arthur : il me sera toujours très précieux... surtout plus tard, quand tu seras devenu un poète célèbre.

— Dis plutôt un fameux raté, oui ! commenta-t-il d'un ton lugubre.

— Allons, Arthur, protestai-je, ne parle pas comme ça.

Mais il se détourna et se pencha sur ses papiers.

— Merci pour ta franchise, Aurore.

Comprenant qu'il ne tenait pas à prolonger la conversation, je le remerciai à nouveau et me retirai, aussi peinée que lui. Et jamais je ne fus plus heureuse de voir Trisha que ce soir-là, quand elle rentra du cinéma et me déversa un flot de nouvelles et de potins. Je m'abreuvai de son exubérance, de son énergie, de ses éclats de rire, mais je ne lui dis rien du poème d'Arthur. Je l'avais déjà caché dans un tiroir de ma commode, avec mes plus chers souvenirs. Ceux dont je n'aurais voulu me séparer pour rien au monde, mais que je tenais à garder secrets, comme la photo de maman par exemple. Reliques d'amour et de chagrin, ils me rappelaient ce que j'avais perdu et qui ne serait jamais plus.

Avec le temps, le ressentiment d'Agnès envers moi s'apaisa, il ne fut plus jamais question entre nous de mon retour tardif cette nuit-là. J'avais une alliée solide en Mme Liddy, qui chantait sans arrêt mes louanges, surtout quand c'était mon tour de l'aider. Je passais beaucoup de temps avec elle dans sa cuisine, où, tout en travaillant, elle me raconta sa vie. Orpheline à huit ans, ses parents ayant succombé à la grippe espagnole, elle avait été séparée de son frère et de ses deux sœurs. Aucune famille ne voulait adopter plus d'un enfant à la fois. Et depuis vingt ans, elle n'avait pas revu ses frère et sœurs.

À mon tour, je lui contai mon histoire et lui confiai mes craintes de voir la même chose nous arriver. Nous ne savions même pas où se trouvait notre petite Fern.

— Et malgré tout, madame Liddy, j'échangerais volontiers ma vraie famille pour celle où j'ai grandi, affirmai-je.

Elle n'en parut pas choquée, surtout après avoir appris certaines choses qui s'étaient passées à l'hôtel, et comment on m'y avait traitée. Au contraire, nous devînmes beaucoup plus intimes, après ces confidences. Elle me transmit plusieurs de ses recettes et me laissa même, une fois, préparer le dîner seule. Son amitié adoucit beaucoup ma pénitence.

Puis un beau soir, peu avant les vacances de Noël, Agnès vint me trouver dans ma chambre. Elle se déclara très satisfaite de ma conduite, et prête à lever la sanction pour me reprendre à l'essai. Fort étonnée, je crus d'abord que je devais ce changement d'attitude à Mme Liddy. Mais la raison m'en fut donnée quelques jours plus tard, quand je reçus un coup de fil de ma mère.

— Randolph et moi venons passer le week-end à New York avec Clara Sue, m'annonça-t-elle. Nous avons bien l'intention de faire les choses en grand et de t'emmener dîner.

— Et Philippe ? fut ma première question.

— Il ne viendra pas, il sort avec des amis. Nous nous doutions que tu aurais beaucoup de travail, s'empressa-t-elle d'ajouter, aussi ne t'avons-nous pas proposé de passer les vacances avec nous. Mais te voir nous ferait grand plaisir.

— Es-tu certaine de pouvoir supporter les fatigues du voyage ? ironisai-je ouvertement.

— Pas vraiment, mais les médecins pensent que cela me ferait du bien, et je n'ai pas souvent l'occasion d'arracher Randolph à cet hôtel. Alors à bientôt. Et fais-toi belle, surtout : nous choisirons un restaurant ultrachic !

Je raccrochai, regrettant déjà de ne pas avoir refusé. Je n'étais pas pressée de retrouver Clara Sue, loin de là ! Mais malgré ma rancune, j'étais curieuse de les revoir, tous les trois. Après tout, Laura Sue était ma vraie mère et Clara ma demi-sœur, que cela m'enchante ou non.

Le jour fixé, ils arrivèrent de bonne heure et Agnès envoya Clara me chercher, tandis qu'elle recevait mes parents au salon... pour leur parler théâtre, évidemment. Ils allaient avoir droit à la revue complète de ses souvenirs. Clara Sue, elle, surgit en trombe sur le seuil de notre chambre — ce qui ne me surprit pas outre mesure — et resta plantée là, les mains aux hanches et l'œil avide. Elle avait encore pris du poids, et sa toilette n'arrangeait rien. Le bustier bleu clair boudinait sa poitrine volumineuse, et ses jupons crinoline lui ajoutaient quelques kilos, ce qui devait bien faire dix de trop. Sa coiffure étudiée la vieillissait un peu, avec la grande mèche aguicheuse qui lui retombait sur l'œil gauche. À part ça, elle n'avait pas tellement changé. Toujours aussi bouffie de graisse et de vanité.

Trisha, qui se prélassait sur son lit, plus intéressée par mes préparatifs que par sa lecture, leva les yeux de son livre.

— Et voici Clara Sue, je présume ? lança-t-elle sur ce ton pince-sans-rire que j'avais appris à connaître.

La bouche de Clara se tordit en rictus de dégoût.

— Votre chambre est trop petite pour deux. Comment faites-vous pour ne pas vous marcher sur les pieds ?

— Nous respectons les feux.

— Hein ? s'ébahit ma sœur, complètement dépassée.

Je perdis patience.

— Franchement, Clara Sue, ton opinion sur cette chambre m'indiffère. Et on frappe, avant d'entrer. On dit bonjour et on attend d'être présenté.

— On m'a envoyée te dire de te dépêcher, cracha-t-elle en tournant les talons.

Le commentaire de Trisha ne se fit pas attendre.

— Délicieuse créature, toutes mes condoléances. Tâche quand même de passer une bonne soirée !

— C'est plutôt mal parti, observai-je en lorgnant une dernière fois le miroir.

Et je quittai la pièce à mon tour. La porte d'Arthur était entrebâillée, je pus voir qu'il épiait par l'ouverture, mais je poursuivis mon chemin sans m'arrêter. Au salon, ma mère riait d'une chose que venait de dire Agnès. Et dès que je franchis le seuil, tout le monde se retourna sur moi.

Randolph était assis à côté de ma mère et souriait d'un air affable, ses mains fines et soignées croisées sur un genou, l'air plus détendu et animé qu'à l'ordinaire. Je notai qu'il avait blanchi, surtout aux tempes. Toujours aussi hâlé, il portait un de ses éternels complets bleu marine avec son élégance coutumière.

Ce fut plutôt Mère qui me surprit : elle resplendissait de

santé. Les cheveux déroulés sur ses épaules nues, elle arborait sa parure de diamants taillés en poire. Les pierres scintillaient à son cou et à ses oreilles, rivalisant d'éclat avec ses yeux saphir. Comme elle paraissait jeune ! Le temps n'avait donc pas de prise sur elle ? D'une certaine façon, je me sentais plus âgée qu'elle. Cette peau satinée, ce teint de pêche étaient ceux d'une enfant. Une vraie petite fille ! Et sa voix chanta avec son délicieux accent du Sud :

— Que tu es jolie, Aurore ! Absolument exquise, n'est-ce pas, Randolph ?

— Absolument, approuva-t-il avec un sourire épanoui.

Debout derrière eux, les bras croisés sous les seins, Clara Sue verdit de jalousie.

— Quel dommage de devoir quitter Agnès ! reprit Mère. Nous avions une conversation si passionnante...

— C'est trop gentil à vous, madame, mais je ne voudrais pas vous mettre en retard.

— Surtout que nous avons réservé, appuya Randolph, avec son obsession maniaque des horaires.

— Je ne l'oublie pas, mon cher.

Mère tendit la main et, dans la même seconde, il fut au garde-à-vous devant elle pour l'aider à se lever. Sous sa somptueuse robe en soie noire, largement échancrée, elle portait une guêpière qui lui remontait la poitrine. Son décolleté pigeonnant découvrait joliment la naissance de ses seins. Était-ce bien la même femme qui passait sa vie dans sa chambre, pâmée sur son lit ? Je n'en revenais pas. Elle s'approcha pour m'embrasser légèrement sur la joue, puis tout le monde fit ses adieux à Agnès. Devant la maison, une limousine attendait.

— Alors, parle-nous de ton école, dit Mère quand nous y eûmes tous pris place. Comme ce doit être passionnant d'évoluer parmi tous ces artistes !

Je me lançai dans une description détaillée de ma vie à Bernhardt et, ce faisant, je pris conscience que Mère avait raison : j'adorais cette vie-là. Tout le temps que je parlai, Clara Sue ne cessa de gémir, et la même comédie reprit au restaurant. Rien ne lui plaisait, elle alla même jusqu'à renvoyer un plat pour qu'on le réchauffe. Et pourtant, ni Mère ni Randolph ne lui adressèrent le plus petit reproche. Pour être gâtée, elle était gâtée ! Pour ne pas dire pourrie.

Randolph s'étendit à loisir sur leurs projets, les gens chez qui ils descendraient, et l'impatience avec laquelle ils avaient attendu ces vacances, tous les deux.

— Randolph n'a pas pris un seul jour de véritable détente depuis près d'un an, déclara Mère.

Je ne posai aucune question sur Grand-mère Cutler, et chaque fois que son nom fut mentionné, j'ignorai l'allusion. Jusqu'au moment où je m'avisai de prendre des nouvelles de Sissy. Je n'avais jamais oublié sa façon de chanter en travaillant, de si belles chansons ! Et elle s'était montrée si gentille envers moi, à mon arrivée. Alors que le reste du personnel me battait froid, sous prétexte qu'on m'avait donné le poste d'une autre, qui en avait grand besoin. En réponse à ma question, Clara Sue me corna littéralement aux oreilles :

— Grand-mère a renvoyé Sissy.

— Sissy, renvoyée ? Mais pourquoi ?

J'interrogeai Randolph du regard, mais il se contenta de secouer la tête et Clara se fit un plaisir d'ajouter :

— Elle n'était pas bonne à grand-chose, voilà pourquoi.

— Mais c'est faux ! m'exclamai-je en prenant ma mère à témoin.

Elle détourna les yeux, mais j'avais compris. Le prétexte invoqué n'était pas le bon.

— Elle l'a renvoyée parce qu'elle m'avait mise en rapport avec Mme Dalton, c'est ça ?

— Mme Dalton ? répéta Randolph à l'adresse de Mère.

— Tu te trompes, Aurore, dit-elle en baissant la voix. D'ailleurs n'en parlons plus, c'est déplaisant. Je dois ménager mes nerfs si je veux passer de bonnes vacances.

— Mais j'ai raison, n'est-ce pas ? (Bien sûr que j'avais raison, il n'y avait qu'à voir le petit air satisfait de Clara Sue.) C'est ignoble. Sissy avait besoin de cet emploi. Quelle injustice ! Grand-mère est vraiment trop cruelle.

— Voyons, Aurore ! intervint Randolph. Tu ne voudrais pas nous gâcher une si bonne soirée ?

Une si bonne soirée, vraiment ? Je me demandais bien pour qui ! Clara Sue ne cessait de geindre et s'ingéniait à nous empoisonner le dîner. Et Mère qui continuait sa comédie, faisant semblant de voir la vie en rose alors qu'elle connaissait la vérité, nettement moins rose. Et parce que je l'avais découverte, Grand-mère m'avait chassée, moi aussi.

Je fusillai Randolph du regard.

— Pourquoi l'as-tu laissé renvoyer Sissy ? C'était une employée travailleuse et loyale. Le sort des gens te laisse donc tellement indifférent ? À quoi sers-tu, dans cet hôtel ?

— Aurore ! s'écria Mère en battant des cils. Ô mon Dieu, mon cœur s'emballe... Randolph, je crois que je vais m'évanouir.

Il se pencha vers elle, lui saisit la main et la couvrit de petites tapes affectueuses.

— Calme-toi, ma chérie, calme-toi.

Ne voyait-il donc pas clair dans son petit jeu ? Ou bien s'en moquait-il, tout simplement ? Entre deux battements de paupières, Mère glissa d'une voix mourante :

— Nous ferions mieux de rentrer à l'hôtel. J'ai besoin de repos, si je veux être d'aplomb demain.

— Bien sûr, chérie, tout de suite.

D'un signe, Randolph appela le garçon et il demanda la note. Clara Sue jubilait.

— Tu vois ce que tu as fait ? On a toujours des ennuis, avec toi.

— Clara Sue ! protesta Randolph.

— Mais c'est vrai. Il n'y a qu'à voir comment elle s'est

conduite à l'hôtel, l'été dernier. Je t'avais dit de ne pas l'inviter à dîner.

Elle se renversa sur son siège et croisa les bras, la mine revêche. Une vraie porte de prison ! C'en fut trop pour notre pauvre mère, qui gémit faiblement :

— Clara Sue, je t'en prie...

Sur quoi, Clara daigna sourire, enchantée d'elle-même. Je m'empressai de la défriser.

— Je te plains, je t'assure. Tu n'as que toi, et tu ne peux pas te supporter toi-même.

Sa mine s'allongea, mais elle n'eut pas le temps de répliquer. Randolph régla la note, aida Mère à se lever et toute la famille prit le chemin de la sortie. Quant au trajet du retour... une promenade en corbillard n'eût pas été plus lugubre. Personne n'ouvrit la bouche et Mère garda les yeux obstinément fermés, la tête sur l'épaule de Randolph. Pour ma part, je contemplai fixement le paysage par la vitre et Clara Sue en fit autant de son côté.

Une fois devant chez Agnès, Randolph descendit avec moi.

— Désolé que ce dîner n'ait pas été plus réussi, Aurore. Peut-être aurons-nous une meilleure occasion au retour. Si Laura Sue est en état de sortir, naturellement.

Je louchai vers la limousine. Mère était toujours pâmée sur les coussins, et Clara Sue contemplait innocemment le paysage.

— Cela m'étonnerait ! lançai-je en contournant Randolph pour courir vers le perron. Mais demande toujours à ta mère pourquoi elle a renvoyé Sissy ! criai-je pardessus mon épaule.

Et, sans me retourner, j'escaladai les dernières marches et m'engouffrai dans la maison.

Les vacances prirent fin, ma punition aussi et le temps retrouva son rythme normal. Chaque semaine, la lettre tant attendue de Jimmy arrivait, ponctuelle, bourrée de détails sur Berlin et les coutumes européennes. Il n'omettait jamais, avant de terminer, de m'exprimer son amour et promettait de rentrer aussi vite qu'il le pourrait. À mon tour, je noircissais des rames de papier, décrivant le moindre détail de ma vie. Jimmy connaissait même le parfum des glaces que nous prenions chez George.

Je restai longtemps sans nouvelles de papa, puis, en avril, une lettre arriva enfin. Elle me serra le cœur.

Chère Aurore,

Pardonne-moi de ne pas t'avoir écrit plus souvent, mais j'ai été très occupé, par mon travail et des tas d'autres choses. Une de ces choses est que j'ai rencontré Edwina Freemont et que j'ai eu envie de mieux la connaître. Elle aussi a eu la vie dure, son mari est mort, enfin tu vois.

Bref, on a fait ce qu'il faut pour mieux se connaître, et on s'est sentis moins seuls tous les deux, et très bien ensemble. Ça fait qu'un beau jour on s'est dit comme ça : Et si on se mariait ? En plus, j'ai vu un avocat. Il m'a dit que si jamais j'avais une chance de reprendre Fern, ça serait un bon point pour moi s'il y avait une mère au foyer. Alors voilà, il y en a une.

J'espère que tout va bien pour toi. J'ai écrit à Jimmy aussi pour lui annoncer la nouvelle.

Affection,

Papa

Le principal effet que cette lettre eut sur moi fut de me rappeler maman. Je ne pensais qu'à elle. J'avais beau m'efforcer de comprendre, me répéter que papa était seul, surtout depuis le départ de Jimmy : rien n'y faisait. C'était toujours le visage de maman que je voyais. Finalement, je me jetai à plat ventre sur mon lit en sanglotant dans mon oreiller. Je pleurai pendant des heures, jusqu'à ce que mes larmes se tarissent. Puis, les yeux secs, j'enfouis la lettre avec mes autres souvenirs. Je n'en parlai à personne, pas même à Trisha.

Quelques semaines plus tard, Jimmy me confia ses impressions sur ce mariage. Il me dit qu'il s'y attendait plus ou moins, en tout cas plus que moi. Il avait rencontré Edwina Freemont et la trouvait très gentille. Mais il avouait qu'il souffrirait toujours de savoir que son père avait une nouvelle femme. Et il jurait qu'il ne pourrait jamais oublier maman.

Moi non plus, lui écrivis-je en retour, et ni le temps ni toutes ces nouvelles familles qui nous arrivaient n'y changeraient rien.

Après cela, je vécus pendant un certain temps dans une sorte de nuage noir, on aurait dit qu'il me suivait partout. Plus rien ne me donnait de joie, sauf mes leçons de chant et de piano, les lettres de Jimmy et l'humour de Trisha. Quand j'étais libre, après mes leçons, je m'arrêtais souvent au studio de danse où elle répétait. Je la trouvais vraiment très douée.

Au début d'avril, elle fêta son dix-septième anniversaire. Ses parents vinrent la chercher pour dîner et voir ensuite une pièce à Broadway, en insistant pour que je sois de la partie. Sa mère était ravissante, elle avait d'immenses yeux verts. Son père aussi était très beau, très grand, il l'adorait. Il la combla de cadeaux et lui promit que, sitôt qu'elle aurait passé ses examens, il lui achèterait une petite voiture de sport.

Ils me posèrent des tas de questions sur ma famille. Ils connaissaient Cutler's Cove de réputation et songeaient même à y séjourner une semaine pendant l'été. Trisha me décocha deux ou trois clins d'œil en m'écoutant répondre. Elle savait que je ne disais pas tout, naturellement ! La pièce qu'on donnait s'appelait *Farce en pyjama*. Ensuite, nous allâmes au Lindy's prendre un café et manger un gâteau au fromage. Ce fut une soirée fantastique, fabuleuse. J'étais ravie d'avoir été invitée à l'anniversaire de Trisha, et pourtant, je ne pouvais me défendre d'un soupçon de jalousie. Moi, je n'avais eu droit qu'à un bref coup de fil de ma mère, assorti d'une carte et d'un chèque pour m'offrir ce qui me plairait. Quelle différence !

À mesure qu'avril tirait à sa fin, l'approche des Journées musicales rendit toute l'école de plus en plus fébrile. Trisha et moi restions souvent le soir pour assister aux répétitions des seniors. Arthur Garwood, lui, se replia dans sa coquille et finit par m'éviter tout à fait. Ce fut moi qui pris l'initiative d'aller frapper de temps en temps à sa porte, dans l'intention de lui remonter le moral. Mais il ne vint jamais ouvrir, et même, une fois, éteignit carrément la lumière. Inquiète pour lui, j'en parlai à Agnès, mais elle prétendit que c'était simplement le trac.

— Nous connaissons tous ça, voyons ! Les grands artistes ont toujours l'estomac noué avant d'entrer en scène, même ceux qui ont déjà joué des milliers de fois. Il paraît même que c'est bon signe. Trop de confiance en soi ne porte pas bonheur, dans le métier.

— Je vous assure que pour Arthur, c'est plus grave que ça, insistai-je.

Mais elle ne voulut rien savoir... jusqu'à la veille du festival. Ce matin-là, au petit déjeuner, Arthur brillait par son absence et tout le monde s'en étonna. Il était toujours si ponctuel ! Agnès finit par s'inquiéter et monta s'assurer qu'il n'était pas malade. Elle revint presque aussitôt, bouleversée : pas trace d'Arthur. Il n'avait même pas dormi dans son lit.

— Quelqu'un saurait-il quelque chose ? demanda-t-elle, affolée.

— Peut-être qu'il a encore maigri, suggéra malicieusement Donald. Du coup, il a disparu.

— Ce n'est pas drôle ! m'écriai-je, outrée.

— Non, reprit Agnès, pas drôle du tout. Et cela ne ressemble pas à Arthur. Il est très renfermé, d'accord, mais pas irresponsable. Ô mon Dieu ! Et dire qu'il doit jouer demain !

Là-dessus, elle se précipita au téléphone pour avertir les Garwood.

Au collège, Trisha et moi ne vîmes pas une seule fois Arthur de toute la journée. En fin d'après-midi, j'allai même faire un tour dans une des salles où il travaillait, en vain. Et après les cours, quand je rentrai avec Trisha, nous trouvâmes les parents d'Arthur au salon, en compagnie d'Agnès.

— Dieu merci, vous voilà ! s'exclama-t-elle en se tordant les mains. Arthur est toujours introuvable. Nous espérions qu'il se serait confié à l'une d'entre vous, précisa-t-elle avec un coup d'œil appuyé à mon adresse.

Trisha secoua la tête.

— Aurore ?

Je coulai un regard en direction des Garwood. Ils paraissaient moins inquiets que furieux, ce qui me rendit furieuse à mon tour. Je le laissai bien voir.

— Arthur se faisait un sang d'encre à propos de ce solo. Il craignait de se rendre ridicule et de mettre tout le monde dans l'embarras. Il a dû aller se cacher quelque part.

— C'est absurde ! s'écria M. Garwood. Il ne nous aurait jamais fait ça.

— Bien sûr que si ! Il était désespéré. (Tous les regards convergèrent instantanément sur moi.) Oui, désespéré. Il voulait abandonner et vous ne l'écoutiez pas.

— Aurore ! protesta Agnès, qui se tourna aussitôt vers les Garwood. Ne faites pas attention, elle ne voulait pas être insolente.

Du coup, ma rage décupla.

— Ne parlez pas en mon nom, Agnès. Arthur m'a souvent dit qu'il n'arrêtait pas de supplier ses parents de le comprendre. Il n'a aucun talent pour la musique, en tout cas pas celui de ses parents, il sait qu'il ne peut que les décevoir.

— C'est complètement faux ! rugit M. Garwood. Arthur est très doué, il...

— En effet, monsieur Garwood, votre fils est très doué, mais pas dans le domaine que vous croyez.

Les yeux rétrécis, le père d'Arthur me toisa dans l'intention délibérée de m'intimider, mais je tins bon. Même quand il laissa tomber d'un air supérieur :

— Pour qui cette gamine se prend-elle ?

— Je ne suis pas une gamine ! Et Arthur est très malheureux, vraiment désespéré. Vous auriez dû l'écouter. C'est justement pour ne pas vous décevoir qu'il veut abandonner le hautbois.

M. Garwood bondit de son siège.

— En voilà assez ! Si vous savez où se trouve Arthur, vous feriez mieux de le dire, ma petite.

— Je n'en sais rien. Mais si je le savais, vous êtes la dernière personne à qui je le dirais, rétorquai-je.

Et je sortis en courant, poursuivie par le cri d'Agnès :

— Aurore !

— Je vais lui parler, l'apaisa Trisha en s'élançant sur mes talons.

Je claquai la porte derrière nous et arpentai la chambre d'un pas rageur.

— Je savais qu'il arriverait quelque chose comme ça, j'en étais sûre ! J'avais prévenu Agnès mais elle ne m'a pas écoutée. Quant aux parents d'Arthur... tu as vu toi-même. Ils sont atroces. Ignobles.

— Ouaoh ! Et toi, tu leur as dit leurs quatre vérités.

— Je n'ai pas pu m'en empêcher. Arthur a besoin d'aide, il a supplié ses parents de le comprendre. Mais eux, ils ne pensent qu'à eux-mêmes et à leur précieuse réputation ! J'en ai assez de ces parents qui sont incapables d'aimer leurs enfants. Qu'ils aillent au diable !

Je m'affalai sur mon lit, où Trisha vint aussitôt s'asseoir près de moi.

— Tu ne sais pas où il se cache, quand même ?

Je lui fis comprendre d'un signe que je l'ignorais. Puis, ses visiteurs partis, Agnès monta nous rejoindre.

— Quelle situation ! commença-t-elle. C'est la première fois que pareille chose arrive dans cette maison. Les Garwood ont le cœur brisé.

— Pas du tout, protestai-je. Ils ont seulement peur de ce que vont penser leurs parents et amis, et tous les gens qu'ils ont invités aux Journées musicales. Quant à Arthur, ils s'en moquent bien !

— Vous vous êtes montrée grossière et insolente avec eux, Aurore. Cela ne s'était jamais produit chez moi. Si vous ne me dites pas immédiatement où se trouve Arthur, je me verrai dans l'obligation d'appeler votre grand-mère. Je lui ferai savoir qu'il m'est impossible de vous garder.

— Mais j'ignore où il est, me lamentai-je. Il n'a pas de vrais amis, aucun endroit où aller. Il s'est simplement caché jusqu'à la fin du festival et il reviendra dès que tout sera terminé, vous verrez.

— L'auriez-vous encouragé à s'enfuir ? Ses parents le croient, en tout cas.

— Je n'ai rien fait de tel, et c'est leur faute s'il est parti. Ils n'ont pas voulu l'écouter. Croyez-moi, Agnès, implorai-je à travers mes larmes. Je vous dis la vérité.

Elle me dévisagea longuement, puis secoua la tête et son regard se fit à nouveau lointain, théâtral.

— Ah, que faire ? déclama-t-elle. Que décider ?

Trisha et moi échangeâmes un clin d'œil : comme toujours quand les choses tournaient mal, Agnès se réfugiait dans un nouveau rôle. À voir ses gestes affectés, j'aurais parié qu'elle tirait celui-là d'un vieux mélodrame.

— Vous, la jeunesse d'aujourd'hui, si tourmentée, si compliquée ! Ne regrettez-vous pas les jours anciens, la vie simple et tranquille ? N'aimeriez-vous pas vous réveiller un beau matin, redevenus les enfants de jadis ? Oh, comme j'aimerais qu'il en fût ainsi !

Sur cette romantique tirade, Agnès nous quitta d'un pas glissant, comme une ombre.

— Elle divague, ma parole, observa Trisha. Dès qu'il y a un problème, plus personne ! Elle n'est pas de taille.

Mais qui l'était, finalement ? Qui souhaitait avoir des problèmes à démêler ? Pas moi, toujours. J'avais eu mon compte.

Les Journées musicales passèrent et Arthur ne revint pas. Les Garwood firent appel à la police qui vint interroger tous les résidents de la maison, surtout moi. Je répétai tout ce que j'avais déjà dit aux Garwood. Les policiers m'écoutèrent, prirent note et s'en furent. Agnès déambulait en se tordant les mains et Donald Rossi s'évertuait à tourner la situation en plaisanterie. Puis, environ une semaine après ces événements, je reçus une lettre.

Il n'y avait pas de nom d'expéditeur, mais quelque chose dans l'écriture me fit battre le cœur. Je déchirai hâtivement l'enveloppe.

Chère Aurore,

Tu es la seule à qui je souhaite dire adieu. Pardonne-moi d'être parti ainsi, sans prendre congé de personne. Il y a longtemps que je mettais de l'argent de côté pour le faire. Et si je suis resté si longtemps à Bernhardt, c'est uniquement parce que j'aimais être près de toi. Mais tu as ta vie, et je sais que je n'en fais pas partie.

J'ai décidé de partir et d'essayer de devenir écrivain. Si je réussis, mes parents consentiront sans doute à me pardonner. J'espère que tu ne mentais pas en disant que tu garderais toujours précieusement mon poème. Peut-être nous reverrons-nous un jour. Merci d'avoir su m'écouter.

Tendrement,

Arthur

Trisha me conseilla de montrer cette lettre à Agnès.

— Mais ils vont le rechercher, le retrouver, et il m'en voudra !

— L'enveloppe n'indique pas son adresse, fit-elle observer. Tout ce qu'on peut en tirer, c'est qu'elle a été postée à New York. Comme ça, Agnès saura que tu n'as rien à te reprocher, et les Garwood ne pourront plus t'accuser.

— Pauvre Arthur... dis-je tristement.

Trisha haussa les épaules.

— Il sera sûrement plus heureux qu'avant. Peut-être même qu'il prendra du poids !

Je souris, repliai la lettre et, docilement, j'allai la montrer à Agnès. Elle poussa d'innombrables soupirs et me remercia avec effusion.

Nous n'entendîmes plus jamais parler de l'aventure. Tous les événements désagréables qui pouvaient se produire chez Agnès subissaient le même sort. On les enterrait, ou si par hasard on y faisait allusion, c'était toujours en termes si voilés qu'on ne distinguait plus la réalité de la fiction. Et personnellement, j'avais d'autres chats à fouetter.

Mme Steichen venait de m'admettre à ses auditions-concours du samedi, données une fois par mois en vue d'un éventuel récital. Je chantais dans deux opérettes, comme choriste. On se disputait âprement les places de solistes, et c'étaient généralement les seniors qui les obtenaient. Pourtant, plus d'une fois, les autres étudiants me dirent que j'aurais mérité d'être sélectionnée.

Vers la fin de l'année scolaire, Mme Steichen m'apprit qu'elle me présenterait parmi ses meilleurs élèves aux Journées musicales de l'année suivante. Nous consacrerions la session d'été à nous y préparer. Tout le monde me félicita, et je me sentis très fière. Mais je promis quand même à Trisha de passer quelque temps avec elle dans sa famille.

Le tout dernier jour, en sortant de la salle de musique, je tombai nez à nez avec elle. Rouge d'excitation, elle ne tenait plus en place.

— Devine qui vient enseigner le chant à Bernhardt à la rentrée ? lança-t-elle en tourbillonnant sur elle-même, ses livres serrés sur le cœur. Allez, devine !

Je secouai la tête, amusée par son exubérance.

— Qui ?

— Michaël Sutton, le chanteur d'opéra !

Bigre ! On s'arrachait Michaël Sutton, en Europe. Il était déjà célèbre aux États-Unis avant son départ, et on ne voyait plus que lui sur la couverture des magazines. Beau, jeune, bourré de talent... il possédait toutes les qualités.

— Il viendra faire passer des auditions une semaine avant la rentrée pour choisir ses étudiants, m'informa Trisha. Et même si je n'ai pas de voix, je te garantis que je serai sur les rangs. Mais toi, tu as ta chance, espèce de veinarde ! Tu es senior, maintenant.

Mon cœur se mit à cogner comme un fou, mais je gardai la tête froide. Au cours de ma brève existence, j'avais appris à ne pas compter sur les miracles. S'il fallait s'attendre à voir briller l'arc-en-ciel après chaque orage...

Mais qui m'empêchait d'espérer ? Après tout, Michaël Sutton !

6

Michaël

Inutile de dire dans quel état nous étions, Trisha et moi, le jour de l'audition de Michaël Sutton. Levées une demi-heure plus tôt que d'habitude, nous essayâmes je ne sais combien d'ensembles, tentant toutes les combinaisons possibles et imaginables. Finalement, notre choix s'arrêta sur la même tenue pour toutes les deux : jupe plissée grège et sweater rose tendre, achetés à l'occasion d'un de nos « safaris boutiques », selon l'expression de Trisha. Certains samedis, nous passions des heures à essayer toutes sortes de toilettes dans les grands magasins, y compris les plus extravagantes et les plus coûteuses. Naturellement, nous savions qu'elles étaient au-dessus de nos moyens, mais n'empêche. C'était très drôle de jouer les grandes dames, sous l'œil glacial et méprisant des vendeuses, et nous ne nous en privions pas.

Ce fut Trisha qui eut l'idée de nous habiller de façon identique pour l'audition, afin de passer pour jumelles.

— Comme ça, il nous remarquera forcément ! affirma-t-elle.

Et nous fîmes le nécessaire pour cela. Shampooing, baume embellisseur, ruban de soie rose pour chacune, le tout pimenté d'un soupçon de rouge à lèvres. Ni elle ni moi n'avions besoin de fard : notre hâle doré suffisait amplement. Pour finir, nous décidâmes que des socquettes et des tennis blanches seraient parfaites. Nous gloussions comme des petites folles en descendant l'escalier, le matin de l'audition, tant nous étions nerveuses. Et pendant tout le petit déjeuner, Agnès arpenta la salle à manger en nous prodiguant ses conseils.

— Ayez toujours l'air assuré, professionnel. Et surtout, ne vous mettez jamais à la première place.

Pour cela, pas de danger ! Quand nous arrivâmes en salle de musique, la file des candidats s'étirait du piano jusqu'à la porte et débordait dans le couloir. Chacun avait reçu un carton portant un numéro, même pas un nom ! Nous fûmes accueillies par Richard Taylor, le plus brillant élève de Mme Steichen. Un peu fat, hélas ! Sa nomination comme répétiteur de Michaël Sutton lui montait à la tête. Long comme un jour sans pain, maigre comme un cent de clous, il fallait le voir au piano, avec ses mains squelettiques aux doigts filiformes : on aurait dit deux araignées courant sur le clavier. Son nez interminable évoquait un fer de pioche et quand il prenait son air pincé, il en avalait ses joues. Il avait la peau très claire, une grande bouche mince et si rouge qu'elle semblait fardée, des yeux brun clair très enfoncés. Avec ses taches de son et ses longs cheveux roux en bataille, il eût été difficile de ne pas le remarquer.

— Prenez une carte et faites la queue, répétait-il de sa voix nasillarde à chaque nouvel arrivant. Pour la première sélection, des numéros suffisent. Nous prendrons les noms au second tour.

Et sa moue revêche donnait à entendre que nous perdions non seulement notre temps, mais le sien... ce qui laissait la plupart des filles totalement indifférentes. Elles se démanchaient le cou pour essayer d'entrevoir Michaël Sutton, debout près du piano et le dos tourné à la salle, penché sur ses partitions.

Trisha prit deux cartes, une pour chacune, et s'informa :

— Combien M. Sutton prendra-t-il d'élèves ?

— Six.

— Six ! Six en tout, se désola-t-elle ouvertement.

Derrière nous, une voix féminine s'éleva :

— Trois garçons et trois filles, alors ?

— Ce n'est pas une question de sexe mais de talent, pontifia Richard. Où vous croyez-vous ? Dans un camp de vacances ?

Quelques rires fusèrent, et la malheureuse qui avait posé la question se fit toute petite derrière celle qui la précédait. Tout faraud, Richard remonta la file en bombant le torse pour aller toucher l'épaule du maître. Et Michaël Sutton se retourna.

J'avais déjà vu des photos de lui dans la presse, mais le voir en chair et en os, quelle différence ! Grand (un mètre quatre-vingts, au bas mot), large d'épaules, étroit de hanches, on l'aurait dit sorti tout droit d'un film. La simplicité de sa mise, chemise blanche et pantalon gris, révélait une élégance naturelle indéniable. Et ses cheveux châtains, nonchalamment rejetés en arrière en vague souple, soulignaient encore cette impression. Nous savions qu'il arrivait de la Côte d'Azur, ce qui expliquait son teint de pain d'épice. Quand il parcourut du regard la file des candidats, une étincelle s'alluma dans ses yeux d'un bleu intense et son sourire s'élargit.

Un sourire éblouissant, le plus éclatant qu'il m'ait été donné de voir. Un murmure d'admiration parcourut l'auditoire, ponctué de soupirs féminins. Et moi aussi, j'étais sous le charme, j'en tremblais, mon cœur cognait contre mes côtes. J'étais sûre de me couvrir de ridicule quand viendrait mon tour, je m'y voyais déjà. Je ne pourrais rien faire d'autre qu'ouvrir et refermer la bouche, comme une carpe. J'en rougissais d'avance, au point que les joues me cuisaient. Agnès avait raison : mieux valait ne pas être en tête de file ! J'eus pitié de la pauvre fille qui s'y trouvait. Et Michaël Sutton prit la parole.

— Bonjour à tous, nous allons pouvoir commencer. (Quelle voix mélodieuse et prenante ! J'adorai sa petite pointe d'accent anglais.) Tout d'abord, laissez-moi vous remercier d'être venus si nombreux. Je dois dire que c'est plutôt flatteur.

Des rires discrets accueillirent sa déclaration, et il reprit aussitôt son sérieux.

— J'aimerais pouvoir vous prendre tous comme élèves, mais ceci est malheureusement impossible. L'un de mes critères de choix sera la variété, je vous prie donc de n'y voir aucun jugement définitif sur vos talents et aptitudes. Ceux qui ne travailleront pas avec moi pour ce premier semestre le feront avec des professeurs tout aussi capables, pour ne pas dire plus.

Il tapa dans ses mains, ce qui me permit de voir la montre en or qui ornait son poignet gauche, et poursuivit :

— Donc, mesdemoiselles, messieurs, voici comment nous allons procéder. Vous vous présenterez un par un et, dès que je vous aurai donné le *la* avec ce diapason, vous me chanterez quelques gammes. Allons-y !

Le silence devint tel qu'on entendit respirer l'auditoire, et la première candidate s'avança. Michaël Sutton lui donna le ton, elle commença une gamme et n'en était qu'à la moitié quand il la remercia pour appeler le numéro suivant. Tout alla donc très vite : avant que j'aie eu le temps de comprendre ce qui m'arrivait, il ne restait plus qu'un garçon devant moi. Et c'était sur moi que se posait le regard aigu de Michaël Sutton ! Je détournai les yeux, de crainte qu'il ne devine ma fébrilité. Et quand j'osai le regarder à mon tour, je vis qu'il souriait. Il écouta l'étudiant pendant quelques secondes, le remercia et m'accorda toute son attention. Ses lèvres sensuelles s'étaient entrouvertes, mais il ne disait rien. Il m'examinait avec acuité, de bas en haut et de haut en bas, comme s'il me buvait des yeux. J'en avais des fourmis dans les doigts, tellement je crispais les poings. Puis il porta son harmonica à la bouche.

— À nous !

Je commençai l'exercice pour m'interrompre presque aussitôt, la gorge nouée.

— C'est très bien, m'encouragea-t-il. Reprenez.

Cette fois, je chantai de mon mieux et vins à bout de

mes gammes. Quand j'eus terminé, il m'adressa un léger signe de tête... et ce fut tout. Mon cœur chavira. Jusqu'à cet instant, je n'avais pas eu conscience d'avoir espéré à ce point.

— Merci, numéro trente-neuf.

Je fis un pas de côté et le défilé se poursuivit. Quand tout fut terminé, Richard Taylor et Michaël Sutton tinrent un bref conciliabule, puis Richard se rapprocha de nous. Il tenait une feuille à la main.

— Les personnes dont les numéros suivent, veuillez rester. Merci à tous les autres, annonça-t-il sans cérémonie.

Et il commença à lire les numéros. Quand il appela le mien, vers le milieu de la liste, je n'en crus pas mes oreilles. J'avais entendu tellement d'élèves chanter mieux que moi, sans se troubler ! Trisha me serra le bras.

— Sacrée veinarde ! Je crois bien que je suis jalouse.

— Attends, ce n'est que la première sélection.

— Tu passeras la barre, j'en suis sûre, affirma-t-elle.

Et elle alla rejoindre la foule des candidats déçus.

La dernière étape consistait à remettre à Richard la partition que nous avions choisie. Lui-même nous accompagnerait au piano pendant que Michaël Sutton, bloc et stylo en main, nous écouterait du fond de la salle. J'avais déjà pris ma décision. Je chanterais *Par-dessus l'arc-en-ciel*, la chanson qui m'avait porté bonheur au concert d'Emerson Peabody, à Richmond.

Et cette fois, nous n'étions plus des numéros.

— Aurore Cutler, annonçai-je. *Par-dessus l'arc-en-ciel*.

Et une fois lancée, le miracle recommença. J'oubliai où j'étais, qui m'écoutait, je fus seule avec ma musique. Totalement concentrée, tendue vers la perfection, je me laissai emporter par la magie des notes loin des angoisses et des soucis. Passé, présent, tout était oublié. Tel un épervier planant dans le vent, j'étais toute au plaisir de l'envol. Et ni les nuages ni les étoiles ne paraissaient trop loin pour moi.

Quand je rouvris les yeux, ma chanson finie, il se fit d'abord un grand silence puis les applaudissements éclatèrent. Enthousiasmés, oubliant l'enjeu de la compétition, les autres candidats battaient des mains. Je me tournai vers Michaël Sutton. Il eut un bref sourire, hocha la tête et appela :

— Au suivant.

Puis, quand tous eurent chanté, il tint à nouveau conseil avec Richard Taylor. Seulement, cette fois, ce fut lui qui vint nous informer des résultats.

— Je ne saurais vous dire à quel point j'ai apprécié cette expérience, commença-t-il. Je l'ai trouvée très enrichissante, et tant de qualités et de talents me rendent le choix difficile. Mais hélas ! il est inévitable, ajouta-t-il en baissant les yeux vers ses notes. Les étudiants dont les noms suivent sont priés de rester pour que nous puissions établir un emploi du temps.

Après quoi, il entama la liste des noms.

Le mien vint le dernier, mais quand je l'entendis mon cœur sauta de joie dans ma poitrine. Parmi tant d'élèves bien doués, j'avais été choisie pour travailler avec un homme illustrissime ! Alors, susurra en moi une petite voix triomphante, qu'en pensez-vous, Grand-mère Cutler ? Vous n'auriez jamais cru ça, le jour où vous m'avez retournée sur le gril entre les quatre murs de votre bureau, n'est-ce pas ? Ma réussite dépassait toutes vos prévisions, et de loin ! Je comptais parmi les élèves que Mme Steichen présenterait en concours, je me préparais déjà aux Journées musicales de l'année suivante, et voilà que je décrochais un nouveau trophée. Après une première sélection parmi tant d'étudiants bien doués, seulement six avaient été retenus par Michaël Sutton et j'en faisais partie ! Votre vengeance était une arme à double tranchant, chère Grand-mère. À votre tour d'en tâter le fil...

La voix de Michaël Sutton m'arracha à ce règlement de comptes imaginaire.

— Veuillez indiquer vos heures de cours à Richard

Taylor afin que nous établissions un programme. Une fois par semaine, nous travaillerons en groupe, et le reste du temps en leçons particulières.

En achevant ces mots, il attacha sur moi un regard si insistant que je détournai la tête, mal à l'aise. Je remis mon emploi du temps à Richard et me hâtai vers la sortie. Michaël Sutton s'entretenait avec deux autres professeurs, mais cela ne l'empêcha pas de me suivre des yeux. Et il me sourit ! Le cœur battant, je lui souris en retour... et me pris le pied dans mon lacet défait. Pour un peu, je me serais étalée de tout mon long.

— Pas de mal ? cria Michaël en esquissant un mouvement dans ma direction.

— Non, ça va, bafouillai-je, ce n'est rien.

J'aurais voulu pouvoir rentrer sous terre. Les joues en feu, je m'enfuis sans demander mon reste, pour trouver Trisha de l'autre côté de la porte.

— Je savais que tu décrocherais la timbale ! Il faudra que tu me racontes tout ce qu'il te dira en leçons particulières, exigea-t-elle. Absolument tout, du moindre mot jusqu'au moindre détail.

— Oh, Trisha ! Il doit me prendre pour une sombre idiote, oui ! En partant, je le regardais avec des yeux ronds et tu sais quoi ? J'ai failli me retrouver le nez par terre.

— C'est vrai ? Tu vois bien : il s'est déjà passé quelque chose. Pas-sion-nant...

Du Trisha tout pur ! J'éclatai de rire et nous quittâmes le collège, bras dessus, bras dessous.

Un peu plus tard, je retournai à Bernhardt pour ma leçon avec Mme Steichen et lui annonçai la grande nouvelle. Elle eut une petite grimace peu flatteuse pour son collègue, et nous étions devenues assez proches pour que je lui en demande la raison.

— Ce n'est pas un musicien classique, ni un véritable artiste, commenta-t-elle. C'est un exécutant.

— Je ne vois pas la différence, madame Steichen.

— Vous la verrez plus tard, ma chère Aurore. Mais assez bavardé sur ce sujet sans importance : mettons-nous au travail.

La leçon finie, je rassemblai mes partitions et sortis sans me presser. Il me restait beaucoup de temps avant le dîner, et tout invitait à la flânerie. Le mois d'août s'achevait, une brise fraîche soufflait de l'East River et me caressait le visage. Dans le ciel encore clair de fin d'après-midi voguaient de ravissants petits nuages mousseux, d'une blancheur neigeuse. Je m'assis sur un banc du parc, fermai les yeux et aspirai longuement l'air léger, embaumé. L'odeur des roses, des pensées, des œillets d'Inde m'arrivait par bouffées suaves, avec les derniers feux du soleil, et me ramenait à des temps plus heureux. Je me revoyais, petite fille, sautant à la corde en scandant une comptine. Quelles étaient les paroles, déjà ?

Le Palais-Royal est un beau quartier, où les jeunes filles sont à marier. Mademoiselle Aurore est la préférée de monsieur Untel qui l'a demandée. Si c'est oui...

Attendrie par ces souvenirs, je me surpris à sourire.

— Deux sous pour vos pensées ! fit une voix tout près de moi. Elles m'ont l'air bien roses...

J'ouvris les yeux. Debout devant moi, une serviette en cuir sous le bras, Michaël Sutton m'observait avec un petit sourire amusé.

— Oh ! Je...

— Ne vous excusez pas, je ne voulais pas être indiscret.

— Mais vous... euh... pas du tout, bégayai-je. C'est juste que... vous m'avez fait peur.

— Et comment s'est passée cette leçon de piano ?

— Très bien, répondis-je, tout étonnée qu'il se rappelât si nettement mes horaires. Enfin je suppose : madame Steichen est plutôt avare de compliments. Elle estime qu'un véritable artiste peut s'en passer. D'après elle, il sait d'instinct s'il est bon ou pas.

— Allons donc ! s'exclama Michaël Sutton en se penchant sur moi. Tout le monde apprécie les compliments, et nous en avons besoin plus que les autres. Nous adorons être caressés dans le sens du poil. Quand vous travaillerez bien, je vous le dirai. Quand vous travaillerez mal aussi, d'ailleurs.

Je n'en revenais pas. Nous étions là, en train de bavarder tranquillement, comme de vieux amis ! Et il était parfaitement détendu, pas du tout distant ni plein de lui-même, comme les célébrités sont censées l'être. Il se redressa et jeta un coup d'œil par-dessus son épaule, en direction de l'allée.

— Je m'apprêtais justement à aller prendre un capuccino dans un petit café, juste après le coin. Cela vous tenterait de venir avec moi ?

J'ouvris des yeux ronds comme si j'attendais une traduction de ses paroles. Que pouvait bien être un capuccino ? Un alcool ou quoi ? La tête légèrement inclinée de côté, Michaël Sutton attendait ma réponse en souriant.

— Un capuccino ? répétai-je.

— Ou simplement un café noir, si vous préférez.

— Oh, je vois. Oui, merci beaucoup.

Il attendit encore un peu avant d'observer :

— Dans ce cas, il vaudrait peut-être mieux vous lever de ce banc, non ?

J'éclatai de rire, bondis sur mes pieds et lui emboîtai le pas vers la grille.

— Ainsi, vous vivez dans une des résidences pour étudiants agréées par la fondation ? s'enquit-il en cours de route.

— Oui.

Ma langue semblait collée à mon palais, tout à coup. Mais Michaël Sutton me prit par le bras et, loin d'en éprouver de l'embarras, je me sentis soudain merveilleusement bien.

— Et comment trouvez-vous New York ?

— Amusant, une fois qu'on s'y est habitué.

— Ma ville préférée, c'est Londres. Il faudra y aller, un jour. Là-bas, on est au cœur du passé et du monde moderne en même temps, vous verrez.

— Cela semble assez fascinant.

— Vous n'avez pas beaucoup voyagé, jusqu'ici ?

— Pas à l'étranger, non.

— C'est vrai ? Moi qui m'imaginais que les élèves de Bernhardt avaient roulé leur bosse un peu partout !

Je me voyais déjà dégringoler dans son estime, quand il s'immobilisa et se tourna vers moi.

— Mais revenons à l'essentiel. Ce qui m'a le plus frappé chez vous, pendant l'audition, c'est votre innocence. Vous êtes d'une telle fraîcheur !

Je m'étais arrêtée, moi aussi. Et quand j'osai le dévisager, je lus une telle intensité dans son regard que mon cœur s'emballa. Je fus incapable de détourner les yeux.

— C'est comme si vous attendiez que quelqu'un vous révèle à vous-même, dit-il d'une voix sourde, si bas que je l'entendis à peine. Comme si le moment était venu.

Il leva la main et, pendant un instant qui me parut une éternité, je crus qu'il allait toucher ma joue, puis il laissa lentement retomber son bras.

— Et pourtant, reprit-il, il y a un mystère dans ces yeux-là. Ils sont si graves, si sages... comme si vous aviez beaucoup souffert. C'est à n'y rien comprendre.

Il s'écoula encore quelques secondes, puis il détourna son regard. L'instant magique était passé.

— Nous y sommes, annonça Michaël en me pilotant dans la salle du petit café, vers une table à l'écart.

Quand le serveur vint nous demander si nous préférions nos capuccinos à la cannelle ou au chocolat, je fus bien forcée d'avouer mon ignorance. Ce fut Michaël qui décida pour moi.

— Je sens que vous allez aimer le chocolat, décréta-t-il avant de passer commande. Et maintenant, dites-m'en un peu plus long sur vous, j'aime connaître personnellement mes étudiants. J'ai lu votre dossier, bien sûr. Je sais que vos parents possèdent un complexe touristique très renommé en Virginie, où je ne suis jamais allé, d'ailleurs. Comment est-ce, là-bas ?

Il m'écouta attentivement décrire Cutler's Cove, l'hôtel, l'océan, le village, ne m'interrompant que pour poser une question par-ci par-là. Je ne dis pas grand-chose de ma famille, sinon que mes parents étaient toujours très pris par leur travail.

— Il y a longtemps que je n'ai pas vu les miens, soupira-t-il. J'étais à l'étranger, comme vous le savez. La vie d'artiste n'est pas simple, surtout quand on est célèbre ! Toutes sortes de choses que les autres trouvent si naturelles nous sont pratiquement inaccessibles. Une fête en famille, par exemple. Il semble que je sois toujours en tournée dans ces occasions-là !

Il m'observait par-dessus sa tasse fumante et mon regard trahit à la fois ma sympathie et ma surprise. Il ne m'était jamais venu à l'esprit qu'un homme aussi célèbre fût si mélancolique. Quel contraste avec son image publique, radieuse, triomphante, et le sourire qu'il offrait à la foule de ses adorateurs...

Apparemment, ses réflexions avaient suivi le même cours.

— Oui, reprit-il tout à coup, il y a une différence notable entre votre visage, votre nom, et ces yeux bleus qui changent à tout instant, reflétant chacune de vos pensées.

Je me sentais déjà rougir quand il tendit la main et la posa sur la mienne.

— Restez la même, vous-même, dit-il avec une véhémence qui me fit tressaillir. Ne laissez personne vous influencer. Quand vous avez chanté pour moi, aujourd'hui, vous étiez la véritable Aurore, celle qui ne vit que pour la musique. Je le sais, j'éprouve la même chose quand je chante. En vous écoutant, je me suis reconnu, et j'ai su que j'avais découvert en vous une future étoile. Mon étoile.

Était-ce bien moi qui me tenais là, écoutant Michaël Sutton me prédire un avenir éblouissant ? Non, je devais rêver ! J'allais me réveiller, ce serait le matin, et Trisha et moi commencerions notre grand débat sur la tenue qu'il convenait de choisir pour l'audition...

Je fermai les yeux, les rouvris, mais Michaël Sutton était toujours là. Bel et bien là, en train de me regarder avec une telle admiration que le cœur me manquait. Le menton dans les mains, il souriait sans me quitter des yeux... des yeux où dansaient un millier de feux follets.

— Qu'y a-t-il, Aurore ? On dirait que vous allez pleurer !

C'était vrai. Pour un peu, j'aurais pleuré de joie.

— Vous venez de me comparer à vous, c'est tellement merveilleux ! avouai-je en refoulant mes larmes.

Il resta un moment songeur, tourné vers la porte ouverte sur la rue, puis reporta son attention sur moi. Et quand il reprit la parole, une telle flamme animait son regard que mon pouls s'accéléra.

— J'estime que le talent est une bénédiction du ciel, comme le succès. Et que si la providence vous a favorisé, vous devez en retour aider ceux qui ont reçu les mêmes dons. C'est pourquoi j'ai accepté d'enseigner au conservatoire, Aurore. Je savais que j'y trouverais non seulement des talents, mais des jeunes gens qui avaient besoin d'être guidés, besoin de mon expérience.

« Et c'est aussi pourquoi je tiens à établir des rapports personnels avec mes étudiants, surtout avec ceux que j'ai distingués. À quoi me servirait cette expérience si durement acquise, si je ne peux pas les en faire profiter ?

« D'ailleurs, enchaîna-t-il en reprenant ma main, j'ai l'impression de très bien vous connaître. Si vous êtes une passionnée vous aussi, vous ressentez toute chose avec plus de force que les autres, le plaisir et la peine, la joie ou la douleur. Et grâce à votre voix magnifique, vous êtes capable de transmettre cette expérience à tous... N'ai-je pas raison ?

— Si. Enfin, je crois...

— Bien sûr que j'ai raison ! s'exclama-t-il en se renversant sur son siège. Dites-moi, vous avez un ami ?

— Oui, mais il est en Europe. Il fait son service.

À nouveau, Michaël se pencha vers moi.

— Je vois. Souvenez-vous de ceci, Aurore : la passion nous conduit au désespoir.

Je le dévisageai, fascinée. Je ne percevais plus les battements de mon cœur et n'osais même plus respirer, de crainte de rompre le charme. Puis Michaël se redressa et je vis reparaître son sourire.

— Ce soir, il y a un récital au musée d'Art moderne, et ensuite un buffet campagnard. Je fais partie des invités d'honneur, naturellement, et j'aimerais que vous soyez du nombre.

— Moi ?

— Bien sûr. Rendez-vous à huit heures au musée. Inutile de vous dire comment vous habiller, j'en suis sûr. Et n'ayez pas l'air si étonnée, voyons ! En Europe, c'est très bien porté d'inviter un de ses meilleurs étudiants à un récital. D'ailleurs, je tiens à ce que vous entendiez ces chanteurs, ce sera très instructif. Il faut tirer parti de chaque seconde qui passe, Aurore. À partir d'aujourd'hui, ne laissez plus une seule chance vous filer entre les doigts.

Sur ce, Michaël consulta sa montre et empoigna sa serviette.

— Bon, il faut que je file, j'ai encore quelques courses à faire. Je suis ravi d'avoir pu bavarder avec vous sans façon et de vous connaître un peu mieux. Je voudrais déjà être à ce soir. Vous viendrez, au moins ?

— Oh oui !

J'étais même déjà en train de passer mentalement en revue ma garde-robe en me demandant ce que j'allais mettre. C'est Trisha qui allait en faire, une tête !

Michaël se leva, nous quittâmes le café et nous séparâmes sur le trottoir. Il héla un taxi, me fit signe de la main quand il y monta, et je restai seule avec mes pensées en déroute. J'en avais le vertige, à tel point que je dus m'accrocher à un réverbère. Était-ce mon rêve qui continuait ? Ça en avait tout l'air... Quand je me décidai enfin à traverser la rue, il me sembla que mes pieds ne touchaient plus le sol. Je me retrouvai devant la porte d'Agnès sans savoir comment j'y étais arrivée. Une fois là, j'escaladai les marches, entrai en trombe dans la maison, et ne fis qu'un bond jusqu'à la chambre, où je m'engouffrai en coup de vent. Trisha leva les yeux de son magazine.

— Tu ne croiras jamais où je vais ce soir ni qui m'a demandé d'y aller ! haletai-je.

Et, sans reprendre haleine, je lui racontai le tout par le menu.

À table, ce soir-là, je fus incapable d'avaler une bouchée. L'estomac noué, je contemplais mon assiette comme si la nourriture était en plâtre, mettant discrètement de côté un petit morceau par-ci par-là pendant que Mme Liddy ne regardait pas, pour ne pas la vexer. Agnès et elle savaient que j'allais au récital, invitée par Michaël Sutton en personne. Les cheveux fraîchement lavés, j'arborais une coiffure gonflante, et nous avions longuement inspecté ma penderie, Trisha et moi. Ayant écarté successivement la plupart de mes toilettes, jugées « pas assez habillées », nous avions opté pour ma robe sans manches en taffetas noir, au décolleté en V. Elle avait une large ceinture noire à pans flottants et une ample jupe froncée qui s'arrêtait à mi-mollets. Après le dîner, je montai me préparer et Trisha s'en fut droit à sa commode. Elle en tira son soutien-gorge balconnet et l'agita devant moi.

— Oh, non ! protestai-je en louchant sur l'objet tentateur, je ne vais pas porter ce truc !

— Bien sûr que si. Tu veux paraître plus âgée que tu ne l'es, non ? Alors fais valoir tes avantages. Tu vas te trouver avec des femmes faites, là-bas. Tu ne voudrais pas avoir l'air d'une gamine ? C'est exactement ce qu'il faut, avec ton corsage ajusté. Allez, vas-y. Mets-le !

Je m'exécutai, et quand elle remonta la fermeture à glissière, au dos de ma robe, je faillis ne pas me reconnaître dans la glace. Cela ne tenait pas seulement au soutien-gorge rembourré, d'ailleurs. Des changements subtils, mais significatifs, s'étaient opérés en moi depuis le jour où j'avais couru les boutiques avec ma mère, en Virginie, il y avait plus d'un an de cela. Attentive à ceux qui s'étaient produits chez Jimmy, je n'avais pas pris garde à ma propre transformation.

Mes joues aussi avaient perdu les rondeurs de l'enfance, et mon regard était devenu plus grave. Je découvris que, lorsque j'examinais quelque chose avec attention, il paraissait toujours interroger. La ligne de mon cou et de mes épaules s'était adoucie, pour y gagner en grâce ; et le creux de mes seins, plus profond maintenant, ne passait pas inaperçu. Trisha elle-même s'étonna.

— Tu fais vraiment plus âgée, dis donc ! Attends... (Elle courut à sa boîte à bijoux et en extirpa un collier d'or serti de petits diamants scintillants.) Tiens, prends ça !

— Tu n'y penses pas ! Et si je le perdais ? C'est un cadeau de ton père, je sais que tu y tiens.

— Je tiens à tous les cadeaux de mon père, et après ? Ne te tracasse pas ! Tu ne le perdras pas et il te faut un collier avec ce décolleté... comment dire... plongeant ?

— J'aurai l'air d'une écolière déguisée, c'est ça que tu veux dire ? Je vais me rendre ridicule.

— Pas du tout, voyons ! Je plaisantais. Surtout, reste comme tu es, Aurore, compris ? Et maintenant, descends appeler un taxi avant de piquer une crise de nerfs. Allez, vas-y.

Au bas des marches, Agnès m'attendait, et son expression m'inquiéta. N'allait-elle pas me renvoyer dans ma chambre, m'ordonner de me changer pour quelque chose de moins provocant ? Mais soudain, ses yeux bruns s'irradièrent et, les mains croisées sur la poitrine, elle déclama :

— Oh, j'ai cru un moment que le temps revenait en arrière. Oui, c'est moi que j'ai cru voir descendre cet escalier, comme dans ce mélodrame dont je fus la vedette, autrefois... j'avais à peine quatre ou cinq ans de plus que vous, acheva-t-elle en soupirant.

Elle pouvait discourir pendant des heures, quand elle était lancée dans ses souvenirs. Je pris le chemin du salon.

— Il faut que j'appelle un taxi, Agnès. Excusez-moi.

— Et ne rentrez pas trop tard, surtout ! me recommanda-t-elle en quittant la pièce.

Elle revint presque aussitôt avec un châle en soie, d'un blanc nacré, qu'elle drapa sur mes épaules.

— À la bonne heure ! commenta-t-elle en se reculant pour juger de l'effet. Voilà comme j'aime voir mes pensionnaires s'habiller. Cette fois, vous êtes parfaite.

J'étais si émue en montant dans le taxi que j'en tremblais. Et si j'allais me trouver mal, s'il fallait me conduire à l'hôpital ? Je ne me rappelais même plus le nom du musée !

— Quel musée ? s'impatienta le chauffeur.

C'était la deuxième fois qu'il le demandait.

— Heu, le... le musée d'Art moderne.

— C'est comme si vous y étiez.

Mais quand nous y fûmes, je n'osai pas descendre tout de suite. Un flot de limousines et de taxis en encombrait les abords, déversant une foule élégante et diverse qui se pressait vers l'entrée. Je vis quelques jeunes gens seuls, mais vraiment peu : presque tous étaient accompagnés de leurs parents. Je payai la course et sortis avec une lenteur infinie, comme si je me préparais à accomplir une corvée. Ce fut certainement ce que dut penser le chauffeur, en tout cas. Lui parti, je cherchai vainement du regard Michaël Sutton, cherchai encore, et finis par me décider à suivre un groupe d'arrivants.

D'autres s'étaient formés dans le hall, et parmi tous ces gens beaucoup semblaient se connaître. Personne ne paraissait aussi solitaire que moi. À travers un brouhaha de voix et de rires, et guidée par les écriteaux, je me dirigeai vers la salle où avait lieu le récital. À l'entrée, je trouvai une vieille dame assise à un petit bureau, une liste de noms posée devant elle. Étais-je censée présenter un billet ?

— Bonsoir, dit-elle en souriant, attendant manifestement que je me nomme.

— Bonsoir. Je suis Aurore Cutler.

— Cutler, répéta-t-elle en parcourant lentement sa liste. Cutler... Je suis désolée, je ne trouve pas...

Plusieurs personnes qui attendaient leur tour me dévisagèrent et je sentis mes joues s'enflammer. Heureusement, la vieille dame souriait toujours, la mine affable.

— Avez-vous reçu une invitation, mademoiselle ?

— C'est Michaël Sutton qui m'a invitée, m'empressai-je de répondre, plus morte que vive.

— Oh, M. Sutton, je vois... entrez, dans ce cas, et choisissez la place qui vous convient.

Je m'avançai dans la salle et jetai des regards désespérés autour de moi, mais toujours pas de Michaël en vue. Et pas un seul visage de connaissance ! Que faire, où aller ? Je m'efforçai de cacher mon malaise, mais j'avais l'impression d'être le point de mire de l'auditoire. Des gens se retournèrent sur leur siège, d'autres, pas encore placés, s'arrêtèrent pour me regarder, mais personne ne sourit. Je me faisais l'effet d'être une ortie dans un massif d'orchidées. Au supplice, je finis par me ruer sur le premier fauteuil vacant et m'y laissai tomber. Puis je me retournai et me mis à guetter la porte. Dès que Michaël Sutton se montrerait, je me précipiterais vers lui, décidai-je.

Mais quand il apparut à la dernière minute, en smoking blanc et cravate noire, je ne bougeai pas, et pour cause. Une femme ravissante, cheveux de flamme et diamants aux oreilles, était suspendue à son bras. Tout émoustillée, une hôtesse accourut à leur rencontre et les pilota vers les sièges réservés du premier rang, de l'autre côté de la salle.

J'en restai pétrifiée. Il ne m'avait même pas cherchée ! Il ne s'était pas non plus informé de moi, j'en étais sûre. Sinon, il aurait appris que j'étais là et m'aurait déjà repérée. Pensait-il me retrouver dans le hall ? Nous n'avions rien convenu de tel. Et maintenant, fallait-il aller le rejoindre ? Je tendis le cou pour apercevoir le premier rang mais ne vis aucune place de libre à côté de Michaël. Cela n'avait plus aucune importance, d'ailleurs. Le récital commençait.

Et quel récital ! Des chanteurs du Metropolitan Opera, des voix superbes interprétant des arias célèbres. Transportée par tant de beauté, j'oubliai tout : mon malaise, ma solitude parmi cette foule d'inconnus, et Michaël Sutton lui-même. Apparemment, il ne se souvenait pas non plus de m'avoir invitée.

Quand les bravos cessèrent et que la foule s'écoula vers le hall, je m'attardai dans la salle en espérant que Michaël me verrait. Il y avait foule autour de lui, et je ne tenais pas spécialement à jouer des coudes parmi ses admirateurs. Mais il ne me vit pas et je n'osai pas non plus l'appeler. Tête basse, je suivis le reste de l'assistance vers la salle de réception.

Elle était immense et se remplissait à vue d'œil. Garçons et serveuses circulaient en tous sens, portant des plateaux chargés de verres à pied et de hors-d'œuvre variés. Je pris un verre de vin et me résignai à attendre. Finalement, j'aperçus Michaël au milieu d'un groupe d'invités, de l'autre côté de la pièce. Je me frayai un chemin vers lui, avec un peu trop de hâte j'en ai peur, malgré tous mes efforts pour me déplacer avec une gracieuse nonchalance. Parvenue tout près de lui, je m'arrêtai pile, espérant qu'il me remarquerait cette fois. Mais il n'avait d'yeux que pour sa jolie rousse, qui riait à chacun de ses propos en le poussant du coude.

Après un temps qui me parut interminable, il m'aperçut enfin et me tendit une main que je m'empressai de saisir. Il était rouge d'excitation, à moins que ce ne fût l'effet du vin ou de la chaleur. Il y avait tant de monde autour de lui…

— Aurore ! s'écria-t-il en m'attirant au cœur du troupeau. Quelle soirée merveilleuse, non ?

— En effet. Je ne savais pas si nous étions censés nous retrouver dans le hall ou…

Il ne me laissa pas achever.

— Mesdames, messieurs, proclama-t-il à l'intention de ses voisins les plus proches, cette jeune personne est une de mes nouvelles élèves.

— Oh, mais c'est vrai, Michaël, gloussa la flamboyante rouquine, te voilà devenu professeur, je l'oublie toujours !

Elle chuchota quelques mots à son oreille, ce qui le fit éclater de rire, puis il se retourna vers moi :

— Avez-vous pris quelque chose, au moins ? (Je levai ostensiblement mon verre.) Parfait. Alors amusez-vous bien. Nous reparlerons de tout ceci à notre première leçon particulière, conclut-il en me tapotant la main.

Je retins mon souffle, attendant qu'il prolongeât la conversation, mais il était déjà repris par son auditoire. Je restai plantée là, complètement désemparée, jusqu'au moment où la jolie rousse l'entraîna vers un autre groupe. Une fois de plus, je me retrouvai seule.

Michaël ne m'avait présentée à personne, il n'avait même pas prononcé mon nom de famille. Je devais avoir l'air fin, avec mon verre à la main ! Est-ce que tous ces gens se rendaient compte de mon embarras ? Il me semblait que tous les yeux étaient fixés sur moi. Je vis un homme se pencher à l'oreille de sa compagne, qui éclata d'un rire haut perché. C'était de moi qu'on se moquait, j'en étais sûre. Ma gorge se noua et mon dos se mouilla de sueur froide. Sans la crainte d'attirer encore davantage l'attention, j'aurais pris mes jambes à mon cou.

Tête basse, je me dirigeai à pas lents vers la sortie. J'avais les larmes aux yeux quand j'atteignis le hall. Talonnée par la peur de m'effondrer en public, je me ruai vers la grande porte : il était temps ! Au bord de la crise de nerfs, je respirai à longues bouffées l'air de la nuit.

Je ne me rendis même pas compte que je m'étais mise en route. Sans savoir où j'allais, je marchai d'un pas mécanique, traversai aux feux, jusqu'au moment où je m'arrêtai, stupéfaite : j'étais bel et bien perdue. Mais ce qui me causa un véritable choc, ce fut de m'apercevoir que je tenais toujours mon verre à la main. Et si quelqu'un m'avait vue, et prise pour une voleuse ? Si la vieille dame de l'accueil m'identifiait et me dénonçait à Michaël Sutton ? Je croyais déjà l'entendre.

— Votre invitée s'est sauvée avec un verre de vin !

J'inspectai les alentours : où jeter ce maudit verre ? Soudain, une voix s'éleva derrière moi :

— Alors, beauté, on traîne dans les bas-fonds, ce soir ?

Je pivotai, pour me trouver face à face avec un véritable épouvantail. Mal rasé, les yeux caves, le sourire édenté, l'homme empestait le whisky. À voir son imperméable décoloré, son pantalon crasseux et ses baskets avachies, on aurait juré qu'il avait dormi avec. Il eut un rire gras qui me donna des ailes et je m'enfuis aussi vite que me le permettaient mes hauts talons.

Le châle d'Agnès s'envola de mes épaules, mais je ne tentai même pas de le retenir. L'homme criait derrière moi. À un coin de rue, un de mes talons cassa net. Je ne pris que le temps d'ôter mes chaussures, les jetai loin de moi et repris ma course sans me retourner. Je courus tant que je pus, jusqu'à un carrefour où je fus bien forcée de m'arrêter, hors d'haleine. Je m'adossai à un réverbère. Quelques passants me jetèrent des regards furtifs, mais personne ne s'arrêta pour me demander ce qui n'allait pas ni me proposer son aide. Et je retrouvai enfin assez de forces pour faire signe à un taxi.

— Ça a dû être une sacrée soirée ! gouailla le chauffeur quand je m'y engouffrai.

Je pris soudain conscience de mon apparence. Cheveux défaits, les joues striées de larmes, pieds nus et la robe froissée, je devais offrir un bien piteux spectacle. Et pour tout arranger, je n'avais pas lâché mon verre ! Je donnai mon adresse au chauffeur, me renversai sur le dossier et gardai les yeux fermés pendant tout le trajet.

Parvenue à destination, je payai promptement ma course, escaladai les marches du perron et me précipitai dans la maison. Un bruit de voix me parvint du salon et me rafraîchit la mémoire : Agnès recevait son petit cercle de vieux comédiens. D'ailleurs, elle m'avait entendue et il n'était déjà plus question de faire une entrée discrète.

— Aurore ! s'exclama-t-elle en s'avançant sur le seuil. Venez donc un instant, et racontez-nous la soirée. Mais... (Elle s'aperçut enfin que quelque chose clochait.) Que vous est-il arrivé ?

— Oh, Agnès ! Je me suis perdue, et j'ai perdu votre châle, en plus ! Je vous demande pardon.

— Par exemple ! Alors vous n'êtes pas allée à la réception ? Le chauffeur n'a pourtant pas pu se tromper...

— Eh bien non, finalement, je n'y suis pas allée.

— Mais qu'est-ce que vous faites avec ce verre en main ? s'enquit-elle, effarée. Je n'y comprends rien.

— Moi non plus ! m'écriai-je, prête à pleurer.

Et, sans plus de cérémonie, je passai devant elle pour m'élancer dans l'escalier.

Naturellement, Trisha n'était pas couchée : elle attendait un récit passionnant, elle aussi. Mais dès qu'elle me vit, son sourire fit place à une mimique horrifiée.

— Tu peux m'expliquer ?

— Oh, Trisha, c'est tellement humiliant ! Ce n'était pas un vrai rendez-vous, Michaël m'a à peine adressé la parole. Je me suis sauvée en oubliant de reposer mon verre. Puis je me suis perdue et un homme horrible m'a suivie, alors j'ai couru comme une folle, j'ai aussi perdu le châle d'Agnès et un talon.

Ma tirade finie, je m'affalai à plat ventre sur mon lit et j'éclatai en sanglots.

— Tu quoi ? Mais qu'est-ce que tu racontes ?

— Je raconte que c'est un tort de vouloir passer pour ce qu'on n'est pas. Je n'aurais jamais dû m'habiller comme ça. Je n'aurais même jamais dû aller là-bas. Grand-mère Cutler a bien raison, je ne suis qu'une minable. Une fille de rien catapultée dans un milieu qui n'est pas le sien, et tout le monde voit du premier coup d'œil que je n'ai rien à y faire !

— Tu dis n'importe quoi. Bien sûr que ta grand-mère se trompe. Tout le monde peut se perdre à New York, la nuit. Et arrête de pleurnicher. Donc, tu as emporté un verre : la belle affaire ! Toi au moins, tu ne l'as pas fait exprès. D'autres l'auraient volé, riches ou pas riches. On en voit de toutes les couleurs, chez les gens bien. Et Michaël Sutton, au fait ? Il t'a vue te sauver ?

— Je n'en sais rien, répliquai-je en écrasant mes larmes.

— Eh bien alors ?

— Alors je me suis couverte de ridicule, voilà ! Personne ne m'a dit un mot, même pas mes voisins pendant le récital. Ils étaient guindés, mais guindés ! J'avais l'impression d'être entourée de Grands-mères Cutler.

Trisha vint s'asseoir à mes côtés.

— Ils le regretteront, affirma-t-elle en me caressant les cheveux. Un jour, c'est toi qu'ils viendront écouter, et tu pourras leur rappeler cette soirée.

Comme je secouais la tête, pas du tout convaincue, Trisha me prit le verre des mains et le posa sur ma commode.

— En tout cas, nous avons un véritable souvenir de ta première soirée avec Michaël Sutton, même s'il ne s'en doute pas.

Elle ponctua sa déclaration d'une grimace irrésistible et j'éclatai de rire en même temps qu'elle.

Dieu merci, j'avais Trisha, la sœur que j'avais toujours désirée. Je l'aurais échangée sans hésiter contre Clara Sue, si j'avais pu. Et Grand-mère Cutler qui ne jurait que par la sacro-sainte « voix du sang »... Là aussi, elle se trompait. La preuve !

7

Leçons particulières

J'abordai ma seconde année à Bernhardt avec encore plus d'enthousiasme que la première. J'étais une ancienne, maintenant. Et je me pavanais sur le campus, non sans éprouver un certain sentiment de supériorité devant la mine anxieuse des nouveaux. En outre, l'intérêt de Mme Steichen et le fait d'avoir été choisie par Michaël Sutton me valaient une manière de célébrité des plus flatteuses. Et je savais que, par les bons soins d'Agnès, ces nouvelles étaient parvenues aux oreilles de Grand-mère. J'en eus la preuve quand, profitant d'un de ses soi-disant « rétablissements », ma mère m'appela pour me féliciter.

— Randolph m'a tout raconté, Aurore, et je suis très fière de toi. C'est tellement réconfortant de savoir que tu possèdes une véritable vocation de musicienne !

— Mon père aimerait sans doute être rassuré sur la question, lui aussi, Mère. Pourquoi ne pas me dire qui il est, afin que je puisse le tenir au courant de mon travail et de mes succès ?

— Aurore, gémit-elle d'une voix pitoyable, faut-il toujours en revenir à ce sujet pénible ?

Pauvre Mère, prête à s'évanouir au téléphone. Je la voyais d'ici, renversée dans ses oreillers duveteux, le drap remonté jusqu'au menton pour mieux protéger sa précieuse petite personne. J'aurais juré qu'elle m'appelait de son lit.

— Connaître son père n'est pas censé être une épreuve, observai-je avec perfidie.

— Dans ton cas, c'en serait une ! répliqua-t-elle aussitôt, dans un cri du cœur qui me prit au dépourvu.

Se pouvait-il que mon père fût si mauvais ?

— Mère, je t'en prie, implorai-je, parle-moi de lui. Pourquoi serais-je déçue ? Je dois savoir !

Sa voix baissa d'un ton, ce ne fut plus la même. On aurait dit qu'elle rêvait tout haut.

— Quelquefois, les apparences sont trompeuses, Aurore. Le charme et la beauté peuvent cacher une cruauté diabolique. Et l'intelligence, le talent, tout ce que les gens considèrent comme autant de dons du ciel, ne sont pas forcément octroyés à des êtres généreux. Je suis navrée, Aurore, je ne peux pas t'en dire plus.

Étrange réponse, en vérité. Elle me plongea dans la perplexité la plus totale, et ne fit qu'épaissir à mes yeux le mystère de ma naissance.

— Mais est-ce qu'il joue toujours en public, Mère ?

— Je n'en sais rien.

Au moins, il était vivant, eus-je le temps de penser. Elle n'avait pas dit qu'il était mort. Mais déjà elle reprenait, de sa voix d'enfant mélodieuse et insouciante :

— Je t'appelais aussi pour savoir si tu n'as besoin de rien. Tu vas te produire de plus en plus, maintenant, il va te falloir de nouvelles toilettes.

— C'est fort possible.

— J'ai prévenu Randolph qu'il fallait t'ouvrir des comptes dans quelques-uns des meilleurs magasins de New York. Il fait le nécessaire dès aujourd'hui. Achète-toi tout ce qui te manque.

— Grand-mère Cutler a donné son accord ?

— Je dispose d'une certaine fortune personnelle, expliqua Mère avec une satisfaction mêlée d'orgueil. Là-dessus, au moins, elle n'a pas la haute main. Alors toutes mes félicitations, Aurore. Et si tu y penses, écris-moi de temps en temps pour me raconter comment ça se passe.

D'où lui venait cet intérêt subit pour ma façon de vivre ?

Aurait-elle des remords de conscience, par hasard ? Je ne promis rien, d'ailleurs je n'en eus pas le temps. Mère avait entamé la description de ses migraines et de ses traitements. Puis elle m'annonça qu'elle était à bout de forces, sur quoi notre conversation prit fin.

Mais ses allusions à mon père continuaient à me trotter dans la cervelle, aussi tenaces qu'une mauvaise odeur. Que fallait-il comprendre ? Si je tenais mon talent de mon père, en allait-il de même pour ses défauts ? J'aurais tant voulu le connaître, afin d'en juger par moi-même ! J'exigerais de savoir pourquoi il était parti, sans même chercher à s'informer de moi. Avait-il cédé au chantage de Grand-mère Cutler, à ses menaces de détruire sa vie et sa carrière ? Ou n'était-il au fond qu'un parfait égoïste, le play-boy qu'on m'avait décrit, uniquement occupé de lui-même ? Je devinais tant de manœuvres souterraines, de mensonges, de trahisons... Cela dépassait ma compréhension. Parviendrais-je un jour à dénouer ce nœud de vipères ?

Les autres étudiants pouvaient savourer en paix les joies de la rentrée, mais moi ! J'avançais à tâtons dans un brouillard épais où seuls, comme des phares sur ma route, la musique et le chant éclairaient les ténèbres.

Cette année-là, l'automne tomba sur New York sans crier gare. En une nuit, le thermomètre chuta brutalement et le lendemain, les arbres avaient changé de couleur. Maintenant, quand nous attendions au bord du trottoir que les feux changent, Trisha et moi, les feuilles mortes dévalaient la rue en tourbillonnant et venaient s'amasser à nos pieds comme un tas de chiffons sales. Mais l'air vif et lumineux avait quelque chose de revigorant, et c'était bon de sentir le froid me picoter la figure.

J'étais même en excellente forme, à vrai dire. Ce sentiment d'épanouissement qui vous saisit au printemps, je l'éprouvais en automne, voilà tout. Sans doute le devais-je à mes succès, qui m'avaient donné confiance en moi ? En tout cas, lorsqu'il m'arrivait de m'examiner dans un miroir, je trouvais à mon image un petit air de sagesse toute neuve.

Quand j'avais eu repris le dessus, après la soirée désastreuse du récital, j'avais observé sans complaisance la fille qui me dévisageait dans le miroir, et dressé un bilan. Elle allait avoir dix-sept ans. Sa vie venait de subir un changement radical, aux dépens de son innocence de jadis. Ses traits avaient durci, tout comme son regard. Le dessin de sa bouche était plus ferme, la ligne de ses épaules et de son cou plus gracieuse. Sa poitrine s'était développée et sa taille affinée. Ce n'était pas encore une femme, mais il s'en fallait de peu.

Je n'avais rien dit de la fin de ma soirée à Michaël Sutton, bien sûr, et selon toute apparence il en ignorait tout. Pendant notre premier cours, collectif celui-là, il me demanda une fois de plus mon opinion sur le récital, je lui répondis que j'avais beaucoup apprécié la musique, et ce fut tout pour ce jour-là.

La répartition des leçons particulières fit que mon tour n'arriva pas avant la semaine suivante. Quand j'entrai dans la classe, je trouvai Richard Taylor seul au piano. Son attitude et ses propos m'eurent vite renseignée sur la ponctualité de Michaël Sutton.

— Hier, il est arrivé avec une demi-heure de retard, m'apprit-il en tapotant distraitement le clavier. Ce n'est pas le genre de Mme Steichen, ah ça non !

Résignée, je m'assis sur une chaise pliante et me plongeai dans mon livre de mathématiques. Un quart d'heure plus tard, Michaël entra d'un air désinvolte, sans s'excuser, et déclara tout simplement qu'il détestait les horaires.

— C'est le seul inconvénient que je trouve au métier de professeur, expliqua-t-il en déroulant son écharpe bleu ciel. Mais essayez donc de faire comprendre ça aux administrateurs !

Il déboutonna sa veste, la lança sur une chaise et me fit signe de m'approcher du piano.

— Commençons par des gammes, et surtout : la respiration. La res-pi-ra-tion, voilà l'essentiel. Oubliez la mélodie, oubliez votre voix, ne pensez qu'à votre diaphragme.

Je commençai donc, mais il m'interrompit aussitôt et se tourna vers Richard Taylor, qui grimaça d'un air entendu.

— Vous voyez, Richard ? Encore une à qui on n'a pas inculqué les bases ! Inutile de perdre votre temps, mon cher. Aujourd'hui, nous n'aurons pas besoin du piano.

Richard rassembla ses partitions et se retira sans un mot, pas même un simple au revoir. Dès qu'il fut sorti, Michaël Sutton désigna la porte d'un signe de tête et me sourit.

— Un sujet très doué, bien qu'un peu trop sérieux : il me rend nerveux, me confia-t-il à voix basse, avant d'aller refermer la porte avec soin. Mais j'insiste pourtant sur ce point : la respiration. Mal respirer provoque une tension exagérée des cordes vocales. Je parie que vous avez mal à la gorge quand vous avez chanté assez longtemps, non ?

J'inclinai brièvement la tête.

— J'en étais sûr. Nous allons tout reprendre de zéro, selon la technique d'un de mes professeurs européens.

Sans crier gare, Michaël passa derrière moi, m'encercla de ses bras et, empoignant mes deux coudes, m'attira tout contre lui. Je n'en revenais pas !

— Détendez-vous, chuchota-t-il à mon oreille.

Son haleine effleura mon cou, mes épaules se plaquèrent sur son torse, et le parfum de sa lotion après-rasage me monta aux narines. Puis il pressa la main droite sur mon diaphragme, juste sous mes seins.

— Inspirez profondément, maintenant, et expirez très fort. Repoussez ma main.

Son pouce touchait mon sein gauche et pendant un moment, je restai quasiment paralysée. Il ne m'avait pas préparée à ce genre d'exercices. J'étais sûre qu'il percevait le tremblement qui m'agitait, les battements précipités de mon cœur. Son souffle s'était accéléré, comme le mien.

— Allons, m'encouragea-t-il, respirez.

Je m'exécutai, et quand mes épaules se soulevèrent, je sentis mon sein peser sur son pouce et son poignet.

— Bien, très bien... Repoussez ma main, expirez en pensant à ce que vous faites. Concentrez-vous.

J'obéis, inspirai, expirai, autant de fois qu'il me l'ordonna, c'est-à-dire une bonne douzaine. Et tout à coup, un vertige me saisit, mes jambes mollirent, je perdis l'équilibre et me laissai aller dans ses bras en gémissant. Instantanément, il resserra son étreinte.

— Tout va bien ?

Je voulus parler mais ne réussis qu'à hocher la tête.

— Ce n'est rien, dit-il en riant, juste un peu trop d'oxygène dans le sang. Asseyez-vous un instant et ça ira mieux, ajouta-t-il en me guidant vers la chaise pliante.

Puis il s'accroupit à mes côtés, me prit les mains et les serra doucement, les bras posés sur mes genoux.

— Ça va mieux ?

Cette fois encore j'acquiesçai d'un signe, le feu aux joues, certaine que ma voix se briserait si j'essayais seulement de parler. Nous étions si proches que son regard me révélait des profondeurs bouleversantes, et à nouveau je me sentis défaillir. Mais ce n'était plus de faiblesse. Une sensation d'incroyable légèreté me soulevait, me poussait dans les bras de Michaël, j'éprouvais un désir fou de m'y blottir. Et une merveilleuse chaleur me pénétrait, jaillie des endroits les plus secrets de mon corps. En même temps, j'aurais voulu fuir pour cacher à Michaël mon trouble et ma rougeur, ce feu qui s'épanchait de mon cœur et me brûlait la poitrine. J'étais certaine qu'il en avait conscience, lui aussi. Et il se releva.

— Reposez-vous un instant, dit-il en me tapotant le genou. Ensuite, nous reprendrons les gammes.

Il retourna près du piano et se pencha sur le pupitre, le temps que je trouve la force de parler.

— Je suis prête. Allons-y.

Mais je restai très en dessous de mes capacités, pendant

cet exercice. Michaël me le fit reprendre autant de fois qu'il le fallut, avant de se déclarer satisfait par la façon dont je plaçais mon souffle.

— Vous y êtes, affirma-t-il en me prenant par les épaules.

Et il attacha sur moi ce regard fixe, insistant et provocant à la fois, qui n'appartenait qu'à lui.

— Vous êtes déjà très douée par nature, Aurore, mais quand vous aurez développé toutes vos possibilités, vous serez une grande cantatrice. Et le monde entier vous portera aux nues. Savez-vous ce que je ressens, en présence de quelqu'un comme vous ?

Un frisson d'émerveillement me parcourut : je buvais ses paroles.

— Je me sens plus jeune, plus fort, capable d'accomplir les plus grandes choses. Vous éveillez en moi le désir de pousser mon talent jusqu'aux plus extrêmes limites, d'aller plus loin que je ne l'avais jamais rêvé.

Il sourit, me libéra et s'approcha du piano. Ensuite il frappa une touche pour se donner le ton et se mit à vocaliser, les bras tendus vers moi comme s'il chantait une romance. Puis il chanta, un vrai chant d'amour cette fois, et qu'il avait rendu célèbre. Du bout du doigt, il me désigna la partition pour que je l'accompagne, mais je secouai la tête. Je connaissais très bien cette mélodie, et ma voix s'unit à celle de Michaël.

Instantanément, son regard s'éclaira. À la fois surpris et ravi, il fit un pas vers moi, me prit les mains dans les siennes et nous chantâmes l'un pour l'autre, exactement comme si nous étions en scène. Nos voix se répondaient, s'entremêlaient, c'était comme s'il m'entraînait de plus en plus haut et loin. Ses doigts pressèrent les miens lorsque le chant prit fin, et son visage se rapprocha du mien au point de le toucher.

Sur scène, l'aria s'achevait par un baiser, et il en fut ainsi ce jour-là, bien qu'il me fût impossible de savoir si Michaël avait prévu cette conclusion. Son haleine caressa ma peau, il m'attira plus près de lui et je fermai les yeux, pressentant ce qui allait suivre. D'abord aussi léger qu'un souffle, son baiser s'affirma, s'imposa, et ce contact agit sur moi comme une décharge électrique. Je vacillai entre ses bras. Il me retint quelques instants ainsi, tout contre lui, puis il écarta doucement sa bouche de la mienne. Mes paupières battirent, je levai les yeux et noyai mon regard dans le sien. J'y lus tant de passion et de désir que je fus incapable d'en détacher le mien. « La passion nous conduit au désespoir », avait-il dit le premier jour, au café...

Et maintenant, qu'allait-il faire ? J'attendis, le cœur en émoi, partagée entre l'ivresse et la crainte. Et si mes forces allaient me trahir, une fois de plus ?

— Je n'ai pas pu m'en empêcher, murmura Michaël, vous avez si bien chanté. Pendant un moment, je me suis cru sur scène, dans la peau de mon personnage. Un vrai professionnel doit toujours répondre à l'attente du public, vous comprenez cela, j'en suis sûr ?

Je ne comprenais pas vraiment, mais j'acquiesçai en silence et Michaël sourit. Son regard avait repris toute son acuité.

— Excellent travail, constata-t-il. Comment vous sentez-vous ?

Il me fallut un certain temps pour réussir à articuler :

— Très bien.

Ce qui me valut un nouveau sourire et un petit baiser sur le front.

— Vous êtes vraiment ravissante, Aurore, vous savez ça ? Il est rare de rencontrer une si belle voix chez une si belle femme. Je ne vous mets pas mal à l'aise, au moins ?

Les yeux toujours rivés aux siens, je secouai lentement la tête.

— Je ne parlerais pas aussi librement à mes autres élèves, mais avec vous ce n'est pas pareil. Votre talent vous distingue des autres. Vous êtes plus sensible, plus réceptive, ce qui vous permettra d'aller plus vite. Chaque expérience nouvelle vous mûrit, chaque instant qui passe vous transforme, exactement comme moi.

« C'est une chose que les éducateurs ignorent, reprit-il avec dédain. Ils tirent leur enseignement des livres, même dans une école comme celle-ci. Mais nous agirons différemment, car nous sommes différents. Vous n'y voyez pas d'objections, n'est-ce pas ?

Si j'en voyais ? Je n'étais même pas sûre d'avoir compris ce qu'il disait. Je m'entendis proférer un « non » timide, sans être vraiment sûre non plus d'avoir parlé.

— Alors c'est parfait ! Parfait, répéta-t-il un ton plus bas en s'écartant de moi.

Il alla vers la chaise où il avait déposé sa veste et commença à enrouler son écharpe, sans cesser un instant de me sourire.

— Il faut que je me sauve, j'ai des tas de courses à faire. Je reçois quelques amis, ce soir. Une petite réunion en toute simplicité, hors-d'œuvre et champagne, vous voyez le genre.

Il ne m'avait pas quittée des yeux et, tout en enfilant sa veste, il se rapprocha de moi.

— Vous savez tenir votre langue ?

— Tenir ma langue ?

— Garder un secret, quoi ! Un secret très spécial.

— Bien sûr que oui. Je n'ai pas d'amies intimes, à part ma camarade de chambre, et encore : je ne lui dis pas tout.

Il allait me demander de ne révéler à personne qu'il m'avait embrassée, j'en étais sûre. Mais je me trompais.

— Bien, dit-il avec un regard insistant que j'interprétai comme une hésitation.

Et, de fait, il se passa quelques longues secondes avant qu'il ne reprenne :

— J'aimerais bien vous inviter, il y aura des gens intéressants, seulement... (Il se retourna pour s'assurer que la porte était toujours bien fermée.) Seulement l'administration ne verrait peut-être pas d'un bon œil cette familiarité. Ils ont l'esprit étroit, dans ce collège, et c'est regrettable. Côtoyer des artistes est toujours stimulant. Mais si jamais vous en touchiez mot à qui que ce soit...

— Je serai muette comme une tombe.

Michaël posa un doigt sur mes lèvres et, une fois de plus, regarda par-dessus son épaule.

— Chut... les murs ont des oreilles.

J'inclinai la tête et retins mon souffle.

— Voilà mon adresse : résidence Parker, 62e Rue Est, appartement 4-B. Venez à huit heures, et surtout, pas un mot à qui que ce soit, même à votre camarade. Promis ?

— Promis.

— Alors, entendu, confirma-t-il en s'en allant.

— Et comment devrai-je m'habiller ?

— Aucune importance, venez comme vous êtes si vous voulez.

Là-dessus, il s'éclipsa pour de bon et je restai un long moment songeuse, le regard tourné vers la direction qu'il avait prise. Est-ce que j'avais bien entendu, ou seulement cru entendre ? Je pivotai vers le piano et le contemplai fixement. Tout cela s'était-il vraiment passé ? J'appuyai la main sur mon cœur, qui ne se calma pas pour autant. Puis je rassemblai lentement mes affaires et sortis d'un pas ralenti, comme si je craignais de m'éveiller d'un rêve.

Après les cours, lorsque je retrouvai Trisha dans notre chambre, elle flaira immédiatement quelque chose. Débordante d'énergie, comme d'habitude, elle commença par brosser un tableau complet et animé de sa journée. Avec un brio prodigieux, elle passa en revue chaque personnage et chaque événement, le tout en moins de quinze minutes. Je l'écoutais, l'air concentré et le sourire aux lèvres, mais l'esprit ailleurs. Ce n'était même pas sa voix que j'entendais, mais celle de Michaël. Et brusquement, elle s'interrompit.

— Tu m'écoutes, au moins ?

— Quoi ? Oh oui, bien sûr, me hâtai-je de protester.

Mais je ne pus m'empêcher de rougir, comme si mes pensées pouvaient se lire sur ma figure. Trisha m'observa quelques instants, la tête penchée de côté, puis ses yeux s'agrandirent et je crus qu'elle allait bondir de son lit.

— Ça y est, j'y suis ! Tu as rencontré quelqu'un, c'est ça ? Et naturellement, tu as eu le coup de foudre : c'est écrit sur ton nez. Eh bien, raconte ! gémit-elle, incapable d'attendre davantage ma réponse.

— Je...

— Aurore, je t'en prie, supplia-t-elle, tu peux me faire confiance. Je t'ai dit des milliers de choses dont je n'avais parlé à personne, tu m'as confié les grands secrets de ta vie et je les ai gardés pour moi, non ? Tu es bien d'accord ?

— Oui, dus-je admettre. Tu sais te taire.

Le désir de lui raconter ce qui s'était passé pendant ma leçon de chant grandit en moi, de plus en plus fort. J'éprouvais un besoin presque irrésistible de parler. C'était comme si j'avais un ballon à la place du cœur, un ballon que mon excitation gonflait comme un gaz explosif et qui menaçait d'éclater.

Mais je n'oubliais pas la promesse faite à Michaël. Il m'avait demandé si j'étais capable de garder un secret, autrement dit si j'étais assez mûre pour cela. Allais-je le trahir à la première occasion ? Et si Trisha laissait, sans le vouloir, échapper une allusion qui lui revienne aux oreilles ? Je dus me mordre la lèvre pour ne pas céder à la tentation.

— Alors ? implora Trisha en ramenant les genoux sous elle. Raconte, à la fin !

— Oui. J'ai rencontré quelqu'un.

— J'en étais sûre ! Je l'ai su dès la première seconde. Eh bien, qui est-ce ? Un senior, je parie. Pas Eric Collins, si ? Il chuchotait avec ses amis en te regardant, l'autre jour, je l'ai bien remarqué. Le pauvre, on lui voyait le blanc des yeux ! Alors, c'est bien lui ?

— Non, rétorquai-je. Ce n'est pas lui.

Et une fois de plus, je me mordis la lèvre. Je venais de m'aviser que je pouvais parler sans tout lui dire.

— Très bien, j'attends la suite.

— Ce n'est pas un élève de Bernhardt.

— Quoi ! s'effara-t-elle, visiblement déçue.

Mais sa curiosité ne fit que redoubler, et sa consternation ne dura pas longtemps. Je me lançai dans une transposition de la réalité, inventant les détails au fur et à mesure.

— Non, il est plus vieux que ça. Bien plus, improvisai-je, devant une Trisha complètement abasourdie. Je l'ai rencontré chez George. Nous avons beaucoup parlé ensemble, puis il a voulu venir me voir au collège, ensuite il m'a proposé de me raccompagner... et il m'a même raccompagnée ce soir.

— Et quel âge a-t-il ? (Trisha retint son souffle.)

— La trentaine, enfin... un petit peu plus.

— Tant que ça !

Je fis un signe affirmatif.

— Et comment s'appelle-t-il ?

Prise de court, je passai fébrilement en revue les noms de tous les garçons que j'avais connus.

— Allan. Allan Higgins. Mais tu me jures de ne rien dire à personne, au moins ?

— Bien sûr que non, promit Trisha en passant les doigts sur sa bouche, comme si elle tirait une fermeture à glissière. À quoi est-ce qu'il ressemble ?

— Il est très grand, plus d'un mètre quatre-vingts, brun avec des yeux noisette. Il a un visage sensible et très ouvert, on sent tout de suite qu'on peut lui faire confiance. Il est bien élevé, très prévenant. Nous avons eu des conversations passionnantes en nous promenant.

— Mais quand même, trente-cinq ans... enfin, j'arrondis ! Qu'est-ce qu'il te veut, au juste ? Il n'est...

Une idée plutôt choquante dut traverser la cervelle de Trisha. Son regard s'alluma.

— Il n'est pas marié, au moins ?

— Il l'a été, pendant trois ans à peine. Sa femme est morte et il m'affirme qu'il n'en a pas approché une seule depuis, à part moi. Et encore, c'est parce que je lui ressemble un peu. Il dit que je lui fais penser à elle.

— Et que fait-il dans la vie ?

— Il est dans les affaires. Et il faut croire que ça marche bien puisqu'il a un appartement à Park Avenue. Il m'y a invitée, au fait. Et même ce soir.

— Ce soir ! Et tu comptes y aller ?

— J'aimerais bien, mais je ne voudrais pas qu'Agnès le sache, bien sûr. Je lui dirai que j'ai une leçon de piano supplémentaire, et qu'il faut que je passe à la bibliothèque chercher des documents pour un exposé. Si jamais elle me pose des questions, tu me soutiendras ?

— Mais quand même, aller chez lui ! Un homme de trente-cinq ans, et que tu connais à peine, en plus !

— Je peux lui faire confiance, je le sais. Nous ne ferons que bavarder en écoutant de la musique.

Elle secoua la tête, désarçonnée.

— Est-ce qu'il s'est déjà trouvé chez George en même temps que nous ?

— Oui, mais il n'a jamais osé venir me parler quand je n'étais pas seule. C'est te dire s'il est discret.

— Je ne me souviens pas d'avoir vu quelqu'un comme ça, constata-t-elle avec regret. Tu me le présenteras ?

— Quand il se sentira prêt. Pour le moment, il a encore un mal fou à accepter l'idée de rencontrer des gens.

J'attendis, anxieuse de savoir si elle allait accepter cette histoire. Ce fut le cas.

— Très bien. Si Agnès te pose des questions pendant le dîner, je jouerai le jeu. Mais sois prudente, surtout !

— Merci. Je savais que je pouvais compter sur toi.

— Un homme de trente-cinq ans ! grommela-t-elle à mi-voix.

Je souris toute seule et me plongeai dans mes devoirs,

pressée de les expédier. Rien ne devait m'empêcher de consacrer ma soirée à Michaël Sutton.

Il m'avait dit qu'il était inutile de me changer, mais je le fis quand même. Je choisis une jupe plissée bleu marine, des mocassins assortis et un joli cardigan rose à boutons de nacre, une des premières choses que m'ait achetées Mère avant mon départ. Il me serrait un peu, maintenant, et je constatai qu'il dessinait ma poitrine. Je laissai mes cheveux flotter sur mes épaules et empruntai à Trisha ses minuscules boucles d'oreilles en perles. Ma toilette ne passa pas inaperçue d'Agnès, qui observa d'un ton soupçonneux :

— Vous êtes bien belle, ce soir. On peut savoir pourquoi ?

J'invoquai ma prétendue leçon exceptionnelle, en ajoutant que certaines personnalités de l'extérieur y assisteraient. Je mentionnai également mon exposé trimestriel, et Trisha soutint bravement mes arrières. Elle vitupéra contre les professeurs qui nous surchargeaient de travail, non sans me décocher force coups d'œil complices. Je faillis pourtant être prise la main dans le sac : Agnès avait remarqué que je partais les mains vides.

— Je compte seulement me documenter un peu, ce soir. Je travaille avec une autre fille, qui prendra des notes.

Agnès accepta l'explication et je pus enfin me retirer.

Je fus très impressionnée en arrivant à la résidence Parker. Hall d'entrée dallé de marbre, fauteuils et canapés de cuir vermillon, tables en cuivre à plateaux de verre, écran de feuillages et de fleurs : tout ici respirait le luxe. Un réceptionniste me conduisit à l'ascenseur, et ce fut d'un doigt tremblant que j'appuyai sur la sonnette, à la porte de Michaël. Un instant plus tard, il apparut dans un superbe complet gris anthracite en cachemire, dont la finesse et le moelleux se devinaient à l'œil nu.

— Bonsoir… Quelle exactitude ! Mes autres invités

feraient bien d'en prendre de la graine, dit-il en s'effaçant devant moi.

Dans l'appartement aussi, tout était somptueux, à commencer par le vestibule dallé. Dans le séjour surbaissé, tapissé d'une épaisse moquette ivoire, un canapé tendu de soie se développait en arrondi en face d'une immense cheminée. La table était une longue plaque de verre posée sur un piètement de métal noir, et les rideaux de soie blanc cassé des vastes baies complétaient cette harmonie des plus modernes. Pas encore tirés, ils dégageaient une vue splendide sur l'horizon nocturne, en accord parfait avec la musique diffusée par la chaîne stéréo. Je reconnus instantanément le ballet de Tchaïkovski : *La Belle au bois dormant*.

— Quel appartement magnifique ! m'exclamai-je en m'avançant dans la pièce.

— Merci. Cela me tient lieu de foyer, pauvre exilé que je suis ! plaisanta-t-il en fermant la porte derrière moi. Vous n'avez dit à personne que vous veniez, au moins ?

— Oh non !

— Tant mieux, commenta-t-il en me désignant le canapé. Je ne vous proposerai pas de cocktail, mais peut-être accepterez-vous un peu de vin blanc ?

— Volontiers.

— Alors mettez-vous à l'aise, je vous en prie.

Je me laissai tomber au centre du canapé, si nerveuse que je ne savais plus quoi faire de mes mains. Pour commencer, je les croisai sur mes genoux. Puis je me dis que je devais avoir l'air d'une écolière et j'étendis un bras sur le dossier. L'autre main posée sur les genoux, je croisai les jambes, les décroisai, les recroisai, rien moins qu'à l'aise.

— Vous êtes ravissante, observa Michaël en me tendant un verre.

— Merci.

Je saisis le verre à deux mains, de crainte de renverser du vin sur le canapé, et Michaël s'assit à mes côtés.

— En fait, je ne suis pas fâché que vous soyez arrivée la première. Cela va me permettre de faire plus ample connaissance avec vous, en toute tranquillité. Voyons...

Il but une gorgée d'alcool, posa son verre sur le bord de la table, et une lueur espiègle pétilla dans ses yeux.

— Je sais que vous faisiez vos études à Richmond, dans un collège privé, et qu'au concert de printemps votre solo a été un véritable succès.

— Nous avons tous été applaudis, ce soir-là.

— Hm... admettons. En tout cas, votre famille s'est aperçue que vous aviez des dons et vous a envoyée à Bernhardt. Elle ne vous manque pas trop ?

— Non, répondis-je un peu trop vite.

Michaël haussa un sourcil, puis fit un signe de tête compréhensif.

— C'est vrai. En tant que pensionnaire, vous étiez habituée à vivre loin de chez vous. Mais vous n'avez plus vos frère et sœur, maintenant. Vous ne vous sentez pas trop seule ?

Je ne pus retenir une grimace désabusée.

— Nous ne nous entendions pas si bien que ça, en fait.

— Je vois. Moi non plus, je ne m'entends pas tellement bien avec mes deux frères. Nous nous voyons rarement et ils ne viennent jamais m'écouter. Vous avez de la chance que votre famille se montre aussi coopérative, mais vous le méritez bien. Votre beauté et votre talent leur font honneur.

— Merci, murmurai-je, d'une voix à peine audible tant j'avais envie de pleurer.

— Aurore ! Que se passe-t-il ?

Je baissai la tête et laissai couler mes larmes. Je détestais tous ces faux-semblants, toutes ces cachotteries. Michaël était si franc, si entièrement adonné à son art ! Il m'entourait d'égards exceptionnels, comme si j'étais un être unique au monde. Et moi, en échange, je lui débitais tout un chapelet de mensonges.

— Aurore ?

Il me releva le menton et je rencontrai son regard bleu, où se lisait la perplexité la plus totale. Je n'y tins plus.

— Oh, Michaël ! Je n'ai pas de famille du tout. Ma mère vit cloîtrée dans sa chambre à se dorloter et à se faire servir. Ma sœur est jalouse de moi et me déteste. Et mon frère... mon frère...

— Eh bien ?

J'éclatai en sanglots convulsifs, si violents que j'en perdais le souffle, un vrai chagrin d'enfant. Aussitôt, Michaël me passa un bras autour des épaules.

— Allons, allons, cela ne peut pas être aussi terrible que ça. De toute façon, c'est du passé, maintenant. Vous êtes ici, à Bernhardt, et vous travaillez avec moi.

Il m'embrassa le front, repoussa quelques mèches tombées sur mes yeux et, tirant un mouchoir de sa poche, il entreprit d'essuyer mes joues. Mon regard se perdit dans le sien, et tout changea. Un désir fou monta en moi de ne pas en rester là, d'aller jusqu'au bout de cet élan amoureux qui me jetait vers lui. Il dut s'en apercevoir car il devint soudain très grave.

— Il y a en vous quelque chose d'ensorcelant, Aurore. Je l'ai su dès que je vous ai vue, à la première audition. Tantôt, vous m'apparaissez comme une enfant naïve, ingénue. L'instant d'après vous voilà femme, dangereuse, séductrice ; et cette femme-là sait parfaitement ce qu'elle veut.

Dangereuse, moi ? Croyait-il donc que je pleurais pour l'émouvoir et le séduire ? Il se trompait. Mes lèvres articulèrent un « non » silencieux, mais il n'en tint pas compte et posa doucement la main sur ma joue.

— Oh si, vous l'êtes, peut-être sans le savoir, sans avoir conscience de votre pouvoir sur les hommes. Certaines femmes sont capables de nous changer en esclaves... aussi facilement que ça, dit-il en faisant claquer ses doigts. Et aussitôt, nous voilà soumis, prêts à nous traîner à leurs pieds pour un sourire, un baiser, un regard, le moindre signe d'attention de leur part.

« J'ai beaucoup voyagé, croyez-moi, et j'ai rencontré ce genre de femmes un peu partout dans le monde. Je suis même parfois tombé dans leurs filets, pour mon malheur. Alors je sais de quoi je parle.

L'émotion faisait briller ses yeux d'un éclat inaccoutumé, celui des larmes. Comme il avait raison ! Les grands artistes ressentaient les choses beaucoup plus profondément que le commun des mortels, et il m'en donnait la preuve.

— Mais je vous calomnie, reprit-il, vous ne pouvez pas mal agir, vous êtes tout simplement… merveilleuse. Et si un homme souffre à cause de vous, il n'a qu'à s'en prendre à lui ! ajouta-t-il comme s'il s'emportait contre lui-même.

Puis son expression se radoucit et il laissa glisser son doigt le long de ma joue.

— Ce pouvoir vous sera très utile en scène, croyez-moi. Le public le sentira.

J'esquissai un sourire, mais il conserva son sérieux.

— Vous n'avez pas eu beaucoup d'amoureux, je parie ?

— Non.

— J'en suis heureux, affirma-t-il avec une détermination qui m'étonna. J'apprécie la fraîcheur et la pureté, chez un partenaire de travail. Quand nous chanterons ensemble, ce sera comme si nous faisions l'amour. Et chaque fois, ce sera la première fois.

Le souffle suspendu, j'attendis la suite, sans savoir que dire ni ce qu'il attendait de moi. Chanter avec lui ? Où ? Quand ? Dans un silence de plus en plus épais, Michaël me retint captive de son regard. Puis, après de longues secondes, le bout de ses doigts vint frôler ma bouche.

— Vous m'avez beaucoup impressionné, aujourd'hui, surtout à la fin de notre chant, quand je vous ai embrassée. Vous aviez si bien compris ! Savez-vous quelle est la différence entre un baiser de théâtre et… un vrai ?

Je secouai la tête.

— En scène, un baiser paraît plein de passion mais ce n'est qu'un simulacre. Il m'est arrivé d'embrasser ainsi des femmes auxquelles je n'aurais jamais accordé un regard. Ce qui n'était pas le cas aujourd'hui avec vous, se hâta-t-il de préciser. Il existait déjà quelque chose entre nous, un lien invisible. Et je reconnais que je dois faire un effort pour ne pas vous embrasser tout de suite. Je vous fais peur ?

— Non, prétendis-je.

Mais ces mots, que j'avais rêvé d'entendre de sa bouche, me faisaient trembler comme une enfant.

Il me prit mon verre, le posa sur la table et, très lentement, se pencha sur moi jusqu'à ce que nos lèvres se touchent. À cet instant précis, je fermai les yeux et entrouvris les lèvres sous les siennes. Je frémis quand sa langue effleura la mienne, mais je ne me défendis pas. Ce fut lui qui s'écarta le premier. Je voulus ouvrir les yeux, mais il m'en empêcha d'un baiser sur les paupières. Puis sa bouche descendit sur ma joue, vers mon cou, et il chuchota :

— Vous êtes si jolie, Aurore ! Moi qui ai connu des femmes du monde entier, j'en ai rarement vu d'aussi exquises.

Moi, une des plus jolies femmes du monde ? Où allait-il chercher tout cela ? Il voulait me mettre à l'aise, probablement, me donner confiance en moi.

— Nous remporterons un succès fou, tous les deux, et je ferai de vous une des plus grandes cantatrices de tous les temps. Vous verrez, quand nous chanterons ensemble ! Cette passion qui nous pousse l'un vers l'autre, nous l'exprimerons en musique, et le résultat sera fabuleux. Je voudrais déjà en être là, pas vous ?

Que pouvais-je répondre ? J'avais bâti bien des chimères, imaginé mon nom en lettres de feu sur des panneaux géants... et voilà que Michaël Sutton mettait ces fantasmes à portée de ma main ! On nous verrait ensemble dans le monde entier, à Broadway, au cinéma. Grand-mère Cutler lirait mon nom partout. Et elle souffrirait mille morts.

— Si ! m'écriai-je, transportée d'aise à cette seule pensée. Moi aussi !

Michaël se rapprocha encore davantage de moi.

— Alors n'ayez pas peur de vos sentiments, laissez-vous aller à la passion, vous en aurez besoin pour chanter. Elle est là, en vous, même s'il vous reste à la découvrir. Je vous y aiderai, dit-il en m'enfermant dans ses bras.

Et sa main descendit jusqu'à ma taille. Puis elle se faufila sous mon pull, frôla ma peau nue, remonta vivement jusqu'à ma poitrine. La paume pressée sur mes seins, il me fit basculer en arrière, se pencha sur moi et sa voix s'assourdit jusqu'au soupir.

— Je veux être le premier à vous conduire au sommet du plaisir, le premier à vous faire connaître cette extase dont vous n'avez fait que rêver. Dès la fin de notre leçon, ce matin, j'ai su que cela arriverait. Nous sommes faits pour vivre de grands moments ensemble, Aurore. Je suis celui qui va vous révéler à vous-même, vous apprendre à utiliser pleinement vos talents. Comment peut-on chanter l'amour sans l'avoir expérimenté ?

Son ton se fit pressant, presque fébrile.

— Vous me comprenez, n'est-ce pas ? Dites que vous me comprenez !

Mais je ne dis rien, et pour cause. J'étais terrifiée, affolée, excitée et ravie tout à la fois. Et Michaël, pendant ce temps, n'avait pas cessé de caresser mes seins.

— Aurore, murmura-t-il, la première lueur du jour...

Il se laissa glisser à terre, s'agenouilla près de moi et passa une main sous mes reins. Puis il me souleva dans ses bras, m'embrassa le bout du nez et m'emporta vers sa chambre.

— Mais... balbutiai-je..., et vos autres invités ?

Il eut un petit sourire en coin.

— Tant pis pour eux, ils n'avaient qu'à être à l'heure. Nous les laisserons dehors... si jamais ils viennent.

Arrivé devant sa chambre, il s'adossa à la porte et la repoussa d'un coup de pied. Elle se rabattit contre le mur et mon regard fit le tour de la pièce. Une petite lampe de chevet y jetait une lueur diffuse, et je vis que la couverture du grand lit était rabattue. Michaël s'en approcha sans hâte et me déposa sur les draps. Il ôta prestement sa veste et sa chemise blanche, se pencha sur moi et m'inonda le visage de baisers. Puis, d'un geste léger du bout des doigts, il me ferma les yeux.

— Vous ne les rouvrirez que lorsque je vous le dirai.

J'entendis ses autres vêtements tomber sur la moquette. Et quand il se coula près de moi, je voulus soulever les paupières, mais cette fois encore il y posa ses lèvres pour m'en empêcher. Puis il remonta mon cardigan, le fit passer par-dessus ma tête et acheva tranquillement de me déshabiller. Immobile, paupières closes, je pouvais entendre battre mon cœur.

— Maintenant, dit tout bas Michaël.

Et ce fut ainsi qu'il entreprit mon initiation : par un regard. J'ouvris les yeux, ne vis plus que les siens, bien trop effrayée pour oser m'en détourner. Je m'y perdis.

Tout d'abord, il resta étendu près de moi, sans me toucher, sans m'embrasser ni faire le moindre geste. Quelques centimètres à peine séparaient son torse de mes seins nus. Chaque parcelle de mon corps frémissait d'attente, l'attente devenait supplice, et Michaël semblait prendre plaisir à la prolonger.

— Quelle beauté, dit-il d'une voix lente, c'est presque un miracle. Un autre hésiterait à cueillir cette fleur, mais pas moi. Aux êtres exceptionnels comme nous, l'amour offre des plaisirs sans mesure. De quel droit t'en priverais-je ?

Puis il écrasa ma bouche sous la sienne et nos corps se joignirent, s'étreignirent, impatients de recevoir de l'autre ce qu'il avait à donner. La moindre pression des lèvres de Michaël, la plus furtive caresse allumait en moi des flambées d'étincelles jusqu'à l'instant où je ne fus plus que désir. Un désir violent, brutal. Je ne voulais plus qu'une seule chose : que Michaël entre en moi et m'emporte avec lui vers les hauteurs vertigineuses du plaisir.

Les paumes en coupe sur mes seins, il en taquina les pointes et chacun de ses baisers fut une délicieuse brûlure. Ensuite il promena les mains sur tout mon corps, l'explora minutieusement, intimement. Puis il s'allongea sur moi, releva mes jambes et les noua autour de ses reins. Je m'entendis pousser d'étranges petits cris, tandis qu'il bougeait au-dessus de moi, comme s'il attendait certaines initiatives de ma part. Mais que pouvais-je faire de plus ? Il était toujours le professeur, et moi l'élève. Puis une sensation de chaleur bienfaisante m'inonda... et ce fut tout. Michaël se laissa retomber sur moi et demeura étendu, le souffle aussi rapide que le mien. Il resta ainsi un moment, sans bouger ni parler, puis m'embrassa rapidement sur le front et se leva.

— C'était merveilleux, non ? Absolument comme lorsqu'on donne le meilleur de soi-même sur scène, ou qu'on atteint la plus haute note. Eh bien, s'impatienta-t-il, tu n'es pas d'accord ?

Mais je ne répondis pas tout de suite, je réfléchissais. Je m'efforçais de revivre ces fameux instants d'ivresse en me demandant s'ils avaient été aussi merveilleux qu'il le disait. Seulement voilà. Pendant que lui planait sur ces sommets, je m'appliquais tellement à me comporter comme doit le faire une vraie maîtresse que j'avais dû manquer une marche. Et j'étais passée à côté de l'extase.

— Oui, répondis-je enfin. C'était merveilleux.

Il eut un sourire satisfait.

— Je t'avais dit que la passion conduit au désespoir, mais c'est ce désespoir qui nous révèle toute l'étendue de nos possibilités. Comme le danger, il nous grise et nous force à donner le meilleur de nous-mêmes. Tu seras une grande cantatrice, ajouta-t-il en éclatant de rire. Bon, moi je meurs de faim. C'est toujours comme ça, après l'amour. Et toi, tu veux manger un morceau ?

Il se rhabillait déjà, et je m'assis pour commencer à rassembler mes vêtements.

— Non, merci. J'ai simplement besoin de passer à la salle de bains.

— Naturellement. Reviens vite, tu me tiendras compagnie et tu pourras finir ton verre. (Qu'était devenu l'amant de tout à l'heure ? Je croyais entendre à nouveau parler mon professeur.) Je t'appellerai un taxi, comme ça tu ne manqueras pas l'heure fatidique !

Restée seule, j'achevai de me rhabiller et regardai autour de moi comme si je m'éveillais d'un rêve. Mais qu'est-ce que je faisais ici, ou plutôt... qu'avais-je fait ?

J'avais fait l'amour, tout simplement ! Sans la moindre hésitation ni retenue. Je m'étais laissé séduire par Michaël. Et j'espérais, de tout mon cœur et de tous mes vœux, qu'il ne m'avait pas menti. Il me trouvait belle, digne d'être aimée et chérie, parce que je lui ressemblais. La providence nous avait favorisés de ses dons, ce qui faisait de nous des êtres à part, disait-il. Alors tout allait pour le mieux. Il était normal que deux êtres si différents des autres et si proches l'un de l'autre connaissent les plus hautes joies de l'amour.

Pourtant, je ne pouvais pas m'empêcher de me sentir coupable. Et si Grand-mère Cutler avait raison en me traitant de mauvaise graine ? Moi, le fruit d'un acte coupable de ma mère avec un baladin sans scrupules... Étais-je aussi vaniteuse et capricieuse que cette femme, qui ne songeait qu'à rester jeune et belle et à se faire servir comme une princesse ?

Moi aussi j'étais la maîtresse d'un chanteur, maintenant !

Mais Michaël était différent. Il fallait qu'il le soit. Il n'avait rien de commun avec ces roucouleurs qui ne pensent qu'à prendre du bon temps, c'était un artiste, un vrai. Il m'aimait parce qu'il avait distingué en moi un talent exceptionnel. Nous formerions un couple magnifique, lui et moi. Nous chanterions des duos que les gens n'oublieraient jamais, parce que notre passion sincère nous grandirait et nous porterait au sommet de notre art.

Non, je n'avais rien à me reprocher, aucune raison de me sentir coupable. Au contraire. Je pouvais m'estimer comblée, et je le serais. Michaël avait fait de moi une femme, sa femme, ce que je pouvais clamer partout la tête haute. Enfin... peut-être pas tout de suite, évidemment. Pour le moment, mieux valait garder le secret.

8
Serments d'amour

Quand je rejoignis Michaël dans la cuisine, il se préparait un sandwich et du café. Il insista pour que j'en prenne une tasse, moi aussi, et je m'assis en face de lui. Tout en mangeant, il me parla de sa vie à Bernhardt, sans cacher son bonheur d'être de retour à New York.

— Et pourtant, l'Europe m'a procuré de grandes joies, observa-t-il non sans fierté. J'ai chanté dans les plus hauts lieux de l'histoire des arts, devant le public le plus raffiné qui soit, et même à l'opéra de Budapest, en Hongrie !

Je l'écoutais, médusée, quand soudain il se pencha vers moi pour me dévisager avec attention.

— Quand tu me racontais tes déboires familiaux, tout à l'heure, tu n'as pas mentionné ton père. Parle-moi de lui. Est-ce qu'il vit encore ?

Je demeurai un long moment songeuse. J'étais entrée dans la vie de Michaël, à présent. Il avait créé entre nous l'intimité la plus étroite qui puisse exister entre un homme et une femme. Il me faisait confiance, il m'avait désirée. Pouvais-je lui dissimuler quoi que ce soit ? Son regard exprimait un intérêt sincère. Il affirmait que la musique tissait entre nous un lien exceptionnel, que les autres ne pouvaient comprendre, et je le croyais. Je me jetai à l'eau.

— Je n'ai jamais vu mon père, Michaël.

Ce premier pas franchi, je lui dévidai mon histoire et il m'écouta sans broncher. Les rôles étaient renversés, maintenant. C'était lui qui buvait mes paroles, hypnotisé par le récit de mon enlèvement, de ma découverte et de ma vie sans joie parmi les miens, jusqu'à l'instant de vérité.

— Je sais tout, achevai-je en soupirant... sauf le nom de mon père.

Le regard pensif, il médita pendant quelques instants ces confidences.

— Ta grand-mère me paraît douée d'un sacré caractère, quand même ! Elle ne t'a rien appris sur ton père ?

— Non, et ma mère non plus. Elle en a bien trop peur.

Il baissa la tête d'un air morne, pour la relever presque aussitôt, les yeux brillants.

— Je pourrais peut-être t'aider à retrouver ton père.

— Oh, Michaël ! C'est vrai ? Mais comment ? Ce serait le plus beau cadeau que tu puisses me faire !

— J'ai quelques bons amis parmi les imprésarios. L'un d'eux connaît peut-être celui qui s'occupait des tournées d'été de ce genre de chanteurs pour la période en question, qui sait ? Je leur demanderai de faire des recherches et ils nous fourniront une première liste de noms. Ce sera déjà un point de départ.

— Et si par hasard il se produisait à New York, en ce moment ? Peut-être que tu le connais !

— C'est bien possible, et je vais m'en occuper. En attendant, jeune fille, tu ferais mieux de regagner tes pénates, et pas seulement à cause de la consigne, d'ailleurs. Je tiens à ce que tu sois fraîche et dispose pour travailler. Mais pour des raisons qu'il n'est pas nécessaire de préciser, je te traiterai comme les autres étudiants. Et toi, surveille-toi : pas un mot sur tout ceci, c'est bien entendu ?

— C'est juré, affirmai-je solennellement, la main sur le cœur.

— Tu as une façon de dire ça... tu es adorable !

Le compliment me fit rougir jusqu'aux oreilles.

Michaël se leva, déposa un baiser sur ma joue et alla téléphoner au portier pour qu'il appelle un taxi. Sur le seuil de son appartement, à l'instant de nous quitter, il me gratifia d'un baiser plus tendre et chuchota à mon oreille :

— Bonsoir, ma jeune diva...

Je gagnai l'ascenseur en marchant sur des nuages et quand je débouchai dans le hall, le taxi était déjà là. Le gardien m'escorta jusqu'à la voiture, m'ouvrit la portière et souleva sa casquette pour me souhaiter le bonsoir. Je m'empressai de donner mon adresse au chauffeur, me renversai contre le dossier et me perdis dans mes songeries.

Quelle journée ! Michaël m'avait distinguée entre toutes, et nous avions fait l'amour ! Par musique interposée, d'abord, puis en vrai, comme un homme et une femme. Et ses autres invités, au fait ? Avaient-ils sonné en vain à la porte ? Je m'avisai que nous n'avions rien entendu, pas le moindre heurt ni le plus léger carillon. Nous étions si absorbés par notre bonheur que rien n'avait pu nous atteindre.

Je n'eus pas une seule pensée pour Trisha jusqu'au moment où j'entrai dans notre chambre. J'aurais pourtant dû savoir qu'elle m'attendrait, anxieuse de connaître par le menu cette soirée clandestine avec l'homme que j'avais inventé. Elle travaillait, étendue sur son lit, mais à peine eus-je poussé la porte qu'elle referma bruyamment ses livres.

— Enfin, te voilà ! s'exclama-t-elle en se redressant pour s'adosser confortablement, les mains sur les genoux. Dis-moi tout, ab-so-lu-ment tout.

Décidée à m'en tenir aux demi-vérités dont j'avais trouvé la recette, j'entrepris mes préparatifs pour la nuit.

— Il habite un immeuble époustouflant, avec un portier dans le hall, commençai-je.

Et, certaine que Trisha n'y mettrait jamais les pieds, je me lançai avec confiance dans une description détaillée de l'appartement. J'allai même jusqu'à prétendre :

— Il y a des photos de sa femme dans toutes les pièces, et un très bon agrandissement sur la cheminée. Je dois reconnaître que sur ce portrait, elle me ressemble beaucoup. Elle était de ma taille, exactement de ma pointure et il a gardé tous ses vêtements. Il voulait m'en donner quelques-uns et j'ai refusé, mais j'en ai quand même essayé un ou deux. Tout m'allait à la perfection.

— Ça, alors ! C'est fou, cette histoire.

— Oui, c'est comme si nous devions nous rencontrer. Ce doit être le destin.

— Alors tu vas continuer à le voir ?

— Bien sûr ! Mais en secret, naturellement. Je lui ai même dit qu'il ne devait plus venir me retrouver à Bernhardt. Si Agnès découvrait quelque chose, elle préviendrait Grand-mère, qui en profiterait pour m'expédier ailleurs. Elle est tellement mauvaise, si tu savais !

— Et qu'est-ce que vous avez fait, dans cet appartement ?

— Nous avons bu un peu de vin, écouté de la musique et bavardé.

— Bavardé ? releva Trisha, sceptique. Si longtemps que ça ?

— Eh bien, d'abord... Il m'a parlé de sa femme, de leur merveilleux amour et c'était si triste que j'en ai pleuré. Puis je lui ai raconté ma vie et c'est lui qui a pleuré. Il a perdu ses parents très tôt et il comprend très bien ce que j'ai pu ressentir. Mais tu ne sais pas ce qu'il compte faire ? Il va essayer de m'aider à retrouver mon vrai père ! Il a des relations en haut lieu, comme Grand-mère Cutler, et il va leur demander de faire des recherches. Il a même proposé d'engager un détective privé.

— Quoi ? Mais ça coûte une fortune, tout ça !

— Il dit que tant qu'il s'agit de moi, l'argent ne compte pas. Il voulait me donner des bijoux de sa femme et quelques-uns de ses parfums, mais je lui ai fait comprendre que c'était impossible. Personne ne comprendrait que j'aie pu m'offrir des choses aussi coûteuses. Et comme il est très compréhensif, il n'a pas insisté pour ne pas m'attirer d'ennuis.

Le regard de Trisha s'aiguisa.

— Quand même, un homme de cet âge, se contenter de bavarder... et tu voudrais que je croie ça ?

Je m'empressai de lui tourner le dos sous prétexte de suspendre mes vêtements dans le placard.

— Bon, j'avoue : nous nous sommes embrassés. J'avais même envie d'aller plus loin, si tu veux le savoir, mais Alvin a dit qu'il ne fallait rien précipiter.

— Alvin ! Je croyais qu'il s'appelait Allan !

— Allan, c'est ça. Où avais-je la tête ? C'est son frère cadet qui s'appelle Alvin. Je suis tellement fatiguée et tellement folle de joie que je m'embrouille, à la fin.

Trisha parut franchement dubitative, mais n'en accepta pas moins cette explication.

— Et quand dois-tu le revoir ?

— Bientôt, mais nous devons être excessivement discrets, naturellement. À moins qu'il ne s'agisse d'une chose très importante, il ne cherchera plus à me joindre.

— Ce sera une aventure secrète, en somme.

Trisha croisa les bras et se carra dans ses oreillers, la mine boudeuse. J'allai aussitôt m'asseoir au pied de son lit.

— Eh bien, Trisha ? Qu'est-ce que tu as ?

— Rien. Sauf qu'il t'arrive une aventure passionnante et moi, si par hasard je rencontre un garçon pas trop mal... c'est à peine s'il consent à me dire deux mots ! acheva-t-elle en me jetant un regard dépité.

Puis, aussi vite qu'il était venu, ce mouvement d'humeur fit place à un éclatant sourire.

— Je crois que je vais tenter ma chance avec Eric Collins, puisqu'il ne t'intéresse pas. Hier, au déjeuner, il s'est assis à côté de moi et ne m'a pas posé une seule question sur toi, lui non plus.

— Eric Collins ? Bonne idée ! m'écriai-je avec enthousiasme. Vous iriez très bien ensemble, tous les deux.

— Peut-être qu'il me demandera d'être sa partenaire au bal de *Halloween* [1], si ça se trouve. Et si un garçon de Bernhardt te le propose, qu'est-ce que tu feras ?

---

1. Aux États-Unis, la veille de la Toussaint donne lieu au même genre de fête que le Mardi gras chez nous. *(N.d.T.)*

— Je refuserai. Je n'ai plus envie de sortir avec personne, maintenant. Je ne ferais que penser à... à Allan, et ce ne serait pas juste pour mon cavalier.

— Mais tu vas manquer toutes les fêtes, alors ! Tu es bien sûre de vouloir un amoureux tellement plus vieux que toi ?

— C'est le destin qui l'a voulu, rétorquai-je en me levant. Je te l'ai déjà dit.

Et je filai à la salle de bains pour cacher mon malaise. Je détestai le visage hypocrite que je vis dans le miroir. Je détestais mentir à Trisha, qui s'était montrée si loyale envers moi, dès le début. Après ces instants de bonheur fou partagés avec Michaël, fallait-il que j'en arrive à cette ignoble trahison ? Quelle ironie ! Connaître enfin l'amour, la joie, la certitude, et ne les obtenir qu'en commettant les pires malhonnêtetés. En somme, en devenant celle que Grand-mère avait toujours vue en moi. Je tâchai de soulager ma conscience en me disant qu'un jour, bientôt peut-être, Michaël me permettrait de révéler la vérité à Trisha. Mais le visage du miroir ne mentait pas, lui. C'étaient mes yeux qui brillaient ainsi, des yeux dont l'éclat inconnu trahissait mon nouveau pouvoir. Non, je ne pourrais plus jamais danser avec un grand benêt d'étudiant quelconque, mais pas pour les raisons que j'avais données à Trisha. J'avais connu l'amour entre les bras d'un maître en la matière, un homme fait : voilà pourquoi.

Michaël s'en tint à ses résolutions. À dater de ce jour, il ne m'accorda plus aucune attention particulière et se montra même plus distant et plus froid envers moi qu'auparavant. Il cessa de m'appeler par mon prénom devant les autres, et je devins pour lui « Mademoiselle Cutler ». Quand il me croisait dans les couloirs, il ne m'adressait qu'un bref sourire. Et si quelqu'un l'accompagnait, il se détournait aussitôt vers lui de crainte que ce témoin, professeur ou élève, ne perçût le magnétisme presque tangible que nous exercions l'un sur l'autre.

Mes leçons n'avaient lieu qu'en présence de Richard Taylor, et Michaël s'adressait à moi comme si une différence d'âge bien plus grande nous séparait. Il ne me touchait plus, n'abordait aucun autre sujet que la musique, et me congédiait toujours avant Richard. Plusieurs semaines s'écoulèrent sans que nous eussions passé ne serait-ce qu'un instant seuls ensemble.

Je travaillais dur et ne quittais presque plus la maison dans l'espoir qu'il m'appellerait. Si par malheur j'étais absente, je savais qu'il ne laisserait pas son nom et je ne voulais pas courir le risque de le manquer. La disparition inexplicable de mon mystérieux amoureux finit par éveiller la méfiance de Trisha.

— On ne t'entend plus parler d'Allan, observa-t-elle, et il n'est plus question d'escapades secrètes. T'aurait-il abandonnée pour une autre, par hasard ?

— Pas du tout ! Il est en voyage d'affaires, improvisai-je, mais il m'appellera dès son retour.

Et un beau jour, après ma leçon particulière de chant, Michaël me demanda de rester. Il attendit le départ de Richard, alla fermer soigneusement la porte et s'empressa de me rejoindre.

— Je suis désolé de m'être montré si froid pendant ces quelques semaines, Aurore. Je t'ai délibérément ignorée, tu as dû trouver cela très dur.

— C'est vrai, avouai-je, et je me demandais pourquoi. Tu pouvais croire que j'avais trahi notre secret, et je ne voulais rien faire qui risque de te compromettre. Mais j'attendais que tu prennes l'initiative.

Il m'embrassa furtivement sur la joue et reprit ses distances.

— Je sais. Quelques jours après que tu es venue chez moi, le directeur m'a convoqué pour discuter de mes méthodes. Il semble que certains professeurs aient eu vent de mes critiques à leur égard, et qu'on ait clabaudé derrière mon dos. Pure jalousie professionnelle, bien entendu. Ces gens-là ne digèrent pas mon succès, eux qui n'en ont guère !

« En tout cas, j'ai été prié de me montrer un peu plus formaliste avec mes élèves. J'ai supposé qu'on nous avait vus au café, ou que Richard avait subodoré quelque chose et bavardé. Et j'ai eu peur pour toi aussi, naturellement, c'est pourquoi j'ai préféré agir ainsi. Si je t'ai blessée, je t'en demande pardon.

— Toi, me blesser ? Voyons, Michaël ! Je comprends très bien.

— J'en étais sûr ! s'exclama-t-il en prenant mes mains dans les siennes. Et d'ailleurs ça ne peut pas durer, j'ai envie de toi, besoin de toi. Tu pourrais venir ce soir, en secret, comme l'autre fois ?

— Oui, m'écriai-je dans un élan d'allégresse.

Michaël lâcha aussitôt mes mains et commença à rassembler ses cahiers.

— Magnifique. Et maintenant, il faut que je file, j'ai un autre cours. Viens à la même heure, et ne me fais pas faux bond, surtout !

Je passai le reste de la journée dans une véritable transe, sans saisir un seul mot de ce qui se disait et en maudissant la lenteur des pendules. La seule personne qui remarqua mon comportement bizarre fut Mme Steichen. Au beau milieu de ma leçon, elle abattit son métronome sur le piano avec une telle violence qu'elle le mit en pièces. Les trois morceaux de bois s'éparpillèrent et je faillis sauter du tabouret.

— Que sommes-nous en train de faire, d'après vous ? cracha-t-elle, les traits convulsés de rage.

Je balbutiai d'une voix inaudible :

— Nous travaillons, madame.

Elle me jeta un regard meurtrier.

— Non, nous ne travaillons pas. Nous perdons notre temps. Un véritable artiste doit se donner tout entier à l'étude, je vous l'ai déjà dit. On doit sentir son âme passer du bout de ses doigts dans la moindre note. La concentration, tout est là. À quoi pensez-vous, en jouant ?

— À rien.

— Et voilà pourquoi votre travail ne vaut rien. Vous faites du bruit, pas du piano. Allez-vous enfin vous concentrer, ou êtes-vous venue pour me faire perdre mon temps ?

La honte me brûlait les paupières.

— Je vais me concentrer, madame.

— Reprenons ! Et quelles que soient les sornettes qui vous occupent l'esprit, oubliez-les.

Elle attacha sur moi un regard scrutateur, et j'eus le sentiment désagréable d'être examinée au microscope.

— Je n'aime pas ce que je vois dans vos yeux, Aurore. Quelque chose vous corrompt de l'intérieur, et votre musique en pâtit.

Sur ce, elle croisa les bras sur son torse fluet, s'éloigna du piano et attendit, l'œil sévère. Je tremblais quand je repris la mélodie, mais je m'appliquai de toutes mes forces à oublier Michaël et à me concentrer sur mon doigté. Le résultat ne fut pas très satisfaisant, mais pas assez mauvais non plus pour que Mme Steichen m'interrompe. La leçon terminée, elle se campa devant moi, raide comme une statue, me toisa d'un regard de glace et articula lentement :

— L'art et la virtuosité sont deux choses différentes : à vous de choisir.

Ces mots tombèrent sur moi comme un verdict, et je courbai la tête.

— Un artiste vit pour son travail, enchaîna Mme Steichen. C'est en quoi il se distingue du virtuose, qui est en général très satisfait de lui et ne songe guère à la beauté de l'œuvre qu'il interprète. La gloire est plus souvent un fardeau qu'un bienfait, poursuivit-elle sur le même ton. Surtout dans ce pays ! On porte aux nues les gens célèbres, acteurs, chanteurs, musiciens et autres. Et malheur à l'idole aux pieds d'argile : elle est abattue sans pitié.

« Alors gardez les pieds sur terre et cessez de rêver, c'est bien compris ?

J'acquiesçai timidement, sans oser relever la tête. Mme Steichen s'exprimait comme si elle savait à quoi s'en tenir sur mes relations avec Michaël, mais comment aurait-elle pu savoir ? À moins que... Mon sang ne fit qu'un tour. Se pouvait-il que Richard Taylor...

— Vous pouvez disposer, lança Mme Steichen en me tournant le dos pour gagner la porte.

Le claquement de ses talons me fit l'effet d'une volée de gifles. Je bondis vers la sortie, traversai le campus en courant et m'élançai dans la rue sans regarder ni à droite ni à gauche. C'était une triste journée de fin d'automne, et des nuages échevelés traversaient le ciel gris, laissant prévoir un déluge de pluie glacée. Le vent s'infiltrait sous ma veste, je frissonnais à tout instant et n'en marchai que plus vite. Je ne souhaitais qu'une chose : retrouver l'abri de ma chambre et enfouir mon visage dans mon oreiller. Arrivée à la maison, je grimpai les marches du perron sans ralentir l'allure, mais dans le hall, je m'arrêtai net. Sur la petite table où Agnès déposait le courrier trônait un paquet énorme, constellé de timbres allemands. Et l'écriture était celle de Jimmy. Je fourrai le colis sous mon bras et me ruai dans l'escalier.

Trisha n'était pas rentrée de son cours de danse. Je m'assis sur mon lit et dégageai de son papier une grosse boîte, dont je soulevai le couvercle. Je découvris un ravissant coussin de satin rose à pompons de soie, brodé de cœurs et de myosotis. Il y avait aussi quelques mots, en lettres noires : « Je t'aime », en anglais et en allemand. Je gardai quelques instants le coussin sur mes genoux, incapable de faire un mouvement ni de mettre deux idées bout à bout.

Je n'avais guère pensé à Jimmy, ces dernières semaines. Ses lettres traînaient parfois plusieurs jours sur ma commode, non décachetées. Et quand je me décidais à les ouvrir, je les lisais très vite, comme si j'avais peur de ses paroles, peur de son amour, peur d'entendre sa voix dans mon souvenir et de retrouver son image.

Déjà, il avait deviné quelque chose. Ma dernière lettre était beaucoup plus brève que les autres, et contrairement à mon habitude, je ne lui répétais pas à tout bout de champ qu'il me manquait. Dans sa réponse, il me demandait si je n'étais pas malade, espérant, disait-il, que son cadeau me remettrait d'aplomb. Dans le paquet aussi, il y avait un mot. « Quand je pense que tu vas poser ta tête sur ce coussin, je me sens déjà mieux, écrivait Jimmy. C'est comme si tu la posais sur mes genoux. »

Je laissai retomber le feuillet et j'enfouis mon visage entre mes mains. Je ne voulais pas trahir Jimmy, mais je ne pouvais pas non plus m'empêcher d'aimer Michaël. Jimmy finirait bien par le savoir un jour, il en aurait le cœur brisé. Est-ce qu'il me haïrait, alors ? Cette seule idée m'était insupportable.

À deux reprises, je tentai de lui écrire pour lui expliquer ce qui s'était passé, en insistant sur le fait que je n'avais rien prémédité. Que c'était en quelque sorte inévitable, avec ma nouvelle vie. Mais cette excuse-là sonnait aussi faux que les autres, et je finis par déchirer les deux lettres en me promettant de recommencer plus tard.

Je replaçai le coussin dans sa boîte et le rangeai dans ma penderie. Le voir tous les jours sur mon lit m'eût été trop pénible. Il m'aurait rappelé sans cesse, comme un reproche, ce qu'éprouverait Jimmy en apprenant la vérité.

— J'ai un cadeau pour toi, m'annonça Michaël en ouvrant la porte, un verre à la main. Dépêche-toi d'aller mettre ce que tu trouveras sur mon lit. Pendant ce temps-là, je te servirai à boire, ajouta-t-il en s'effaçant devant moi.

Était-ce l'éclairage tamisé, la musique douce ou le fait que Michaël paraissait avoir déjà bu pas mal sans moi ? J'éprouvai un petit frisson d'appréhension.

— Qu'est-ce que c'est ?

— Va voir toi-même.

Je me hâtai de passer dans la chambre et d'ouvrir la longue boîte blanche posée sur le lit. Elle contenait une chemise de nuit en soie rose d'une finesse arachnéenne. Michaël voulait-il vraiment que je revête cette chose transparente ? Autant rester toute nue ! Je sursautai quand sa voix me parvint du seuil de la pièce.

— Alors, tu aimes ?

— C'est ravissant.

Il s'approcha derrière moi, me prit par les épaules et m'embrassa sur la nuque.

— Seulement ravissant ? C'est aussi très cher, figure-toi. Mets-la, et rien d'autre. J'ai rêvé toute la journée de te voir dedans.

Sa bouche frôla mon oreille et il me laissa seule, aussi troublée par ses baisers que par sa requête. Me montrer ainsi à lui, quasiment nue sous ce voile impalpable... j'en avais le feu aux joues et le cœur battant. Je me déshabillai sans hâte et levai les bras pour passer la chemise. Elle glissa comme un souffle sur ma peau, et en me retournant vers le miroir je vis qu'elle ne cachait rien de ma nudité. Mal à l'aise, j'étreignis mes épaules et m'avançai tout doucement jusqu'à la porte du séjour. Michaël avait choisi un de ses propres enregistrements et l'écoutait, renversé sur le canapé, un curieux petit sourire aux lèvres. Dès qu'il m'aperçut, son sourire s'élargit et il se pencha en avant.

— Approche, Aurore, ne sois pas si timide. Tu es tout simplement irrésistible, comme ça.

Il emplit un verre de vin, me le tendit, mais je gardai les bras croisés devant ma poitrine.

— Je me sens gênée, Michaël.

Il reprit aussitôt son sérieux.

— Tu as tort, il ne faut pas l'être avec moi. Jamais.

Il reposa le verre, se leva, m'embrassa sur le front. D'un geste plein de douceur, il m'obligea à ouvrir les bras et son regard lourd de désir détailla complaisamment mon anatomie. Puis nous échangeâmes un long baiser, qui me laissa tout émerveillée. Michaël m'aimait, sa voix me l'avait dit, et sa façon de me tenir dans ses bras me confirmait sa tendresse.

— Tu trembles, Aurore... Tu as froid ?

— Oh non, pas froid. C'est juste...

— Pauvre petite fille, encore si innocente ! Je t'ai pourtant dit que nous étions des gens à part, liés par notre art et notre talent. Tu me crois, au moins ?

Je hochai docilement la tête et brusquement, les yeux de Michaël pétillèrent.

— Je sais ce que nous allons faire ! Nous allons rendre notre union officielle.

— Officielle ?

— Mais oui, nous allons nous engager solennellement, par serment. Ce sera comme un vrai mariage.

Il me prit par la main pour me conduire devant le miroir, où notre double image m'apparut, rendue indécise par la lumière tamisée. Nous avions l'air de deux fantômes. Deux ombres de nous-mêmes qui se seraient rencontrées en secret pour s'aimer, à l'insu de nos véritables corps. Michaël fit un pas vers son reflet, qui soulignait comme à plaisir sa minceur féline et sensuelle. Et comme par hasard, c'était une de ses ballades que diffusait la stéréo, dans le salon... Face au miroir, il déclama gravement :

— Et maintenant, Michaël Sutton, acceptez-vous de prendre pour épouse cette ravissante créature, cette sirène du *bel canto*, cette nouvelle déesse de la scène et de l'écran, pour la protéger, la chérir et l'aimer fidèlement jusqu'à ce que le rideau tombe et que les acclamations prennent fin ?

« Oui », répondit-il à sa propre question, avant de se tourner vers moi.

— Et vous, Aurore Cutler, reprit-il d'un ton pénétré, acceptez-vous de prendre pour époux cet Apollon, cette gloire montante de l'opéra et de l'écran, pour le garder, le chérir et l'aimer fidèlement jusqu'à ce que le rideau tombe et que les acclamations prennent fin ?

Je levai les yeux sur lui et mes lèvres tremblèrent. Oh, comme j'aurais voulu que nous prononcions ces vœux dans une église, une vraie, immense et remplie à craquer d'une foule choisie ! Il y aurait eu des artistes en renom, des journalistes, et Grand-mère Cutler. Surtout Grand-mère Cutler, rongeant son frein mais bien obligée de recevoir avec le sourire les félicitations de tout un chacun. Clara Sue se morfondrait de rage et d'envie, et ma mère devrait se résigner à ne pas être l'objet de l'attention générale, pour une fois.

— Eh bien ? répéta Michaël.

— Oui, je le veux.

— Aurore, Michaël, déclara-t-il en s'adressant au miroir, au nom des dieux et des déesses de la scène, je vous déclare partenaires, époux et amants, et vous unis par des liens indissolubles pour la durée de votre vie terrestre. Vous pouvez embrasser la mariée, et avec passion, s'il vous plaît, pas pour la galerie.

Sur ce, il m'enlaça pour un baiser avide, insistant, puis il me souleva dans ses bras en riant.

— Et maintenant, la lune de miel ! dit-il en m'emportant vers la chambre.

Ce soir-là, les choses se passèrent différemment. Nos ébats amoureux durèrent beaucoup plus longtemps, et il m'arriva plusieurs fois de crier de plaisir, un plaisir de plus en plus intense, comme Michaël me l'avait promis. Puis, alors que tout était fini, ou du moins je le croyais, il me fit changer de position pour m'allonger sur lui. Totalement déconcertée, je me raidis. Qu'attendait-il de moi ?

— Détends-toi, chuchota-t-il, je vais te montrer.

Adroitement guidée, je le chevauchai et ce fut moi qui lui fis l'amour. Après cela, nous restâmes longtemps étendus côte à côte, haletants, jusqu'à ce que notre souffle s'apaise.

— Ça, au moins, c'est une vraie lune de miel ! dit enfin Michaël, en m'embrassant sur la joue.

À la faible lueur de la lampe de chevet, je vis briller ses yeux et il me caressa le bout du nez.

— Heureuse ?

Je n'osai pas répondre tout de suite. J'étais assoiffée d'amour, j'aurais voulu que cette passion délirante n'ait pas de fin, mais un démon me soufflait que c'était trop beau pour durer. Michaël avait connu tant de femmes ! Il se lasserait vite de l'enfant inexperte et naïve que j'étais. Je ne pouvais pas soutenir la comparaison.

— Oui, je suis heureuse. Mais chaque fois que je l'ai été, quelque chose est venu détruire mon bonheur.

— Cela n'arrivera pas, cette fois-ci. Nous sommes faits pour une existence de rêve où tout finit bien, comme dans les films et les romans. N'aie pas peur de profiter de la vie, de notre vie.

— Je n'ai pas peur. Je voudrais que tout ce que tu m'as promis se réalise.

— Alors cela se réalisera, affirma-t-il en faisant le geste d'agiter une baguette imaginaire. Ma magie nous protège. Rien ne pourra nous faire obstacle ou nous séparer.

— Oh, Michaël ! Tu le penses vraiment ?

— Bien sûr. N'avons-nous pas échangé nos serments devant le miroir magique ? demanda-t-il entre deux baisers.

Puis il s'allongea sur le dos, les mains sous la tête, et je me levai pour me rendre à la salle de bains.

J'avais toujours le sang aux joues, ce que je pus vérifier dans le miroir. Et là, derrière moi, apparut Michaël entièrement nu. Il étreignit mes épaules, m'embrassa sur la nuque, où ses lèvres s'attardèrent longuement. Puis, sans quitter des yeux son reflet, il abaissa lentement les mains vers mon torse et, les paumes en coupe sur mes seins, posa une bouche gourmande à la naissance de ma gorge.

Un peu plus tard ce soir-là, lorsque je me faufilai dans notre chambre, ce fut pour affronter le regard perspicace de Trisha.

— Tu as un suçon dans le cou, observa-t-elle. (J'avais bien tenté de le cacher avec de la poudre, mais elle n'avait pas tenu.) Alors, qu'as-tu fait de ta soirée ? Ne viens pas me raconter que vous avez passé le temps à bavarder, cette fois-ci !

— Oh, Trisha, si tu savais ! J'ai fait l'amour, et c'est mille fois plus merveilleux que je ne l'imaginais.

— J'en étais sûre. Je savais qu'un homme de cet âge ne se contenterait pas de te tenir les mains en roucoulant.

— Mais je l'aime, Trisha, bien plus que je ne me croyais capable d'aimer ! Nous avons même échangé des serments.

— Tiens donc. Quel genre de serments ?

— Les mêmes que pour un mariage. Nous nous sommes juré de nous aimer l'un l'autre et de nous rester fidèles.

Une grimace hautement dubitative accueillit ma déclaration.

— Tu m'en diras tant ! Si j'en crois ma mère, les hommes promettraient n'importe quoi pour arriver à leurs fins.

— Mais nous, c'est différent. Je compte bien plus que ça pour lui. Il a besoin de moi, encore plus que je n'ai besoin de lui. Il a connu des tas de jolies femmes, dans le monde entier, et c'est moi qu'il veut. Moi ! Tu n'es pas heureuse pour moi, Trisha ? Je voudrais tant que tu le sois !

— Je le suis, mais… je ne peux pas m'empêcher d'avoir des pressentiments. De mauvais pressentiments.

Ses paroles auraient dû me faire l'effet d'une douche froide, mais elles glissèrent sur moi sans m'atteindre. Le sourire aimant de Michaël m'habitait, me protégeait comme un talisman. Rien ne put entamer ma joie. Et Trisha et moi bavardâmes longtemps ce soir-là, ou plutôt elle m'écouta, car je fis tous les frais de la conversation.

J'inventai pour mon amie un véritable conte de fées. Je lui dis qu'Allan faisait déjà des projets d'avenir. Qu'après la remise des diplômes, nous partirions en croisière pour une longue lune de miel, sur un grand paquebot de luxe. Qu'ensuite nous nous installerions à New York, dans un appartement somptueux, et que je passerais des tas d'auditions en vue d'un engagement futur. Au cours de ce récit, je faillis d'ailleurs plusieurs fois laisser échapper le nom de Michaël, et je me retins juste à temps. J'aurais tant voulu pouvoir être sincère avec Trisha !

— Tout cela me paraît parfait, commenta-t-elle quand j'eus terminé, mais n'empêche : sois prudente.

Je m'endormis en rêvant à notre mariage pour rire, et en priant de tout mon cœur pour qu'un jour il devienne réalité.

En attendant, je continuai à voir Michaël, et je me rendais chez lui au moins une fois par semaine. Après l'amour, nous buvions du vin en écoutant de la musique et en parlant de notre carrière. Il recevait beaucoup de propositions, et il promit de me faire obtenir des auditions, pour que nous puissions chanter ensemble.

— Naturellement, j'attendrai que tu sois prête, avant de te mettre à l'épreuve. Il nous faudra travailler dur, très dur. Jusqu'à ce que tu sois absolument sûre de réussir.

Il n'avait pas non plus oublié sa promesse de m'aider à retrouver mon père. Il m'apprit que certains de ses amis épluchaient les dossiers de tous les artistes qui se produisaient l'été dans les stations balnéaires du genre de Cutler's Cove. D'après lui, il n'y en avait plus pour longtemps. Nous aurions bientôt une liste de noms, parmi lesquels un certain nombre seraient vite éliminés.

— Et que ferons-nous de ceux qui resteront, Michaël ?

— Ta mère consentira peut-être à t'éclairer un peu, ce qui devrait nous laisser le choix entre un ou deux noms, pas plus. Voyons d'abord combien nous en aurons pour commencer.

Inutile de dire avec quelle impatience j'attendais cette

rencontre avec mon vrai père ! J'avais déjà décidé qu'il ne pouvait pas être plus coupable que ma mère. Et qu'il était une victime, au même titre que moi.

Les semaines filaient comme des jours, à présent, et les vacances de *Thanksgiving* [1] s'annoncèrent sans que j'aie eu le temps d'y penser. Tous les élèves rentraient passer les fêtes en famille. Le jour de ma dernière leçon particulière, Michaël congédia Richard Taylor avant moi et attendit qu'il fût parti pour demander :

— Que comptes-tu faire pour les vacances ? Retourner à l'hôtel ?

— Je n'en sais rien, et je n'en ai pas très envie. Il y a des semaines que ma mère ne m'a pas téléphoné.

— Tant mieux. Je ne pars pas non plus et j'ai une excellente idée à te proposer... si tu peux te débrouiller pour garder le secret, naturellement.

— Quelle idée, Michaël ?

— Je voudrais que tu passes les vacances avec moi, chez moi. Qu'est-ce que tu en dis ?

— J'adorerais. C'est moi qui préparerais notre dîner de *Thanksgiving*. Je suis une excellente cuisinière, tu sais !

Mon exubérance le fit rire aux éclats.

— J'en suis convaincu. Mais nous devrons faire très attention, tu t'en doutes, et ne pas nous montrer en ville. Les gens me connaissent, et si nous étions vus ensemble...

— Je trouverai un moyen, Michaël, affirmai-je. Fais-moi confiance.

Et je ne pensai à rien d'autre de toute la journée. Je pouvais toujours dire à Agnès que je rentrais à Cutler's Cove, mais elle correspondait avec Grand-mère, c'était trop risqué. Je désespérais de trouver une meilleure idée, quand Trisha m'en fournit une. Elle me proposa de l'accompagner dans sa famille.

— Cela me ferait tellement plaisir, Trisha, si tu savais !

---

1. *Thanksgiving Day* : jour d'action de grâce, fête célébrée le 4e jeudi de novembre. *(N.d.T.)*

Mais ce sera pour une autre fois. Allan m'a demandé de passer les vacances avec lui, et je ne savais pas comment faire. Grâce à toi, ce sera possible... si tu es d'accord, bien entendu.

— Comment ça, si je suis d'accord ?

— Je dirai à Agnès que je fête *Thanksgiving* chez toi, voilà.

Elle n'eut pas l'air d'apprécier ma proposition et me dévisagea longuement dans le plus grand silence.

— Cela devient vraiment sérieux, dit-elle enfin. Tu es sûre que tu ne vas pas trop loin ?

— Je n'ai jamais connu un bonheur pareil, avec personne. Ce serait inconcevable. Je voudrais déjà pouvoir en parler à tout le monde, et ne plus avoir à me cacher, mais jusque-là... Oh, Trisha ! Je sais que c'est mal de te demander de mentir, mais tu n'auras pas besoin de mentir, en fait. Si on découvre quelque chose, je prendrai tous les torts sur moi. Je dirai que je t'avais promis de te rejoindre mais que j'ai changé d'avis à la dernière seconde, et que tu n'y pouvais plus rien.

— Ce n'est pas pour moi que je m'inquiète, Aurore : c'est pour toi.

— Alors cesse de t'inquiéter. Je suis follement heureuse avec lui, et je me sens totalement en sécurité.

— Très bien. Je t'aiderai, si c'est vraiment cela que tu veux.

— Oh oui, pas d'erreur. Merci, Trisha ! m'écriai-je en me jetant à son cou.

Elle sourit, mais seulement des lèvres. Son inquiétude se lisait dans ses yeux.

Mais moi, bien sûr, je n'avais que Michaël en tête. Son image me hantait, je le voyais partout : sur le campus, en pleine rue, dans mon miroir. Il vivait en moi, j'entendais sa voix, ses soupirs amoureux. Et quand je fermais les yeux, je sentais ses lèvres sur les miennes.

Je choisis un moment où Trisha était absente pour annoncer à Agnès que je passerais les vacances chez elle.

— Votre grand-mère est au courant, au moins ?

Agnès paraissait méfiante et je mentis effrontément :

— J'ai prévenu ma mère la dernière fois qu'elle m'a appelée.

Je détestais ces cachotteries, mais je me disais que c'était pour la bonne cause. Au moins, elles rendraient possible un bonheur merveilleux, authentique. Et qui serait trompé, après tout ? Des gens qui ne cessaient de dire du mal de moi derrière mon dos, et même si ma famille découvrait la vérité, cela lui serait bien égal. Si je mentais, c'était simplement dans l'intérêt de Michaël.

Et voilà comment, le premier jour des vacances, Trisha et moi montâmes dans un taxi qui devait soi-disant nous conduire à la gare. C'était le début de l'après-midi, tout le monde échangea des vœux et la voiture démarra. Par prudence, je n'indiquai pas tout de suite l'adresse de Michaël au chauffeur. Mais sitôt que je l'eus fait, Trisha sursauta.

— Je croyais qu'Allan habitait Park Avenue !

— C'est ce que je t'ai dit ? Alors je me suis trompée. C'est son bureau qui est sur Park Avenue, pas l'appartement.

Trisha fut très impressionnée par le luxe de l'immeuble. À l'instant de me quitter, elle se pencha par la portière et je lui fis mes adieux.

— Bonnes vacances, Trisha, et merci d'avoir sauvé les miennes.

— Et toi, n'hésite pas à m'appeler, si jamais tu changes d'avis.

Nous nous embrassâmes de bon cœur et je suivis des yeux le taxi qui s'éloignait. J'eus le temps de voir une main me faire signe par la vitre arrière, puis je me précipitai vers le paradis. J'allais vivre cinq jours entiers, cinq merveilleuses journées d'amour avec l'homme de ma vie.

9

Amours clandestines

La veille des vacances, j'avais remis à Michaël une liste de courses en prévision de notre dîner de *Thanksgiving*. Et quand j'arrivai chez lui ce soir-là, je trouvai la table de la cuisine encombrée de pots, de paquets, de produits et victuailles divers. Y compris une dinde.

— Tout y est, précisa-t-il en désignant cet étalage. J'ai suivi tes ordres à la lettre.

Je m'empressai d'ôter mon manteau et me ceignis du tablier qui pendait au mur du cellier.

— Tant mieux, j'ai l'intention de faire les tartes ce soir.

— C'est vrai ? Des tartes à quoi ?

— Pommes et potiron. J'ai pris le tour de main avec maman, expliquai-je en commençant à assembler le mixer. Et pourtant, chez les Longchamp, on se passait souvent de dessert. Même les jours de fête.

— Comme vous deviez être pauvres ! s'apitoya Michaël.

Et il s'assit près de la table, aussi intéressé par mes préparatifs que par mes souvenirs.

— Il arrivait que nous n'ayons plus rien à nous mettre sous la dent, à part du gruau ou des lentilles. Papa était tellement déprimé qu'il allait boire nos derniers sous au café du coin, et il ne nous restait plus qu'à nous serrer la ceinture. Et la naissance de Fern a encore aggravé les choses. Une nouvelle bouche à nourrir, maman toujours malade... Pendant que les autres filles allaient danser et rêvaient au Prince Charmant, je faisais le ménage, les courses, la cuisine et le reste, y compris mon travail de classe. Et je m'occupais du bébé, en plus.

— Tu ne connaîtras plus jamais ça, en tout cas ! s'écria Michaël en se levant pour s'approcher de moi.

Et, tout en me couvrant de baisers, il se répandit en promesses qu'il me chuchotait à l'oreille :

— Bientôt, tu seras une cantatrice célèbre. Et riche. Tellement riche que tu ne te souviendras même plus d'avoir été pauvre un jour.

— Mais je ne tiens pas à gagner des fortunes, Michaël ! Tant que tu seras près de moi et que tu m'aimeras, je m'estimerai comblée.

Il me gratifia d'un sourire ensorcelant, et le désir qui flamba dans ses yeux me fit courir un frisson sous la peau. Je préférai détourner les miens.

— Eh bien, ma petite sirène, qu'est-ce qu'il t'arrive ? Je ne te plais plus ?

— Bien sûr que si, Michaël ! Mais quand tu me regardes comme ça, j'ai l'impression que tu me déshabilles. C'est presque comme si tu me faisais l'amour.

Il eut un petit rire étouffé.

— C'est peut-être ce que je suis en train de faire. Ou que je m'apprête à faire, ajouta-t-il en m'embrassant sur le front.

Je compris qu'il n'avait pas l'intention de s'en tenir là et tentai de protester.

— Michaël ! Il faut que je pétrisse ma pâte, que je prépare la farce pour la dinde et...

— La cuisine attendra.

Comment lui résister ? Son ardeur était contagieuse. Je me retrouvai suspendue à son cou, rendant caresse pour caresse et baiser pour baiser. Sans me laisser le temps de me reprendre, il m'enleva dans ses bras et passa la porte.

— Michaël ! Le dîner !

— Ne t'ai-je pas dit que j'avais toujours faim après l'amour ? s'égaya-t-il.

Et même si nos premiers jours de vacances me laissèrent l'impression de n'avoir guère quitté son lit, l'impossible eut lieu. Je parvins à faire cuire une dinde farcie, des pommes de terre et des petits pois, une miche, mes deux tartes, et à mijoter la sauce traditionnelle. Michaël déclara qu'il n'avait jamais savouré meilleur dîner de *Thanksgiving*.

— Tu es un véritable cordon-bleu, une exception, affirma-t-il. La plupart des femmes que je connais seraient perdues dans une cuisine. C'est tout juste si elles sauraient faire bouillir de l'eau pour le thé.

C'était la première fois qu'il me parlait de ses conquêtes, et je me souvins de la jolie rousse du récital. Je ne pus m'empêcher de lui demander qui elle était.

— Oh, elle ? C'est la femme d'un de mes amis, un producteur. Il m'a supplié je ne sais combien de fois de la sortir, à titre de service personnel. C'est le genre de femme à qui un homme ne suffit pas, si tu vois ce que je veux dire.

Non, je ne voyais pas. Et même pas du tout. Comment pouvait-on ne pas se contenter d'un homme, si on l'aimait ? Et lui, s'il était amoureux, comment pouvait-il demander à un autre de s'occuper de sa femme ?

— Son mari n'était pas jaloux de la voir sortir avec un autre ?

Michaël s'esclaffa.

— Jaloux, lui ? Il était ravi, au contraire ! C'est souvent comme ça, dans ce milieu : on prend la vie comme un spectacle. Pas moi ! s'empressa-t-il de préciser. Ce n'est pas mon style.

— Et tu n'as jamais rencontré de femme avec qui tu aimerais passer ta vie ?

— Pas avant toi. Je n'avais jamais connu de femme aussi pure, aussi innocente que toi. Ton nom te va si bien, Aurore : tu es fraîche comme un jour nouveau, dit-il en se penchant pour m'embrasser sur la tempe.

Je faillis pleurer de joie. Ce fut le plus beau dîner de *Thanksgiving* de ma vie. Le repas fini, Michaël alluma du feu dans la cheminée, déplia devant l'âtre une couverture moelleuse et je m'y étendis près de lui, la tête posée sur ses genoux. Une merveilleuse musique se mêlait aux crépitements des bûches, une chaleur exquise nous enveloppait. Chacun de nos baisers me semblait plus doux que le précédent, et il en fut ainsi toute la nuit. Michaël me caressait les cheveux, répétant sans cesse qu'il aurait voulu arrêter le temps. Mon cœur débordait. Quelle femme avait jamais aimé davantage ?

Plus tard, nus devant les flammes, nous atteignîmes des sommets de passion que je n'aurais pas crus possibles. Je reçus, je donnai, je brûlai, je pensai que nous allions nous consumer d'amour. Et le sommeil nous surprit dans les bras l'un de l'autre, à demi morts de lassitude et de bonheur.

Mais dans la matinée, Michaël m'annonça qu'il devait se rendre en ville, pour un rendez-vous avec un producteur.

— Et en revenant, j'achèterai un petit arbre de Noël. Si je ne me trompe, c'est bien à *Thanksgiving* qu'on commence à décorer le sapin, non ? Je ne me suis jamais beaucoup soucié de la tradition, mais maintenant que tu es là...

— J'adorerais ça, Michaël ! Il y a si longtemps que je n'ai pas eu d'arbre de Noël... et même de vacances ! Quand on n'a pas de famille, ou en tout cas personne qui vous aime et personne à aimer, ça ne compte pas. Sauf qu'on envie terriblement les autres, bien sûr. Ceux qui s'aiment.

Il m'embrassa tendrement sur les lèvres.

— Tu n'auras plus jamais ce genre de crève-cœur, ma petite sirène, me promit-il d'un ton câlin.

Et il partit pour son rendez-vous.

En son absence, j'écoutai un peu de musique, regardai distraitement la télévision, feuilletai quelques livres : je l'attendais. Nous avions fait tant de projets pour ces vacances ! Il revint en fin d'après-midi, avec un ravissant petit sapin, très touffu, très vert. Il entra en coup de vent, les bras chargés de boîtes de décorations et tout saupoudré de blanc, comme l'arbre et les paquets qu'il serrait sur son cœur.

— Aurore, tu sais quoi ? Il neige ! Quelle bonne surprise, non ? Ça ne pouvait pas mieux tomber... c'est le cas de le dire. Le sapin te plaît ?

— Il est mignon comme tout.

— J'ai mis un temps fou à le trouver, j'en voulais un pas comme les autres, sur mesure. Le vendeur en devenait enragé, aucun ne me paraissait assez beau pour toi. Et tout d'un coup, crac ! Je tombe sur celui-là. On aurait dit qu'il me tendait les bras, conclut Michaël en riant.

Il installa le sapin sur son support, recula pour l'examiner, et nous décidâmes de le placer devant la cheminée.

— C'est parfait comme endroit, décréta-t-il en consultant sa montre.

Ce n'était d'ailleurs pas la première fois depuis son retour, et je m'en étonnai.

— Tu attends quelqu'un, Michaël ?

— Pardon ? Oh, non. Personne.

— Tu n'arrêtes pas de regarder l'heure.

— C'est vrai. Je vais être obligé de ressortir. Le producteur que j'ai vu cet après-midi a pris un autre rendez-vous pour moi, sans me demander mon avis. Mais c'est tellement important : une chance unique d'ouvrir la saison à Broadway. En vedette, naturellement, je ne peux pas manquer ça.

— C'est fantastique !

— Oui, mais ça demande des mois de préparation, de réunions avec les auteurs, les réalisateurs, la production... et tout le monde a son mot à dire. J'ai horreur de ça, mais c'est inévitable. Je suis vraiment désolé de te laisser en plan au début de nos vacances.

— Ce n'est pas grave, Michaël. En t'attendant, je décorerai le sapin et je ferai la cuisine.

Il évita mon regard, l'air si mal à l'aise que je m'inquiétai :

— Il y a quelque chose qui ne va pas ?

— Je crains que cette réunion n'empiète sur le dîner. Je m'en veux tellement, si tu savais !

— Je vois. Tu vas rentrer vraiment très tard, c'est ça ?

— Très tard, oui. Ça ne t'ennuie pas trop ?

— Ne t'en fais pas pour moi. Je mangerai les restes, et je m'occuperai en décorant le sapin. Ça ira.

— J'essaierai de t'appeler pour que tu saches à quoi t'en tenir, m'assura-t-il avec gentillesse.

Et il passa dans sa chambre pour se changer. Quand il en ressortit, vêtu d'un de ses élégants complets sport bleu nuit, il me parut beau comme un jeune premier. Je ne pus pas m'empêcher de le lui dire.

— Il faut bien que je me conforme à mon image de marque, se hâta-t-il de m'expliquer. Les gens s'attendent toujours à me voir en ville tel que je suis en scène. Je vis sous les projecteurs, en somme : c'est le revers de la médaille. Que j'aie seulement un cheveu qui dépasse l'autre, on chuchotera que je me laisse aller et ce sera le commencement de la fin. Adieu les grands premiers rôles...

« Mais toi, tu es bien sûre que ça ira ? Tu ne veux pas aller au cinéma ? Je peux te laisser de l'argent pour ta place et le taxi, insista-t-il en portant la main à sa poche.

— Pas la peine, Michaël, j'ai assez de choses à faire ici. Et même du travail de classe.

— Du travail de classe, voyez-vous ça ! Il y a vraiment des professeurs qui exagèrent. Et les vacances, alors ? Bon, eh bien... je t'appellerai, conclut-il en m'effleurant rapidement la joue du bout des lèvres.

Et moi qui avais prétendu que tout irait bien ! Dès que la porte se fut refermée sur lui, je me sentis perdue, abandonnée. La seule vue de cet appartement vide me fit monter les larmes aux yeux. Si seulement nous n'étions pas obligés de nous cacher ! J'aurais pu l'accompagner, voir comment les choses se passaient. Tout m'aurait intéressée, même ce qui pour lui n'était plus qu'une fastidieuse routine.

Faisant contre mauvaise fortune bon cœur, je me tournai vers le petit sapin :

— Heureusement que tu es là, toi ! Je sens que nous allons devenir grands amis, tous les deux.

J'ouvris les boîtes et entrepris la décoration de mon arbre avec une lenteur extrême, espérant grignoter le temps. Mais il passait plus lentement que jamais, à proportion inverse de mon désir, semblait-il. Et j'eus beau changer cent fois la disposition des boules, des guirlandes et des étoiles, le moment vint où il n'y eut plus rien à reprendre : impossible de faire mieux. Je dînai de nos restes, écoutai un peu de musique, fis le ménage, tout cela en pensant à Michaël, puis je me plongeai dans mes livres de classe. Mais il me fut impossible de me concentrer. Je levais sans arrêt les yeux sur la pendule, injuriant mentalement ces maudites aiguilles qui se traînaient sur le cadran. J'essayai de faire du feu, regardai quelque temps la télévision, mais les heures s'écoulaient sans que Michaël donnât signe de vie. À plusieurs reprises, je m'assoupis, mais je me réveillais toujours en sursaut, affolée. Et si le téléphone avait sonné sans que je l'entende ?

Ma misérable tentative de flambée s'était soldée par un échec. Et quand, pour la énième fois, je m'éveillai d'une de mes brèves siestes et consultai la pendule, je n'en crus pas mes yeux. Onze heures et demie, et toujours pas de nouvelles de Michaël.

Je m'approchai de la fenêtre et regardai au-dehors. Il neigeait toujours, de plus en plus dru. Les trottoirs étaient blancs, la chaussée glissante, des voitures dérapaient en déclenchant un concert de klaxons. On ne comptait plus les accidents, quand il faisait ce temps-là. Et si quelque chose était arrivé à Michaël ? Personne ne soupçonnait ma présence chez lui. Personne ne me préviendrait.

L'angoisse me dévorait, mais la fatigue prit le dessus et je retournai m'allonger sur le canapé. Une demi-heure plus tard, je dormais à poings fermés.

Ce fut le bruit de la porte d'entrée qui m'éveilla ; je me redressai en me frottant les paupières. Michaël se démenait pour refermer derrière lui, bataillant avec la poignée, et je l'entendis murmurer :

— Chu-uut !

— Michaël ?

Il pivota sur ses talons et je faillis ne pas le reconnaître. Ébouriffé, la veste toute chiffonnée, il pressait un doigt sur la bouche.

— Chut ! Tu vas réveiller Aurore.

Je me levai en souriant.

— Mais c'est moi, Aurore. Qu'est-ce qui ne va pas, Michaël ?

Il cligna des yeux, grommela une réponse indistincte et vacilla sur ses jambes. J'avais vu assez souvent papa dans cet état pour comprendre.

— Michaël ! Tu... tu as bu ?

— Bo-oof, fit-il d'une voix pâteuse en trébuchant, la main tendue devant lui. Juste une goutte. Pas plus que... (Il rapprocha le pouce de l'index.) Pas plus que ça... toutes les dix minutes, acheva-t-il en gloussant de rire.

Ce fut assez pour le projeter en avant, et il dut se retenir au mur pour ne pas tomber à plat ventre. Je me précipitai vers lui et grimaçai quand il prit appui sur mon épaule : il empestait le whisky.

— Où étais-tu, Michaël ? Pourquoi as-tu bu tant que ça ? Et comment es-tu rentré à la maison ?

Il promena autour de lui un regard vitreux.

— La maison ? Oh oui... la maison !

En le guidant vers le canapé, je m'avisai qu'il avait une trace de rouge étalée sur le menton, et quelques cheveux sur les revers de sa veste. Des cheveux roux carotte !

— Michaël, où étais-tu ? Avec qui étais-tu ?

Sans répondre, il se laissa lourdement tomber sur les coussins et battit plusieurs fois des paupières, dans un effort manifeste pour éclaircir sa vision des choses. Apparemment, il n'y réussit pas.

— Mais pourquoi elle remue comme ça, cette pièce ? marmonna-t-il entre ses dents.

Et il s'affala sur le dos, les yeux fermés. J'eus beau le secouer, je n'en tirai plus que des grognements. Résignée, je le déchaussai et lui ôtai à grand-peine son pardessus et sa veste. Il était beaucoup trop lourd pour que je le transporte sur son lit, je n'essayai même pas. J'allai accrocher ses vêtements et revins avec une couverture. Il poussa quelques gémissements quand je l'étendis sur lui, et se retourna sur le côté. Je glissai un coussin sous sa tête et m'assis à ses pieds. Il respirait pesamment, calmement. Je l'observai pendant quelques instants, avant de me retourner vers le sapin. Il était si joliment décoré, clignotant de toutes ses ampoules, un vrai bijou, et Michaël n'avait même pas eu un regard pour lui ! Pour moi non plus, d'ailleurs. Avec le sentiment que le petit arbre partageait ma déception, je me levai pour débrancher la guirlande électrique. Michaël ronflait, maintenant. J'éteignis la lumière et me retirai dans sa chambre pour y achever ma nuit de solitude.

Je dormais encore quand Michaël se réveilla. Il vint s'asseoir sur le lit, effleura ma joue de la main et j'ouvris des yeux ensommeillés.

— Michaël ? Quelle heure est-il ?

Il portait toujours ses vêtements de la veille, sa chemise était déboutonnée et ses cheveux hirsutes lui donnaient un air bizarre. Il bâilla.

— Très tôt. Je suis désolé, Aurore, j'ai l'impression que je ne devais pas être beau à voir, hier soir. Je ne me souviens même pas de m'être couché sur le canapé, ni que tu m'aies apporté une couverture. J'étais fin saoul, pour tout dire.

Je m'assis et me frottai les paupières.

— Où étais-tu ? Que s'est-il passé ? Pourquoi as-tu bu comme ça ?

— Nous avons célébré la nouvelle distribution, ça se fait toujours. J'ai essayé de m'éclipser, mais tout le monde a voulu me retenir. C'était moi la vedette de la soirée, tu comprends. Et comme deux des plus gros actionnaires de la production se trouvaient là, il a bien fallu marquer le coup. Réception, champagne à volonté... (Il s'étira et bâilla de plus belle.) Enfin tu vois.

— Mais où étais-tu ?

— Où j'étais ? Voyons, réfléchit-il à haute voix, j'étais... ah oui ! Dans le bureau du producteur, d'abord : c'est là que tout a commencé. Ensuite, nous avons dîné chez Sardi, après quoi nous avons fait la tournée des boîtes de nuit. Je pourrais t'en citer quelques-unes, mais... je ne m'y retrouve plus très bien, soupira-t-il en se massant le front du bout des doigts.

— Et avec qui étais-tu ?

— Avec qui ? Eh bien... avec deux ou trois producteurs, et les actionnaires.

— Et cette rousse, elle y était aussi ?

— Quelle rousse ? Oh, celle-là... Non, bien sûr que non ! se récria-t-il. Bon, si j'allais prendre une douche ? Je ne me sens pas très en forme. Je suis désolé, répéta-t-il pour la troisième fois en me gratifiant d'un baiser sur l'oreille. Merci de t'être occupée de moi.

Il se leva, s'étira d'un mouvement félin et je le regardai se déshabiller, puis passer dans la salle de bains. Ainsi, il m'avait menti ? Pas forcément. Ces cheveux roux pouvaient très bien dater d'une autre soirée. Je me refusais à croire qu'il me mentait. Il m'aimait trop pour me faire de la peine.

Je me levai pour aller préparer le petit déjeuner et Michaël ne tarda pas à me rejoindre à la cuisine. Frais et dispos, impeccablement coiffé et drapé dans une robe de chambre en soie bleu clair, il avait nettement meilleure allure. Il se glissa derrière moi, m'entoura de ses bras et sa bouche effleura mon cou.

— Hmm... ça sent bon ! Navré pour hier soir, Aurore, mais tout le monde était tellement emballé par la nouvelle production, il fallait bien arroser ça.

— Alors tout s'est bien passé ?

— À merveille. Tu entendras bientôt parler du nouveau succès de Michaël Sutton à Broadway, ma chère.

Je pivotai dans ses bras.

— Je suis si contente pour toi, Michaël ! Tu as raison, c'est un grand événement. Je regrette seulement de n'avoir pas été là pour le fêter avec toi, hier soir.

— Nous le fêterons ce soir, voilà tout. Nous prendrons un taxi pour aller dans un petit restaurant italien de Brooklyn. Personne ne nous remarquera dans ce coin perdu, mais la cuisine est excellente.

— Tu crois que nous pouvons ? Et si on te reconnaissait ?

— Aucun risque, mais c'est gentil de t'inquiéter pour moi. Et maintenant, si nous allions voir le sapin ?

Il m'entraîna par la main dans la salle de séjour, et je rallumai la guirlande.

— C'est superbe, Aurore ! Pour le réveillon de Noël, nous ferons griller des châtaignes dans la cheminée, nous boirons du vin chaud et nous ferons l'amour au pied du sapin. Notre sapin, précisa Michaël en m'attirant à lui. Ma diva, ma petite sirène... chuchota-t-il contre ma bouche.

Et presque aussitôt, il me libéra.

— En attendant, je meurs de faim. Allons déjeuner !

Le reste de la journée passa très vite. Michaël sortit pour faire des courses, et pendant son absence le téléphone sonna deux fois. Naturellement, je ne décrochai pas. Michaël m'avait fait la leçon.

— Si quelqu'un découvrait ta présence, il me poserait des questions. Le genre de questions auxquelles nous ne pouvons pas fournir de réponse pour l'instant, avait-il ajouté gravement.

Il revint dans l'après-midi, chargé comme un Père Noël de paquets aux emballages de fête.

— À quoi bon avoir un sapin si on ne l'entoure pas de cadeaux ? plaisanta-t-il en posant ses paquets au pied de l'arbre.

Leur nombre me stupéfia.

— Tu attends de la famille, Michaël ?

— De la famille ? Mais non, tout est pour toi : c'est ton Noël.

— Tout ça ! Tu n'aurais pas dû.

— Bien sûr que si. Pour qui voudrais-tu que je dépense tant d'argent, sinon ? Pour mon ingrate famille ?

Il m'adressa un clin d'œil malicieux et tira de sa poche intérieure une petite boîte enrubannée de rose.

— Tiens. Pour *Thanksgiving*.

— Mais les gens ne se font pas de cadeaux à *Thanksgiving*, Michaël ! m'exclamai-je en riant.

— Ah bon ? Alors je lancerai la mode, plaisanta-t-il en me tendant la boîte. Allez, prends-la.

Les doigts tremblants, je dénouai soigneusement le ruban. Et je vis apparaître, posé sur une couche de coton, un ravissant médaillon en or avec sa chaîne, décoré d'un cœur en diamants.

— Il est splendide, Michaël !

— Ouvre-le.

Je fis jouer le ressort et le boîtier s'ouvrit. À l'intérieur, sur une portée musicale, étaient gravées quelques notes que je me jouai mentalement. Et je souris en reconnaissant la mélodie : c'était la première phrase de *Pour la vie, mon amour*, un des grands succès de Michaël. À deux doigts de fondre en larmes, je me jetai à son cou et le couvris de baisers.

— Oh, Michaël ! C'est le plus beau cadeau, le plus précieux, le plus…

— Ouaoh ! s'exclama-t-il en se dégageant, la voix taquine. Les effusions peuvent attendre. Et notre petit dîner, alors ? Tu l'oublies ?

Oh non, je ne l'oubliais pas. J'avais rêvé de ce genre de sortie à deux et même emporté une toilette spéciale, au cas où. En particulier un certain soutien-gorge balconnet, acheté avec Trisha, qui accentuait le creux de mes seins de façon plutôt spectaculaire. Un peu trop sans doute, mais je n'en étais pas fâchée. Je paraissais plus âgée dans ma robe noire à manches trois quarts, et même assez attirante. Mon buste s'était étoffé, et le décolleté en pointe encadrait joliment le médaillon qui scintillait de tous ses diamants.

Je brossai longuement mes cheveux, répandus en vagues soyeuses et dorées sur mes épaules, et soignai mon maquillage. Très peu de rouge, un trait de mascara, juste assez pour ressembler aux femmes avec qui Michaël aimait sortir, estimai-je. Et lui, qu'en penserait-il ? Je quittai la salle de bains pour me soumettre à son inspection et le trouvai en train de parler au téléphone. Dès qu'il me vit, il raccrocha et m'enveloppa d'un regard appréciateur, presque gourmand.

— Tu es resplendissante, absolument exquise. J'ai hâte de te présenter à mes amis. Tout le monde sera jaloux de ma découverte... de mon amour, acheva-t-il, et je me sentis rayonner de fierté.

Puis il m'annonça que le taxi nous attendait et m'aida à passer mon manteau.

Il n'avait pas menti, l'endroit n'était pas facile à trouver et le trajet dura longtemps. Le chauffeur nous promena dans un véritable labyrinthe de ruelles avant de nous déposer au coin d'un pâté de maisons. Le restaurant s'appelait Chez Mamma, tout simplement, et ne payait pas de mine. Une toute petite salle, un bar étriqué, une douzaine de tables, sans plus. Mais pour moi, c'était le lieu le plus romantique de la terre.

Michaël choisit une table d'angle, tout au fond, dans l'ombre, et là encore je dus lui donner raison : nous étions à l'abri des indiscrétions. Personne n'avait levé la tête à notre entrée, mais tout ce qu'on nous servit fut délicieux. Michaël commanda le vin le plus cher et nous en bûmes presque deux bouteilles. Il s'y connaissait très bien en vins et en gastronomie, il avait tellement voyagé ! Il me décrivit quelques-uns des plus grands restaurants du monde entier. Personnellement, je n'avais qu'un seul point de comparaison : Cutler's Cove. Je fis l'éloge de Nussbaum, le chef cuisinier, et de la qualité unique de chaque dîner à l'hôtel.

— Grand-mère Cutler accueille les clients à l'entrée de la salle à manger, parfois en compagnie de ma mère, puis elle passe de table en table, pour que chacun se sente chez soi.

— Elle est peut-être tyrannique, mais il faut reconnaître qu'elle s'y prend bien. Ce doit être une remarquable femme d'affaires. Je ne serais pas fâché de la rencontrer, un de ces jours.

— Tu la détesterais. Elle te rabaisserait jusqu'à terre, simplement parce que tu es chanteur. Elle n'a de considération que pour les gens bien nés, et encore : les riches ! précisai-je en crachant mes mots.

Et je racontai à Michaël comment elle avait essayé de gâcher toutes mes chances à Bernhardt en me calomniant auprès d'Agnès.

— Tout cela ne sera bientôt plus qu'un mauvais souvenir, me rassura-t-il en me pressant tendrement la main. Et les gens de son espèce ne pourront plus rien contre toi.

— Bientôt, Michaël ? Si seulement c'était vrai !

Une petite flamme s'alluma dans ses yeux.

— Cela pourrait bien arriver plus tôt que tu ne crois.

— Quoi ! Que veux-tu dire ?

— Je ne devrais peut-être pas t'en parler, mais il y a de grandes chances pour que tu chantes dans cette nouvelle opérette, à Broadway.

— Michaël !

Mon cœur s'emballa au point qu'il me fit mal. Je crus que j'allais m'évanouir. Moi, à Broadway, déjà ?

— Rien n'est encore décidé, c'est juste une possibilité. Et il faudra travailler dur, je te préviens. Entre un récital scolaire et la scène, il y a un grand pas à franchir.

— Bien sûr, je comprends. Je travaillerai d'arrache-pied, Michaël. Je te le promets.

Il me tapota affectueusement la main.

— Je sais que tu en es capable : tu as ça dans le sang. N'est-ce pas ce que je t'ai dit dès le début ?

Peu après, nous quittâmes le restaurant et je ne déplorai pas la longueur du trajet, cette fois. Je le passai dans les bras de Michaël, rêvant à notre apothéose à Broadway. Qui eût jamais cru que la prédiction de maman finirait par se réaliser ?

J'étais née dans le mensonge, des événements tragiques avaient conduit à mon enlèvement, et je savais quels efforts avait faits Sally Jean pour oublier tout cela. Cette imposture, son propre sentiment de culpabilité lui pesaient tellement qu'elle avait fini par croire au conte qu'elle avait forgé de toutes pièces. Celui de ma naissance au point du jour, saluée par le chœur des oiseaux.

— Ce sont eux qui t'ont donné ta voix, Aurore. Ce fut un miracle, et un jour, en t'entendant chanter, les gens le reconnaîtront. Tout le monde saura d'où tu tiens ce don exceptionnel.

Tu avais raison, maman, me dis-je avec émotion. Ce jour est venu plus vite que tu n'osais l'imaginer. Et avec tant d'amour au cœur, la beauté de mon chant dépassera tes espérances.

Le temps qui nous restait fila comme l'éclair, et le matin du dernier jour arriva trop vite. Nous avions tout prévu, Trisha et moi. Je devais aller l'attendre à la gare routière, et de là rentrer en taxi avec elle. En nous voyant arriver ensemble, Agnès croirait que j'avais passé les vacances chez elle.

Au moment de partir, ma valise à la main, je regardai une dernière fois autour de moi. Un gai soleil d'hiver entrait à flots par les grandes baies, allumant des étincelles aux décorations de notre petit sapin. Ses branches paraissaient plus vertes que jamais, et les paquets amoncelés qui attendaient Noël accrochaient eux aussi des rayons de lumière.

— Tout a été merveilleux, me dit Michaël sur le seuil de la porte, chaque minute, chaque seconde.

J'en eus les larmes aux yeux, et il me serra tendrement contre lui.

— Allons, ne t'imagine pas que tout est fini, bien au contraire. Dis-toi que c'est un commencement.

Et comme je me taisais, la gorge serrée, il ajouta :

— Maintenant, va te reposer, ma petite sirène. Dès la reprise des cours, il faudra mettre les bouchées doubles.

— Je sais, et je suis prête à tout. Je t'aime, Michaël, murmurai-je, et je lus sa joie dans son regard.

Ce fut ainsi que nous nous séparâmes.

J'arrivai en avance à la gare et m'assis sur un banc pour lire un magazine, en attendant le car de Trisha. Elle m'aperçut tout de suite et sauta à terre, son écharpe rouge flottant au vent derrière elle.

— Raconte-moi tout, exigea-t-elle, quand nous eûmes échangé une accolade fraternelle. Qu'avez-vous fait ? Où êtes-vous allés ? Je parie qu'il t'a emmenée dans un tas de boutiques et de grands restaurants.

— Pas du tout, nous sommes restés presque tout le temps à la maison.

Je décrivis notre dîner de *Thanksgiving*, et elle parut terriblement déçue, jusqu'à ce que je lui montre le médaillon.

— Fabuleux ! s'écria-t-elle, non sans une pointe de jalousie. Et ces notes, c'est quoi ?

Je m'avisai un peu tard qu'elle pouvait reconnaître la romance et pris un petit ton détaché pour répondre :

— Ça ? Oh, rien de spécial. Juste un petit air.

Pendant le trajet en taxi, il ne fut question que de ses vacances. Elle voulait que je connaisse ses faits et gestes dans le moindre détail, afin de ne pas me couper.

— Si Agnès pose des questions, nous étions dix à table à *Thanksgiving*, et il y a eu de la dinde et du canard.

— Quel bon dîner vous avez dû faire ! m'exclamai-je, jalouse à mon tour.

Je lui enviais tellement ces vacances avec les siens, cette joyeuse réunion de famille, la chaleur et l'amour partagé... tout ce qui me manquait !

À notre grande surprise, Agnès nous guettait dans le vestibule, avec une impatience manifeste. Sa seule vue me fit froid dans le dos. Entièrement vêtue de noir, le visage cireux et sans trace de fard, elle avait l'air d'un spectre. Il était toujours difficile de savoir quand elle jouait un rôle, mais là... avec ses cheveux tirés en chignon sur la nuque, j'eus le sentiment qu'elle incarnait un personnage en grand deuil.

— Vous m'avez menti, Aurore !

Mon regard passa brièvement du visage de Trisha au sien.

— Moi, j'ai menti ?

— Votre mère vous a appelée, avant-hier. Elle ignorait totalement que vous passiez les vacances avec Trisha. Vous n'aviez donc pas la permission de votre famille ?

Je voulus intervenir, mais elle ne m'en laissa pas le temps.

— Je me suis sentie complètement idiote ! Moi qui suis responsable de vous, et qui vous faisais confiance ! clama-t-elle en tordant son mouchoir de soie blanche entre ses doigts. Je vous ai crue, j'aurais dû mieux vous connaître. Oui, j'aurais dû m'en douter. Je m'attends à un coup de fil de votre grand-mère d'un moment à l'autre !

Elle paraissait terrifiée, et je tentai de la rassurer.

— Elle n'appellera pas. Ma mère aura oublié, c'est tout. Elle devait être sous sédatifs quand nous avons parlé de tout ça, cela lui arrive souvent.

Tout en m'étonnant de mentir aussi facilement, je vis que j'avais réussi à l'ébranler. Elle adorait la tragédie.

— Ô mon Dieu, je ne sais plus que penser ! Alors vous croyez qu'il n'y aura pas de suites fâcheuses ?

— Non, affirmai-je en haussant les épaules. C'est déjà arrivé, Grand-mère a l'habitude.

— Quel malheur, tout de même ! Une si jolie femme... je n'aurais jamais cru qu'elle était si malade.

— Personne ne peut le croire, persiflai-je.

Mon ironie fut perdue pour la pauvre Agnès, qui se tourna vers Trisha.

— Alors, ces vacances se sont bien passées ?

— Très bien, répondit brièvement l'intéressée, peu soucieuse de s'attarder sur le sujet.

— Tant mieux. Mme Liddy a mis les petits plats dans les grands pour votre retour. Et moi qui me faisais tant de souci !

Sur ce, Agnès s'en fut en triturant son mouchoir.

— Elle va de mal en pis, commenta Trisha qui la suivait des yeux. Elle s'était préparée à jouer la grande scène du Deux. À la moindre occasion, ou pour peu que ça lui passe par la tête, la voilà qui fouille ses coffres pour trouver le costume approprié aux circonstances.

— C'est navrant pour elle, mais ça lui apprendra à espionner pour Grand-mère Cutler. J'ai horreur de mentir, mais elle ne m'a pas laissé le choix.

Trisha m'approuva en silence et nous montâmes défaire nos bagages. Elle mourait d'envie d'en savoir plus sur mon escapade amoureuse, bien sûr. Et elle me bombarda de questions, si bien que par deux fois au moins, je faillis trahir Michaël.

— Si j'en crois ma mère, observa-t-elle, les nuits sont toujours très romantiques mais le matin, la réalité reprend ses droits. On se réveille auprès d'un homme qui ronfle. Tu as connu ça, toi aussi ?

— Oh non ! Les matins étaient aussi merveilleux que les nuits. Je préparais un énorme déjeuner et nous avions des conversations passionnantes. Il a tellement de choses à raconter ! Il a voyagé dans le monde entier.

— Tant que ça ? Je me demande bien pourquoi.

— Oh, eh bien... pour affaires.

— Quel genre d'affaires ?

— Quelque chose comme l'import-export.

— Tu en as de la chance ! Tu es jolie, pleine de talent et tu vis un vrai roman d'amour.

— Mais toi aussi tu es jolie et douée, Trisha. Et je sens que tu vas bientôt avoir ton histoire d'amour. C'est dans l'air.

Elle réfléchit quelques instants, haussa les épaules et son petit sourire optimiste reparut.

— Eric Collins m'a appelée trois fois, pendant les vacances.

— Ah oui ?

— Ce week-end, il m'invite à dîner. Et au Plaza ! Je crois qu'il va me proposer d'être sa petite amie.

— Et que comptes-tu faire ?

Ces seuls mots : petite amie me paraissaient maintenant bien puérils, mais je ne voulais surtout pas blesser Trisha. Michaël et moi envisagions la vie commune, une carrière commune, un grand amour. Porter au cou l'anneau que vous avait offert un collégien me semblait un enfantillage, juste bon pour des filles bien plus jeunes que moi. Et pourtant, Trisha et moi étions pratiquement du même âge.

— Il est plutôt beau garçon, reprit-elle, le regard pétillant de malice. Je crois que je vais dire oui.

Nous partîmes d'un grand éclat de rire, et, après nous être embrassées, nous descendîmes à la salle à manger.

Mme Liddy nous avait mitonné un dîner qui valait n'importe quel festin de *Thanksgiving*, et Agnès avait changé de rôle. Sa robe blanche à manches bouffantes, brodée à l'ourlet et au col, eût mieux convenu à une jeune fille, certes. Et son collier de perles était assez pesant pour étrangler un cheval. En quelques mots bien dans sa manière, elle célébra notre retour au bercail.

— Et nous voici à nouveau réunis, en famille et prêts à

affronter les épreuves que nous réserve un monde sans pitié.

Nous échangeâmes un regard entendu. Aucun doute : la tirade sortait tout droit d'un mélodrame qu'Agnès avait joué dans sa jeunesse. Et Trisha soutint que la robe était le costume qu'elle avait porté sur scène.

Mais tout cela m'était indifférent. Ni les excentricités d'Agnès, ni les colères de Mme Steichen, ni même les manigances venimeuses de Grand-mère Cutler, rien ne pouvait ternir l'éclat radieux de ces jours de bonheur. Ils étaient mon soleil et ma joie, ma forteresse. Mon amour me rendait invincible, il me protégeait de ce qu'Agnès nommait « les flèches d'un sort cruel », en n'omettant jamais de nous rappeler qu'il s'agissait d'une citation de Shakespeare.

Mais le sort cruel s'acharnait sur moi, cependant. Et ma jolie bulle irisée creva d'un coup, criblée de flèches que je n'avais pas vues venir. Exactement comme l'avait prédit la mère de Trisha, mon rêve romantique s'évanouit devant la réalité la plus crue.

Tout commença trois jours après mon retour de vacances. Un matin, en m'éveillant, je fus prise de nausées insupportables et vomis pendant vingt minutes. Trisha pensa d'abord à la grippe intestinale et voulut prévenir Agnès, afin qu'elle appelle un médecin. Puis elle me posa la question qui me glaça le sang dans les veines.

— Tu n'as pas sauté un cycle, au moins ?

Je n'eus pas besoin de répondre ; elle lut la réponse sur ma figure et s'exclama, consternée :

— Oh non ! De quand datent tes dernières…

— Six semaines, l'interrompis-je en gémissant. Mais je n'ai pas fait attention, je n'ai jamais été très bien réglée.

— Raison de plus pour être vigilante. Ta mère ne t'a jamais mise en garde ?

Quelle mère ? pensai-je avec amertume. Maman m'avait toujours trouvée trop jeune pour aborder la question, et quand j'avais atteint l'âge elle était trop malade pour y penser. Et bien trop accablée par ses soucis. Quant à ma vraie mère, elle serait tombée en pâmoison si j'avais mis le sujet sur le tapis. Celui-là ou un autre, d'ailleurs. On ne pouvait lui parler de rien.

Je laissai déborder mes larmes.

— Mais c'est impossible, Trisha, je ne peux pas être enceinte ! Pas maintenant, pas ça. Je ne le suis pas, affirmai-je en m'efforçant de me convaincre. C'est juste une grippe intestinale, tu verras.

Elle me prit la main et me sourit avec chaleur.

— Tu as sans doute raison, après tout. Ne nous affolons pas.

Surmontant ma panique, je descendis pour le petit déjeuner. Je n'eus pas beaucoup d'appétit, c'est un fait, mais cela pouvait être dû à ma nervosité. Et toute la journée, je me rongeai d'inquiétude. Je n'avais pas cours de chant, je ne vis donc pas Michaël. Et dans mon état physique et moral, cela valait peut-être mieux.

Je me sentis très fatiguée en rentrant, et j'allai me coucher de bonne heure. Le lendemain matin, ce fut le même scénario : nausées, vomissements. Mais devant l'angoisse croissante de Trisha, je m'efforçai de minimiser mon malaise et prétendis qu'il avait nettement diminué.

— C'est sûrement la grippe, affirmai-je. Ça va déjà bien mieux.

Mais au cours collectif de musique, Michaël me fit remarquer ma mauvaise mine. J'alléguai que j'avais mal dormi, et il n'eut pas le temps de me poser d'autres questions. Un groupe d'élèves s'approcha et il nous fut impossible de parler davantage.

Dans l'après-midi, je me rendis à la bibliothèque pour consulter des ouvrages sur la grossesse et quand je rentrai à la maison, je savais à quoi m'en tenir. J'ôtai mon chandail et mon soutien-gorge et m'examinai dans le miroir. Il m'apparut très vite que les changements survenus dans ma silhouette n'étaient pas seulement dus à un développement naturel. Ma poitrine avait grossi, mes mamelons saillaient davantage et leur couleur avait foncé. De minuscules vaisseaux sanguins devenaient visibles sous la peau. Les symptômes étaient si clairs que j'en eus froid dans le dos. Le doute n'était plus permis.

Je courbai la tête, accablée. L'amour m'avait ôté toute raison, toute prudence. Pourquoi n'avais-je pas prévu cela ? Notre passion réciproque avait fait de moi une femme, c'était un amour de femme que je vivais. C'est une femme adulte qui avait embrassé Michaël, l'avait séduit, s'était donnée à lui. Comment avais-je pu oublier les risques encourus par toutes les femmes qui s'abandonnent à l'homme qu'elles aiment ?

— Que vas-tu faire ? s'enquit Trisha lorsque je revins de la salle de bains et lui décrivis mon état. Tu devrais peut-être en parler à ta mère ?

— Ma mère ? C'est elle que je suis allée trouver quand Grand-mère a voulu me rebaptiser Eugénie, et…

— Quoi ? Elle voulait t'appeler Eugénie ?

— C'était le nom d'une de ses sœurs, morte de la petite vérole. Quand je me suis plainte à Mère, elle a failli tomber dans le coma. La moindre émotion la bouleverse, commentai-je amèrement. Enfin, c'est ce qu'elle prétend, pour se faire plaindre et pour avoir la paix.

— Mais tu vas en parler à Allan, non ? On aurait pu s'attendre qu'un homme mûr soit plus attentif à ces choses-là que toi, d'ailleurs. Après tout, il a été marié.

Je gardai le silence. Je tremblais à l'idée d'annoncer la nouvelle à Michaël. Que deviendraient nos grands projets, mon rêve de chanter à Broadway, nos serments d'amour éternel ?

— Peut-être qu'il s'en fiche éperdument, laissa tomber Trisha, qui se radoucit aussitôt. Je te demande pardon si je te parais un peu dure, Aurore. Désolée.

— Mais non, protestai-je avec force, tu n'y es pas du

tout ! Il est trop amoureux, voilà le problème. Et quand on aime à ce point-là, on ne pense plus, on ne sait plus ce qu'on fait, c'est comme si on était aveuglé par le soleil. Tout ce que peuvent raconter les filles sur le mal qu'elles ont eu à empêcher leur amoureux d'aller trop loin, c'est bien joli, mais crois-moi… ce sont des histoires de gamines.

— Alors tu n'as pas le choix : il faut lui parler.

— Oui, bien sûr, je lui en parlerai. Seulement… j'ai peur de lui causer un de ces chocs ! Ce sera terrible.

— Il doit prendre ses responsabilités, lui aussi, décréta férocement Trisha. Comme dirait maman, il faut être deux pour danser la valse !

— Oui, concédai-je en tripotant nerveusement mon médaillon, je sais.

Et je m'avouai piteusement que cette valse-là, j'aurais été bien inspirée de la refuser.

10

Fruit amer

En descendant pour le dîner, je m'arrêtai au bas des marches et prévins Trisha :

— Dis à Agnès que je reviens tout de suite.

Mais en me voyant prendre la direction du salon, elle devina mes intentions et me suivit jusqu'à la porte.

— Tu vas téléphoner à Allan, je parie !

— Oui, c'est toi qui avais raison. Il doit savoir, immédiatement. Mais, comprends-moi...

Je savais qu'elle brûlait de curiosité, mais que faire ? Je ne pouvais pas prononcer le nom de Michaël devant elle !

— Je suis trop nerveuse pour lui parler en présence de qui que ce soit. Je te demande pardon.

Elle s'éloigna, désappointée, et je soulevai lentement le combiné. Ce fut seulement après avoir composé le numéro que je réfléchis : jamais je ne pourrais aborder un tel sujet par téléphone. Il fallait que je voie Michaël. J'avais besoin qu'il me prenne dans ses bras, me rassure, me dise qu'il trouverait une solution et que tout irait bien. Chez lui, la sonnerie retentissait sans fin et j'étais sur le point de raccrocher quand il répondit. Il haletait.

— Michaël ? C'est moi.

— Aurore ?

— Tu vas bien ? Tu as l'air essoufflé.

— Mais oui, je vais bien. Je rentrais quand le téléphone a sonné et j'ai couru décrocher. Et toi, ça va ?

— Michaël... il faut que je te voie ce soir.

— Ce soir ? C'est impossible, Aurore. J'ai un autre dîner avec les gens de la production et... bref, tu sais comment ces choses-là se terminent.

Je l'entendis pouffer, mais j'insistai.

— Il faut pourtant que je te voie. Absolument. À quelle heure pars-tu ?

— Dans une heure environ. Que se passe-t-il ? Pourquoi est-ce si urgent ? Tu ne peux pas me dire ça demain, au collège ?

— J'arrive tout de suite. Attends-moi, tu veux ?

— Aurore, voyons ! Explique-toi. Tu n'es pas obligée de...

— Si, je dois te voir. Il le faut, Michaël. Je t'en prie.

Il resta un long moment silencieux et capitula.

— Bon, alors viens. Mais n'oublie pas: je dois être parti dans une heure, il y a trop de gens qui comptent sur moi.

Je faillis répondre que je comptais sur lui, moi aussi, mais je raccrochai brusquement et montai quatre à quatre chercher mon manteau. Puis, sans prévenir personne, je sortis en coup de vent et courus jusqu'au carrefour, où j'avais plus de chances de trouver un taxi. Le froid piquait, il commençait à pleuvoir et les gouttes me lacéraient la figure comme des glaçons. Et en plus, c'était une heure de pointe ! Il me fallut un bon quart d'heure pour réussir à arrêter un taxi, qui se traîna comme un escargot dans les encombrements le long de je ne sais combien de rues. Terrifiée à l'idée de manquer Michaël, je me penchai vers le chauffeur.

— Il n'y a pas moyen d'aller plus vite ?

Je n'en tirai qu'un grognement, à croire qu'il ne comprenait pas l'anglais. Finalement, la circulation devint plus fluide, mais trois quarts d'heure s'étaient écoulés depuis mon coup de fil quand je descendis devant l'immeuble de Michaël. Heureusement, le gardien tenait un ascenseur à ma disposition. Je ne pris que le temps de le remercier et appuyai sur le bouton avant même que les portes se referment. J'étais hors d'haleine quand Michaël vint m'ouvrir, et mes cheveux dégoulinants me collaient sur le front et les joues.

— Mais qu'est-ce qu'il t'arrive ? s'étonna-t-il en s'effaçant devant moi. Qu'y a-t-il donc de si important pour que tu viennes par un temps pareil ?

Je fondis en larmes et il m'ouvrit les bras, mais il les laissa retomber aussitôt, de crainte d'abîmer sa veste.

— Enlève ce manteau, tu es trempée. Je vais te chercher une serviette.

Il s'esquiva en direction de la salle de bains, et, débarrassée de mon manteau, je contemplai ce qui avait été le décor de nos rêves. La guirlande électrique n'était pas allumée, le petit sapin semblait tout triste au milieu de sa montagne de paquets aux emballages de fête. Mon cœur se serra douloureusement et j'eus bien du mal à refouler mes larmes.

Michaël reparut avec une serviette et je me frictionnai le visage et les cheveux, étouffant les gémissements qui montaient malgré moi de ma gorge nouée. Et je le vis consulter sa montre.

— Quel temps de chien ! grommela-t-il, je vais être en retard avec tous ces embouteillages.

Puis, voyant mes lèvres trembler, il se reprit et me guida vers le canapé.

— Bon, viens t'asseoir, détends-toi et parle-moi de ton problème. Quel qu'il soit, nous le résoudrons ensemble. Est-ce encore ton horrible grand-mère qui fait des siennes ?

— Non, Michaël. Si ce n'était que ça !

Je dus me passer la langue sur les lèvres tant elles étaient sèches. Je défaillais. Secouée de frissons, incapable de me contrôler plus longtemps, j'éclatai en sanglots. Il s'assit à mes côtés, m'entoura les épaules de son bras et prit mes mains entre les siennes.

— Allons, allons, tout va s'arranger, je te le promets. Cela ne peut pas être si grave que ça, voyons ! En quoi puis-je t'aider ?

— Michaël... (J'avalai péniblement ma salive.) Je suis enceinte.

Il ne se détourna pas, ne cilla même pas, mais son regard se vitrifia. Il eut un mince sourire, qui se mua bientôt en une expression franchement amusée.

— Tu es sûre ? Toutes les filles s'imaginent la même chose !

— Oui, répondis-je avec fermeté. J'en suis sûre.

Je m'attendais qu'il soit bouleversé, ou fâché, mais il se renversa en arrière et me contempla pensivement, les bras croisés sur la poitrine.

— Comment peux-tu en être certaine ?

— J'ai déjà deux semaines de retard, et tous les symptômes concordent.

— Mais tu n'es pas allée consulter un médecin, alors ?

— Non, mais je suis sûre de moi, et nier les faits n'y changera rien. J'ai eu des nausées matinales et... j'ai observé certains changements physiques.

— Je vois. Eh bien, nous avons du temps devant nous avant d'être obligés d'en parler. Tu n'as pas du tout l'air enceinte et je parie que rien ne sera visible avant deux bons mois. D'ici là, mon semestre au collège en tant qu'invité d'honneur sera terminé. Tu n'as mis personne au courant, au moins ?

— Seulement ma camarade de chambre.

— Oh, non... gémit-il en blêmissant.

— Mais elle ne sait rien de toi, rassure-toi. Elle croit que je sors avec un certain Allan, homme d'affaires.

Il se rasséréna instantanément.

— Parfait. Tenons-nous-en à cette version.

— Mais après, Michaël ?

— Après ? Oh, pas de problème ! Je pars directement pour Miami. Je fais une petite tournée en Floride mais les répétitions à New York ne commenceront pas avant l'été, je ne serai pas obligé de rentrer tout de suite. Tu accoucheras en Floride, conclut-il précipitamment.

— Tu veux dire... que je t'accompagnerai ?

Il réussit enfin à sourire.

— Bien sûr. Tu ne te vois pas rester ici quand tout se saura, non ? Et tu n'imagines pas non plus que je vais t'abandonner ? Pas question ! J'ai investi trop de temps et d'énergie pour faire de toi une étoile du chant.

— Oh, Michaël !

Je me jetai à son cou avec un tel élan qu'il éclata de rire, puis il m'embrassa sur le bout du nez.

— Allons, du calme. Tu es une future maman, figure-toi. Pas d'agitation inutile.

Subitement, ma main se crispa dans la sienne.

— Moi, maman ! Mais... et nos projets, alors ? Je voulais tellement chanter avec toi, en public.

— Et tu le feras. Tu crois qu'un bébé va t'empêcher de chanter ? Pas du tout. Nous engagerons la meilleure nourrice de la ville. D'ailleurs je veux ce qu'il y a de mieux en tout, pour ma femme et mon enfant.

Ma femme ! Ces simples mots eurent sur moi un effet miraculeux. Mes larmes s'évaporèrent. Et les gros nuages noirs qui occultaient mon horizon s'évanouirent comme par enchantement.

— Nous emmènerons le bébé partout, décréta Michaël. J'ai des tas d'amis qui font ça.

Je me remémorai soudain les allusions d'Agnès aux difficultés de la vie d'artiste. D'après elle, concilier le spectacle et la famille n'était pas si aisé !

— Mais quand même, élever un enfant dans ces conditions... ce sera plutôt dur, non ?

— Oui, mais pas impossible. Surtout quand on s'aime comme nous. Donc, plus de larmes, dit-il en sautant sur ses pieds. Allez, debout ! Je te déposerai en partant à ma réunion.

Il m'aida à me relever, alla chercher mon manteau et me le tendit avant de passer son pardessus.

— Et n'oublie pas, surtout : pas un mot là-dessus jusqu'à ce que j'aie quitté Bernhardt. Certains professeurs seraient trop heureux de me voir éclaboussé par un scandale, et ma carrière pourrait en pâtir.

— Sois tranquille, Michaël. J'aimerais mieux mourir que trahir notre secret. Personne ne sait rien.

— Si : ta camarade de chambre.

— Mais elle ne dira rien. C'est ma meilleure amie, je lui fais toute confiance.

— N'empêche : tu n'aurais pas dû. Enfin, tiens-t'en à ton histoire, c'est parfait, approuva-t-il en m'entourant l'épaule de son bras. Tu sais que tu es très intelligente ?

Rayonnante, je me laissai guider vers la porte.

Le dîner avait pris fin quand je revins chez Agnès, et je ne vis que Trisha dans la salle à manger. C'était sa semaine de service et elle achevait de débarrasser la table. Elle indiqua du geste la direction de la chambre d'Agnès et demanda à mi-voix :

— Que t'est-il arrivé ? Agnès est complètement sens dessus dessous. Quand elle s'est aperçue que tu étais introuvable, elle a perdu la tête. Tu as oublié de signaler ta sortie. Chaque fois que quelqu'un n'est pas là où il devrait être, elle se figure qu'il s'est sauvé, comme Fil-de-fer. Où étais-tu passée ?

— Je suis allée chez lui. Il est au courant.

— Et alors ?

— Il ne l'a pas du tout mal pris, il est même très heureux. Nous allons nous marier, Trisha !

— Quoi ! Quand ça ?

— Dans deux mois environ.

— Mais tes études, et ta carrière ?

— Il n'y aura pas de problème : il a pensé à tout. Il est absolument merveilleux, si tu savais ! Il dit que l'argent ne compte pas, que nous engagerons une nourrice pour que je puisse continuer à chanter. Il a toujours voulu un enfant.

Là, j'en rajoutais, et je prenais mes désirs pour des réalités. Mais pendant que j'y étais...

— Il a toujours regretté de n'avoir pas eu d'enfants de sa femme, tu comprends. Mais pour le moment, je ne dois pas en parler, alors je t'en prie, Trisha : pas un mot à qui que ce soit. Tu me le promets ?

— Cette question ! Mais tu ne pourras pas toujours garder ton secret, me rappela-t-elle.

Et, après m'avoir dévisagée un certain temps, elle sourit.

— Tu es sûre que c'est bien ce que tu veux ?

— Oh oui, tu ne peux pas savoir à quel point ! J'aurai enfin une famille, et nourrice ou pas, je m'occuperai de mon enfant et jamais je ne le laisserai manquer d'affection.

— Alors je suis contente pour toi, affirma-t-elle en me posant les mains sur les épaules.

Nous échangeâmes une étreinte chaleureuse.

— Merci.

— Mais si j'étais toi, j'irais tout de suite rassurer Agnès. Elle doit être en train de chambouler sa garde-robe pour trouver un costume approprié à cette nouvelle tragédie.

Je suivis ce conseil et je m'apprêtais à frapper à la porte d'Agnès, quand je suspendis mon geste. Elle n'était pas seule : on parlait dans la chambre. Une femme dont la voix m'était inconnue la sermonnait.

— C'est comme ça depuis toujours avec toi, tu les fais fuir, volontairement. Tu finiras vieille fille si tu continues comme ça !

— Pas du tout, se défendit Agnès. Lui, je n'ai rien fait pour l'éloigner, c'est toi qui l'as fait fuir. Toi et ta jalousie maladive !

— Moi ?

Mais à qui parlait-elle, et de qui ? Pas de moi, toujours. Je me détournais pour m'en aller quand Mme Liddy sortit de sa chambre.

— Où étiez-vous passée, mon petit ? Agnès était aux cent coups. Vous êtes venue vous expliquer, c'est ça ?

— Oui, mais... Elle a de la visite.

— De la visite ? répéta Mme Liddy en arquant les sourcils. Oh, je vois. Non, vous pouvez frapper : elle est seule.

Je m'exécutai, et Agnès vint aussitôt m'ouvrir. En robe de chambre cramoisie, les cheveux déployés sur les épaules, elle avait les joues sillonnées de larmes. Et elle était seule, en effet. À mon regard interrogateur, Mme Liddy répondit par un signe de tête apitoyé, et je compris. La seconde voix, c'était celle d'Agnès, jouant un autre de ses vieux drames. Elle se donnait elle-même la réplique.

— Eh bien, glapit-elle en me toisant de tout son haut, les bras croisés sous les seins. Où étiez-vous, mademoiselle ? Vous n'avez pas signé le registre, ni dit à personne où vous alliez. Alors ? Où étiez-vous ? répéta-t-elle en portant à sa gorge ses mains pâles et tremblantes. Pourquoi n'êtes-vous pas venue dîner ? Sans Mme Liddy, j'aurais déjà appelé votre grand-mère.

— Je suis désolée, Agnès. En allant à la salle à manger, je me suis souvenu que je devais téléphoner à une amie qui a de très graves ennuis. Elle était à bout de nerfs et j'ai couru chez elle avant qu'elle ne fasse une bêtise, improvisai-je, sans hésiter à forcer la note.

— Ô mon Dieu ! gémit Agnès en se tordant les mains.

Je ne m'étais pas trompée en misant sur sa propension au tragique, mais Mme Liddy me parut nettement moins crédule. La tête penchée sur le côté, elle m'observait en se mordillant le coin de la lèvre, et je me retournai vivement vers Agnès.

— Je suis vraiment navrée, affirmai-je d'un ton contrit.

— Bon. Est-ce que tout est arrangé ?

— Oui ! m'écriai-je avec élan. (Et pour cause : c'était à moi que je pensais.) Oui, tout est rentré dans l'ordre.

Et en effet, en ce qui me concernait tout au moins, ce

fut ce qui se passa. Au cours des semaines suivantes, entre *Thanksgiving* et Noël, mes nausées matinales se firent de moins en moins pénibles et finirent par disparaître complètement. À dire vrai, je ne m'étais jamais sentie aussi bien, je débordais de vitalité. Quand je m'examinais dans le miroir, je me trouvais resplendissante. Mes yeux rayonnaient d'un éclat que je ne leur avais jamais connu. Je ne fus pas seule à noter ces changements, et Mme Steichen elle-même s'en aperçut.

— Maintenant, vous jouez vraiment avec passion, observa-t-elle avec fierté, voyant dans mes progrès le fruit de ses leçons. Au lieu de vous contenter de remuer les doigts, vous vous exprimez à travers votre instrument. Et vous ne faites plus qu'un avec lui.

Je nageais dans la joie, je marchais sur des nuages. Quand je croisais d'autres élèves dans les couloirs, les garçons qui avant m'auraient saluée d'un mot ou d'un signe s'arrêtaient, et me retenaient un moment pour bavarder. Une bonne douzaine d'entre eux me proposèrent de sortir ou d'aller danser en douze endroits différents. Je les éconduisis tous, sans exception. J'avais bien trop peur que chacun ne se prenne pour mon amoureux en titre, et je me donnai un mal fou pour trouver des excuses plausibles, sans en froisser un seul.

Quant à savoir si Michaël remarquait ma transformation : mystère. Il n'y fit jamais allusion. À ma grossesse non plus, à part quelques banales questions sur ma santé. En fait, il se conduisit de plus en plus comme un professeur et de moins en moins comme un amant, depuis cette soirée humide et froide où je m'étais rendue chez lui. La préparation de son spectacle à Broadway l'accaparait de plus en plus, il travaillait même le samedi. Un certain week-end, il dut se rendre à Washington avec ses producteurs pour une réunion avec les actionnaires. Il me manquait beaucoup, et je le lui dis. Il me promit de me consacrer ses rares moments de liberté, mais comme il n'était jamais libre, je commençai à m'inquiéter sérieusement.

— Tout se passe bien, au moins ? lui demandai-je à l'issue d'un cours, sitôt que Richard nous eut laissés seuls.

— Bien sûr ! Pourquoi cette question ?

— Tu es si distant depuis quelque temps. Je me figurais que tu avais réfléchi et que tu regrettais ce qui est arrivé.

— Pas du tout, voyons ! Mais nous avons très peu de temps devant nous et je tiens à ce que tu sois vraiment prête pour ce que nous avons projeté. Si je t'ai demandé trop d'efforts en classe, je m'en excuse. Tu as dû me trouver dur.

— Tu ne m'as pas demandé trop, d'ailleurs j'aime mon travail. Est-ce que je fais des progrès ?

— De grands progrès. Et dès que tu auras accouché, je te ferai auditionner. Immédiatement. En attendant, ce que nous pouvons faire de mieux tous les deux, c'est travailler, travailler, travailler, insista-t-il d'un ton pénétré. Pour l'instant, il faut que je file à une de ces satanées réunions, mais n'en déduis pas que je te néglige, loin de là. Je ne fais que penser à toi et à l'avenir qui nous attend.

— Moi aussi, Michaël.

Je me serais jetée à son cou, s'il ne m'avait rappelée à la prudence. Nous nous quittâmes comme à l'ordinaire, sur un baiser furtif, et comme toujours il me laissa sortir la première.

J'avais toujours aimé ces trajets de retour en hiver. Plus il faisait froid, plus je me sentais vivre et plus je marchais vite. Mon haleine se condensait en petits flocons blancs, tel un joyeux panache de fumée. J'adorais ça.

Fidèle à sa promesse, Trisha n'avait pas soufflé mot à quiconque de mon état, mais ma transformation physique la fascinait. Presque chaque soir, nous mesurions mon tour de taille et quand il apparut qu'il avait pris au moins huit centimètres, je m'achetai une gaine. Entre-temps, Trisha avait emprunté à la bibliothèque du quartier un ouvrage sur la grossesse et nous nous y plongions tous les soirs. Nous passions des heures à parler de mon futur bébé, de son développement, de la prochaine étape du processus. Et, inévitablement, nous en arrivâmes à la question du nom.

— Si c'est un garçon, j'aimerais bien Andrew, déclarai-je. Cela fait très viril.

— Et si c'est une fille ?

— Sally, bien sûr ! C'était le prénom de maman.

— Moi, je n'aurai pas d'enfants avant au moins quarante ans. Rien ne doit entraver ma carrière. Et à quarante ans, celle d'une danseuse est sur le déclin, de toute façon.

— Il faudra que tu trouves un homme drôlement compréhensif, alors !

— Forcément, sinon à quoi bon l'épouser ? Mais qui dit que c'est impossible ? Tu en as bien trouvé un comme ça, toi.

— Oui, j'en ai trouvé un.

Trisha voulait toujours en savoir plus au sujet d'Allan, et je continuais à improviser, au risque d'oublier certains détails de mon invention. Elle, par contre, n'en oubliait aucun et relevait chacune de mes contradictions. Je voyais bien qu'elle devenait de plus en plus soupçonneuse, et je mourais d'envie de lui dire la vérité. Elle m'avait assez prouvé qu'elle savait tenir sa langue, mais j'avais peur de compromettre mon avenir avec Michaël. Et puis, ne lui avais-je pas juré de me taire ?

Une phase de ma grossesse qui nous amusa beaucoup, toutes les deux, fut celle des fringales. Quelquefois, après les cours, je pouvais à peine attendre d'être arrivée à la maison pour dévorer une banane tartinée de beurre de cacahuètes. Quand Mme Liddy faisait des courses ou était occupée ailleurs dans la maison, j'en profitais pour me faufiler dans la cuisine et satisfaire mes appétits bizarres.

Un après-midi, en ouvrant le réfrigérateur, je vis que Mme Liddy avait préparé de la gelée de fruits pour le dessert. Instantanément, j'éprouvai une envie aiguë de flocons d'avoine grillés arrosés de gelée. Je remplis en toute hâte un grand bol du délicieux mélange et, sans même prendre le temps de remonter avec mon larcin, je m'y attaquais avidement quand Mme Liddy revint à l'improviste.

— Oh, je suis navrée, m'excusai-je en essayant de cacher mon bol. Je ne voulais pas entamer votre dessert, mais je mourais de faim et... je n'ai pas pu résister.

Elle n'avait pas cessé de m'observer depuis son entrée, et son intérêt s'accrut encore. Son regard dériva vers le comptoir où j'avais posé le bol, puis revint s'attacher sur moi, aigu comme une vrille.

— Des céréales et de la gelée, c'est ça que vous mangez ?

Je lui présentai le bol, les yeux baissés : ils ne savaient pas mentir.

— Oui, madame Liddy.

— Et c'est vous qui faites ces ravages dans le beurre de cacahuètes, n'est-ce pas ? (Je hochai la tête.) Vous ne déjeunez pas au collège alors, ma petite ?

— Si, mais quand j'ai trop de travail, je saute le repas. Enfin, juste de temps en temps.

Elle me dévisageait toujours, de plus en plus intriguée.

— Est-ce que vous vous sentez bien, petiote ?

— Oh oui ! Très très bien.

— Hum !

Elle n'en dit pas plus, mais son expression parlait pour elle. Le nez baissé, j'engloutis encore deux ou trois cuillerées de céréales et m'esquivai, le cœur battant. Combien de temps Michaël allait-il encore exiger le secret ? Ne comprenait-il pas que je ne pourrais plus cacher longtemps le résultat de nos amours ?

Mais il l'avait compris, lui aussi. Je ne devais pas tarder à m'en apercevoir.

J'étais seule dans notre chambre, plongée dans mes leçons de maths, quand je reconnus le pas de Trisha dans l'escalier : elle escamotait la moitié des marches. Nous n'étions plus qu'à deux jours des vacances de Noël, et les professeurs nous harcelaient, surtout dans les disciplines artistiques. Ils voulaient que leurs élèves atteignent un certain niveau avant cette longue interruption de l'entraînement. Pour Trisha, les séances d'exercices après la classe étaient passées de deux à trois par semaine. J'étais rentrée au moins deux heures avant elle, ce soir-là. À la façon dont elle ouvrit la porte, on aurait pu croire qu'elle était poussée par une tornade.

— Qu'est-ce qu'il se passe ? demandai-je de mon lit.

J'avais remonté mes couvertures jusqu'au menton, afin de dissimuler mon ventre. Toute occasion m'était bonne pour ôter ma gaine.

— Ce qu'il se passe ? Moi qui m'attendais à te trouver complètement retournée ! Ne me dis pas que tu ne sais rien ? (Elle prit le temps de refermer soigneusement la porte avant de déverser sa cargaison de livres sur mon lit.) Alors comme ça tu n'es pas au courant ?

— Au courant de quoi ? Explique-toi, à la fin ! De quoi parles-tu ?

— De Michaël Sutton, énonça-t-elle en posant les mains sur les hanches.

Michaël ! Alors nous étions découverts ? Ceux des professeurs qui jalousaient Michaël avaient donc fini par le faire renvoyer ? Oh, non, pas ça !

Je refermai lentement mon livre.

— Eh bien quoi, Michaël Sutton ?

— Il s'en va. Il est déjà parti.

— Comment ça, parti ? On l'a renvoyé ?

— Non, pourquoi l'aurait-on renvoyé ? Je n'en reviens pas que tu n'aies pas appris la nouvelle, on ne parle que de ça dans tout le collège. On a dû l'afficher après ton départ, alors.

— Mais quoi, bon sang ? Qu'est-ce qu'on a affiché ?

— L'avis de Michaël Sutton à ses élèves, m'informa Trisha en s'asseyant au pied de mon lit.

Et elle se lança dans les détails.

— Il paraît qu'on lui a offert comme ça, au pied levé, le premier rôle dans une superproduction à Londres. C'est ce qu'il prétend, toujours. Mais le bruit court qu'il préparait son coup depuis des semaines. Il a laissé une lettre sur la porte de sa salle de cours, pour s'excuser auprès de l'administration et de ses élèves et expliquer pourquoi il n'a pas pu les prévenir plus tôt.

« Naturellement, l'administration a très bien compris, et c'est normal. Bernhardt prépare aux arts de la scène, ce sont les aléas du métier. Mais ses élèves l'ont moins bien pris, eux, et je voudrais que tu voies la tête d'Ellie Parker ! Elle clame partout qu'il lui avait promis une audition à Broadway cette année. Je suis venue dès que j'ai su, tu penses ! Je croyais que tu serais très secouée, et dans ton état...

Tout au fond de moi retentit un roulement de tonnerre. Et quand je fermai les yeux, je vis accourir un amas de nuages tourmentés, agités, bousculés par le vent. Le ciel bleu, tout ce qui brillait et verdoyait fut happé par les ténèbres. Tout était noir, maintenant, et mon cœur pesait son poids de pierre.

— Ça va ? s'alarma Trisha en me prenant la main. Tu as les doigts gelés.

Je m'efforçai de me calmer, de raisonner. Tout ceci devait faire partie du plan de Michaël. Bientôt, il m'appellerait pour me donner les raisons de ce départ précipité. Pourtant... c'était en Floride qu'il était censé chanter, pas à Londres. Mais cette histoire de Londres pouvait n'être qu'une façon de brouiller les pistes. Il y avait forcément une explication logique, me répétais-je. Pas de panique. Je rouvris les yeux, respirai profondément et malgré tout, j'eus du mal à contrôler ma voix. Elle avait une fâcheuse tendance à grimper dans l'aigu.

— Et personne ne l'a revu ? Personne ne lui a parlé ?

— Non. Richard dit qu'il était déjà parti.

Je fis un signe de dénégation, comme si le sens de ses paroles m'échappait.

— Parti ?

— C'est ça, il avait quitté le pays. Richard était dans une de ces rages ! Il n'était absolument au courant de rien, pas le moindre avertissement. Il dit que Sutton s'est payé sa tête, et on le comprend. C'est lui qui doit fournir des explications à tout le monde.

« Naturellement, l'école aura trouvé un remplaçant d'ici la rentrée, mais...

Trisha s'interrompit tout net : elle venait de s'apercevoir que je tremblais, et même si fort que je claquais des dents. Je pleurais sans retenue. Mon cœur me faisait mal à éclater, j'avais l'impression qu'un cercle d'acier rougi m'enserrait les tempes.

— Pauvre Aurore, je me doutais que ça allait te causer un choc ! Tu travaillais très bien avec lui et il avait dû te promettre une audition, à toi aussi. Mais ne te mets pas dans un état pareil, enfin ! Je suis sûre qu'Allan serait bouleversé s'il savait ça.

— *Non-on-on !* hurlai-je d'une voix suraiguë en me prenant la tête entre les mains.

— Aurore, voyons...

— Il n'y a pas d'Allan, articulai-je en laissant retomber mes mains.

Trisha m'observait, attentive, amicale. Elle ébaucha un sourire.

— Pas d'Allan ? Qu'est-ce que tu racontes ? Bien sûr qu'il y a un Allan ! Tu ne vas pas me dire que tu n'es pas enceinte, quand même ?

— Non, repris-je d'une voix lente et monocorde. Il n'y a jamais eu d'Allan. C'était Michaël. J'attends l'enfant de Michaël.

La mâchoire de Trisha s'affaissa et ses yeux s'agrandirent de saisissement.

— Michaël Sutton ! Mais... il est parti !

— Non. Pas vraiment. Tout ça fait partie du plan qu'il a mis sur pied pour nous. En principe, cela ne devait se produire qu'à la fin du semestre, mais pour une raison ou pour une autre, il aura dû précipiter les choses.

J'avais dit tout cela en souriant. Et, souriant toujours, je balançai les jambes hors du lit et glissai les pieds dans mes pantoufles.

— Il faut que j'aille le rejoindre, Trisha. Il m'attend. J'en suis sûre.

Elle se contenta de me regarder quand j'allai chercher la plus ample de mes robes en lainage, l'enfilai et m'assis pour brosser mes cheveux.

— Je voulais te dire la vérité, Trisha, mais Michaël m'avait fait promettre de me taire. Il avait peur pour sa situation au collège, tu comprends. Tu comprends ?

Elle inclina la tête, toujours aussi perplexe, et je poursuivis sur ma lancée :

— Il y a tellement de gens qui ne demandent qu'à ruiner sa carrière parce qu'ils sont jaloux de son talent. Il va chanter à Broadway l'an prochain, tu sais ? Et moi aussi, enfin... il y a de grandes chances. Ne fais pas cette tête d'enterrement, je suis sûre que tout ira bien.

Des larmes brillaient dans ses yeux, et pourtant, elle sourit. Je continuai à brosser mes cheveux.

— Tout ira bien, je t'assure. Je vais le retrouver et il m'expliquera tout. Nous devons passer les vacances de Noël ensemble, tu sais ? Il a acheté un ravissant petit sapin, exprès pour nous. Et si tu pouvais voir tous les cadeaux qui m'attendent ! C'est presque scandaleux. Rends-toi compte...

Je pivotai pour lui faire face.

— Au Nouvel An, je serai Mme Michaël Sutton... n'est-ce pas merveilleux ? Il faudra que je sache où tu passes le réveillon, pour te souhaiter la bonne année. Je t'appellerai de notre appartement, à minuit pile. Nous serons dans les bras l'un de l'autre, en face de la cheminée. Comme tu vois (je me levai pour choisir une paire de chaussures)... nous avons tout prévu !

— Et pourquoi ne t'a-t-il pas encore téléphoné ?

— Parce qu'il attend que je vienne, évidemment !

— Laisse-moi t'accompagner, alors. Tu ne crois pas que ce serait mieux ?

— Mais non, voyons, réfléchis une seconde ! Il m'a fait jurer de ne parler de lui à personne, jusqu'à ce qu'il m'y autorise, et je débarquerais chez lui comme ça, avec toi ? Pas question. Je me débrouillerai, ne t'en fais pas.

— Il commence à neiger, observa-t-elle. Une nouvelle tempête se prépare.

— Je ne vais pas aller chez lui à pied, quand même ! Ne joue pas les mères poules avec moi, Trisha. Puisque je t'assure que ça va bien.

J'enfilai rapidement mon manteau.

— Dis à Agnès... dis-lui...

— Quoi ? Que dois-je lui dire ?

— Que je me suis fait enlever, lançai-je avec un petit rire qui n'était pas sans évoquer celui d'Agnès elle-même.

Trisha se leva d'un bond et se campa devant moi.

— Aurore !

— Tout est pour le mieux. Quand deux êtres s'aiment autant que nous, plus rien ne compte. Si tu pouvais nous entendre chanter en duo ! Mais qu'est-ce que je raconte ? Tu nous entendras. Très bientôt, ajoutai-je avec ce même petit rire dissonant.

Puis je me ruai vers la porte et descendis l'escalier comme un bolide, ignorant les appels angoissés de mon amie. Personne n'eut le temps de me voir passer : en quelques secondes, je me retrouvai sur le trottoir. Trisha ne s'était pas trompée, la tempête de neige avait commencé. Des flocons aussi gros que des balles de ping-pong se déversaient en cataracte, on n'y voyait pas à deux pas devant soi. Je m'avançai jusqu'au carrefour et fis signe à tous les taxis qui passaient, incapable de voir s'ils étaient libres ou pas. Finalement, l'un d'eux voulut bien s'arrêter à ma hauteur et je plongeai littéralement sur la banquette arrière. Puis j'indiquai l'adresse au chauffeur et me renversai sur les coussins, imaginant tout ce que je dirais à Michaël quand il viendrait m'ouvrir pour me serrer sur son cœur.

Ce serait comme dans ces comédies musicales où tout finit bien pour les deux héros. Après avoir surmonté tous les obstacles qui les séparaient, ils se retrouvent et chantent le duo final, dans les bras l'un de l'autre. Je m'y voyais déjà, j'entendais les paroles que je lui dirais tout bas.

C'est moi, Michaël, mon amour. Je suis venue te retrouver et vivre avec toi pour toujours. Plus de secrets, plus de rendez-vous clandestins, plus de tricheries ni de baisers volés. Maintenant, nous marcherons main dans la main, la tête haute, le monde saluera notre amour sans égal et s'inclinera devant notre talent.

— Je crois que ce coup-là, on est bons, constata le chauffeur. Quinze centimètres de neige en ville, c'est que ça va tenir, et je vous dis pas ce qui va nous tomber dessus. Vous parlez d'une pagaille en perspective ! Ça va être l'horreur.

Je pressai le front contre la vitre et regardai au-dehors. L'horreur, cette neige si belle ? Moi, elle me ravissait, au contraire. J'y voyais la promesse d'un Noël blanc, je croyais entendre les cloches et les cantiques. Je nous imaginais à la fenêtre, Michaël et moi, regardant les fêtards dans la rue. Il me serrait contre lui, nous étions un peu émoustillés par le vin, peut-être venions-nous de faire l'amour. « Joyeux Noël, ma chérie », chuchotait-il en m'embrassant.

— Joyeux Noël, Michaël...

— Pardon ? fit le chauffeur. Vous disiez ?

— Rien, je rêvais tout haut.

Dans le rétroviseur, je le vis secouer la tête et je souris. Comment eût-il pu comprendre ma joie ? Elle n'était pas de ce monde. En arrivant à destination, j'étais dans un tel état de surexcitation que je descendis sans régler ma course et le chauffeur dut me rappeler. Je lui jetai tout l'argent qui me restait, soit à peu près le double de ce que je lui devais. Et à son regard étonné je répondis par un souhait :

— Joyeux Noël ! Si seulement tout le monde pouvait être aussi heureux que moi !

Il démarra en haussant les épaules.

Le portier de l'immeuble commençait à me connaître et il haussa un sourcil étonné en me voyant appeler l'ascenseur. Je lui souris et pénétrai dans la cabine à la seconde même où les portes coulissaient. Quand elles se rouvrirent, à l'étage, j'en sortis tout aussi rapidement pour courir à la porte de l'appartement de Michaël et sonner. Pendant quelques instants, je crus qu'il n'était pas chez lui. Personne ne vint ouvrir, aucun bruit ne se fit entendre à l'intérieur. Je pressai à nouveau le bouton et cette fois, des pas s'approchèrent.

Mon amour, eus-je le temps de penser... enfin toi ! Et la porte s'ouvrit.

Mais ce n'était pas Michaël qui se tenait dans l'embrasure. L'homme qui m'avait ouvert était bien plus âgé, ses cheveux bouclés grisonnaient ; il avait le visage rond, les joues roses et d'épais sourcils en broussaille. Et il ne portait qu'un peignoir de bain avec une serviette de toilette autour du cou.

— Bonsoir ! Comme vous voyez, j'allais prendre ma douche.

Je regardai derrière lui, ne vis personne et expliquai :

— Je cherche Michaël.

— Michaël ? Oh, Michaël Sutton ! Il est parti. À l'heure qu'il est, il doit se trouver au-dessus de l'Atlantique. Étiez-vous censée le rencontrer aujourd'hui, mademoiselle... euh...

J'ignorai cette invitation à décliner mon identité.

— Non, il ne peut pas être parti. La preuve, toutes ses affaires sont ici. Ses meubles, ses tableaux...

— Rien de tout ceci n'appartient à Michaël, mademoiselle. Il sous-louait mon appartement. Il a dû se produire un malentendu entre vous, et comme il m'a laissé une adresse pour faire suivre son courrier, je peux vous la...

— Non ! insistai-je, il est sûrement là. Je le sais.

Et, sans que l'autre esquisse un geste pour m'en empêcher, je me précipitai dans l'appartement en appelant à la cantonade :

— Michaël ! Michaël !

Mais un seul regard dans la chambre m'apprit qu'il n'était plus là. Tous ses objets personnels avaient disparu. On avait changé le couvre-lit. Le propriétaire des lieux me rejoignit, et son expression me parut nettement moins aimable.

— Écoutez, mademoiselle, je vous ai déjà dit que Michaël Sutton était parti. Maintenant, voulez-vous cette adresse, oui ou non ?

— Il ne peut pas être parti, murmurai-je en revenant sur mes pas.

Mais près du petit sapin, je m'arrêtai net.

— Tous ces cadeaux sont pour moi, dis-je d'une voix à peine audible.

Le monsieur aux cheveux gris m'entendit quand même, et il éclata de rire.

— Ah oui ? Michaël n'a pas dû se ruiner, alors ! Ce sont des emballages décoratifs : toutes ces boîtes sont vides. Je suis désolé, mademoiselle. Je vois bien que vous êtes bouleversée, mais...

— Non ! Il m'attend quelque part, j'en suis sûre. Peut-être même qu'il m'appelle en ce moment. Ô mon Dieu, il m'appelle et je ne suis pas là !

— S'il vous appelle, ce doit être d'un avion qui survole l'océan, m'entendis-je répondre sans ménagement. Vous pouvez me croire, c'est moi qui l'ai conduit à l'aéroport.

Je contemplai quelques instants celui qui m'avait parlé, refusant l'évidence, et gagnai le vestibule.

— Non, il m'attend ailleurs, forcément. Merci beaucoup, monsieur. Et joyeux Noël ! lançai-je en franchissant la porte.

— Merci à vous, répondit-il en la refermant précipitamment derrière moi.

J'avançai au ralenti vers l'ascenseur, bercée par la voix de Michaël. Il chantait la même romance qu'à notre première leçon particulière, et je me mis à fredonner la mélodie. Michaël chantait toujours. Il chantait de plus en plus fort quand je débouchai dans le hall. Et au gardien qui m'ouvrait la porte, je demandai :

— Vous l'entendez ?

— Hein ? Si j'entends quoi ?

Effaré, il me regarda m'éloigner sous la neige. Les flocons me cinglaient le visage, mais j'accueillais leurs caresses froides comme autant de baisers de Michaël. Il m'attendait au coin de la rue, chantant toujours. C'était follement romantique ! Je souris et m'avançai à sa rencontre, attirée par cette voix qui me prodiguait les promesses, et qui chantait, et qui chantait, de plus en plus haut et fort. Mais quand j'arrivai au carrefour, je m'aperçus qu'elle venait d'un autre coin de rue, juste en face. Michaël m'attendait sur le trottoir opposé, cette fois.

Des voitures klaxonnèrent, mais je les ignorai. Je ne voyais que lui, là-bas, si loin et si proche. Je murmurai : « Je viens, mon amour. » Et moi aussi je me mis à chanter, comme au premier jour. Bientôt, il me serrerait dans ses bras, comme alors, le temps d'un long, très long baiser.

La neige m'aveuglait, mais quelle importance ? La voix de Michaël me guidait. Je percevais à peine le clignotement des feux. Rouges, verts... à quoi bon m'en soucier ? Le monde entier avait les yeux fixés sur nous. Le monde était notre public. Dans un instant, un tonnerre d'applaudissements le ferait trembler sur ses bases, comme dans mes rêves les plus fous.

Je chantais à pleine voix, maintenant. Michaël n'était plus qu'à quelques pas de moi. Déjà, il me tendait les bras.

— Michaël !

Juste en face de moi, le hurlement d'un avertisseur déchira l'air. Des freins crissèrent, quelque chose heurta ma jambe droite. Je pivotai sous le choc et perdis l'équilibre, mais bizarrement, je n'atteignis jamais le sol. Je me sentis monter en tournoyant dans la tornade neigeuse, de plus en plus vite, de plus en plus haut.

Jusqu'à ce que tout devînt noir.

11

Pieds et poings liés

Je tombais en pivotant le long d'un immense tunnel blanc, interminablement. À chaque tour sur moi-même je voyais apparaître un nouveau visage. D'abord vint Sally Jean, triste et lasse à mourir. Puis papa, les yeux baissés de honte. Après lui, Jimmy, refoulant des larmes de rage. Et enfin ma petite Fern, qui souriait en me tendant les bras.

Plus bas, beaucoup plus bas, surgit le masque sévère de Grand-mère, puis celui de Randolph, sombre et préoccupé. Je vis ma mère, toute rose, la tête nichée au creux d'un oreiller de soie immaculé. Près d'elle se tenait Clara Sue, qui jubilait de me voir tomber ainsi, sans pouvoir m'arrêter. Puis Philippe émergea à son tour, les yeux luisants de convoitise. Et finalement, je vis Michaël. Il souriait.

Mais bientôt son sourire s'évanouit, et il se mit à rapetisser, rapetisser de plus en plus, avant de disparaître dans les profondeurs. Je m'entendis crier :

— Michaël ! Ne me quitte pas !

Autour de moi, des voix bourdonnèrent.

— Le moniteur, regardez ! Il se passe quelque chose !

— Elle revient à elle.

— Appelez le Dr Stevens.

— Ouvrez les yeux, Aurore. Allons, ouvrez les yeux !

Mes paupières battirent.

— Aurore ?

Peu à peu, la clarté environnante commença à prendre

forme. Je distinguai un grand mur d'un blanc laiteux, une vaste baie au rideau brun soigneusement tiré. Mon regard s'arrêta sur l'objet le plus proche de moi : une potence métallique avec son flacon à perfusion, qu'un tuyau reliait à mon bras. Quand je tournai la tête, je rencontrai le sourire d'une infirmière qui m'observait, debout près de mon lit. Elle avait les yeux bleus, les cheveux châtain clair et je ne lui donnai pas plus de vingt-cinq ans.

— Bonjour ! Comment vous sentez-vous ?

— Où suis-je ? voulus-je aussitôt savoir. Comment suis-je arrivée là ?

— Vous êtes à l'hôpital, Aurore, m'apprit-elle calmement. Vous avez eu un accident.

— Un accident ? Je n'en ai pas le moindre souvenir.

Je tentai de bouger, sans y parvenir : je me sentais vraiment très raide. L'infirmière m'installa plus commodément sur l'oreiller, le tapota et repoussa mes cheveux en arrière.

— Allez-y doucement pour commencer, Aurore. Le médecin sera là dans un moment et il vous en dira davantage.

— Mais de quel genre d'accident s'agit-il ?

— Vous avez été renversée par une voiture. Heureusement, elle ne roulait pas trop vite et vous n'avez pas été blessée. Mais le choc vous a projetée à terre. Vous êtes restée quelque temps dans le coma.

À nouveau, je parcourus la pièce du regard. On parlait dans le couloir, juste derrière la porte : des médecins et d'autres infirmières, d'après les voix.

— Dans le coma ? Combien de temps ?

— Quatre jours, en comptant aujourd'hui.

— Quatre jours !

J'essayai de m'asseoir, mais un vertige me saisit et je retombai sur l'oreiller.

— Tiens, tiens, tiens ! modula sur trois tons la voix du médecin qui entrait. Bon retour parmi nous ! Je me présente, Dr Stevens.

L'infirmière qui l'accompagnait semblait beaucoup plus âgée que la première, et nettement moins aimable. Quant à lui... Pas très grand, une carrure de lutteur, le visage plein, il devait friser la soixantaine et pourtant, comme il paraissait jeune ! Une fossette lui creusait le menton, ses yeux d'ambre pétillaient, et sa crinière noire, argentée aux tempes, soulignait sa distinction naturelle.

— Bonjour, m'entendis-je prononcer d'une toute petite voix.

— Bonjour à vous, répliqua-t-il avec un bon sourire, en effleurant mon drap d'un geste empreint de douceur.

— Qu'est-ce qu'il m'est arrivé ?

— Je lui ai parlé de l'accident, s'interposa la jeune infirmière.

— Eh bien, voilà ce qu'il vous est arrivé, jeune fille. Pendant la tempête de neige, vous êtes entrée en collision avec une voiture et vous avez fait un petit vol plané. Votre crâne a dû heurter un tas de neige durcie, et vous avez perdu conscience. Vous n'aviez pas l'air de tenir à vous réveiller, jusqu'à présent, ajouta-t-il en m'examinant d'un œil perspicace. Enfin, tout paraît normal et nous n'avons détecté aucune fracture. Cependant...

Il prit ma main dans les siennes, se pencha jusqu'à mon oreille et acheva en étouffant la voix :

— Vous savez certainement que vous êtes enceinte.

Brutalement ramenée à la réalité, je ravalai mes larmes et fis signe que oui.

— Et vous avez tenté de le dissimuler, n'est-ce pas ? C'est pourquoi votre famille l'ignorait ?

— Oui, chuchotai-je.

Je m'attendais à un froncement de sourcils, ou à une réprimande, mais non. Le Dr Stevens cligna simplement des paupières... et sourit.

— Voilà un bébé bien décidé à naître, déclara-t-il. Après un accident pareil, une autre aurait pu perdre son enfant, mais de ce côté-là, tout va pour le mieux.

Une boule se forma dans ma gorge et ma vue se brouilla. Le Dr Stevens se hâta d'enchaîner :

— Nous allons débrancher ce goutte-à-goutte et commencer à vous donner des aliments solides. Vous devriez être sur pied dans un jour ou deux. Après quoi, nous vous garderons encore un peu en observation et vous pourrez sortir. Je ne prévois aucune complication, ajouta-t-il gentiment. Pas de questions ?

— Quelqu'un sait-il que je suis ici ?

— Ah, c'est vrai ! Il y a une jeune fille qui attend depuis des heures dans le couloir. Elle est venue tous les jours, et s'est beaucoup inquiétée. Voilà ce que j'appelle une véritable amie ! Alors, prête pour une petite visite ?

— Oh oui, s'il vous plaît. C'est sûrement Trisha.

— Bien. Nous allons débrancher la perfusion et vous apporter quelque chose de plus consistant. Au début, vous vous sentirez un peu étourdie mais cela ne durera pas. Vous serez très vite d'aplomb. La cuisse droite vous fera mal pendant quelque temps, bien sûr : c'est là que la voiture vous a heurtée. Mais c'est l'affaire d'une semaine, ou un peu plus. L'essentiel, c'est que vous mangiez tout ce qu'on vous sert et n'essayiez pas d'en faire trop à la fois, d'accord ?

— Oui. Merci beaucoup.

Le Dr Stevens fit signe à l'infirmière, qui se mit en devoir d'ôter l'aiguille de mon bras. Puis il écrivit quelques notes sur la fiche accrochée au pied de mon lit, sourit et sortit avec la plus âgée des deux femmes. Celle qui s'occupait de moi fit basculer une manette, inclinant le matelas en position assise. Le mouvement n'eut rien de violent, mais ce fut suffisant : j'eus un étourdissement qui m'obligea à garder les yeux clos pendant quelques secondes. La jeune infirmière attendit que je me sente mieux pour annoncer :

— Je vous laisse, le temps d'aller vous chercher de quoi vous restaurer. Ensuite, vous pourrez voir votre amie.

— Merci, soupirai-je avec reconnaissance.

Je respirai profondément et m'efforçai de me rappeler l'accident, mais tout se brouillait dans ma tête. Je ne me souvenais même pas d'être allée chez Michaël. Je ne parvins qu'à rassembler quelques images disparates — le visage d'un homme âgé, la chambre de Michaël devenue si différente... et le petit sapin dans un coin du séjour. Ce fut assez pour que j'aie les yeux pleins de larmes.

— Hello ! lança une voix familière.

Et Trisha entra de son pas léger, faisant voler son écharpe blanche. Sa veste bleu marine était déboutonnée, et elle tenait en main une petite boîte enveloppée d'un papier cadeau. Avec sa queue-de-cheval et ses joues rosies par le froid, elle apportait une bouffée de fraîcheur et de vitalité dans la morne blancheur de ce décor d'hôpital. Ma main jaillit à la rencontre de la sienne.

— Hello, Trisha !

— Alors, comment te sens-tu ?

— Fatiguée, plutôt dans les vapes et meurtrie d'un peu partout. Dès que je lève la tête de l'oreiller, tout tourne, mais d'après le médecin ça passera vite. Je n'ai qu'à bien manger pour reprendre des forces.

Elle déposa la boîte sur ma table de nuit.

— Justement, je t'ai apporté des sucreries, pour que tu deviennes énorme et laide.

— Merci beaucoup !

J'avais réussi à sourire, mais après le regard que nous échangeâmes, ce sourire s'effaça.

— Tu sais ce qui m'est arrivé ? (Elle fit un signe affirmatif, sans lâcher ma main.) Je suis allé chez lui, mais il était parti. Il m'a abandonnée, Trisha.

— Il faut vraiment être un type dégoûtant pour faire une chose pareille ! Si seulement j'avais su tout de suite qu'il s'agissait de Michaël Sutton, je t'aurais mise en garde contre lui. Mais tu ne m'aurais pas écoutée, de toute façon...

— Peut-être qu'il a simplement peur pour sa carrière ?

— Non, c'est un affreux égoïste et rien d'autre. Et le bébé ? ajouta-t-elle un ton plus bas après un regard prudent vers la porte.

— De ce côté-là, tout va pour le mieux, comme dirait le Dr Stevens.

— Et toi, que comptes-tu faire à propos de... de lui ?

— Je n'en sais rien. Il est trop tard pour faire quoi que ce soit et d'ailleurs, je veux le garder.

— Sérieusement ?

— Ce n'est pas le Michaël de maintenant qui compte pour moi, mais celui d'avant. Je l'aimais, et il m'a peut-être aimée un peu, lui aussi. Le bébé est né de quelque chose de beau, et le petit sapin est toujours là. Oh, Trisha... nous devions passer un si merveilleux Noël ensemble, et aussi le réveillon du Nouvel An !

— Ne te rends pas malade avec ça, tu veux ? Tout ce que tu y gagnerais, c'est de rester ici plus longtemps.

Je l'approuvai d'un signe, en me mordant la lèvre. Et juste à ce moment l'infirmière entra, apportant de la compote et un carton de jus de fruits sur un plateau. Elle installa une table mobile en travers du lit et y déposa le plateau.

— Commencez par ça, me conseilla-t-elle en plantant la paille dans le berlingot.

Mes mains tremblèrent quand je voulus la porter à mes lèvres et Trisha proposa aussitôt :

— Je peux l'aider, si vous voulez ?

— Merci, accepta l'infirmière en souriant.

Et elle nous laissa seules. Trisha me tint la paille tandis que je buvais, et la première gorgée me coûta un effort immense. Je n'étais restée que quelques jours sans boire ni manger, mais on aurait dit que ma bouche et ma gorge ne savaient plus ce que c'était. Je n'aurais jamais cru qu'avaler du jus de fruits fût aussi difficile. Je dus attendre d'avoir repris mon souffle pour m'informer :

— Et chez nous, comment ça va ? Agnès doit être dans tous ses états.

— Ne m'en parle pas ! Quand la police a demandé à la voir, elle s'est mise à déambuler dans les couloirs en se tordant les mains, et en clamant à tous les échos que le bateau coulait. Mme Liddy a eu un mal fou à la calmer. Elle n'arrêtait pas de gémir que *jâââmais* une chose pareille n'était arrivée auparavant. Que ce n'était *âââbsolument* pas sa faute ! Pour finir, elle est allée se changer pour reparaître en grand deuil, et arpenter toute la maison comme une pleureuse antique. Elle commençait à me taper sur les nerfs, on aurait cru que tu étais morte ! Quand elle parlait de toi, c'était toujours au passé. Tu es devenue l'exemple à ne pas suivre. Une fille *sii* jolie, *sii* douée, mais beaucoup trop gâtée *hélâââs*. Alors à la fin, la moutarde m'est montée au nez, forcément. J'ai éclaté.

« Elle n'est pas morte, Agnès, arrêtez vos sornettes ! » Elle m'a regardée d'un air apitoyé, comme si c'était moi qui perdais la boule et pas elle. En désespoir de cause, je lui ai abandonné le terrain. Dès que j'avais un moment de libre, je venais ici, et j'attendais que tu te réveilles.

— Je sais, on me l'a dit. Tu as été si chic avec moi, Trisha ! Merci.

— Inutile de me remercier pour ça, nunuche ! Je ne peux pas supporter de te voir dans cet état. Dépêche-toi de reprendre des forces et de sortir d'ici. J'ai horreur des hôpitaux, il y a beaucoup trop de malades.

Elle éclata de rire et moi aussi, je ris même tellement que j'en eus mal au ventre. Mais c'était si bon…

— Je suis sûre qu'elle a prévenu ma famille, observai-je quand j'eus repris mon sérieux. Tu peux voir toi-même à quel point ils se soucient de moi.

Elle m'approuva en silence.

— D'ailleurs ça m'est bien égal, si tu savais !

— Tu ferais mieux de manger un peu de compote, suggéra-t-elle gentiment.

Et elle entreprit de me donner la becquée. Mais le seul fait d'être assise et de manger, si peu que ce fût, suffit à m'épuiser. J'avais peine à garder les yeux ouverts pendant qu'elle m'entretenait des événements de l'école. Et quand l'infirmière vint reprendre mon plateau, elle lui demanda de me laisser seule.

— À votre prochaine visite, elle ira déjà beaucoup mieux, lui promit-elle. Il lui faut du repos, c'est tout.

Trisha me serra la main.

— Je reviendrai demain. Je vais annoncer à Agnès que tu vas mieux, qu'elle peut mettre une robe bleue et une petite couche de maquillage, pendant qu'elle y sera !

Cette fois, je dus me contenter de sourire, et même d'une ébauche de sourire. Je me sentais trop faible. Trisha m'embrassa sur la joue, mais je ne l'entendis pas s'éloigner, ne la vis pas franchir la porte. Je dormais déjà.

Quand je m'éveillai, ce soir-là, on me servit des flocons d'avoine chauds et du thé. Je luttai contre le sommeil, prêtant l'oreille aux allées et venues des médecins et des infirmières, mais rien n'y fit. Régulièrement, je succombais à la torpeur, et ce fut ainsi que je passai la nuit.

Le matin me trouva en bien meilleure forme, et presque affamée. J'eus droit à des œufs à la coque et des toasts. Le Dr Stevens passa m'ausculter, m'examina le blanc de l'œil et déclara que je me remettais très rapidement. D'après lui, je pouvais être sur pied dans un jour ou deux.

Le déjeuner fut très bon, lui aussi. Je lui fis honneur et ouvris même la boîte de bonbons de Trisha. J'en mangeai deux et j'en offris aux infirmières. Puis une aide-soignante m'apporta des magazines et j'eus la force de lire pendant près d'une heure. En fin d'après-midi, Trisha revint avec une provision de nouvelles fraîches, en particulier sur ce qui se passait chez Agnès.

— Ça devient vraiment dingue, si tu savais ! J'ai beau lui répéter que tu vas bien, on dirait qu'elle est sourde. Elle t'a déjà passée aux profits et pertes et rangée dans sa galerie de portraits. Mais au moins, elle a quitté le deuil et recommencé à se farder : le spectacle continue, quoi !

— Et l'école, Trisha ? J'ai l'intention de terminer l'année scolaire, c'est très important pour moi.

Elle me décrivit en détail le remplaçant de Michaël.

— C'est un grand échalas, avec des lunettes à double foyer qui lui glissent tout le temps sur le nez, et un maniaque de la mesure. Si tu entendais les filles le singer ! Et un et deux, et un et deux... un vrai métronome, paraît-il.

Je pouffai.

— Tout le contraire du fascinant Michaël Sutton, en somme !

— Fascinant ? répéta-t-elle avec une moue de dégoût. Bon, il faut que je me secoue, j'ai une répétition. Oh, j'allais oublier ! Tu as reçu ça hier, annonça-t-elle en tirant une enveloppe de sa poche. J'ai mis la main dessus avant qu'Agnès la voie, elle retourne systématiquement ton courrier.

— Mais pourquoi ?

Trisha haussa les épaules.

— Va savoir, avec elle ! Mais comme cette lettre venait de Jimmy, j'ai pensé que tu la voudrais.

Je la lui arrachai des mains.

— Jimmy ! Oh, merci, Trisha.

— Vraiment pas de quoi. Bien, j'espère que le docteur te laissera sortir demain. Mais si par hasard ce n'était pas le cas, je passerai dans l'après-midi. De toute façon, à demain, dit-elle en m'embrassant sur la joue.

— Encore et encore merci, Trisha, m'écriai-je, les larmes aux yeux. Merci d'être ma seule amie et la plus chic fille du monde.

— Oh, mais je me ferai payer, ne t'inquiète pas ! Tu pourras prendre mon tour de service jusqu'à la fin du trimestre, par exemple.

— Volontiers.

— Salut ! lança-t-elle en s'en allant.

Je gardai longtemps les yeux fixés sur la porte qu'elle venait de franchir. Que serais-je devenue sans elle, pendant cette horrible épreuve ? C'était pendant les mauvais jours qu'on découvrait ses vrais amis. Tout ce qui m'était arrivé de bon à New York, mes leçons avec Mme Steichen, puis avec Michaël, les compliments des autres professeurs, les sorties et autres distractions passionnantes, rien ne comptait plus en regard de notre amitié. Je m'avisai brusquement que c'était mon bien le plus précieux, et, dans un grand élan, je fis le vœu de ne jamais la perdre. Puis, écrasant les larmes qui m'embrumaient la vue, je reportai mon attention sur la lettre de Jimmy.

Quel réconfort elle m'apportait ! Et pourtant, je ne méritais pas qu'il m'écrive. Pas après l'avoir trahi, lui qui m'aimait. Il fallait que je lui avoue la vérité, maintenant, et sans tarder. Ce serait peut-être la chose la plus difficile que j'aie faite de toute ma vie.

Je déchirai l'enveloppe, m'adossai à mes oreillers et m'absorbai dans ma lecture.

Chère Aurore,

L'hiver a été très dur, ici. Glacial, avec un vent à décorner les bœufs qui n'arrêtait pas, mais à l'armée on ne tient pas tellement compte du temps. Blizzard ou pas, il fallait sortir pour l'exercice et les corvées.

Tu seras contente d'apprendre que je suis passé Première Classe. Je fais partie d'un groupe de mécaniciens sélectionnés pour l'entretien des tanks. Pas mal, non ?

À part ça, je ne peux pas m'empêcher de remarquer que tes lettres continuent à raccourcir et à s'espacer. J'en conclus que tu as été très prise par ta carrière, alors je m'en réjouis pour toi. Je raconte à tout le monde que ma petite amie étudie dans un conservatoire pour devenir une étoile du chant.

Dernières nouvelles de la famille : la seconde Mme Longchamp est enceinte. Ça me fait tout drôle de penser que je vais avoir un petit frère ou une petite sœur, surtout maintenant que maman n'est plus là. J'ai du mal à m'y habituer.

Mais papa semble très heureux. Je crois qu'il aimerait une autre petite fille, une qui te ressemble.

Je ne lui ai pas dit, mais il n'y en aura jamais qu'une comme toi.

Tendresses,

Jimmy

Je reposai la lettre et fermai les yeux, le cœur serré. Pauvre Jimmy, si loin, si aimant, si confiant... Comment m'y prendre pour lui avouer ce que j'avais fait et ce qui m'était arrivé ?

Quand l'infirmière vint voir si je n'avais besoin de rien, je la priai de m'apporter un stylo et du papier, dans la ferme intention d'écrire à Jimmy. Mais je ne devais jamais commencer cette lettre. Un pas décidé résonna dans le couloir, accompagné par le tip-tap d'une canne, et je coulai un regard intrigué en direction de la porte. Mon cœur chavira quand je reconnus la silhouette qui s'encadrait dans l'embrasure. Grand-mère Cutler !

Pendant d'interminables secondes elle se contenta de rester là, appuyée sur sa canne, à me fixer de ses yeux durs. Elle me parut vieillie et amaigrie, mais à part cela toujours la même. Cheveux gris impeccablement coupés et coiffés, tel un casque emboîtant les oreilles, toilette élégante et soignée. Étole en vison, tailleur bleu à jupe longue, bottillons assortis, chemisier blanc à col tuyauté. Elle portait ses boucles d'oreilles en goutte d'or où scintillaient deux petits diamants et sur les lèvres une infime trace de rouge, comme toujours. Par contre, il me sembla qu'elle avait un peu forcé sur le fard à joues, et j'en conclus qu'elle cherchait ainsi à dissimuler sa mauvaise mine.

Le pli de sa bouche n'était plus aussi ferme. Sa lèvre inférieure tremblait de façon convulsive, à moins que ce ne fût de colère. Mais l'orgueil qui lui raidissait l'échine était toujours intact, lui. Et malgré les outrages du temps, elle restait toujours aussi redoutable.

Notre longue séparation m'avait fait oublier mon invincible éloignement pour elle, le pouvoir de ses yeux d'acier, et l'appréhension me saisit. Mon pouls s'accéléra. Et un lent sourire se dessina sur les lèvres de Grand-mère, pure grimace d'exécration et de dégoût. Je voulus m'asseoir et crier, hurler que je la détestais encore bien davantage. Mais je ne fis pas un geste et n'émis pas le moindre son, de crainte que ma voix ne trahît ma terreur. Grand-mère ferma soigneusement la porte derrière elle.

— Je ne m'étonne absolument pas de te trouver ici, et dans de semblables circonstances, énonça-t-elle en s'avançant dans la chambre. Comme je le disais encore à ta mère il y a quelques semaines, vous sortez du même moule, toutes les deux. Je savais que ton égoïsme et tes mauvais instincts reprendraient le dessus, que tous nos efforts ne serviraient à rien. Que nous pourrions dépenser des fortunes pour toi, t'envoyer ici ou ailleurs, le résultat serait le même. Et comme prévu...

Son sourire se mua en rictus amer.

— Tu t'es arrangée pour mettre la famille dans l'embarras. Agnès Morris m'a tenue informée de ta conduite. Je savais que ce genre de chose finirait par arriver. Et c'est arrivé, constata-t-elle avec une satisfaction évidente.

— Pensez ce que vous voulez ! m'écriai-je, cela m'est bien égal.

Mais je fus incapable de soutenir son regard : il me brûlait comme un fer chauffé à blanc. Elle me jeta un coup d'œil acerbe, examina rapidement la pièce et ricana.

— En effet. Tu t'es donné beaucoup de mal pour me le prouver.

Puis elle leva sa canne et en donna un coup sec sur le pied de mon lit.

— Regarde-moi, quand je te parle !

Je redressai la tête, prête à riposter, mais la férocité de son expression me prit de court. Les mots me restèrent dans la gorge. Puis, sur ces lèvres qui ne connaissaient plus la douceur du sourire, un semblant de sourire se forma.

— Ne t'inquiète pas, je ne me faisais pas d'illusions, malgré toutes les louanges dont on nous accablait sur tes soi-disant talents et mérites. Je savais d'où tu sortais et comment tu finirais. Je m'attendais aux pires ennuis. La seule chose que je n'avais pas prévue, c'est qu'ils se produiraient si vite, et là, je reconnais que tu m'as étonnée.

J'enfouis mon visage entre mes mains. Une fois de plus, le destin m'avait tendu un piège et maintenant, la tête dans le nœud coulant, je me débattais au bout de la corde. Je tremblais, incapable de penser, de m'exprimer. Emmurée en moi-même, il me semblait que j'avais perdu la parole et jusqu'au pouvoir de pleurer.

— Inutile d'essayer de cacher ta honte, elle ne sera bientôt que trop visible ! Heureusement, le hasard a permis que tu aies eu un accident. Une chance !

Je laissai brusquement retomber mes mains.

— Quoi ! Vous appelez une chance le fait d'avoir été renversée par une voiture ?

Les lèvres minces de Grand-mère se rétrécirent encore.

— Cet accident nous fournit une excellente excuse pour te retirer du collège, rétorqua-t-elle.

Et son rictus devint une grimace de triomphe. Ce n'était plus moi qu'elle regardait, maintenant, mais une certaine partie de mon corps, qui manifestement attisait sa colère. Et tout ce qui provoquait sa colère, Grand-mère Cutler le détruisait.

— Me retirer de Bernhardt ?

— Évidemment, cracha-t-elle, et son regard haineux me transperça comme un dard. Tu n'espères quand même pas que je vais continuer à payer tes études dans ces conditions ? Et que j'ai envie de te voir promener ton gros ventre dans les couloirs du collège ? Tu y as été admise en tant que Cutler. Et tout ce que tu fais, que tu t'en soucies ou pas, atteint le renom des Cutler. J'ai d'excellents amis parmi le conseil d'administration, et une réputation à défendre.

Et, comme si elle devinait tout ce qui se passait en moi, elle attacha sur moi ses yeux venimeux de vieille sorcière. Je ne baissai pas les miens : je la défiai. Je voulais qu'elle sache à quel point la seule idée de lui être apparentée m'était odieuse. Qu'elle comprenne quel désir de vengeance m'habitait. Et que j'aurais ma revanche. Eut-elle conscience de ma haine ? En tout cas, elle l'ignora. Elle ne reculait devant rien.

— Qui est le père de cet enfant ? s'enquit-elle en heurtant le sol de sa canne.

Je détournai la tête.

— Eh bien, qui est-ce ?

— Quelle importance, maintenant ?

Les paupières me piquaient, à force de retenir mes larmes. Mais pour rien au monde je ne lui aurais donné la satisfaction de me voir pleurer. Subitement, sa tension parut se relâcher.

— Tu as raison. Au point où nous en sommes, à quoi bon savoir qui est le père ? D'ailleurs, tu l'ignores probablement toi-même.

— C'est faux ! Je ne suis pas ce genre de fille.

— Non, fit-elle en retroussant une lèvre méprisante, tu n'es pas ce genre de fille. Tu te retrouves enceinte, dans un lit d'hôpital, parce que tu es une honnête jeune fille, l'honneur de ta famille.

Une fois de plus, je plaquai les paumes sur mon visage. Grand-mère Cutler ne disait rien, et je souhaitai qu'elle s'en aille, qu'elle me laisse enfin tranquille. Mais elle était venue pour reprendre le contrôle de ma vie, décider de mon avenir, exactement comme elle l'avait toujours fait pour tous les Cutler. Et je savais parfaitement qu'elle y prenait plaisir, malgré tout son mépris pour moi et son dépit d'avoir à me compter parmi les membres de sa famille.

— Tu ne peux pas retourner à Bernhardt, commença-t-elle, pas plus que chez Agnès Morris. Et je ne tiens pas du tout à te voir revenir à l'hôtel. Tu t'imagines en train de te pavaner dans tout Cutler's Cove, enceinte jusqu'au menton ? Quelle honte pour nous tous !

Je reposai les mains sur le drap, résignée à ma défaite.

— Que voulez-vous, alors ?

— Ce que je veux, je l'obtiens toujours, je ferai donc le nécessaire. Nous laisserons croire que tes blessures sont beaucoup plus graves qu'en réalité. Que nous t'envoyons dans un centre de rééducation motrice. Cette version palpitante devrait satisfaire la curiosité générale.

« En fait, je t'envoie dès demain chez mes sœurs, Emily et Charlotte Booth. Tu resteras chez elles jusqu'à ton accouchement, après quoi, j'aviserai.

— Et où habitent vos sœurs ?

— Qu'est-ce que ça peut bien te faire ? En Virginie, si tu tiens à le savoir. À une trentaine de kilomètres à l'est de Lynchburg, dans l'ancienne plantation de mon père, tout près d'Upland. Mes sœurs sont prévenues de ton arrivée et au courant de ton état. Une voiture t'attendra à l'aéroport pour t'emmener directement à Grand Prairie.

— Et toutes les affaires que j'ai laissées chez Agnès ?

— Elle rassemblera tout ce qui t'appartient et te fera expédier tes bagages. Tu ne peux pas savoir à quel point elle a hâte d'effacer toutes les traces de ton séjour chez elle.

— Ça ne m'étonne pas, avec tous les mensonges que vous lui avez racontés sur mon compte ! Votre lettre était un ignoble torchon !

— Ce torchon, comme tu dis, s'est avéré singulièrement prophétique, observa-t-elle avec satisfaction. De toute façon, ton équipée new-yorkaise est terminée.

— Mais il y a des gens à qui j'aimerais dire au revoir, quand même ! Mme Liddy…

— Assez ! glapit Grand-mère. Nous essayons tant bien

que mal de sauver la face. De quoi aurons-nous l'air si une soi-disant blessée grave se promène dans toute la ville ! Officiellement, tu es en cure de réadaptation, ne l'oublie pas.

— Mais qui va croire une chose pareille ?

— Les gens comme il faut n'oseront jamais mettre ma parole en doute, trancha-t-elle avec son assurance indéfectible. La direction du conservatoire a déjà été mise au courant.

S'il me fallait une preuve de son aptitude à reprendre en un tournemain le contrôle de ma vie, j'étais servie. Mais que pouvais-je faire ? Où pouvais-je aller ? J'étais enceinte, je n'avais pas un sou sur moi. Il n'était pas question de me réfugier chez papa, maintenant que sa nouvelle femme attendait un enfant.

— Ta mère a été avertie de tes prouesses, reprit ma terrible aïeule, en prononçant « mère » comme si elle proférait une grossièreté. Naturellement, elle a piqué une de ses fameuses crises de nerfs et appelé son médecin, le onzième ou le douzième, j'en perds le compte. Ce personnage lui a planté une de ces choses dans le bras...

Elle désigna la potence à perfusion, repoussée dans un coin de la chambre.

— ... et elle clame à qui veut l'entendre qu'elle ne peut plus avaler une bouchée. Une infirmière la veille vingt-quatre heures sur vingt-quatre, et tout ça par ta faute. Alors à ta place, je ne perdrais pas mon temps à l'appeler à l'aide. La pauvre est incapable de s'occuper d'elle-même, mais ça... nous le savions déjà ! acheva-t-elle.

La brève lueur de plaisir qui dansa un instant dans ses yeux m'indigna.

— Pourquoi la haïssez-vous à ce point ?

Quelque chose me disait qu'il y avait un autre motif à cette aversion qu'une incartade avec un chanteur de passage. D'ailleurs, c'était une vieille histoire maintenant, ma mère était toujours la femme de Randolph et elle avait donné deux autres petits-enfants à Grand-mère Cutler.

— Je hais la faiblesse et la complaisance pour soi-même. Malgré sa beauté, ta mère n'a jamais été qu'un poids mort. Beauté trompeuse, entre nous soit dit. Ce n'était qu'un masque ! Mais mon fils, comme tous les autres d'ailleurs, n'a jamais été capable de voir ce qui se cachait derrière, et il en est toujours là.

« Et toi aussi, j'en suis sûre, tu trouveras un jour un pauvre imbécile qui sera à genoux devant toi, comme Randolph devant ta mère. Mais jusque-là, contente-toi de m'obéir.

« J'ai déjà parlé à ton médecin. Tu pars demain matin après le petit déjeuner, alors tiens-toi prête. Toutes les dispositions sont déjà prises et il n'est pas question de faire attendre qui que ce soit, tu as compris ?

— Oui, rétorquai-je en attachant fermement mon regard au sien, j'ai compris. J'ai compris qui vous étiez, combien vous êtes malheureuse et combien vous avez dû l'être, pendant toute votre vie.

Ses yeux flamboyèrent et elle se raidit, retrouvant instantanément son port de reine.

— C'est trop fort ! Regarde-toi, avant de te permettre de t'apitoyer sur qui que ce soit... et surtout sur moi. Tu es on ne peut plus mal placée pour le faire.

— C'est pourtant ce que je fais, affirmai-je, avec un calme qui me surprit moi-même. Je vous hais moins que je ne vous plains. Et si j'éprouve de la haine, c'est pour les choses qui vous ont rendue telle que vous êtes.

— Garde ta pitié pour toi, tu en auras besoin ! aboya-t-elle en tournant les talons, si brusquement qu'elle faillit perdre l'équilibre.

Puis elle sortit en claudiquant, et le bruit de sa canne s'éloigna dans les couloirs.

Je retombai sur mon oreiller, vaincue et bien trop faible pour essayer de contenir mes larmes. Au point où j'en étais ! Michaël avait fui. Jimmy me haïrait quand il apprendrait la vérité. Papa s'était remarié, il attendait un nouvel enfant. Tous ceux que j'aimais et qui comptaient pour moi étaient loin. Grand-mère Cutler me tenait à sa merci, et je ne pouvais m'en prendre qu'à moi-même.

Adieu mes beaux rêves de gloire, mes folles amours et mes chimères. Fini le temps où l'innocente que j'étais croyait encore aux contes bleus. Et les promesses d'avenir, le tourbillon de jeunesse, de musique et de joie, les grandes espérances... envolés, eux aussi !

Le jour lui-même avait perdu son éclat. Des nuages noirs masquaient le soleil, déversant leur ombre sur la ville comme des torrents de pluie. La lumière sinistre qui baignait ma chambre d'hôpital me fit frissonner, je remontai ma couverture et me pelotonnai dans sa chaleur. Demain, je serais arrachée à la cité de mes rêves. Je disparaîtrais, escamotée comme si je n'avais jamais existé. Pauvre Mme Steichen, comme j'allais la décevoir ! Sa foi en moi, son travail acharné, tout cela n'aurait servi à rien.

Michaël m'avait bien dit que la passion conduisait au désespoir. Mais sur le sentiment d'abandon et de vide qu'elle laissait derrière elle, il avait prudemment gardé le silence. Avertie du danger que je courais, je n'aurais peut-être pas succombé à la tentation de l'amour.

Ma mère avait-elle vécu la même expérience ? Cela pouvait expliquer sa faiblesse nerveuse, en tout cas. Et si Grand-mère Cutler avait raison en soutenant que je lui ressemblais ? Allais-je devenir comme elle, moi aussi ?

Le seul fait de retourner ces pensées dans ma tête suffit à m'épuiser. Mes yeux se fermaient d'eux-mêmes et je ne cherchai pas à lutter contre le sommeil. Lui seul pouvait me soulager du poids oppressant de la réalité. Le piège du destin s'était refermé sur moi, une fois de plus. Et cette fois encore, Grand-mère Cutler était la gardienne de ma prison.

Le Dr Stevens passa de bonne heure le lendemain, et, après un dernier examen, me déclara en état de quitter l'hôpital. Il signa mon autorisation de sortie et, dès que j'eus pris mon petit déjeuner, l'infirmière vint m'aider à m'habiller. Une fois prête, je compris que j'allais manquer la visite de Trisha et demandai à me servir du téléphone. Ce fut Agnès qui répondit.

— Aurore ?

Le silence qui suivit me parut bien long.

— Oui, c'est bien moi. Je vous appelle de l'hôpital.

— Aurore. Vous avez dû vous tromper de numéro, reprit-elle d'une voix glaciale. Je ne connais personne de ce nom.

— Agnès, je vous en prie ! Il faut que je parle à Trisha.

— Trisha est au collège.

Elle mentait, je connaissais par cœur les horaires : Trisha ne pouvait pas être déjà sortie. Je me fis suppliante.

— Agnès, s'il vous plaît... Je pars d'un moment à l'autre, je n'aurai plus l'occasion d'appeler Trisha et elle va se déranger pour rien. Voulez-vous lui dire que je suis au téléphone ?

La voix d'Agnès monta subitement d'une octave.

— Hélas ! Croyez que votre proposition m'intéresse, mais j'ai déjà signé un autre engagement.

— Agnès !

— Peut-être pourriez-vous changer la date de votre spectacle ? suggéra-t-elle avec un petit rire perlé. D'autres producteurs l'ont déjà fait pour moi.

Je compris que je n'en tirerais rien. Ou bien elle agissait ainsi parce que Trisha se trouvait dans les parages, ou bien elle déraillait, happée par le flot de ses souvenirs.

— Agnès, implorai-je à travers mes larmes, voulez-vous me laisser parler à Trisha ?

— Désolée, répliqua-t-elle sans douceur, je suis très occupée.

Et elle raccrocha.

— Agnès ! m'écriai-je, en pure perte.

Je reposai le combiné sur sa fourche et j'éclatai en

sanglots. Comment Trisha saurait-elle où me joindre et ce que j'étais devenue, maintenant ?

L'infirmière me demanda ce qui n'allait pas et je lui expliquai la situation.

— Laissez un mot pour votre amie, me conseilla-t-elle. Je le lui ferai parvenir.

— Vous feriez cela ? Oh, merci beaucoup.

Je pris sur ma table de nuit le papier prévu pour écrire à Jimmy et rédigeai ma lettre d'adieu à Trisha.

Chère Trisha,

Quand tu liras ceci, je serai partie depuis longtemps. Grand-mère Cutler est venue et a repris le contrôle de ma vie. Je vais habiter chez ses sœurs, en Virginie, jusqu'à la naissance du bébé. Ni vu ni connu, je disparais de la circulation, la précieuse renommée des Cutler est sauve. Je ne connais même pas l'adresse exacte des demoiselles Booth, une plantation près d'Upland ; et ici ou ailleurs... ça m'est bien égal, maintenant. Tu es la seule personne qui me manquera, c'est tout ce que je sais. Je t'écrirai chaque fois que j'en aurai l'occasion. S'il te plaît, dis au revoir de ma part à Mme Liddy, aux jumelles et même à ce farfelu de Donald.

Et merci, Trisha. Merci de tout cœur d'être la meilleure amie qu'on puisse avoir.

Avec toute mon affection,

Aurore

Je pliai le billet, le remis à l'infirmière et, peu de temps après, un chauffeur vint me chercher. Un simple employé d'une compagnie privée, dont Grand-mère Cutler avait loué les services pour me conduire à l'aéroport. Il était clair qu'il me considérait comme un paquet à livrer, ni plus ni moins. Comme les formalités de sortie étaient remplies et que Grand-mère avait tout organisé, il ne me restait qu'à le suivre. L'infirmière me souhaita bonne chance et je quittai les lieux, sans rien emporter à part les vêtements que j'avais sur le dos le jour de l'accident.

— Pas de bagages ? s'étonna le chauffeur.

— Non, monsieur. Tout a déjà été expédié, ou va l'être sous peu.

— Parfait, commenta-t-il, ravi de se voir ainsi simplifier la tâche. Allons-y.

Le luxe de la limousine me surprit d'abord, mais je crus comprendre la raison d'une telle dépense. Grand-mère devait tenir à bien montrer quels soins attentifs elle prodiguait à sa chère famille. Je me blottis dans un coin de la spacieuse banquette en cuir noir et, pendant toute la traversée de la ville, je ne détournai plus les yeux de la fenêtre. Tous les souvenirs de mon arrivée à New York me revenaient en foule. Je faisais le trajet inverse, cette fois-ci, et dans des conditions fort différentes.

J'avais éprouvé une telle joie ce jour-là ! Je n'étais pas très rassurée, pourtant, mais la vue de tous ces gratte-ciel et de cette foule affairée me communiquait un sentiment d'excitation fébrile. La tête pleine de rêves, je me voyais déjà vivre dans un de ces fabuleux appartements construits sur les toits, cantatrice célèbre et richissime. Alors qu'aujourd'hui...

Aujourd'hui, je regardais tout avec d'autres yeux. Les gens hâtaient le pas pour lutter contre le froid, les voitures se traînaient le long des rues glissantes de gadoue, le soleil avait disparu. Les passants me semblaient préoccupés, nerveux, rongés par l'ennui, la ville sinistre et sale.

Seules les décorations de Noël aux devantures des magasins me mettaient un peu de joie au cœur. Quelle merveilleuse promenade j'aurais pu faire avec Michaël sur la Cinquième Avenue, serrée contre lui et les mains bien au chaud dans mes moufles fourrées ! Nous aurions écouté les chanteurs de rues, admiré les vitrines. Et plus tard, allongés au pied de notre petit sapin, nous aurions fait des projets d'avenir...

C'était justement cette avenue que nous suivions, et

j'aperçus un couple d'amoureux qui marchait main dans la main, exactement comme je rêvais de le faire avec Michaël. La jeune femme resplendissait de bonheur et de vitalité, elle avait les joues toutes roses et les yeux lumineux, pleins de tendres promesses. Son compagnon gesticulait avec exubérance et elle riait de ses propos. Je pouvais même voir leur haleine s'échapper de leur bouche et monter devant eux, joyeux flocons de vapeur blanche qui se diluaient aussitôt dans l'air.

La voiture s'engagea dans un virage et je me retournai pour les suivre des yeux, le plus longtemps possible. Puis le chauffeur accéléra et le jeune couple disparut derrière moi, vivante image de mes rêves évanouis.

12

Grand Prairie

Je m'endormis à peine installée à bord, pour ne me réveiller qu'à l'annonce de l'atterrissage. Le trafic était plutôt fluide à l'aéroport, ce qui me rassura. Je n'aurais aucun mal à localiser la personne qui devait me conduire à Grand Prairie, où habitaient les sœurs de Grand-mère Cutler. Mais une fois dans le hall d'arrivée, j'eus beau chercher parmi la foule de ceux qui guettaient les passagers, je ne vis aucun écriteau portant mon nom. En quelques minutes, tout le monde ou presque était parti. Je me retrouvai pratiquement seule et m'assis dans un fauteuil pour attendre.

Une heure interminable s'écoula, et je commençai à m'interroger. Des gens se croisaient en tous sens, la plupart courant vers les diverses portes numérotées pour embarquer, mais personne ne se présenta pour venir me chercher. Résignée, je m'adossai confortablement, croisai les bras et fermai les yeux. J'étais encore très fatiguée. Un tel voyage en sortant de mon lit d'hôpital m'avait épuisée, et cette longue attente n'arrangeait rien. Je ramenai les genoux sous moi, me pelotonnai dans mon fauteuil et, presque instantanément, je m'assoupis. Je rêvai que je dormais dans la voiture de papa, sur la banquette arrière, blottie contre Jimmy. Je me sentais bien, à l'abri de tout, et je sursautai désagréablement quand une main me secoua l'épaule.

J'ouvris les yeux et me trouvai face à face avec un grand diable hirsute et tout efflanqué, dont les cheveux bruns retombaient en gerbe crasseuse sur un front couturé de rides. D'autres plis marquaient le coin de ses yeux noirs et sans éclat, profondément enfoncés de chaque côté d'un long nez maigre, et il avait sérieusement besoin de se raser. Un poil rugueux mêlé de gris formait de vilaines plaques sombres sur son visage blafard et se montrait un peu partout : autour de sa pomme d'Adam et même au creux de ses oreilles. Sa lèvre inférieure pendait, révélant une denture jaunie par le tabac, et une ligne brune tracée par le jus de chique allait du coin de sa bouche à son menton. Il portait une chemise en flanelle déchirée sous une salopette délavée, et ses bottes boueuses dégageaient une odeur suspecte. Je préférai ne pas savoir dans quoi il avait dû marcher ! Il m'aborda sans plus de façons :

— C'est vous la fille ?

— Pardon ?

— C'est vous la fille ? répéta-t-il d'une voix râpeuse, comme s'il avait du sable dans la gorge.

— Je m'appelle Aurore. Êtes-vous la personne qui doit me conduire à Grand Prairie ?

— Comme qui dirait, ronchonna-t-il. On y va !

Il n'attendit même pas que je me lève pour s'en aller, et je dus courir derrière lui.

— Il y a un moment que je vous attends, observai-je quand je l'eus rattrapé.

Il ne tourna même pas la tête. Les pouces dans les bretelles, il avançait à grandes enjambées, en regardant droit devant lui. Je notai qu'il avait les mains sales et les ongles en deuil, longs et tout fissurés.

— Toute la matinée à saler du cochon, bougonna-t-il encore. Et après ça, foncer à l'aéroport. Ça fait de la route !

— Savez-vous si mes bagages sont arrivés ? Tous mes vêtements ont été expédiés de New York.

Je ne m'attendais pas vraiment à une réponse de sa part, et je n'en obtins pas. Enfin, pas tout de suite. Il continua du même pas jusqu'à la porte extérieure et, la main sur la poignée, consentit à laisser tomber :

— J'en sais rien.

Je le suivis au-dehors et trottai derrière lui pour traverser la rue, en direction du parking. Il ne prêtait pas la moindre attention à la circulation. Les voitures freinaient brutalement sur son passage, des chauffeurs l'injuriaient, mais cela ne semblait pas le déranger le moins du monde. La tête légèrement penchée en avant, le regard fixe, il continuait son chemin sans raccourcir le pas, droit devant lui.

Une fois sur l'aire de stationnement, il tourna brusquement et me précéda jusqu'à une camionnette noire, cabossée et couverte de rouille. De loin, déjà, sa puanteur soulevait l'estomac, mais en arrivant tout près je dus plaquer la main sur ma bouche et détourner les yeux. Mon guide passa du côté conducteur et ouvrit la portière.

— Grimpez ! me jeta-t-il par-dessus son épaule. Faut que j'aille retourner le fumier des vaches et regonfler un pneu du tracteur.

Je m'approchai de la camionnette en retenant ma respiration et ouvris la porte de mon côté. Je découvris un siège lacéré dont jaillissait un bouquet de ressorts : où étais-je censée m'asseoir ? Déjà au volant, mon chauffeur parut comprendre le problème. Il tendit le bras derrière lui, ramena une couverture brunâtre et douteuse et l'étendit sur mon coussin. Et voilà sur quoi j'étais censée m'asseoir ! Je m'exécutai sans hâte et m'installai le plus commodément possible. Instantanément, l'homme tourna la clef de contact. Le camion tressauta, crachota, recula, et nous quittâmes le parking en marche arrière.

Je tentai de baisser la vitre poisseuse pour faire entrer un peu d'air, mais la poignée tournait à vide.

— Elle marche plus, m'informa mon cicérone sans détourner les yeux de la route. Et je vois pas comment je pourrais la réparer, avec Emily qu'est toujours à me commander et ci et ça. Pas moyen de moyenner.

— C'est encore loin ? m'inquiétai-je, pas très emballée à l'idée de faire un long trajet dans ce véhicule étouffant.

Sans compter l'odeur, ni les cahots. La camionnette bondissait en gémissant à chaque bosse et à chaque nid-de-poule. Ma nausée s'aggravait à chaque tour de roue et j'avais le plus grand mal à garder mon petit déjeuner dans l'estomac.

— Dans les quatre-vingts bornes, je dirais. Et j'ai même pas mon dimanche, avec ça ! commenta-t-il en appuyant sur l'accélérateur.

Peu de temps après, il s'engageait dans un virage et la camionnette roula enfin sur une autoroute.

— Et vous ? finis-je par demander, comme il ne semblait pas disposé à se présenter. Qui êtes-vous ?

— M'appelle Luther.

Il fallait vraiment lui arracher les mots de la bouche, mais parler me semblait le meilleur moyen de supporter ce trajet pénible.

— Il y a longtemps que vous travaillez à Grand Prairie ?

— Depuis que je sais soulever une botte de foin et la balancer sur une charrette. J'ai jamais travaillé ailleurs. (Luther daigna enfin se tourner vers moi.) Z'êtes une petite-fille à Liliane, pas vrai ?

— Oui, admis-je à contrecœur.

— Une éternité que je l'ai pas vue ! Elle revient plus par chez nous, mais l'est devenue drôlement riche, à ce qu'y paraît. L'a toujours été la plus maligne. C'est pas dur d'être plus malin que Charlotte, notez bien. La pauvre, elle est innocente comme l'agneau qui vient de naître !

Il s'attendrit un peu en prononçant ces derniers mots et, pour la première fois, j'eus l'impression qu'il souriait.

— À quoi ressemble Grand Prairie ?

— À toutes les vieilles plantations, ou tout comme. C'est plus pareil qu'au bon vieux temps, ah ça non ! Mais les gens non plus, pas vrai ? Ni le gouvernement, ni le pays, ni les saisons. Il y a plus rien qui soit comme avant.

— Et mes tantes ?

Il me dévisagea longuement avant de reporter son attention sur la route.

— Vous savez pas ?

— Non.

— Eh ben, vaut mieux voir ça vous-même, annonça-t-il en branlant du chef. Ouais, vaut mieux ça.

Après cela, il n'ouvrit pratiquement plus la bouche, sauf pour émettre des grognements indistincts ; tantôt il s'adressait à un chauffeur, tantôt il se plaignait à lui-même d'une chose qui lui avait déplu, mais laquelle ? Je renonçai à comprendre et m'efforçai de me faire une idée du paysage. Tout me semblait sinistre et gris à travers les vitres encrassées, et pourtant le soleil se montrait souvent. Mais au bout d'une demi-heure de route, environ, le temps se gâta pour de bon et la lumière baissa sensiblement, surtout sous le couvert des magnolias. De gros nuages projetaient partout des flaques d'ombre violette, noyant les maisons et les champs dans une quasi-obscurité.

Les petites fermes pimpantes et les hameaux ne tardèrent pas à s'espacer. Nous traversions de vastes terres incultes et desséchées, où se dressait de loin en loin une habitation délabrée. À mesure que nous approchions, les détails se précisaient : planches décolorées et porches de guingois, balustrades brisées ou manquantes, gazons pelés où voisinaient carcasses de voitures et vieux fauteuils défoncés. En général, ces débris servaient de jouets à toute une pauvre marmaille noire. Dès qu'ils nous apercevaient, les enfants cessaient leurs jeux et fixaient sur nous leurs grands yeux vides et vaguement curieux.

Finalement, un panneau routier signala Upland et la mémoire me revint. C'était la ville la plus proche de la plantation, d'après Grand-mère. Mais pouvait-on appeler cela une ville ? Je ne vis qu'une épicerie servant également de bureau de poste, une station d'essence flanquée d'un petit restaurant, un salon de coiffure et une bâtisse mi-bois mi-pierre dont l'enseigne annonçait une entreprise de pompes funèbres. À l'autre bout de la localité se dressait une gare, apparemment désaffectée depuis des lustres. Des planches aveuglaient toutes les fenêtres et d'innombrables pancartes répétaient le même avertissement : *Défense d'entrer*. Il n'y avait pas de trottoirs à Upland, et pas âme qui vive dans les rues, à part quelques chiens vautrés dans la boue. Quel trou ! Nous avions jeté l'ancre dans des endroits plutôt minables, au temps de nos errances avec papa ; mais jamais, au grand jamais, je n'avais vu de village aussi déprimant que celui-là.

Passé la gare, Luther tourna pour s'engager sur une route beaucoup plus étroite, desservant des baraquements de plus en plus rares et qui ne méritaient même plus le nom de fermes. Les pauvres gens qui vivaient là devaient à peine gagner de quoi survivre. La chaussée elle-même cessa d'être une route. La camionnette brinquebalait sur le sol défoncé, tandis que Luther s'ingéniait à viser les quelques plaques de bitume encore solides. Puis il ralentit et vira sur la droite, dans un chemin de terre dont une crête d'herbe jaunie marquait le centre. Mais il avait beau rouler lentement, cela n'empêchait pas la camionnette de tirer des bords et je sentis revenir mes nausées.

— Tout ça, c'est Grand Prairie, m'informa-t-il quand nous atteignîmes une barrière en bois toute bancale.

Bancale ou pas, elle bordait les deux côtés de la route à perte de vue. Et si les champs ne montraient que buissons et broussailles, je dus m'avouer que leur étendue m'impressionnait. On n'en voyait pas la fin.

— Et tout ça leur appartient ?

Luther émit un bruit de gorge désabusé.

— Pour ce que ça leur rapporte, à c't' heure !

J'en restai bouche bée. Comment pouvait-on mépriser les revenus d'un pareil domaine ? Les sœurs Booth devaient être fabuleusement riches. Je m'adossai à mon siège, curieuse de contempler une de ces fameuses plantations du Sud. J'avais entendu parler de ces grandes propriétés, des vieilles familles qui les géraient, aussi attachées à leur prospérité qu'à leurs traditions. Ce ne serait peut-être pas si mal de vivre ici, finalement. Je me reposerais, je mangerais à ma faim, je profiterais du bon air. Tout cela ne pourrait que faire le plus grand bien à mon bébé.

Luther ralentit encore et je me penchai en avant. Par-dessus les frondaisons pointaient les hautes cheminées de brique et les pignons de Grand Prairie. La demeure devait être gigantesque ! Deux piliers de pierre, coiffés de boules de granit, marquaient le départ de l'allée. Quant à l'allée elle-même... ce n'était qu'un sentier boueux, hérissé de cailloux. Quand Luther s'y engagea, je découvris ce qui avait dû être une des merveilles du vieux Sud, et n'en était plus désormais que le fantôme.

D'un coup d'œil, j'enregistrai tout. Les fontaines de marbre taries, dont certaines s'effondraient. Les haies squelettiques et racornies, les parterres dévastés où béaient de grands vides, les murs écornés, fissurés. Et la pelouse, immense, il est vrai, mais hideuse avec ses plaques de gazon jauni disséminées un peu partout. Et la grande maison à étage, sa charpente aux dimensions intimidantes tapie dans l'ombre, comme engluée dans un éternel crépuscule.

Une galerie à colonnes courait le long de la façade. Mais la vigne vierge qui grimpait aux piliers ne montrait plus la moindre feuille, on aurait dit de la corde pourrie. Des volets noirs encadraient les fenêtres à petits carreaux couronnées de frontons décoratifs, mais plusieurs d'entre eux manquaient. Elles paraissaient comme dépouillées. Seules quelques-unes d'entre elles, au rez-de-chaussée, laissaient filtrer un peu de lumière falote.

Luther contourna le corps de logis sur la droite et j'aperçus les communs, bâtiments chancelants auxquels une couche de peinture n'aurait certes pas fait de mal. Des débris de machines agricoles rouillés jonchaient l'arrière-cour, où déambulait librement la volaille. Quelques poulets se pavanaient sur le porche, et là, au coin de la maison, n'était-ce pas une truie qui débouchait en se dandinant ?

Luther freina sans crier gare.

— Feriez aussi bien de descendre ici, faut que j'aille à l'étable.

J'ouvris la portière et mis lentement pied à terre. La camionnette s'éloigna, soulevant un tel nuage de poussière que je faillis suffoquer. Je m'éventai de la main et, quand j'y vis un peu plus clair, je levai les yeux pour examiner la demeure. Les vitres des mansardes reflétaient le peu de clarté qui suintait des nuages, de plus en plus nombreux et menaçants. J'eus l'impression qu'elles me jetaient des regards de colère. Plus haut, la crête du toit semblait toucher le ciel noir. Le vent froid me donnait la chair de poule et me picotait les joues. Comme l'entrée paraissait immense, dans les ténèbres... J'étreignis frileusement mes épaules et m'élançai sur les marches branlantes.

Mes bottes claquèrent sur les dalles disjointes du perron. Le bruit chassa les corbeaux qui voletaient entre les colonnes et, protestant à grands cris contre mon intrusion, ils s'élancèrent tous à la fois pour aller se perdre dans la nuit.

Je saisis le marteau de cuivre et le laissai retomber sur sa plaque. Un son caverneux s'éleva de l'autre côté du panneau de bois, grandit, s'amplifia... mais j'attendis en vain. Rien ne se produisit. Je heurtai à nouveau, heurtai encore : toujours rien. Et brusquement, la porte s'ouvrit avec violence, dans un affreux gémissement de ferraille. Tout d'abord, je ne vis personne. Il n'y avait presque pas de lumière dans l'entrée, qui donnait sur un vaste hall où s'amorçait un imposant escalier en spirale. Puis une haute forme sombre se détacha de l'ombre et s'avança vers moi, silhouette indistincte brandissant une lampe à pétrole. Son apparition soudaine et silencieuse dans cette maison sans vie me glaça : j'eus le sentiment d'être accueillie par un fantôme. J'étouffai une exclamation et reculai d'un pas.

— Vous n'avez donc pas la moindre patience ? grinça une voix de femme.

Cette femme se rapprocha de moi et, à la flamme de la lampe, j'eus enfin un aperçu de ses traits. Une faible lueur orangée tremblotait sur sa longue face blême, où les yeux n'étaient que deux trous d'ombre. Une bouche mince comme un trait de crayon barrait d'un pli tombant son visage étriqué, et ses longs cheveux gris étaient ramassés en un gros chignon sur la nuque.

— Je vous demande pardon, je croyais qu'on ne m'avait pas entendue.

— Entrez et fermez cette porte ! m'ordonna-t-elle avec rudesse.

Je m'empressai d'obéir. Elle tendit le bras, promena sur moi le halo de sa lampe et grogna un vague « Hmmm ! », comme si son examen confirmait ses prévisions. Puis elle ramena le bras vers sa poitrine et je pus moi aussi l'examiner à loisir.

Elle présentait une certaine ressemblance avec Grand-mère Cutler, surtout dans le regard. Je retrouvai le même éclat froid, gris silex. Dans le visage amaigri de Grand-mère, les pommettes saillaient de façon identique. Et si cette femme était un peu plus grande, plus solidement charpentée, son arrogance méprisante n'avait rien à envier à celle de sa sœur.

— Mon nom est Emily, daigna-t-elle m'apprendre. Vous m'appellerez toujours mademoiselle Emily, c'est compris ?

— Oui, madame.

— Pas madame : mademoiselle Emily.

— Oui, mademoiselle Emily.

— Vous arrivez trop tard pour dîner. Nous mangeons de bonne heure et ceux qui manquent le repas doivent s'en passer.

— Je n'ai pas très faim, de toute façon.

Je ne mentais pas. Ma randonnée dans cette camionnette puante m'avait coupé l'appétit.

— Parfait. Suivez-moi, que je vous montre votre chambre.

Elle me précéda vers l'escalier, levant haut sa lampe

devant elle. J'entrevis des murs entièrement nus, à part un portrait de facture ancienne : celui d'un gentleman du Sud à la mine austère et aux cheveux de neige. La lueur vacillante ne l'éclaira qu'un instant, mais je notai certains points communs entre lui, Grand-mère Cutler et Mlle Emily. Les yeux surtout, et le front... ce devait être leur père ou leur grand-père. Des deux côtés du vestibule, des espaces plus clairs attestaient que d'autres portraits avaient jadis orné ces lieux.

— Mes bagages sont-ils arrivés de New York, mademoiselle Emily ?

— Non, me jeta-t-elle sans se retourner.

Et le petit mot sec se répercuta dans le grand hall, kyrielle de « non » indéfiniment répétés.

— Mais pourquoi ? m'écriai-je, alarmée. Qu'est-ce que je vais mettre ? Je n'ai que ce que je porte sur le dos !

— Et alors ? Vous n'êtes pas ici pour vous faire admirer ! Vous êtes ici pour accoucher, et déguerpir aussitôt après.

— Mais...

— Ne vous inquiétez pas, je vous fournirai le nécessaire. Vous aurez de la literie propre, du linge de toilette propre. Si vous les tenez propres, naturellement.

— Mais nous pourrions téléphoner pour nous renseigner ? hasardai-je.

— Nous n'avons pas le téléphone.

Quoi ! Une si grande maison, si loin de tout, et pas de téléphone ? Je n'en croyais pas mes oreilles.

— Mais... quand on a besoin de vous joindre, pourtant ? Comment fait-on ?

— On téléphone à l'épicerie d'Upland et quand M. Nelson a un moment de libre, ou s'il passe par ici, il nous transmet le message. Nous n'avons quant à nous aucun besoin de nous déranger. Nous n'avons plus personne à appeler.

— Mais moi, si ! J'ai des amis qui voudront me joindre et...

Mlle Emily se retourna enfin et se rapprocha d'un pas.

— Écoutez-moi bien, mon petit, et que ce soit bien clair. Vous n'êtes pas venue passer des vacances chez moi. Vous êtes ici parce que vous vous êtes mise dans un mauvais cas et que ma sœur vous y a envoyée. Heureusement pour vous, j'ai une certaine expérience en tant que sage-femme, ajouta-t-elle en reprenant la direction de l'escalier.

— Sage-femme ? répétai-je, éberluée. Vous voulez dire que... je n'aurai pas de médecin ?

— Les médecins coûtent cher et on n'a pas besoin d'eux pour mettre un enfant au monde, décréta-t-elle avec sécheresse. Et maintenant, montons, je ne vais pas passer la soirée à vous installer. J'ai autre chose à faire, figurez-vous.

Je coulai un regard vers la porte mais tout n'était que ténèbres, derrière moi. J'eus le sentiment d'avoir pénétré dans un tunnel dont on avait bouché l'entrée. J'aurais voulu rebrousser chemin et m'enfuir, mais pour aller où ? Nous étions à des kilomètres de tout et dehors il faisait de plus en plus noir.

Peut-être que les choses me paraîtraient plus faciles au grand jour, me dis-je avec philosophie. Si je voulais appeler Trisha, je pourrais sans doute convaincre Luther de me conduire à l'épicerie. Et il y avait toujours la poste.

— Vous recevez du courrier, mademoiselle Emily ?

— Oui, mais pas beaucoup.

— Moi, en tout cas, j'en recevrai.

— Hmm ! commenta-t-elle en levant à nouveau sa lampe pour éclairer l'escalier.

Je l'y suivis en m'enveloppant dans mes bras croisés. Quel froid, dans cette bâtisse ! Et pas la plus petite trace de chauffage, pas la moindre odeur de feu de bois ni de charbon. Rien qu'un relent moisi d'humidité.

— Vous n'avez pas l'électricité, à Grand Prairie ?

— Si, mais nous l'épargnons. C'est trop cher.

Trop cher ? Bizarre, quand on pensait à la fortune

personnelle de Grand-mère Cutler. Avec tous ses millions, ne pouvait-elle pas venir en aide à ses sœurs ? Et où était l'autre, au fait ? J'allais le demander quand un bizarre petit rire me parvint de l'étage, qui n'évoquait en rien celui d'une vieille dame. Qui donc avait ri, alors ? Une petite fille ?

— Tais-toi, pauvre idiote ! aboya Mlle Emily.

Et quand le rond de sa lampe atteignit le palier, ce fut bien une autre vieille dame que je découvris, penchée sur la rampe... mais combien différente ! Beaucoup plus petite et bien plus enveloppée, voire grassouillette, avec deux épaisses couettes de cheveux gris retenues par des rubans jaunes. Un autre ruban de même couleur, lâchement noué, marquait la taille de sa robe d'un rose éteint, comme si elle s'était déguisée en fillette. Elle battit des mains, lissa vivement sa jupe avec ses paumes sur son estomac rebondi et salua notre arrivée à l'étage.

— Bonjour !

Je lui rendis la politesse et me retournai vers Mlle Emily, attendant des présentations qui tardaient à venir. Elle hésita visiblement avant d'énoncer du bout des lèvres :

— Ma sœur Charlotte. Vous pourrez l'appeler Charlotte, tout court. Et toi, je croyais t'avoir dit de rester dans ta chambre ?

— Mais je voulais voir notre nièce, gémit la malheureuse Charlotte en s'avançant à notre rencontre.

La troisième sœur Booth avait le visage bien plus doux que les deux autres, les yeux bleus, et malgré les rides qui marquaient son front et ses tempes, elle me parut beaucoup plus jeune. Elle au moins savait sourire, simplement, cordialement. On aurait dit une écolière surexcitée. Mais quelle tenue surprenante, pour une vieille dame ! De sa robe à l'ourlet défait, déchirée en bas, dépassaient des chevilles épaisses et tuméfiées, marquées de bourrelets roses. Elle était pieds nus dans des mules en cuir, de coupe masculine et beaucoup trop grandes pour elle.

— Eh bien, voilà, tu l'as vue, la gourmanda Emily. Maintenant, retourne à ta couture !

— Je couds très bien, m'informa fièrement Charlotte. C'est moi qui ai brodé toutes nos jolies serviettes, et Emily a fait encadrer mes plus beaux ouvrages pour le bureau de papa. N'est-ce pas, Emily ?

— Pour l'amour du ciel, Charlotte ! Tu ne perds pas une occasion de te rendre ridicule. Ce n'est pas le moment de te vanter, contente-toi de broder.

— Je serais ravie d'admirer vos travaux, affirmai-je.

Elle sourit jusqu'aux oreilles et se remit à applaudir, les yeux brillants de plaisir.

— Nous prendrons du thé à la menthe, alors !

La voix d'Emily s'aiguisa.

— Pas ce soir, il est trop tard. Je dois montrer sa chambre à Eugénie. Elle est très fatiguée, il faut qu'elle dorme.

— Eugénie ? me récriai-je. Je ne connais pas d'Eugénie, je m'appelle Aurore.

— Ma sœur m'a dit que vous vous appeliez Eugénie, aboya férocement Emily. D'ailleurs pour moi, cela ne fait aucune différence.

À quoi je rétorquai du tac au tac :

— Eh bien, pour moi, cela en fait une. Et même énorme.

Je n'en aurais donc jamais fini avec ce satané prénom ? C'était celui d'une autre demoiselle Booth, morte de la petite vérole, et Grand-mère Cutler était allée jusqu'à me priver de nourriture pour me l'imposer. Mais j'avais découvert son rôle peu reluisant dans mon enlèvement, et finalement, c'était elle qui avait cédé. À présent, elle profitait de ma situation désespérée pour me courber sous sa férule.

— Allons ! m'ordonna Emily, suivez-moi.

Je me retournai vers sa sœur.

— Bonne nuit, Charlotte. Nous nous reverrons demain, je suppose.

— J'espère bien !

Elle eut son petit rire perlé, pinça sa jupe et chantonna en tourbillonnant :

— J'ai mis les pantoufles de papa, j'ai mis...

— Charlotte ! glapit Emily.

La pauvre Charlotte en lâcha ses jupes et lança un regard apeuré à sa sœur. Puis elle pivota et s'enfuit dans la direction opposée, laissant flotter dans son sillage l'écho de son rire enfantin.

Sa sœur la regarda s'éloigner, l'œil courroucé, avant de se retourner brusquement vers moi.

— Alors, vous venez ?

Et elle me précéda dans un long corridor, tourna dans un autre, m'entraînant de plus en plus loin vers le fond de la demeure. Je ne voyais pas grand-chose de celle-ci, sinon qu'elle était immense. Nous traversions trop vite les vastes couloirs pour que j'aie le temps d'admirer les antiquités qui la meublaient encore. De hauts miroirs, des tables ouvragées, et une succession infinie de lustres dont les cristaux jetaient un bref éclair glacé à la lueur de la lampe. Je remarquai au passage que toutes les portes — et Dieu sait s'il y en avait ! — étaient soigneusement fermées. Et certaines devaient l'être depuis longtemps, à en juger par le réseau de toiles d'araignée tissé en travers des chambranles. Finalement, il s'en trouva une d'ouverte, et ce fut devant celle-ci que Mlle Emily s'arrêta.

— Vous êtes chez vous, m'annonça-t-elle en éclairant l'intérieur de la pièce.

Ce devait être une des plus petites de la maison, estimai-je. À gauche, un matelas posé sur un étroit sommier métallique tenait lieu de lit. Sur la table de chevet, une lampe à pétrole et rien d'autre. Sur le plancher de bois blanc, au pied de la couchette, une natte ovale d'un bleu sombre. Des murs gris foncé, une commode au plateau nu, une table et deux chaises. Pas le moindre miroir. Sur la droite, une porte, à côté d'un placard ouvert contenant en tout et pour tout deux cintres suspendus à leur tringle.

— Votre salle de bains, dit Mlle Emily en m'indiquant la seconde porte. Eh bien, allez-y. Entrez !

Je passai lentement devant elle. Ma petite chambre de Cutler's Cove, isolée des appartements de la famille au fond de l'hôtel, était un palais, comparée à ce réduit ! Subitement, je compris ce qui rendait la pièce tellement sinistre : il n'y avait pas de fenêtre. Incroyable !

— Pourquoi n'y a-t-il pas de fenêtre, mademoiselle Emily ?

Ignorant ma question, elle alla poser sa lampe sur la commode et ouvrit le tiroir du haut. Elle en tira une robe en coton gris qui évoquait une chemise d'hôpital et la jeta sur le lit.

— Vous mettrez ça quand nous aurons fini.

— Fini quoi ?

Elle me désigna la table de nuit.

— Voilà votre lampe. Et voici vos allumettes, ajouta-t-elle en soulevant la boîte pour que je la voie bien, avant de la reposer à sa place. Vous avez juste assez de pétrole pour la semaine, alors ne le gaspillez pas.

— Vous n'avez pas de meilleure chambre ? Celle-ci n'a pas de fenêtre !

— Ce n'est pas à vous de choisir, répliqua-t-elle d'un ton acerbe. Vous n'êtes pas à l'hôtel.

Je n'en insistai pas moins :

— Mais pourquoi avoir fait bâtir une chambre sans fenêtre ?

Emily planta les poings sur les hanches et me foudroya du regard.

— Si vous tenez vraiment à le savoir, cette chambre a été ajoutée à la maison bien après sa construction, pour isoler les malades. Elle a surtout servi pendant les deux grandes épidémies, celle de petite vérole et celle de grippe espagnole.

— Mais je ne suis pas malade, protestai-je en refoulant mes larmes. Je suis enceinte ! Ce n'est pas une maladie, quand même ?

— Quand on n'est pas mariée, si. Il y a toutes sortes de maladies : celles de l'âme et celles du corps. Le déshonneur peut vous miner aussi vite que la maladie, on peut même en mourir. Maintenant déshabillez-vous, que je voie où vous en êtes.

— Quoi ! m'écriai-je en reculant d'un pas.

— Je vous l'ai déjà dit, j'ai été sage-femme. Dans tout le pays, c'est à moi qu'on s'adresse et pas aux médecins. J'ai mis des douzaines de bébés au monde. Et tout s'est toujours bien passé, sauf pour ceux qui étaient déjà mal en point dans le ventre de leur mère. Allons, dépêchons ! Je n'ai pas terminé ma journée.

— Mais on gèle, ici ! Où est le radiateur ?

— Vous trouverez une couverture sous le lit... et je vous apporterai une bouillotte avant de me coucher, annonça-t-elle d'une voix moins dure. C'est comme ça que nous dormons et avons toujours dormi. Nous gardons le bois et le charbon pour la cuisine. Luther ne peut pas passer son temps à ramasser du bois pour chauffer la maison, je n'ai plus que lui. Et le charbon coûte cher.

Sur ce, elle alluma la lampe de la table de nuit et me signifia d'un regard qu'elle attendait, mais je m'obstinai.

— Je pensais avoir un médecin et accoucher dans une clinique ! Je viens d'avoir un accident. J'ai été renversée par une voiture, je sors à peine de l'hôpital.

Peine perdue. Emily n'eut pas l'air d'entendre et continua de me fixer, du même œil glacé que Grand-mère Cutler.

— Je ne peux pas faire le nécessaire si je ne sais pas de quoi vous avez besoin, dit-elle enfin.

— Que voulez-vous, au juste ?

Emily croisa les bras sur sa poitrine plate et rejeta les épaules en arrière, le menton haut. Elle avait repris toute son arrogance et je me sentis réduite à rien quand elle m'ordonna, sur un ton de maître à esclave :

— Déshabille-toi et viens te mettre à la lumière.

Cette fois, j'avais compris. À contrecœur, je me débarrassai lentement de mon manteau et commençai à déboutonner mon chemisier.

— Allons, plus vite ! Je n'ai pas que ça à faire, je crois l'avoir déjà dit.

— J'ai les doigts gelés, mademoiselle Emily.

— Pff ! maugréa-t-elle en s'avançant vers moi.

Et, détachant rudement mes mains des boutonnières, elle entreprit de me dépouiller de mes vêtements. Elle faillit m'écorcher les bras dans sa hâte à dégrafer mon soutien-gorge, qu'elle fit descendre d'un coup jusqu'à mes poignets. Quand elle eut fait tomber ma jupe à mes pieds, elle me donna une chiquenaude pour que je l'enjambe au plus vite. Je restai debout devant elle dans le halo blafard de la lampe à pétrole, les bras croisés sur mes seins nus. Je grelottais. Je ne portais plus que ma petite culotte, mes chaussettes et mes bottillons.

Le menton pincé entre le pouce et l'index, Emily se mit à tourner avec lenteur autour de moi, en se rapprochant de plus en plus. À présent, je distinguais nettement les marques de petite vérole sur sa peau rugueuse, qu'on aurait crue passée à l'abrasif. Ses gros sourcils touffus ne connaissaient pas la pince à épiler, et de petits poils noirs et raides pointaient sur sa lèvre supérieure.

Subitement, alors qu'elle passait derrière moi, je sentis ses doigts calleux et froids s'enfoncer sous mes côtes. Je voulus faire un pas en avant, mais elle m'immobilisa en appuyant si fort de chaque côté de ma taille que je laissai échapper un gémissement.

— Tiens-toi tranquille ! m'ordonna-t-elle sans douceur.

Elle ouvrit les mains de façon à envelopper entièrement mon ventre, jusqu'au nombril. Et elle appuya, pressa, palpa, si longtemps que ma nausée revint. Elle devait prendre mes mensurations, probablement. Quand ce fut fait, elle ôta ses mains et vint se placer en face de moi.

Sans un mot, elle me saisit par les poignets, m'obligea

à lever les bras et se pencha sur ma poitrine pour l'examiner à loisir. Je pouvais suivre le cheminement de son regard métallique sur mes seins nus. Quand elle relâcha enfin mes poignets, mes bras se refermèrent instantanément sur mon buste. Les mains croisées sur la gorge, je scrutai le masque de marbre d'Emily. Vus d'aussi près, son nez pointu et ses lèvres en coup de couteau m'inspiraient une véritable frayeur. Je frissonnai, saisie d'une irrépressible envie de fuir. J'aurais voulu disparaître dans un trou.

— Enlève-moi ces sous-vêtements ridicules !

Je compris qu'Emily parlait de mon slip en dentelle et protestai :

— Mais j'ai froid !

— Plus tu te feras prier, plus longtemps tu resteras nue.

Trop lasse et trop faible pour lui résister, je m'exécutai de mauvaise grâce. Ensuite elle me fit allonger sur le dos et posa la lampe au pied du lit, de façon que la lumière tombe en plein sur moi. Puis, de ses mains vigoureuses, elle m'empoigna par les chevilles et m'écarta les jambes. Je fermai les yeux et priai pour que l'examen s'achevât au plus vite.

— C'est bien ce que je pensais, constata Mlle Emily. L'accouchement sera difficile. Le premier est toujours le plus pénible, surtout chez une très jeune femme. Et tu veux savoir pourquoi ?

Elle relâcha mes pieds et vint se placer à mon chevet, sa lampe à la main, pour me toiser de tout son haut.

— Parce que Ève a commis le péché dans le paradis terrestre, voilà pourquoi. À cause d'elle, les femmes sont condamnées à enfanter dans la douleur, c'est leur malédiction. Tu paieras chèrement tes quelques instants de luxure.

Elle leva sa lampe au-dessus de moi et ce fut comme si son visage s'embrasait, lui aussi. Son regard flamboyant me transperçait : je dus me protéger les yeux de la main.

— Et pour celle qui a conçu hors des liens sacrés du mariage, la douleur est encore plus terrible !

Cette fois, je me rebiffai.

— Cela m'est bien égal. Je n'ai pas peur.

Emily abaissa la lampe et une grimace étira ses lèvres minces.

— Nous verrons cela quand ton heure sera venue, Eugénie.

— Non, pas Eugénie ! Je m'appelle Aurore.

Le rictus d'Emily s'évanouit.

— Enfile ta robe et mets-toi au lit. Nous gaspillons du pétrole. Je te rapporterai une bouillotte, acheva-t-elle en rassemblant précipitamment mes vêtements.

— Qu'est-ce que vous faites ? Ce sont les seuls vêtements que j'aie à me mettre !

— Ils ont besoin d'être lavés, purifiés, déclara-t-elle en les roulant en boule. Ne t'inquiète pas, je te les rendrai.

Et elle fourra le paquet sous son bras.

— Mais... et mes bagages, alors ? J'en ai besoin. Il faut savoir ce qu'ils sont devenus, je les veux.

Les yeux d'Emily étincelèrent.

— Tu vas arrêter de pleurnicher ? Je veux, je veux, je veux ! Vous ne savez dire que cela, vous, les gamines d'aujourd'hui. Regarde où ça t'a menée ! Enfile cette robe, répéta-t-elle en tournant les talons.

Je n'avais pas le choix, avec ce froid. Je passai la hideuse robe grise, qui sentait la naphtaline et m'écorchait la peau. Puis je m'agenouillai sur le plancher, tâtonnai sous le lit et ramenai la couverture. Un nuage de poussière s'en échappa quand je la secouai et l'étendis sur ma couchette. Les draps semblaient propres. Ils étaient rêches comme du carton mais je tremblais trop pour faire la fine bouche et je m'empressai de me fourrer sous la toile rugueuse, que je remontai jusqu'au menton. Puis j'attendis Mlle Emily.

Je commençais à croire qu'elle ne viendrait plus quand elle reparut enfin, portant une bouillotte enveloppée d'une serviette blanche. Elle me la lança et je m'en emparai avec reconnaissance, pour la serrer contre mon corps frissonnant. Ce fut comme si une main amie me réchauffait de ses caresses.

— Il fait tellement froid, ici, mademoiselle Emily ! Je vais attraper la mort.

— Bien sûr que non ! Tu deviendras plus forte, au contraire. Les difficultés nous endurcissent et nous aident à combattre le diable et ses suppôts. Tu as mené une vie trop facile, jusqu'ici. C'est ça qui t'a perdue.

— Je n'ai pas eu la vie facile, m'indignai-je, loin de là ! Et d'abord, qu'est-ce que vous en savez ? Vous ignorez tout de moi.

Mais j'étais à bout, épuisée par le voyage et tous ces événements horribles. Ma misérable protestation n'eût convaincu personne, même pas moi.

— J'en sais bien assez long comme ça, déclara Emily. Si tu t'amendes et te montres coopérative, nous progresserons et tu auras une seconde chance. Mais si tu continues à te conduire en enfant gâtée, tu rendras les choses plus difficiles pour nous deux, et cela pourrait très mal finir pour toi. Me suis-je bien fait comprendre ? Eh bien, réponds !

— Oui, concédai-je. Mais demain matin, j'aimerais aller téléphoner à l'épicerie, pour m'informer de mes bagages. J'en ai besoin. Luther pourra me conduire.

— Luther a d'autres chats à fouetter, figure-toi. Ça n'a déjà pas été facile pour lui d'aller te chercher ! Il faudra même qu'il travaille de nuit pour rattraper le temps perdu. Et encore une chose...

Emily se rapprocha du lit et je serrai ma bouillotte contre moi, dans un mouvement de défense instinctif.

— Ne bavarde pas trop avec Charlotte, inutile de l'encourager à dire des sottises. Ne fais pas attention à elle et n'écoute pas ce qu'elle raconte.

— Que lui est-il arrivé ?

— Ce qui arrivera probablement à ton rejeton, j'imagine.

— Et pourquoi ça ?

— Elle aussi est née hors des liens du mariage. C'est le fruit du péché de chair commis par mon père. Si je la garde ici, c'est uniquement... parce qu'elle n'a pas d'autre endroit où aller. Il faut bien sauver l'honneur de la famille, d'ailleurs. Charlotte porte toujours le nom des Cutler. Quant à toi...

Avec cette moue dédaigneuse qui lui tenait lieu de sourire, Emily lança comme une dernière flèche :

— Tu sais ce qui t'attend, maintenant !

Et sans me laisser le temps de répondre, elle se pencha pour souffler ma lampe. Puis elle sortit en emportant la sienne et tira la porte derrière elle.

La nuit se referma sur moi, si épaisse qu'elle me parut presque tangible. J'éclatai en sanglots.

Emily n'avait peut-être pas tout à fait tort, au fond. Sans doute étais-je une abominable pécheresse, destinée au feu éternel.

Car si l'enfer existait en ce monde, je venais d'y entrer. Je croyais déjà sentir l'odeur des flammes.

13

Esclavage

— Debout, debout, debout, petite paresseuse ! chantonna une voix enfantine. Allons, espèce de moineau sans cervelle, plus vite que ça !

Je dépliai lentement mes membres engourdis. J'avais dormi en chien de fusil, ramassée sur ma bouillotte. Mes muscles me firent mal quand je m'étirai. Je louchai vers la porte ouverte : personne. Avais-je rêvé qu'on m'appelait ? Quelqu'un pouffa. Je m'assis et refermai frileusement les bras sur mes épaules.

— Qui est là ?

Dans la petite pièce obscure, seul un reflet de lumière matinale parvenait à pénétrer, par une fenêtre du couloir.

— Qui est là ?

Un nouveau gloussement se fit entendre, et cette fois je reconnus le petit rire puéril.

— Charlotte ?

Elle s'encadra sur le seuil, exactement pareille à la Charlotte de la veille. Mêmes couettes, même robe rose fané, mêmes rubans canari dans ses cheveux et à sa ceinture. Et elle portait toujours les vieilles pantoufles de son père.

— Emily m'envoie te chercher, elle dit que tu devrais déjà avoir pris ton petit déjeuner.

Elle s'efforçait de se donner l'air grave, mais son sérieux l'abandonna très vite et elle ajouta, tout sourires :

— D'ailleurs aujourd'hui, c'est mon anniversaire !

— C'est vrai ? Je suis ravie de l'apprendre. Heureux anniversaire, Charlotte !

J'étouffai un bâillement. Je venais de passer une nuit épouvantable et j'étais toute courbatue. Je me sentais raide comme un vêtement mouillé qu'on aurait mis à sécher dehors en plein hiver.

Je balançai les jambes hors du lit, glissai les pieds dans mes bottes ; ce fut comme si je les plongeais dans l'eau glacée. Je n'en finissais pas de me frictionner les bras, sous le regard souriant de Charlotte.

— Quel âge avez-vous aujourd'hui, au fait ?

Question imprudente : son sourire s'évapora, et ce fut presque avec la voix d'Emily qu'elle répondit :

— Oh, voyons ! On ne demande jamais l'âge d'une femme. Cela ne se fait pas.

« Mais nous aurons un gâteau, tu pourras me chanter ''Joyeux Anniversaire'' et il y aura des invités », reprit-elle de sa voix d'enfant. Tous nos voisins et cousins viendront, et même des gens de Hadleyville et de Lynchburg.

— Magnifique ! Je m'en réjouis d'avance, dis-je en allumant la lampe. Je fais un brin de toilette et j'arrive.

Ma lampe à la main, je gagnai la porte de la salle de bains. Mais elle résista, je dus la secouer plusieurs fois en la tirant vers moi. Et quand je réussis enfin à l'ouvrir, je regrettai presque d'y être parvenue. La « salle de bains » se bornait à un lavabo marbré de rouille, flanqué de toilettes au siège de bois fendillé. Sur le rebord du lavabo, un pain de savon racorni. Au-dessus, une barre de bois où pendaient une serviette et un gant, gris anthracite. Pas trace de baignoire, de bac à douche ni de miroir. Et le lino jaunâtre et râpeux se craquelait de partout, surtout autour des toilettes. Charmant.

Je refermai la porte, m'approchai du lavabo et tournai le robinet marqué d'un C. Rien ne se produisit. J'essayai côté F, et cette fois un filet brunâtre s'échappa du conduit en gargouillant. Je le laissai couler, mais il ne changea pas de couleur. Résignée, je m'emparai du gant de toilette et me débarbouillai avec l'affreux savon sableux.

Puis je m'avisai que je n'avais pas de brosse à cheveux,

ni même de peigne. Le mien était resté dans mon sac, et Emily me l'avait pris avec le reste. Je passai les doigts dans ma tignasse emmêlée, qui commençait à devenir poisseuse, et quittai le cabinet de toilette.

Je trouvai Charlotte assise sur mon lit, les mains croisées sur les genoux et le visage béat. Elle avait le teint beaucoup plus délicat que sa sœur Emily, la peau douce, et un peu de rose colorait ses joues rebondies.

— Tu ne devrais pas gaspiller ton pétrole, m'avertit-elle, sinon Emily va crier. Et elle ne t'en donnera pas plus.

— C'est honteux ! Je suis confinée dans une pièce sans fenêtre, obligée de m'éclairer au pétrole, et en plus il est rationné !

Les yeux ronds, Charlotte laissa passer l'orage, puis elle se mordit la lèvre et secoua la tête d'un air solennel.

— Nous gaspillons déjà bien trop, et c'est l'œuvre du démon. Nous devrions être reconnaissants de ce que nous avons. Ne gâche rien, ne réclame rien, voilà ce qu'elle dit, Emily.

— Eh bien, Emily a tort... pardon : Mlle Emily, m'empressai-je de rectifier.

À nouveau, Charlotte écarquilla les yeux, comme si elle ne parvenait pas à s'expliquer ma colère... à moins qu'elle ne refusât de la comprendre. Puis son expression changea du tout au tout. Avec une mine de conspiratrice, elle se pencha vers la porte pour s'assurer qu'il n'y avait personne et chuchota :

— Le bébé ne t'a pas empêchée de dormir, cette nuit ?

— Le bébé ? Quel bébé ?

— Le bébé, répéta-t-elle, rayonnante. Il pleurait et je suis venue pour lui donner son biberon, mais quand je suis arrivée... (elle ouvrit les mains, les deux paumes en l'air...) il était parti.

— Parti ? Mais quel bébé ? Je n'ai rien entendu.

Subitement, Charlotte bondit sur ses pieds.

— Vite, descendons ! Emily a fait cuire des flocons d'avoine et ce sera notre faute, si ça refroidit.

Elle sortit et je m'empressai de la suivre, non sans avoir soufflé la lampe. Quelle tragédie si j'avais oublié de l'éteindre ! Devant moi, Charlotte filait à petits pas en traînant ses pantoufles, les bras collés au corps et la tête basse, comme une geisha. Il entrait assez de lumière par les hautes fenêtres pour que j'examine les lieux, non sans quelque surprise. La veille au soir, je ne m'étais pas rendu compte que la maison était aussi délabrée à l'intérieur qu'au-dehors. Apparemment, l'aile où je logeais n'avait pas été habitée depuis des années. Un fouillis de toiles d'araignée reliait les lustres aux angles du plafond, et j'aurais été bien incapable de deviner la couleur des murs. Ils étaient littéralement tapissés de crasse.

Quelques meubles rompaient de loin en loin la monotonie du couloir, sévère comme un parloir de couvent. Un coffre de chêne noirci, des bancs à l'aspect rébarbatif et de grands fauteuils capitonnés, véritables nids à poussière. De larges espaces vides séparaient les tableaux, représentant pour la plupart des scènes typiques du vieux Sud. Esclaves occupés à cueillir du coton ; propriétaire juché sur un grand cheval blanc et contemplant un océan de récoltes ; jeunes femmes en train de minauder, ombrelle en main, avec leurs chevaliers servants, devant des kiosques découpés sur un fond d'immenses pelouses... voilà pour le corridor de « mon » aile. Dans celui qui menait à l'escalier, je vis surtout des portraits d'ancêtres. Vêtements sombres pour les deux sexes, cheveux tirés pour les femmes, et pas un sourire. Les rares frimousses enfantines trahissaient la contrainte de la pose. La vieille horloge campagnarde en sentinelle sur le palier ne marquait plus que les heures : l'aiguille des minutes manquait.

Arrivée là, je coulai un regard en direction de l'aile ouest, où vivaient Emily et Charlotte. Tout me parut beaucoup plus clair et plus propre, et les tableaux plus nombreux. Ce côté-là devait être le plus ensoleillé. Alors, pourquoi Emily ne m'y avait-elle pas trouvé une petite place ?

En descendant, Charlotte se retourna pour s'assurer que je la suivais. Je me sentais ridicule dans ma défroque, surtout avec mes bottes, mais que pouvais-je y faire ? Rien, hélas : Emily m'avait tout pris. Je hâtai le pas pour rattraper Charlotte. Sur ses talons, je franchis une haute porte à double battant donnant sur une vaste salle à manger. Je comptai dix chaises autour de la longue table de chêne, que dominait un grand lustre en cristal. Avec son tapis beige clair et ses innombrables fenêtres, cette salle devait être la plus lumineuse de la maison. Un buffet vitré occupait l'un des angles, et j'y vis briller de la porcelaine et des bibelots. Les sœurs Booth avaient conservé quelques restes de fortune, apparemment... J'en étais là de mes réflexions, quand Charlotte m'appela de la porte opposée.

— Allons, dépêche-toi !

Je la suivis dans la cuisine.

La pièce n'avait pas dû beaucoup changer depuis la construction de la demeure. Une pompe à main trônait toujours près de l'évier dépourvu de robinet, flanqué d'une longue paillasse en pierre. Comme autrefois, le poêle en fonte servait à la fois pour le chauffage et la cuisson. Audessus de la paillasse, une batterie de marmites et de poêles pendaient à des crocs de fer. De frais rideaux de coton blanc décoraient les fenêtres, mais le confort laissait à désirer. En guise de réfrigérateur, je ne vis qu'une antique glacière.

Le couvert était mis sur la table en chêne clair placée dans un coin, encadrée de ses six chaises. Trois bols de porridge, trois serviettes, trois petites cuillers, posés à même le bois. Un morceau de pain et une orange par personne. Rien de plus.

En face de nous, une porte s'ouvrit : celle de la réserve. Sa fenêtre donnait sur les communs, et j'en profitai pour risquer un coup d'œil au-dehors. J'eus le temps d'entrevoir un champ nu, une citerne, le coin d'une étable... et Mlle Emily fit son entrée dans la cuisine. Elle portait une robe gris foncé à collet blanc, des bottines à lacets, et la lumière crue et pâle ne la flattait pas. Elle faisait ressortir son teint plâtreux, quant à sa bouche... elle me fit l'effet d'un ver conservé dans le formol. Elle avait les yeux de Grand-mère, sans doute, mais si enfoncés dans sa face étriquée qu'ils en devenaient sournois et cauteleux. Le grand jour rendait plus apparente sa moustache et révélait quelques touffes de poils gris, qui frisottaient çà et là sous son menton.

— Eh bien ! lança-t-elle d'une voix acariâtre. Il était temps !

— Je ne pouvais pas deviner que c'était le matin : je n'ai pas de fenêtre.

Emily recula comme si je l'avais giflée.

— Hmmf ! Je mettrai un réveil dans ta chambre, comme ça tu n'auras plus d'excuse pour ne pas faire ton travail.

— Mon travail ?

— Parfaitement : ton travail. Est-ce que tu t'imagines que je vais t'entretenir gratuitement ? Tu te figures que nous sommes là pour te servir, peut-être ?

— Le travail ne me fait pas peur, j'ai l'hab...

— À table, avant que ça refroidisse.

Charlotte obéit instantanément, la tête basse. Je pris place en face d'elle et attendis qu'Emily nous rejoigne.

— J'ai...

— Tais-toi ! m'interrompit-elle en claquant des mains.

Et elle récita d'une voix monocorde :

— Pour cette nourriture et pour toutes Tes bénédictions, nous Te remercions, Seigneur. Amen.

— Amen, fit Charlotte en m'adressant un coup d'œil d'avertissement.

— Amen, répétai-je docilement.

— Mangez.

Les doigts boudinés de Charlotte se refermèrent sur le manche de sa cuiller et elle commença à piocher gauchement dans son bol. On aurait dit une enfant qui ne sait pas encore se tenir. À mon tour, je portai ma cuiller à ma bouche, et je faillis la recracher. La mixture était à la fois insipide et aigre. Je n'avais jamais mangé de céréales aussi infectes. Charlotte et Emily ne semblaient rien trouver d'anormal à cela, mais je cherchai du regard un éventuel sucrier, ou un pot de miel. Je ne vis ni l'un ni l'autre.

— Qu'est-ce qui ne va pas ? s'enquit aussitôt Emily.

Au temps où je me croyais encore une Longchamp, j'avais souvent fait la cuisine pour la famille. Assez en tout cas pour deviner ce qu'Emily avait ajouté au porridge.

— Avez-vous mis du vinaigre, là-dedans ?

— Oui. J'en mets dans tout ce que je prépare.

— Mais... pourquoi ?

— Pour nous rappeler le péché de nos pères et l'amertume du châtiment, ce qui me semble tout indiqué pour toi.

— Mais...

— C'est ça ou rien, précisa Emily avec un sourire aussi vinaigré que le porridge. Et il faut bien que tu te nourrisses, si tu veux mettre au monde un enfant bien portant. Pauvre petit, ajouta-t-elle en levant les yeux au ciel. Dieu lui vienne en aide !

Je retins ma respiration et avalai, en tâchant de me persuader que c'était bon, mais rien n'y fit. Une centenaire sur son lit de mort eût montré plus d'appétit que moi.

— Quand pourrai-je avoir mes affaires ? demandai-je à Emily. Vous ne m'avez pas donné de brosse, mais j'ai un peigne dans mon sac.

— Ici, tu n'auras pas besoin de te pomponner, m'assena-t-elle d'un ton sans réplique.

Ce fut à peine si j'osai insister :

— Mais pourquoi m'avoir pris mon sac ?

— Tout devait être purifié.

Sur cette explication sommaire, elle engloutit sa bouillie d'avoine comme si elle savourait la plus exquise des nourritures terrestres.

— Purifié ? Je ne comprends pas.

Emily cessa d'ingurgiter et indiqua d'un battement de cils à quel point ma sottise l'excédait.

— Le mal est une infection, il s'infiltre en nous et contamine tout ce qui nous environne. Tu l'as introduit dans cette maison et je dois faire le nécessaire pour l'en chasser. Maintenant, cesse de poser des questions et mange !

Je lançai un regard furtif à Charlotte : elle souriait, muette comme une carpe.

— Mais Charlotte m'a dit que c'était son anniversaire et que vous auriez des invités, aujourd'hui. Il faudra bien que je m'habille, tout de même !

Emily rejeta la tête en arrière et un bruit suraigu s'échappa de sa gorge : un rire, le plus horrible rire qu'il m'ait été donné d'entendre. Puis elle reprit son sérieux, ses paupières se fermèrent à demi sur ses yeux de serpent, qui se fixèrent un bref instant sur sa sœur. Deux éclairs froids fustigèrent la pauvre Charlotte.

— Elle ? C'est tous les jours son anniversaire, à cette idiote ! Ne t'avais-je pas mise en garde contre ses inepties ? Elle n'a pas la moindre notion du temps. Demande-lui quel jour nous sommes, si tu veux. Ou même le mois. Eh bien, vas-y ! Qu'est-ce que tu attends ? Dis-lui toi-même, Charlotte : quel jour sommes-nous ? Lundi ou dimanche ?

— Pas dimanche, répondit fièrement l'innocente. Je le sais, parce que nous n'avons pas été à la chapelle.

— Tu vois bien, triompha Emily. Tout ce qu'elle sait, c'est que nous ne sommes pas dimanche.

Comment pouvait-elle se montrer si cruelle envers sa sœur ? Je ravalai mon indignation avec ma pâtée d'avoine et finis par en venir à bout. Le pain, au moins, avait le goût de pain, et l'orange n'était qu'une orange. Emily n'avait rien pu changer à cela.

— Bon ! fit-elle en tapant dans ses mains, les coudes plantés sur la table. Maintenant que tu as mangé, je vais t'enseigner quelques-unes de nos règles de vie. Premièrement, tu ne mettras jamais les pieds dans l'aile ouest, là où nous vivons, ma sœur et moi. Cette partie de la maison t'est strictement interdite, compris ?

Elle ne me laissa même pas le temps de répondre.

— Autrement dit, tu n'as le droit d'entrer que dans ta chambre, la bibliothèque, la salle à manger et la cuisine. Deuxièmement : tu éviteras de déranger Luther. Je ne veux pas te voir traîner du côté des étables et des poulaillers, ni ennuyer ce pauvre homme avec tes questions stupides. Il a horreur de ça et ça le distrait de son travail. Le temps est notre bien le plus précieux, il n'est pas question de le gaspiller.

« Troisièmement, et ce dès aujourd'hui, tu auras un réveil dans ta chambre. Tu seras en bas à six heures précises, après avoir fait ton lit, naturellement, et tu allumeras le poêle. Quatre bûches, pas une de plus. Luther range le bois dans la réserve. Ensuite, tu mettras le couvert : un bol, une cuiller, une serviette, comme pour ce matin. Le dimanche nous avons droit à un œuf par personne, tu pourras donc sortir un petit plat supplémentaire. Je te montrerai où tu pourras trouver et ranger chaque chose, après l'avoir lavée, bien entendu.

« Ce qui m'amène au quatrième point. Ta première tâche de la journée sera de laver, essuyer et astiquer la vaisselle et l'argenterie, et ceci chaque jour. Les plats, les casseroles et les marmites seront récurés à fond, même ceux qui ne servent pas souvent, afin d'éviter qu'ils s'encrassent.

« Cinquième point : dès que tu en auras terminé avec la vaisselle, l'argenterie et la batterie de cuisine, tu nettoieras le carrelage de la cuisine, d'une porte à l'autre, en finissant par celle de la réserve. Tu trouveras dans cette pièce un seau, une brosse et du savon. Tu jetteras l'eau sale sur les marches de l'arrière-cour et rangeras ton matériel où tu l'auras trouvé. J'aime que chaque chose soit à sa place.

« Sixième point. Tous les trois jours, tu prendras le

linge que j'aurai déposé à l'entrée de l'aile ouest, tu le laveras ainsi que le tien et l'étendras dehors. Chaque pièce sera lavée à la main, dans l'arrière-cour, et passée à l'essoreuse. Tu trouveras la bassine et la planche à laver sur le porche de la cour. Une fois par semaine, nous changeons de vêtements, et je déposerai les nôtres au même endroit. Tu trouveras une robe de rechange dans le tiroir supérieur de ta commode.

— Mais... et mes effets personnels, alors ?

— Quels effets personnels ? Contente-toi de ce que tu as sur le dos et de faire ce que tu as à faire. C'est tout ce qui m'intéresse.

« Septième point. Tu vas commencer par faire le ménage dans l'aile où tu es logée, dès cet après-midi. Étant donné que tu es la seule à l'utiliser, tu seras seule responsable de sa propreté. Je veux voir les murs et les parquets briqués à neuf. Sers-toi du même seau et de la même brosse que pour la cuisine. Et remets chaque chose à sa place, rabâcha-t-elle.

Je crus un instant sa litanie finie, en quoi je me trompais.

— Tous les meubles et tableaux seront époussetés à fond, enchaîna-t-elle. Tu prendras un soin tout particulier des tableaux : certains remontent à près de cent ans.

« Huitième point : le dimanche, nous lavons les vitres de l'étage. Comme cela te prendra pratiquement ta journée, tu commenceras immédiatement après avoir nettoyé la cuisine.

« Presque tous tes après-midi seront consacrés au ménage et autres travaux. Je te laisserai une pomme sur la table pour déjeuner. Me suis-je bien fait comprendre ?

Pour comprendre, j'avais compris : Emily entendait faire de moi son esclave à demeure. Vivant de miettes, vêtue de loques, misérablement logée, je travaillerais pour dix... et pour rien. C'était de l'exploitation pure et simple.

— Et quand aurai-je un peu de temps libre ? demandai-je innocemment.

— Il ne t'en restera pas pour te tourner les pouces : l'oisiveté est mère de tous les vices. D'ailleurs, les gros travaux sont très indiqués, dans ton état. Ils t'endurciront, et quand viendra l'heure de ton épreuve, tu seras plus forte pour la supporter.

Seigneur ! À la façon dont elle avait dit cela, on aurait juré qu'elle me rendait service en faisant de moi sa servante.

— Mais si jamais tu avais un moment de libre...

Décidément, elle avait pensé à tout !

— ... j'apprécierais que tu l'emploies de façon intelligente. Par conséquent, tu auras la permission de choisir quelques livres dans la bibliothèque. En t'arrangeant, évidemment, pour lire à la lumière du jour. Pas question de t'user les yeux à lire toute la nuit des romans stupides. Et cela brûle du pétrole.

— Et quand pourrai-je lui montrer mes travaux d'aiguille ? s'interposa Charlotte.

Emily la foudroya du regard, les lèvres si serrées qu'une tache blanche apparut aux commissures.

— Eugénie aura autre chose à faire que d'écouter tes sornettes, je te l'ai dit hier soir ! L'aurais-tu déjà oublié ? Et mes autres recommandations aussi ? Allons, qu'est-ce que je t'ai dit d'autre ? J'attends.

Charlotte se tourna vers moi comme si je détenais la réponse et s'écria :

— Tu m'as dit de me laver les cheveux !

— Ô Seigneur, donnez-moi la force, gémit Mlle Emily. C'était la semaine dernière, Charlotte : la semaine dernière ! Voilà le fardeau que Dieu a placé sur mes épaules, ajouta-t-elle en pivotant vers moi. Ma richissime sœur n'a aucune idée du combat que je mène, je t'en prends à témoin. A-t-elle jamais proposé d'inviter Charlotte ? Pas du tout. Et en plus, elle m'envoie un fardeau supplémentaire : toi !

— Je ne suis un fardeau ni pour vous ni pour elle, répliquai-je avec emportement.

Emily me dévisagea longuement et plaqua les mains sur la table.

— Je ne m'attends pas que tu te montres reconnaissante, commenta-t-elle en se levant pesamment. Les filles de ton espèce le sont rarement. Mais tant que tu vis sous mon toit et sous ma garde, j'entends que tu assumes tes responsabilités, est-ce clair ?

Et comme j'évitais son regard, elle répéta :

— Est-ce clair ?

Je respirai profondément avant de répondre.

— Oui. C'est très clair.

— Alors mets-toi au travail, ordonna-t-elle. Et toi, Charlotte, monte nettoyer ta chambre.

— Mais c'est mon anniversaire, aujourd'hui !

— Justement : il faut qu'elle soit très propre pour recevoir tes invités.

Cette remarque, faite avec un affreux sourire, eut le don de plaire à Charlotte. Elle bondit vers la porte et, au moment de franchir le seuil, se retourna vers moi en gazouillant :

— Merci pour ton joli cadeau.

— L'imbécile ! bougonna la tendre Emily.

Et elle lui emboîta le pas, m'abandonnant à mes travaux.

L'eau de la pompe était glaciale comme si elle sortait d'un puits, mais je dus m'en contenter. Mes doigts s'engourdissaient, je les frictionnais toutes les cinq minutes avec un torchon. Après la vaisselle, je m'attaquai à l'argenterie qu'Emily avait déposée sur la paillasse, à côté d'un paquet de blanc d'Espagne. Elle datait de Mathusalem et ne devait pas être astiquée souvent. Je frottais depuis une heure et n'en étais qu'à la moitié de ma tâche quand la porte de la réserve s'ouvrit à la volée. Luther entra, les bras chargés de petit bois, et n'eut pas l'air de me reconnaître.

— Bonjour ! m'écriai-je en le voyant tourner les talons.

Il ne répondit pas et je l'entendis empiler du bois. Qu'à

cela ne tienne : je m'avançai jusqu'au seuil de la petite pièce.

— Luther ?

Il s'interrompit et se retourna à demi. Sa mimique rébarbative était exactement calquée sur celle d'Emily : ses yeux avaient la même dureté minérale.

— Qu'est-ce que vous voulez ?

— Je me demandais si vous auriez le temps de m'emmener à Upland, dans la journée. J'ai un coup de fil à donner. Il faut que je me renseigne au sujet de mes bagages.

Il me tourna le dos, se racla la gorge et se remit à ranger son bois, mais j'attendis. Et quand toutes les bûches furent empilées en un tas bien carré, il se releva en grognant :

— Je vais pas à Upland aujourd'hui, toujours.

— Alors demain, peut-être ?

— Peux pas dire. Ça m'arrange pas, marmonna-t-il.

Et il revint si vivement vers la cuisine que j'eus tout juste le temps de reculer. Un peu plus et il me bousculait. Je me promis bien d'aller à Upland aussitôt en possession de mes vêtements, seulement voilà : qu'étaient-ils devenus ?

J'achevai de fourbir l'argenterie, récurai poêlons et marmites, remis chaque chose à sa place et allai chercher le seau, la brosse et le savon. Je dus m'agenouiller pour lessiver le sol, mais après tout, je l'avais fait souvent. Sauf que maintenant, avec mon ventre qui prenait de l'ampleur, c'était beaucoup plus pénible. Je ne tardai pas à avoir des élancements dans les reins, et je fus obligée de m'asseoir fréquemment pour masser la région douloureuse. Apparemment, Mlle Emily n'entretenait pas mieux le dallage de sa cuisine que son argenterie.

Il était si crasseux que je dus m'interrompre au beau milieu de mon nettoyage pour aller vider mon seau d'eau sale. À peine avais-je ouvert la porte extérieure que je me mis à claquer des dents. Ma robe-chemise en cotonnade n'offrait aucune protection contre la bise de décembre, et non seulement je ne portais rien en dessous, mais j'étais pieds nus dans mes bottes. Je m'avançai sur le porche pour aller vider mon seau sur le côté de la maison, et ce fut alors que je vis le chaudron.

Là, juste après l'angle du mur, suspendu au-dessus d'un grand feu cerné de pierres. L'eau bouillonnait à l'intérieur, mais j'eus tôt fait d'en identifier le contenu. Mes vêtements ! Je lâchai le seau et dévalai les marches de bois grinçantes. On aurait dit que mes habits cuisaient depuis le moment où Emily me les avait pris, la veille au soir. Je cherchai des yeux quelque chose qui m'eût permis de les repêcher, mais même cela n'aurait servi à rien. Le feu brûlait trop bien sous l'énorme marmite noire, la vapeur m'empêchait de m'en approcher suffisamment pour sauver quoi que ce soit.

Du seuil de la réserve me parvint le glapissement d'Emily :

— Qu'est-ce que tu fabriques ici ?

— Et vous, qu'est-ce que vous avez fait de mes vêtements ? lui renvoyai-je du tac au tac. Un beau gâchis, oui !

— Je t'avais prévenue, grinça-t-elle en croisant les bras, je les purifie. Retourne à tes devoirs, et en vitesse.

— Je veux mes vêtements.

— Tu n'as rien à exiger de moi. Quand ils seront purifiés, si jamais ils le sont, ils te seront rendus. Et maintenant, au travail, lança-t-elle en tournant les talons.

Je la regardai disparaître dans la maison et contemplai le désastre d'un œil morne : mon sac n'était même pas visible. Pouvait-on être à ce point mesquin et cruel ? La rage au cœur, je retournai chercher le seau et le renversai dans le feu. Les braises crépitèrent sous l'eau sale, et des jets de vapeur s'en échappèrent en sifflant. Je reculai, attendis, mais l'eau continuait à bouillonner. Elle mettrait du temps à refroidir, mais tant pis. Dès que sa température le permettrait, je récupérerais mon bien.

Je regagnai la cuisine et terminai ma corvée. Tous ces

travaux m'avaient pris plusieurs heures, j'en eus la preuve en allant vider mon eau : le soleil était presque au zénith. Je renversai mon seau et partis d'un pas décidé reprendre mes vêtements bouillis. Mais en arrivant au bout du porche, nouvelle surprise : le chaudron avait disparu. Je me précipitai en bas des marches, mais j'eus beau chercher de tous côtés, je n'en trouvai pas trace. Je ne vis que Luther qui se dirigeait vers les communs, une pelle en travers de l'épaule comme s'il portait un fusil. Je l'appelai, en vain. Il pénétra dans l'étable et tira vigoureusement la porte sur lui.

Cette fois, c'en était trop ! Je rentrai en courant dans la maison, traversai au pas de charge la cuisine et la salle à manger, mais personne ne se montra et je n'entendis pas le moindre bruit.

— Mademoiselle Emily ! appelai-je au bas de l'escalier.

Je tendis l'oreille : pas de réponse. J'appelai encore, toujours sans résultat, et décidai de pousser mes investigations jusqu'à la bibliothèque. Je n'avais que le hall à traverser.

Les rideaux n'étaient pas tirés sur les hautes fenêtres, la vaste pièce baignait dans la lumière. Mon regard balaya les rayonnages chargés de livres, les classeurs, la longue table en chêne et les tableaux, avant de s'arrêter sur celui qui était suspendu au-dessus du bureau. Je reconnus Emily et Charlotte, auprès d'un homme qui devait être le père de Grand-mère Cutler. Il avait ses yeux, son front, son arrogance. Et la même façon de tenir la tête haute, légèrement penchée comme pour me signifier son dédain, et même son courroux, me sembla-t-il. Intimidée, j'étreignis mes épaules et reculai lentement jusqu'à la porte... où m'attendait, dans le plus grand silence, une silhouette immobile. Je sursautai et poussai une exclamation de surprise, avant de reconnaître Mlle Emily.

— Qu'est-ce que tu fais là ? À quoi riment tous ces cris ? Tu devrais déjà être en train de nettoyer l'aile est, au lieu de bayer aux corneilles !

— Et mes vêtements ? ripostai-je sur le même ton. Le chaudron a disparu.

— Combien de fois devrai-je me répéter ? Il me faut les pu-ri-fier. Maintenant, j'en suis à la deuxième étape.

— La deuxième étape ?

— Ils ont été enterrés, m'informa-t-elle d'un ton bref.

Voilà donc ce que faisait Luther avec sa pelle ! La moutarde me monta au nez.

— Enterrés ? Vous avez enterré mes effets personnels ? Où cela ? Et pourquoi, d'abord ? C'est de la folie pure.

— Tu oses répliquer ? vociféra Emily en se redressant de toute sa hauteur.

Et cette attitude menaçante lui donna soudain, malgré sa maigreur, une apparence redoutable. On aurait dit un épervier prêt à fondre sur sa proie. Malgré moi, je reculai d'un pas, et elle pointa vers moi un index crochu comme une serre.

— Tu oses me blâmer, pécheresse, avec ton ventre qui proclame ton ignominie ? Ignores-tu que seul celui qui est sans péché peut jeter la première pierre ?

Une boule se forma dans ma gorge et ma voix se fêla, mais je ravalai mes larmes.

— Je ne prétends pas être pure et sans tache, mais cela ne vous donne pas le droit de m'infliger toutes ces turpitudes, ni de faire de moi votre victime.

— Victime, répéta Emily, comme si le mot prêtait à rire. C'est moi qui suis victime de tes turpitudes, avec toute la famille ! J'ai voulu te secourir dans l'épreuve que tu t'es attirée. Je t'ai ouvert ma maison, j'ai promis à ma sœur de subvenir à tes besoins, et tu m'accuses !

Cette fois, la coupe débordait. Je pleurai sans retenue.

— Vous ne subvenez pas à mes besoins, hoquetai-je entre deux sanglots. Et d'abord, rendez-moi ce qui m'appartient !

— Pauvre petite, si tu pouvais te voir ! Tu es grotesque. Mais soit... (Emily laissa passer quelques secondes avant de poursuivre.) Quand la terre aura absorbé la souillure du démon, je veillerai à ce que Luther te rende ces fanfreluches. Maintenant, retourne travailler, tu en as besoin. Le travail seul peut te racheter. Par lui tu bâtiras la forteresse qui te défendra contre les attaques du Malin, conclut-elle en esquissant un mouvement de retraite.

— Mais... et mes bagages, alors ? Il faut que je me renseigne sur ce qu'ils sont devenus. Je n'ai même plus de peigne, maintenant ! Il suffirait de téléphoner...

— Ce serait tout à fait inutile.

— Mais pourquoi ?

— Parce que j'ai donné des instructions à ce sujet. Tes bagages ne seront expédiés ici qu'après ton accouchement, quand tu seras prête à partir. J'ai déjà eu assez de mal comme ça avec ce que tu portais sur le dos !

— Mais alors... vous m'avez menti. Tout le monde m'a menti !

Cette fois, le ricanement d'Emily frôla le rire.

— Tout le monde t'a menti, voyez-vous ça ! Et toi, alors, qu'as-tu fait d'autre ? Cesse tes jérémiades et mets-toi à l'ouvrage. Fais preuve de courage et d'endurance, je suis sûre que tu n'en manques pas. Les Cutler ne sont pas des mauviettes, si j'en crois ma sœur.

— Sauf que je ne suis pas une Cutler, marmonnai-je entre mes dents.

Les mots n'étaient pas plutôt sortis de ma bouche que je compris l'étendue de ma sottise. Les yeux exorbités, Emily fit un pas vers moi, et son expression me donna la chair de poule. Ses yeux flamboyaient, mais ses traits demeuraient totalement figés.

— Quoi ? Qu'est-ce que tu as dit ?

— Rien, bredouillai-je, terrifiée par l'effroyable mélange de feu et de glace qu'était devenu son visage.

Son regard inquisiteur me transperçait comme un scalpel. D'interminables secondes s'écoulèrent, rythmées par le battement de mon cœur. Il cognait comme un balancier contre mes côtes.

— C'est bon, énonça-t-elle enfin d'une voix coupante. Retourne à ton travail. Et termine-le.

Mon pouls s'apaisa lentement quand elle m'eut laissée seule, mais j'avais la peau moite : la peur m'habitait toujours. Je songeai sérieusement à m'enfuir, mais où aller, sans un sou et vêtue en tout et pour tout de ma hideuse camisole ? Il me fallait patienter, guetter une meilleure occasion, je ne voyais pas d'autre solution. Dès que je serais rentrée en possession de mes affaires, je trouverais bien le moyen de me rendre à Upland et d'appeler papa. Lui saurait m'aider, j'en étais sûre. Je retournai à la cuisine chercher le seau, la brosse, le savon, et montai à l'étage pour entamer le décrassage de l'immense corridor. Entre la saleté, la poussière et les toiles d'araignée, j'avais du pain sur la planche !

Je commençai par les meubles du palier, non sans un certain malaise. On aurait dit que les sinistres personnages des tableaux me lançaient des regards de haine. Le portrait d'Emily eût figuré en bonne place parmi ces gens soupçonneux, qui voyaient le mal partout et en tout. Surtout chez leur prochain, d'ailleurs. Quelle famille ! Pas étonnant que Grand-mère Cutler fût devenue ce qu'elle était... En fait, l'une de ces femmes au visage aigri lui ressemblait comme une sœur.

Environ tous les quarts d'heure, j'allais vider mon seau d'eau sale dans ma salle de bains pour le remplir à nouveau. Il se faisait de plus en plus lourd, et la douleur que je ressentais dans la région lombaire se propageait, comme un cercle de feu qui s'étend. Je devais m'arrêter de plus en plus souvent pour reprendre mon souffle. Mon ventre me pesait, gênait mes mouvements comme un fardeau suspendu à ma taille.

J'étais en train d'essuyer un banc lorsqu'un bruit de pas me fit tourner la tête. Je vis s'avancer Charlotte, une pomme à la main. Elle me la tendit d'un geste brusque.

— Tu as oublié ton déjeuner. Le voilà !

Harassée, je m'adossai au mur, saisis le fruit et y mordis à belles dents, sous le regard intéressé de Charlotte.

— Une pomme tous les jours et le médecin fait demi-tour, babilla-t-elle. C'est Emily qui me l'a dit.

— Ça m'étonnerait qu'un médecin mette jamais les pieds ici, de toute façon ! grommelai-je avec humeur.

Et subitement, il me vint une idée.

— Charlotte, est-ce qu'il vous arrive d'aller à Upland, de temps en temps ?

— Pas moi, mais Emily. Et elle me rapporte des bonbons.

— Mais vous ? Vous ne sortez jamais de cette maison ?

— Quelquefois, je vais à la rotonde pour donner du pain aux oiseaux, quand il fait beau. Tu aimerais nourrir les oiseaux, toi aussi ? Tu viendras avec moi ?

— À mon prochain jour de congé, ironisai-je.

Charlotte, qui ne comprit pas, me sourit ingénument. Je mordis un autre morceau de pomme et voulus me relever, mais une douleur lancinante me vrilla le bas des reins. Le souffle me manqua et je dus me rasseoir pour m'appuyer au mur.

— Tu as un bébé dans ton ventre, dit tout à coup Charlotte, et il aura peut-être les oreilles pointues.

— Sûrement pas ! rétorquai-je en haletant. Comment peut-on dire une chose pareille ? C'est Emily qui vous a raconté ça ?

— Emily sait tout. Elle voit dans votre ventre avec ses doigts.

— C'est stupide, voyons ! Personne ne peut voir dans le ventre de quelqu'un d'autre avec ses doigts ! Il ne faut pas croire ça, Charlotte.

— Elle a vu dans le mien. Elle a même vu les oreilles pointues.

— Quoi ?

Dans l'aile ouest, une porte claqua et le pas rageur

d'Emily se répercuta comme une fusillade à travers les corridors. Charlotte blêmit et fit un bond en arrière.

— Je ne dois pas te déranger quand tu travailles. C'est Emily qui l'a dit.

— Attendez, implorai-je en me hissant sur le banc.

— Non, je ne peux pas, j'ai un modèle à terminer.

Elle s'esquiva en traînant les pieds, et quelques secondes plus tard Emily déboucha sur le palier. Elle me toisa d'un œil sévère, examina attentivement quelques-uns des meubles et tableaux déjà propres et parut plutôt satisfaite.

— J'ai mis un réveil dans ta chambre, n'oublie pas de le remonter. S'il s'arrêtait au milieu de la nuit, tu te lèverais en retard le lendemain. Autre chose : nous dînons à cinq heures précises. Tu es priée de te présenter à table dans une tenue décente.

— Mais comment suis-je censée me laver ? Je n'ai ni eau chaude, ni baignoire, ni même une douche !

— Nous ne prenons pas de douches, seulement un bain par semaine, dans la réserve. Luther y transporte un baquet qu'il remplit lui-même. Il fait chauffer l'eau sur le feu.

— Un bain par semaine ? Dans la réserve ? Mais vous avez cent ans de retard ! Les gens ont l'eau courante chaude et froide, maintenant, et ils prennent des bains plus souvent, avec toutes sortes de savons moussants et parfumés !

Un semblant de sourire étira les lèvres d'Emily.

— Oh, je sais comment les gens se comportent, par les temps qui courent ! Surtout les femmes, avec leurs parfums et tous leurs artifices. Ignores-tu que c'est sa vanité qui a livré Ève au démon ? Et que depuis le jour haïssable de sa chute, notre propre vanité ouvre toute grande au Malin la porte de notre âme ? Fards et bijoux, colifichets, dentelles, tout cela n'est bon qu'à attiser les appétits luxurieux des hommes. Ils y succombent, hélas ! Et quand ils y ont succombé...

La voix d'Emily s'enfla comme celle d'un prédicateur en chaire.

— ... ils nous entraînent dans leur chute, pour nous précipiter avec eux dans les feux de l'enfer et la damnation éternelle. Le diable t'a touchée de sa griffe, tu sens déjà le soufre et la fumée. Plus tôt tu en prendras conscience, plus prompte sera ta rédemption.

— C'est faux ! protestai-je en la défiant du regard. Je ne sens rien du tout et mon bébé n'aura pas les oreilles pointues !

Elle me dévisagea longuement avant de reprendre son sermon.

— Alors prie pour cela. Prie le Seigneur de ne pas exercer Sa vengeance sur un innocent. Mais tu as provoqué Sa colère, et Sa colère est si terrible que son fracas retentit dans les cieux. (Arrivée là, elle croisa les mains sur son buste plat et ferma les yeux, le temps d'ajouter :) Travaille, prie, soumets-toi. Et si Dieu le veut, Il t'accordera Son pardon.

Son prêche fini, elle s'éloigna dignement pour s'arrêter une dernière fois sur le palier.

— N'oublie pas : cinq heures précises. Et sois aussi nette et propre que possible, me jeta-t-elle par-dessus son épaule.

Et elle descendit l'escalier avec une lenteur majestueuse, la tête haute et le dos si roide que je crus voir une statue glisser doucement et sans heurt vers le bas des marches.

Je pressai les mains sur mon ventre et luttai contre mon envie de pleurer, contre tout ce que je venais d'entendre. Mon bébé était quelque chose de beau, de bon, je le savais. Tant pis si Michaël m'avait trahie : l'enfant qui poussait en moi sentait le pouvoir de mon amour. Un pouvoir qui venait du ciel, une chose précieuse et rare qui n'était pas l'œuvre du diable, et qu'Emily n'avait jamais connue. Pauvre femme ! Elle méritait plus de pitié que de mépris. Elle vivait dans un enfer glacé, peuplé de démons imaginaires ; elle voyait le mal partout, tapi dans chaque recoin de sa maison, prêt à surgir et à l'assaillir à chaque instant de sa vie. Elle ne devait pas rire souvent, la malheureuse, et encore moins sourire. Le démon l'avait déjà vaincue, mais elle n'en savait rien.

J'allai faire ma toilette, c'est-à-dire me décrasser tant bien que mal, les bras, le visage et les mains. Quant à mes cheveux... sans miroir, je ne pouvais qu'imaginer de quoi ils avaient l'air, et ce n'était pas très alléchant. Mais « mademoiselle » Emily ne se souciait pas des apparences, au contraire. Plus je serais repoussante, plus je lui plairais, forcément. Je dus troquer ma camisole salie contre celle qui se trouvait dans le tiroir, puisque ces deux articles représentaient toute ma garde-robe. D'ailleurs, sitôt qu'elle me vit paraître, la chère demoiselle se chargea de me remettre les points sur les i.

— N'oublie pas, surtout. Les vêtements ne sont lavés que tous les huit jours. Si tu salis tes deux robes à la fois, tu les porteras comme ça jusqu'à la prochaine lessive.

— Mais pourquoi n'en faire qu'une par semaine, alors ?

— Pour éviter des dépenses inutiles. D'ailleurs, si tu prends soin de tes affaires, ce sera tout à fait suffisant.

— Mais je n'ai rien à me mettre, à part ces deux horreurs !

— La simplicité n'est jamais laide, aboya Emily. Ce n'est pas parce que tu es habituée au luxe qu'il faut la mépriser.

— Je n'ai pas été habituée au luxe. Mais j'ai besoin de vêtements qui m'aillent, il me faut du linge et des chaussettes, je veux pouvoir me...

— J'ai besoin, il me faut, je veux ! singea cruellement Emily. Vous ne savez donc rien faire d'autre que réclamer, vous, les jeunes d'aujourd'hui ?

Elle ôta le couvercle de la marmite et remua les pommes de terre. Ce plat unique, plus un morceau de pain et un verre d'eau, constituait tout notre dîner. Nous mangions mieux chez les Longchamp, même quand papa n'avait pas de travail et qu'il nous fallait vivre sur les restes. Mais Emily estimait qu'une nourriture frugale était bonne pour la santé, et réservait les œufs ou le poulet pour le dimanche.

Après avoir dit le bénédicité, elle se cantonna dans le silence et sa sœur aussi, mais la pauvre Charlotte avait l'air terrifiée. J'en conclus qu'elle s'était fait vertement semoncer pour avoir eu la langue trop longue. De temps à autre, pourtant, elle levait le nez de son assiette et me jetait un coup d'œil complice, comme pour me transmettre un message muet. Cela m'intriguait, mais je ne sus le fin mot de l'histoire qu'après avoir terminé ma corvée de vaisselle. Quand je débouchai dans le hall, Charlotte sortit du coin d'ombre d'où, manifestement, elle me guettait. Elle jaillit à ma rencontre dès que j'eus franchi la porte de la salle à manger, ma bouillotte sous le bras, enroulée dans son torchon. Je n'aurais jamais cru que je pourrais avoir envie de me coucher si tôt, mais j'étais exténuée, fourbue, j'avais mal partout. Même cet ignoble cagibi sans lumière me semblait désirable, un havre de repos.

— Charlotte ! m'écriai-je en sursautant. Que se passe-t-il ?

J'examinai prudemment les environs mais ne vis pas trace de sa redoutable sœur.

— Je t'ai apporté un cadeau, chuchota-t-elle. Il est sur ton lit.

Je n'eus pas le temps d'en demander davantage : elle s'enfuit en traînant la savate. J'étais de plus en plus intriguée. Quel genre de cadeau avait-elle pu trouver ? Un ouvrage à l'aiguille, probablement. À moins que, prise de pitié, elle ne m'ait fait présent d'une de ses robes. Je me hissai lourdement dans l'escalier, peinant à chaque marche, et pris lentement le chemin de mon réduit. Mon premier geste fut pour allumer la lampe. L'ombre recula dans les coins, le halo tremblotant atteignit mon lit, révélant la présence d'un objet dont je m'emparai aussitôt.

Un hochet ? Oui, c'était bien un jouet de bébé, à première vue pratiquement neuf. Je le retournai lentement entre mes mains, de plus en plus songeuse. Emily s'était moquée de moi lorsque j'avais mentionné l'anniversaire de Charlotte. Elle m'avait également rappelé qu'on ne pouvait pas se fier aux propos de sa sœur. Aussi, lorsque la pauvre fille m'avait parlé de ce bébé (qui m'aurait soi-disant empêchée de dormir), puis d'un enfant aux oreilles pointues qu'Emily elle-même aurait « vu dans son ventre avec ses doigts », m'étais-je abstenue de poser des questions.

Mais pourquoi Charlotte possédait-elle un hochet neuf, au fait ? Elle était beaucoup trop vieille pour avoir eu un bébé récemment. Donc...

Emily m'avait interdit l'accès de l'aile ouest, mais où chercher la clef du mystère, sinon dans la partie de la maison habitée par les deux sœurs ? Pour l'instant, j'étais trop lasse et mal en point pour m'en préoccuper : je me pelotonnai sous mes couvertures en serrant la bouillotte sur mon ventre. L'idée qu'elle nous réchauffait tous les deux, mon bébé et moi, m'apportait un certain réconfort. D'ailleurs il ne faisait pas trop froid, grâce à Dieu. Une des rares choses qu'Emily avait dites à table était que le temps se radoucissait. Elle prévoyait même une chute de neige.

De la neige. Mais quel jour étions-nous, au juste ? J'additionnai mentalement le temps passé à l'hôpital aux deux journées qui s'étaient écoulées depuis mon arrivée à Grand Prairie. En comptant à partir du dernier soir où j'avais vu Michaël, cela nous amenait à... Je m'assis brusquement dans mon lit, secouée d'un frisson d'horreur. C'était la veille de Noël, et personne ne m'en avait rien dit ! Personne ne semblait s'en soucier le moins du monde, ici.

Je pensai à Jimmy qui devait faire la fête en Europe et chanter avec ses camarades. À Trisha, heureuse au milieu des siens, réunis autour du sapin dans la chaleur d'un vrai foyer. Et même à papa et à sa nouvelle femme, qui attendaient leur enfant dans la joie. Et moi, alors ? Moi à qui Michaël avait prodigué de si tendres promesses ?

Elles resurgirent toutes à la fois dans ma mémoire et je fondis en larmes. Nous avions fait de si merveilleux projets pour cette soirée en tête à tête ! Nous aurions échangé nos cadeaux à la lueur des flammes, en écoutant une délicieuse musique de fête. Et puis, un peu plus tard, beaucoup plus tard peut-être, nous nous serions endormis dans les bras l'un de l'autre, un goût de baiser sur les lèvres.

Je me souvenais si bien du jour où il avait acheté cet adorable sapin...

Qu'était devenu notre petit arbre de Noël ? Se dressait-il toujours au coin de la cheminée, aussi seul et abandonné que je l'étais moi-même ?

14

J'écris à Trisha

Je n'avais pas la vie facile à Grand Prairie, on m'accablait de tâches fastidieuses, pénibles, et pourtant je m'y attelai de bon cœur. Épousseter, briquer, laver, astiquer, ces corvées seules allégeaient pour moi l'infinie lenteur des jours. Je vivais comme un détenu purge sa peine, traitée ni plus ni moins qu'en criminelle par la terrible Emily. Condamnée aux travaux forcés, rivée à mon boulet dans cette grande bâtisse gouvernée par un monstre au cerveau malade, je voyais les soirées succéder aux matins et chaque nuit finir par un matin de plus, exactement semblable aux autres. J'en arrivai à perdre toute notion du temps, à ne plus distinguer une journée de l'autre, moi non plus. Exactement comme pour la pauvre Charlotte, le dimanche devint bientôt mon seul repère dans cette morne grisaille.

Les sœurs Booth ne se rendaient pas à l'église pour le service dominical. J'avais espéré profiter de cette occasion pour téléphoner ou poster une lettre, mais j'aurais dû mieux connaître Emily. À l'entendre, les églises étaient devenues les refuges du Malin.

— Les gens n'y vont pas pour prier ou se confesser, mais pour faire des mondanités et se montrer. S'attifer pour aller prier Dieu, a-t-on idée ? Comme si le Seigneur Se laissait impressionner par la toilette et les bijoux ! Et quand je pense à toutes celles qui se peinturlurent la figure... c'est un sacrilège, il n'y a pas d'autre mot. Satan est entré en elles, et c'est ainsi qu'il s'introduit dans la maison de Dieu. Ah, il doit bien rire, le mauvais !

« Et voilà pourquoi nous prions chez nous, le dimanche », concluait-elle invariablement.

Ce que les sœurs Booth appelaient « la chapelle » était une sorte d'antichambre attenante à la bibliothèque, meublée par les soins d'Emily. L'inconfort tout particulier du long banc de bois était une de ses trouvailles. Le dossier s'inclinait en avant, afin que le fidèle ne risque pas de s'y installer à son aise et d'oublier la raison de sa présence en ce lieu. En face de ce siège de torture, un grand crucifix se détachait sur le mur nu. Des lampes à pétrole posées sur des guéridons éclairaient la pièce, et des cierges brûlaient sur une grande table, devant la croix. Mais sitôt le service achevé, Emily se précipitait pour les souffler, afin d'économiser la cire.

Naturellement, j'étais tenue d'assister à l'office, réduit à sa plus simple expression. Emily nous lisait à voix haute un passage de la Bible, puis nous récitions ensemble le Notre Père. Luther venait aussi, mais il restait debout au fond de la pièce, les mains croisées. La lecture d'Emily durait au moins une heure, au grand dam de la pauvre Charlotte. Elle s'agitait et se tortillait, mais Emily n'avait qu'à froncer le sourcil pour qu'elle se fige dans une immobilité de statue, l'air pitoyable, quitte à recommencer une minute plus tard. À titre préventif, j'avais droit à mon tour au coup d'œil menaçant, qui produisait sur moi un effet analogue. Je me solidifiais sur place.

Mais toute peine mérite salaire, et notre bonne conduite nous valait quelques douceurs au déjeuner. Des œufs préparés à notre convenance, du gruau de maïs au beurre et des rôties à la confiture de mûres. Pas très sucrées sans doute mais sucrées quand même, seule exception à la règle d'or d'Emily. Selon sa thèse, le sucre était aussi dangereux que l'alcool et comme lui objet de tentation, piège tendu par Satan au pécheur pour affaiblir ses défenses. Les privations, par contre... voilà qui vous fortifiait dans le combat contre le mal !

Un autre événement notable du dimanche était la cérémonie du bain. Comme Emily me l'avait expliqué, Luther transportait un grand cuveau de bois dans la resserre, la pièce la plus proche de l'arrière-cour. En sortant de la chapelle, il allait allumer le feu sous le chaudron ; le petit déjeuner fini, il commençait à remplir le baquet, seau après seau, ajoutant l'eau bouillante à l'eau froide jusqu'à ce que le mélange fût à bonne température.

Emily se baignait la première. Charlotte et moi attendions dans la cuisine qu'elle ait terminé, puis Luther versait quelques seaux supplémentaires pour réchauffer le bain. Ensuite venait le tour de Charlotte, et en dernier lieu, le mien. Cette pratique me répugnait, Emily seule avait droit à une eau vraiment claire. Elle faisait hautement valoir qu'étant la personne la plus propre de la maison elle ne laissait pratiquement pas de saleté derrière elle.

Quand mon tour arrivait, Luther retirait une demi-douzaine de seaux du baquet et les remplaçait par de l'eau chaude. La première fois que je pris ce genre de bain, Emily fit irruption dans la réserve, tâta l'eau du bout des doigts et décréta qu'elle était presque froide. Luther dut faire encore plusieurs voyages avant qu'elle ne se déclarât satisfaite.

— Mais je vais me brûler ! protestai-je.

— Allons donc ! Comment veux-tu te décrasser si l'eau n'est pas assez chaude ? La saleté te colle à la peau !

Je dus m'asseoir nue dans le cuveau pendant que Luther entrait avec un seau et m'aspergeait copieusement, au risque de m'ébouillanter. Je tentai de mon mieux de dissimuler ma nudité, et il affecta l'indifférence, mais je vis bien qu'il ne perdait rien du spectacle.

Je le soupçonnais de boire un petit coup de temps en temps, surtout pendant les grands froids, et il dut avoir très froid en janvier et en février ! Parfois, quand je m'activais dans la cuisine, il entrait avec une charge de bois ou un seau d'eau chaude, et son haleine sentait le whisky. Emily percevait-elle cette odeur suspecte ? Impossible à savoir, en tout cas elle n'en disait rien. Luther ne lui faisait pas peur, elle n'hésitait pas à le houspiller, souvent même assez rudement. Mais elle semblait savoir exactement où s'arrêter et ne dépassait jamais les bornes.

Et lui, pourquoi s'échinait-il à travailler pour les deux sœurs ? Mystère. Il ne recevait pour salaire que le vivre et le couvert, j'en aurais mis ma main au feu. Il dormait quelque part en bas, dans le fond de la maison, au-delà des limites qu'il m'était interdit de franchir. Mais je ne pouvais pas m'empêcher de réfléchir à la question, et je ne perdais pas une occasion de l'interroger. Quand nous étions seuls, naturellement. Si Emily rôdait dans les parages, il ne daignait même pas s'apercevoir de ma présence.

— Depuis quand Grand Prairie est-elle à l'abandon ? lui demandai-je, un matin où il apportait une brassée de petit bois.

Je sentais que la plantation était son sujet de conversation favori, le seul qui m'offrît une chance de vaincre sa réserve habituelle. Je ne me trompais pas.

— Depuis que M. Booth est mort, répondit-il sans se faire prier. L'avait des dettes par-ci, par-là. L'a fallu vendre le bétail et pas mal d'autres choses avec.

— Et qu'est devenue Mme Booth ?

— L'était morte quelques années avant. Une maladie de l'estomac.

— Vous travaillez beaucoup, Luther. Je suis sûre que vous avez tout tenté pour sauver le domaine.

Ma remarque le toucha, j'en eus la certitude. Une petite lueur de plaisir passa dans ses yeux.

— Je lui en ai assez parlé, allez ! L'a rien voulu savoir. On aurait pu s'arranger pour que tout reste beau. Peindre les murs, par exemple. Je voulais m'y mettre, mais elle a dit non. Les apparences, ça compte pas, qu'elle dit. C'est bon pour attirer le démon. Alors j'ai laissé la maison comme elle était. Je me contente de faire aller, et d'empêcher les murs de s'écrouler.

— Vous vous débrouillez très bien, je trouve, avec les moyens que vous avez !

Je n'obtins de Luther qu'un grognement d'approbation, mais c'était déjà ça. Quelques jours plus tard, j'osai lui demander pourquoi il travaillait à Grand Prairie.

— C'est un peu comme si j'étais chez moi, voyez ? Quand on a vécu des années, travaillé des années dans un endroit, il est un petit peu à vous. Pas besoin de papiers de notaire pour ça. À Grand Prairie, je suis chez moi tout comme un autre, insista-t-il non sans fierté. Et même...

Son expression bourrue se mua en une sorte de sourire.

— ... et même que je pourrais pas aller ailleurs. Ouais, Grand Prairie, c'est mon chez-moi.

J'aurais voulu l'amener à m'en dire plus sur Emily et sur la famille, mais presque toujours, lorsque j'abordais le sujet, il faisait la sourde oreille. Mais pourquoi ? Il ne me donnait pas l'impression de respecter ni d'aimer tellement Emily, et pourtant il lui obéissait. Elle exerçait une sorte de pouvoir sur lui. Quand je lui demandais de me conduire à Upland, il trouvait toujours une excuse pour refuser. Ou bien, et c'était le cas le plus fréquent, il évitait de me répondre et s'en allait, tout simplement.

Vers la mi-janvier, persuadée qu'Emily lui avait interdit de m'emmener où que ce soit, je changeai de tactique. J'attendis de me trouver seule avec lui pour lui demander de poster une lettre pour Trisha. Il ne dit ni oui ni non, mais refusa absolument de prendre l'enveloppe que je lui tendais. Après une brève hésitation, je la déposai sur la paillasse.

— Bon, je la laisse là. Pourrez-vous l'emporter la prochaine fois que vous irez en ville, s'il vous plaît ?

Il ne desserra pas les dents mais jeta un coup d'œil à la lettre. Le lendemain, elle avait disparu.

J'attendis pendant des semaines la réponse de Trisha. J'étais sûre qu'elle m'écrirait dès qu'elle recevrait de mes nouvelles. Chaque fois que Luther allait chercher le courrier, je guettais impatiemment son retour, mais il n'avait jamais rien pour moi. Un matin, alors qu'il apportait du bois, je lui demandai ce qu'il avait fait de ma lettre.

— Quelle lettre ?

— Celle que j'avais laissée sur la paillasse le mois dernier, vous savez bien ? Vous m'avez vue la déposer.

— Ça je l'ai vue, pour sûr. Mais quand je suis venu la chercher, elle y était plus.

— Elle n'y était plus ?

Il n'eut pas besoin de répondre, je sus instantanément qui avait fait disparaître ma lettre. Emily. Une rage froide s'empara de moi et tout ce qui me restait d'orgueil refit surface à la vitesse de l'éclair. Je pivotai sur mes talons, redressai l'échine et marchai à la rencontre de l'ennemi.

Mlle Emily partageait son temps entre la lecture de la Bible, la cuisson de nos rations de survie, la surveillance du travail de Luther et la tenue de ses comptes, à un centime près. Je la trouvai dans la bibliothèque, assise devant le grand bureau de chêne noirci que dominait le portrait de son père. Le tableau en imposait par ses dimensions, et le vieil homme en paraissait d'autant plus menaçant. On aurait juré qu'il regardait par-dessus l'épaule de sa fille en fronçant le sourcil. J'eus l'intuition qu'elle en avait peur, qu'elle était obsédée par la crainte de lui déplaire et de s'attirer de terribles représailles.

Courbée sur son registre, elle s'absorbait dans ses calculs. Et quand elle portait une brève annotation dans les marges du gros livre, sa tête inclinée paraissait suspendue à ses épaules comme une pomme à un arbre sec. Dans un coin de la pièce, une vieille horloge égrenait les secondes. Le ciel couvert ne laissait filtrer que très peu de jour, ce qui avait contraint Emily à allumer une lampe. Une seule. La flamme vacillait et projetait une flaque jaune sur son visage et ses mains. Quand elle m'entendit entrer, elle se redressa et se carra sur son siège. L'ombre avala son front et ses yeux, je ne vis plus que sa bouche étirée, dont les coins se pincèrent. C'est tout juste si elle desserra les lèvres pour m'adresser la parole.

— Qu'est-ce que tu veux ? Tu ne vois pas que je suis occupée ?

Je n'y allai pas par quatre chemins.

— Je veux savoir pourquoi vous avez pris la lettre que j'ai écrite à mon amie Trisha.

— Quelle lettre ?

Elle n'avait pas bougé d'un cil, un vrai mannequin de cire. Au-dessus d'elle, son père jetait sur moi un regard mauvais, absolument identique au sien. S'ils croyaient m'impressionner ! Je ne cédai pas un pouce de terrain.

— La lettre que j'ai laissée sur la paillasse de la cuisine, le mois dernier. Luther devait se charger de la poster.

Elle me fit attendre longtemps sa réponse, mais je tins bon. Finalement, elle avança la tête et la zone de lumière atteignit le bord inférieur de ses yeux, qui luirent comme ceux d'un chat.

— Tout ce qui traîne sur la paillasse est jeté aux ordures, siffla-t-elle. Et si cette lettre était destinée à l'une de tes amies de New York, qui ne doit pas valoir beaucoup mieux que toi, elle a trouvé sa place.

Je crus que mon souffle allait se bloquer dans ma gorge. Non seulement cette mégère avait jeté ma lettre, mais elle s'en vantait ! Comment pouvait-on agir ainsi, de quel droit ? Elle ne savait rien de Trisha. S'imaginait-elle réunir à elle seule toutes les perfections de la terre ? Du coup, je retrouvai la voix.

— Comment osez-vous juger mes amis ? Vous ne les connaissez même pas ! Vous n'aviez pas le droit de jeter ma lettre.

— Je n'avais pas le droit ?

Elle émit un rire strident qui m'écorcha les oreilles et retrouva instantanément son ton glacial.

— Bien sûr que j'avais le droit, et je ne me suis pas gênée. J'ai tous les droits dès qu'il s'agit d'empêcher Satan d'entrer chez moi. Et il n'est pas question que Luther perde son temps à te servir de facteur.

— Mais c'est la seule lettre que je lui aie jamais remise !

— Un seul mot suffit pour introduire le mal dans notre

cœur, tu n'écoutes donc jamais ce que je te dis ? File à ton travail et laisse-moi faire le mien. J'ai des responsabilités, moi.

— Vous me traitez comme une criminelle de droit commun, c'est scandaleux !

— Mais tu es une criminelle de droit commun, articula tranquillement Emily. Tu as commis le plus commun des crimes : la luxure, et maintenant tu le paies. Et pourquoi as-tu été envoyée ici et confiée à ma garde, à ton avis ?

Elle se pencha en avant, les bras croisés, et son visage entra en entier dans le rond de lumière.

— Parce que tu n'as nulle part où aller. Personne ne veut de toi. Tu es un fardeau et une honte pour tout le monde. Ma sœur a bien insisté sur ce point, afin que tu sois traitée comme la pécheresse que tu es. Quoique ça, elle n'avait pas besoin de me le demander ! Donc...

Elle se redressa et l'ombre me déroba ses traits.

— Tant que tu vivras sous mon toit, que tu mangeras mon pain et que tu dépendras de moi, tu m'obéiras sans discuter, acheva-t-elle d'une voix tonnante, qui parut s'échapper des lèvres de son père.

L'illusion fut si saisissante que toute velléité de révolte m'abandonna. Glacée jusqu'à la moelle, vidée de mon courage et de mes forces, je croisai les mains sur mon ventre et sortis à reculons. Quand je débouchai dans le hall, Emily était à nouveau penchée sur son registre, plongée dans ses notes et ses comptes d'apothicaire.

Parvenue à la porte d'un des salons, je m'y arrêtai un instant. Depuis des mois que je vivais dans cette maison, je n'en avais pas vu grand-chose. Et rien du tout de l'aile ouest, zone interdite, réservée à Emily et à Charlotte. Mais ce petit salon, je le savais, contenait un miroir, le seul miroir du rez-de-chaussée. Ces objets n'avaient pas la faveur d'Emily. Selon elle, ils incitaient à la vanité, cause unique de la chute d'Ève et du péché originel. Lorsque j'en avais réclamé un, je m'étais entendu répondre :

— Tu peux très bien t'en passer. Contente-toi de te tenir à peu près propre, c'est tout ce qu'on te demande.

Il y avait beau temps que je ne me souciais plus de mon apparence, mais cette fois c'était différent. Humiliée comme je venais de l'être, j'éprouvais le besoin de me rassurer. Étais-je vraiment aussi pitoyable que le prétendait Emily ? Bien possible. Depuis des mois, je devais me passer de brosse, de peigne, de produits de beauté. Comme je ne sortais pas et ne voyais personne, je n'y pensais pas trop. Mais j'aurais tant aimé laisser tomber mon horrible peau d'âne et me sentir à nouveau fraîche, jeune et jolie !

Le cœur étreint d'appréhension, je me glissai furtivement dans le petit salon. Les rideaux n'étaient pas tirés, mais il y régnait la même semi-obscurité que dans la bibliothèque. J'allumai la lampe que je trouvai sur un guéridon et m'approchai du miroir ovale, où tout d'abord ma silhouette seule se dessina. J'élevai ma lampe à bout de bras… et faillis la laisser choir.

Mes cheveux autrefois si fluides et si soyeux n'étaient plus qu'un paquet de chanvre sale, mes yeux des cailloux ternes et sans couleur, vidés de lumière et de vie. Sous les traînées noires qui maculaient mon front et mes joues, mon teint m'apparut aussi maladif et cendreux que celui d'Emily. Le spectre hagard qui me faisait face me donnait la nausée. Cette apparition, cette… cette chose, se pouvait-il que ce fût moi ?

Depuis combien de temps n'avais-je pas senti le goût du rouge à lèvres, respiré un parfum, brossé mes cheveux ? Je voulais mes jolies robes, mes bracelets, mes boucles d'oreilles et même… oui, même le médaillon de Michaël ! Qu'étaient-ils devenus ? Si Agnès les avait expédiés à l'hôtel, Grand-mère Cutler avait déjà dû en disposer à sa guise, comme elle disposait de moi.

Ah, j'étais belle ! Qu'avaient-elles fait de moi, ces deux sorcières ? Je fixai un instant encore mon visage tuméfié, méconnaissable, la guenille informe qui m'enveloppait comme un sac... et ce fut trop. Je soufflai la lampe et bénis l'ombre qui m'environnait. Tant que je serais dans cette maison, je me le jurai, plus jamais je ne me regarderais dans un miroir.

Je me ruai dans le hall, puis dans l'escalier, même si chaque marche me demandait un effort plus pénible que la précédente. J'en étais au cinquième mois de ma grossesse, et mon ventre s'alourdissait. Hors d'haleine, je m'engouffrai dans mon réduit et m'abattis sur le lit en sanglotant. Une prisonnière, voilà ce que j'étais devenue. Et encore : quelle geôlière de maison d'arrêt se fût montrée aussi dure que la mienne ?

— Qu'est-ce qu'il y a ? fit une petite voix candide.

Je m'assis sur mon grabat en essuyant mes larmes. Charlotte ! Elle se tenait sur le seuil, un morceau de tissu à la main, et quand j'allumai ma lampe elle jeta un regard de côté pour scruter le corridor. Puis, rassurée, elle passa la tête à l'intérieur et chuchota :

— Emily t'a dit que le bébé aurait des oreilles pointues, c'est pour ça que tu pleures ?

— Je me moque pas mal de ce qu'elle peut raconter, et encore plus de son opinion sur mon bébé !

La pauvre fille ouvrit des yeux ronds, totalement désarçonnée par mon invraisemblable audace. Puis son visage s'éclaira et elle avança jusqu'à moi.

— Regarde ce que je t'ai apporté !

Toute fière, elle me tendit le carré d'étoffe et je me penchai pour l'examiner. C'était une broderie exécutée en deux tons, bleu ciel et rose, représentant un bébé dans son berceau, sous un arbre. Elle n'avait pas fini de remplir les contours, mais la perfection du tracé m'étonna.

— Où vous êtes-vous procuré le modèle ?

— Le modèle ?

Charlotte retourna l'ouvrage entre ses mains comme si elle s'attendait à y lire la réponse à faire.

— Oui, le dessin. C'est Mlle Emily qui l'a acheté pour vous ?

— Non, c'est moi qui l'ai fait. Je dessine toujours mes modèles moi-même, précisa-t-elle fièrement.

— C'est remarquable, Charlotte. Vous avez vraiment du talent. Vous devriez montrer ces broderies, les gens les aimeraient.

— Les gens ? Il n'y a qu'Emily qui les voie. Elle veut que j'y travaille tout le temps, pour ne pas la déranger. L'oisiveté...

— ... est mère de tous les vices, je sais. C'est Emily qui l'a dit, pardon : sainte Emily. Et ses péchés à elle, au fait ? J'aimerais bien connaître *votre* opinion là-dessus.

Le sourire de Charlotte répondit pour elle. Non seulement l'idée qu'Emily soit capable d'une mauvaise action la dépassait, mais comment eût-elle osé avoir une opinion ? Sa sœur lui avait fait subir un lavage de cerveau.

— Emily n'est pas un ange, vous savez. Il ne faut pas tenir tout ce qu'elle dit pour parole d'Évangile. Elle se montre cruelle sans nécessité, surtout envers vous. Elle vous parle comme à un chien et vous séquestre, exactement comme moi.

— Mais non, elle essaie simplement de m'aider ! Je suis le fruit du péché et j'ai engendré l'enfant du péché, récita l'innocente, comme une leçon mille fois rabâchée.

— C'est absolument faux ! m'indignai-je. Vous ne... Mais qu'est-ce que c'est que cette histoire ? Quel enfant ?

— Je n'ai pas le droit d'en parler, protesta vivement Charlotte en reculant vers la porte.

— Allons, l'implorai-je d'une voix enjôleuse, je ne dirai rien. Ce sera un secret entre nous, d'accord ?

Elle médita la question et revint vers l'intérieur de la pièce.

— J'ai fait cela pour le bébé, avoua-t-elle en brandissant le tissu brodé. Parce que des fois... il revient.

— Il revient ? Et d'où cela ?

— De l'enfer, où il a été envoyé parce que... parce que c'est sa place. Elle était marquée.

— Mais personne n'a sa place marquée en enfer, voyons !

— Si : le diable.

— Lui, je veux bien, mais alors juste lui... et peut-être Emily, marmonnai-je entre mes dents. Qui était ce bébé, Charlotte ? Un vrai bébé ?

Elle me dévisagea en silence et je me penchai pour prendre le hochet que j'avais glissé sous le lit.

— À qui appartenait ce jouet ? Où l'avez-vous eu ?

Un volet mal fixé claqua au vent, le son se répercuta dans tout le corridor. Charlotte bondit en arrière et battit des cils, le regard fou de terreur.

— Il faut que je retourne dans ma chambre. Emily sera furieuse si elle apprend que je t'ai dérangée.

— Vous ne me dérangez pas, je vous assure. Ne partez pas, implorai-je.

Mais le volet claqua de nouveau, elle s'enfuit et ce fut en vain que j'appelai :

— Charlotte !

Elle ne revint pas.

Et voilà, la seule personne à qui je pouvais parler avait bien trop peur d'Emily, elle ne dirait rien. Je me retrouvais au secret dans ma cellule, la prison eût été cent fois préférable. Ici, j'étais sous la coupe de la plus perverse des gardiennes, et pourquoi ? Pour avoir aimé trop tôt, et accordé trop vite ma confiance. J'avais cru en quelqu'un, et pour ce péché capital, Emily me punissait. Eh bien, je la défierais ! J'écrirais à Trisha et ma lettre partirait, dussé-je aller la poster moi-même.

Je me levai sans hésiter, replaçai le hochet dans sa cachette et descendis à la cuisine pour écrire à Trisha. Et cette fois, je lui décrivis mon abominable condition, sans lui faire grâce d'un détail. Ma main courait sur le papier, que j'arrosais copieusement de mes larmes.

Chère Trisha,

Il y a des mois que j'essaie de te joindre, mais cette harpie d'Emily, la sœur de Grand-mère Cutler, a tout fait pour m'en empêcher. Il n'y a pas le téléphone à Grand Prairie et le seul endroit où poster une lettre est Upland, à des kilomètres. En plus, Emily a interdit qu'on m'envoie mes bagages. Elle m'a pris tous mes vêtements le jour de mon arrivée, pour les soumettre à je ne sais quel rituel de purification, qui consistait entre autres choses à les faire bouillir et à les enterrer. Je ne les ai jamais revus, et mon sac non plus. Je suis obligée de porter une espèce de sac à patates absolument hideux et rien en dessous, même pas de linge de corps. Je dors dans un cagibi glacial et sans fenêtre, avec une bouillotte pour ne pas geler. Je m'éclaire avec une lampe à pétrole, sauf qu'on me donne très peu de pétrole. Il doit durer toute la semaine et je n'ose pas allumer quand je voudrais, de peur de rester des jours et des jours dans le noir.

Je passe tout mon temps à briquer la maison du haut en bas, vaisselle, meubles, murs, parquets et le reste. Je n'ai pas une minute pour lire et de toute façon, je serais trop fatiguée pour ça. Je deviens de plus en plus grosse et mon dos me fait de plus en plus mal, mais ça, Mlle Emily s'en moque ! Je crois qu'elle prend plaisir à me voir souffrir. Elle s'imagine que plus je souffrirai, plus je me repentirai.

Je ne t'ai pas indiqué mes coordonnées en quittant New York pour la bonne raison que je ne les connaissais pas encore. Il faut que tu me rendes un service. Je te joins l'adresse de papa, Ormand Longchamp. Il est le seul à pouvoir m'aider, puisque Jimmy est toujours en Europe, enfin je suppose. D'ailleurs il ne sait pas où je suis. Je t'en prie, tâche de joindre papa et dis-lui dans quelle situation désespérée je me trouve. Il faut que je sorte d'ici. Emily est une fanatique religieuse et sa sœur une simple d'esprit, aussi impuissante que moi.

Tu ne peux pas savoir comme vous me manquez, toi et ton franc-parler génial. Je n'ai jamais autant apprécié ton amitié que maintenant, je ne savais pas moi-même que je t'aimais tant. L'école me manque, elle aussi, surtout le chant et la musique. On n'en entend jamais, dans cette maison, sauf des cantiques. Toute autre musique est l'œuvre du démon, d'après Mlle Emily. Elle voit le diable partout, sauf là où elle ferait mieux de regarder : dans son miroir.

J'en arrive à regretter Agnès et si j'avais le choix entre ici et chez elle, ce serait vite fait. Elle était peut-être un peu dérangée mais au moins, elle était humaine.

Tu vas dire que je radote mais : tu me manques.

Avec toute mon affection,

Aurore

Je m'étais munie de l'une des enveloppes que j'avais trouvées un jour dans la bibliothèque. J'y glissai ma missive, collai le rabat, libellai l'adresse et regagnai l'étage à pas de loup. Ma couverture me servirait de manteau, puisque le mien avait été bouilli et enterré avec le reste. Je la pliai aussi serré que possible, la fourrai sous ma robe et refis le chemin inverse, toujours sur la pointe des pieds. La maigre lueur qui filtrait de la bibliothèque me renseigna : Emily était toujours plongée dans ses comptes. Malgré tout, je fis halte un instant pour m'assurer qu'elle ne m'avait pas entendue, avant de gagner la grande porte. Les gonds gémirent lugubrement quand je l'entrebâillai, je dus écarter le battant millimètre par millimètre. Dès que l'espace fut assez large pour me livrer passage, je me faufilai au-dehors, dépliai ma couverture et m'y enroulai en toute hâte.

Février s'achevait mais les grands froids tenaient toujours, et le soleil ne se montrait pas. Une lourde chape de nuages s'étendait d'un bord à l'autre de l'horizon. La nuit n'allait pas tarder, de toute façon. Quand je parcourus du regard la longue allée qui rejoignait le chemin de terre, mon courage faillit m'abandonner. Arbres nus, herbe et buissons jaunis, tout me semblait mortellement hostile. Les corbeaux agglutinés sur les branches noires tels des trophées empaillés me toisèrent d'un œil vitreux, et mon cœur se serra. Tout ce chemin à parcourir pour aller poster une simple lettre !

Tant pis. J'irais. Je croisai fermement la couverture sur ma poitrine et me mis en route.

J'arrivais au bout de l'allée quand la neige se mit à tomber, en fine poudre mouillée pour commencer, puis en flocons de plus en plus gros. Sur le chemin, la terre meuble alternait avec des plaques de sol durci, hérissé de cailloux. La semelle de mes bottes patinait aux endroits les plus verglacés, et mes pieds nus râpaient le cuir à l'intérieur. Ma couverture se soulevait sans arrêt sous les rafales de bise, qui transperçaient ma fine blouse de coton. Transie et frissonnante, je hâtai le pas pour me réchauffer.

Si seulement quelqu'un était passé par là, n'importe qui, mais un compagnon de route ! Je faisais des vœux pour que ce fût le cas, tout en sachant que c'était bien improbable. Ce chemin-là ne devait desservir que Grand Prairie, puisqu'on l'avait tracé tout exprès. Effectivement, il ne passa personne. Le ciel devint de plus en plus noir, les flocons de plus en plus blancs et plus gros. Ils tourbillonnaient dans la bourrasque, me cinglaient le visage, avec une telle violence que je devais me protéger les yeux de la main.

Je ne connaissais pas du tout cette route, et mal m'en prit. Je trébuchai sur une bosse du terrain et tombai en avant, les bras tendus devant moi pour amortir ma chute. Le choc fut si rude que je poussai un cri, je crus que je ne parviendrais jamais à me relever. Puis un spasme douloureux me fouailla le bas-ventre.

Mon bébé ! Oh non, pas ça, pas mon bébé... Je me traînai à quatre pattes et tentai de reprendre mon souffle. À moitié arrachée à mes épaules la couverture bâillait, me laissant exposée à la morsure du vent et de la neige. Des flocons me tombaient dans le cou. Je m'aperçus que j'avais perdu ma lettre et tâtonnai fébrilement à sa recherche. Quand je l'eus retrouvée, je me remis sur mes pieds et respirai à longs traits, serrant ma couverture autour de moi. J'avais toujours mal au ventre et en plus, mes paumes cuisaient comme si on m'y enfonçait des épingles.

J'éclatai en sanglots. Tout allait de mal en pis, et je ne pouvais m'en prendre qu'à moi. Clopin-clopant, je repris mon calvaire mais un nouvel élancement me vrilla le bas des reins, s'amplifia, s'aiguisa de seconde en seconde. Une fois de plus, je fis halte pour respirer mais la douleur ne céda pas, au contraire. Elle gagna mes côtés, mon ventre, m'étreignit sous sa poigne qui se resserrait sans cesse, telle une impitoyable main de fer. Saisie de panique, je m'élançai droit devant moi.

La neige tombait si dru maintenant que je n'y voyais plus, je courais à l'aveuglette. Et tout recommença. Je tombai, m'écorchai les mains, me relevai… et pivotai sur moi-même, totalement désorientée. Le jour avait baissé si vite que je ne distinguais plus rien.

Où aller, de quel côté tourner ? Je m'élançai devant moi au hasard, changeai de direction, revins sur mes pas, sans parvenir à prendre une décision. Puis ma panique se mua en terreur : je pouvais me perdre, j'étais perdue, j'allais mourir dans ce froid. Affolée, je partis en courant si vite que je dus soutenir mon ventre à deux mains. Du coup, ma couverture s'envola de mes épaules mais je ne m'arrêtai pas pour la ramasser, je ne ralentis même pas l'allure. Mon pied s'enfonça dans quelque chose de mou et quand je le retirai, ma botte resta collée dans la gadoue, à croire que la terre elle-même voulait m'aspirer dans ses entrailles. Je ne m'aperçus même pas qu'il me manquait une chaussure. Je repris ma fuite éperdue et dus bientôt m'arrêter, hors d'haleine. Pliée en deux, les doigts crispés sur le ventre, je tombai sur les genoux et sanglotai à corps perdu.

Soudain, un bruit de moteur me fit lever la tête et je hurlai en voyant foncer sur moi la camionnette de Luther. Il freina si court que le pare-chocs faillit heurter mon front, sauta à terre et m'aida à me relever, ou plutôt me releva. J'étais dans un état second, je ne sentais plus mes pieds ni mes mains. Luther me souleva dans ses bras, me déposa sur le siège et jeta sur moi la vieille couverture brune. Mes dents s'entrechoquaient, ma tête retomba contre la vitre. Luther démarra sans perdre une seconde mais ne roula pas longtemps. Au bout de trois ou quatre cents mètres, il tourna dans la grande allée : apparemment, je n'étais pas allée bien loin. J'avais dû tourner en rond.

Luther se gara dans la cour des communs et me porta dans la maison par la porte de derrière. Sur le porche attendaient deux statues de sel. Charlotte, les yeux ronds comme des soucoupes, et sa sœur, en faction dans sa position favorite, les bras croisés sur la poitrine.

— Espèce de petite imbécile, glapit Emily, tu n'as donc rien dans le crâne ? Estime-toi heureuse que Luther ait regardé du côté de la route et t'ait vue courir comme un poulet sans tête. C'est à toi qu'on devrait la couper, pour la peine !

Sur un signe d'elle, Luther entra dans la resserre, me déposa dans le cuveau et s'empressa de ressortir. Instantanément, elle fondit sur moi et m'arracha sans douceur ma robe sale et trempée. Luther avait déjà rempli un seau d'eau chaude. Il fit encore de nombreux voyages, le niveau monta dans le baquet, une pesante fatigue engourdit mes reins. Je n'en étais plus à me soucier de ma nudité ! Je me renversai en arrière, exposant mes épaules et mes seins à l'eau brûlante que versait de haut un Luther obéissant. Finalement, Emily décida que cela suffisait et déplia une grande serviette de bain.

— Sors de là !

Je me levai sans hâte excessive et, soutenue par Charlotte, enjambai le rebord du cuveau. Emily enroula immédiatement la serviette autour de moi.

— Tu as perdu une chaussure, à ce que je vois ! me jeta-t-elle avec rudesse. Tant pis pour toi, tu t'en passeras.

S'il y a une chose que je hais autant que le péché, c'est bien la sottise. File dans ta chambre !

Mes jambes me portaient à peine, le carrelage me parut affreusement froid sous mes pieds nus. J'avais l'impression de marcher sur la glace. Charlotte m'offrit son bras pour quitter la cuisine mais sa sœur ne fit aucun effort pour m'aider. Péniblement, je me hissai dans l'escalier, si faible que la tête me tournait. Au bout de quelques marches, je crus que j'allais perdre connaissance et me raccrochai à la rampe.

— Plus vite que ça, voyons !

La voix cinglante d'Emily me fit l'effet d'un coup de fouet sur mes épaules nues. Je respirai à fond et me traînai jusqu'à mon cagibi comme une bête rentre au gîte. Et seulement alors, je me souvins que je n'avais plus de couverture. Dès qu'Emily vit briller mon lumignon, elle constata le dommage, elle aussi.

— Et en plus tu as perdu ta couverture, c'est ça ? Tu mériterais que je te laisse sans, pour te servir de leçon.

Je n'eus pas la force de répliquer. Je rampai jusqu'à mon grabat, me coulai sous le drap et le tirai sur ma bouche. Si seulement il avait suffi de le remonter sur ma tête pour en finir avec tout… en finir pour de bon.

— Va lui chercher une autre couverture, ordonna Emily à sa sœur.

Et elle se lança dans des récriminations sans fin sur mon ingratitude, le mal que je lui donnais, les ennuis que j'ajoutais à une situation déjà si pénible : tout y passa. Les yeux fermés, j'attendis sans piper mot le retour de Charlotte. Je ne les rouvris que lorsqu'elle étendit la couverture sur moi.

— Merci, Charlotte, chuchotai-je dans un souffle à peine audible.

Elle me sourit, mais un ordre bref de sa sœur la fit rentrer dans sa coquille.

— Laisse-la, maintenant !

Restée seule avec moi, Emily passa aussitôt à l'attaque.

— Et où croyais-tu aller, par un temps pareil ?

— Je voulais poster ma lettre.

— Ah oui, ta lettre. Justement. (Elle brandit l'enveloppe ouverte.) Tiens, la voilà.

— Vous vous êtes permis de l'ouvrir et de la lire ! Vous n'aviez pas le droit.

— Tu ne vas pas recommencer à me faire la morale, tout de même ? Comment as-tu osé écrire de pareilles horreurs ? Alors comme ça, je devrais voir le diable dans mon miroir ! Je suis une fanatique religieuse, inhumaine. Comment oses-tu appliquer de tels adjectifs aux autres, toi qui portes la marque du Malin ? Et qui est ce... cet Ormand Longchamp que tu appelles papa ? L'homme qui t'a enlevée au berceau, je suppose. Joli monde ! Pourquoi cherches-tu à le joindre ?

— Parce que, contrairement à Grand-mère Cutler et à vous, il est bon, répliquai-je avec le plus grand calme.

— Bon, un ravisseur d'enfants ? On voit bien que le démon habite en toi, mais là n'est pas la question. La vraie question, la voici : veux-tu le chasser de toi, oui ou non ?

— C'est en vous qu'il habite, pas en moi, marmonnai-je d'une voix empâtée de fatigue. (J'avais le plus grand mal à garder les yeux ouverts.) C'est... en vous...

Emily continua de fulminer, crachant son venin dont seules quelques gouttes m'atteignaient encore. Démon, ingratitude, enfer, péché... bientôt, ce ronron monotone noya les mots eux-mêmes et cessa de me parvenir. Je dormais à poings fermés.

Je m'éveillai quelques heures plus tard dans le noir total, et pendant un moment je ne sus plus où je me trouvais. Ce fut la douleur qui me rafraîchit la mémoire. J'avais mal aux bras, aux jambes, aux reins, au ventre : absolument partout. Geignant et gémissant, je me retournai dans mon lit. Puis une allumette craqua, quelqu'un alluma une bougie, et la petite lueur ambrée de cette flamme unique dansa sur le visage d'Emily. Elle était restée là tout le temps, à guetter mon réveil. Mon cœur se mit à battre à grands coups quand ce visage blême s'approcha tout près du mien. Ses yeux brasillaient comme deux tisons et elle m'admonesta dans un long murmure monotone et bourru :

— J'ai prié pour toi, veillé sur toi, mais tu n'échapperas pas au pouvoir du Malin si tu ne te repens pas. Je veux que tu récites le Notre Père à l'instant, et chaque soir, c'est bien compris ? Tu dois rendre le vase de ton corps exécrable à Satan, pour qu'il le quitte. Prie !

— Mais je suis si fatiguée...

— Prie, afin que ta prière expulse de toi le démon et le renvoie aux enfers. Prie, prie, prie ! répéta-t-elle comme une litanie.

Je capitulai.

— Notre Père qui es aux cieux...

Ma voix vacilla, je ne me rappelais plus la suite. Emily déclara que c'était le diable qui m'en empêchait et me fit ânonner les mêmes mots, encore et encore. Quand je fus en mesure de les réciter par cœur elle souffla la chandelle et s'esquiva, ou plutôt se fondit dans l'obscurité comme seuls peuvent le faire les êtres de l'ombre. Accoutumés à veiller aux heures troubles de la nuit, familiers des bas-fonds de l'âme, ils sont chez eux dans les ténèbres.

Emily disparue, j'eus le temps de me demander si je ne venais pas de faire un cauchemar, puis cette pensée-là aussi s'évanouit. Je sombrai à nouveau dans le sommeil.

15

Le cauchemar continue

Au fil des jours et des semaines qui suivirent, je glissai lentement mais sûrement vers un état d'abrutissement total. J'allais et venais dans une morne indifférence, presque sans voir ni entendre, hébétée, robotisée. On aurait dit que le froid terrible qui m'avait saisie ce jour-là, quand j'avais tenté d'aller poster ma lettre, s'était installé en moi pour ne plus me quitter. Je m'accoutumai à la vieille maison désolée, à ses ténèbres, à son silence. Je ne tenais plus tête à Mlle Emily, je ne discutais plus jamais ses ordres. Quoi qu'elle exigeât de moi, j'obéissais. Où qu'il lui plût de m'envoyer, j'y allais.

Un jour, elle me fit nettoyer la bibliothèque de fond en comble, frotter chaque étagère, épousseter chaque reliure. Et Dieu sait s'il y en avait, de ces vieux livres ! Des centaines et des centaines, parfois tellement anciens que je devais les manipuler avec précaution, de crainte de voir le papier jauni s'effriter sous mes doigts. J'y passai tout l'après-midi et j'y étais encore quand le soleil s'abaissa derrière la ligne des arbres. Après ma vaisselle du soir, Mlle Emily me renvoya terminer ma tâche. Je dus travailler à la lueur de la lampe et il était près de minuit quand je quittai la pièce.

Je me hissai péniblement à l'étage, si exténuée que ma chambre délabrée me parut accueillante et mon lit presque doux. Mais le matin, je laissai passer l'heure et, ne me voyant pas venir, Mlle Emily se chargea de me réveiller en me versant de l'eau glacée sur la tête. Arrachée à un sommeil de plomb, je sursautai et laissai échapper un cri. Une douleur aiguë me vrilla les poumons, mais quand je m'en plaignis, je me fis rabrouer.

— La paresse est un des sept péchés capitaux, vitupéra ma tortionnaire. Celles qui se lèvent tôt et travaillent dur, le Malin les laisse tranquilles. Sèche-toi et file à la cuisine, fainéante ! L'ouvrage ne se fait pas tout seul.

Je ne réagis même pas à l'insulte. J'avais baissé pavillon, foulé aux pieds mon orgueil, renoncé même à la dignité. Houspillée, rudoyée, je me traînais de pièce en pièce et de corvée en corvée. Je me laissais ridiculiser tant et plus par Mlle Emily, qui prêchait à la table du dîner en me citant comme exemple à ne pas suivre. Un dimanche, je fus l'objet d'un sermon édifiant qu'elle prononça dans la soi-disant chapelle. Ce jour-là, je crus bien voir une lueur de pitié dans les yeux de Luther et de Charlotte.

Mais je me sentais totalement désarmée, impuissante, abandonnée. Ma mère ne s'était jamais inquiétée de moi, je n'avais pas réussi à joindre Trisha, ni Jimmy, ni papa. La seule chose qui m'importait désormais c'était de tenir bon jusqu'au bout et de mettre au monde un bel enfant solide et plein de vie... l'enfant de Michaël.

Mes rares instants de bonheur, c'est à ce bébé que je les devais : je les volais. Au beau milieu de mon labeur, je m'interrompais, posais les mains sur mon ventre et fermais les yeux pour me représenter le ravissant petit visage de mon bébé. Ce serait une petite fille, j'en étais sûre. Elle aurait mes cheveux blonds, les yeux bleu saphir de Michaël, de bonnes joues roses. Et un caractère en or, naturellement ! Je mourais d'envie de la tenir dans mes bras.

Le sort avait beau s'acharner sur moi, je persistais à croire que tout s'arrangerait après la naissance de ma petite fille. Elle forcerait la chance à me sourire. Je trouverais un moyen de nous bâtir une vie heureuse et elle grandirait près de moi, pour devenir aussi bonne que belle. J'aurais passé des heures à rêver tout éveillée, à nous imaginer marchant la main dans la main sur une plage au grand soleil.

Naturellement, je commençai aussi à lui chercher un nom. J'avais d'abord pensé lui donner le prénom de maman, mais j'eus vite décidé qu'elle devait en avoir un bien à elle, à elle toute seule. Et je ne perdais pas une occasion de feuilleter les livres de la bibliothèque, en quête de ce nom merveilleux, unique. Un certain après-midi, Mlle Emily me surprit dans cette occupation. Ses yeux soupçonneux se rétrécirent et elle s'enquit d'un ton revêche :

— Qu'est-ce que tu cherches dans mes livres ? Tu n'y trouveras aucun passage érotique ou scabreux, je te préviens.

— Ce n'est pas ce qui m'intéresse, figurez-vous. Mais si vous voulez le savoir, je cherche un nom pour mon bébé.

Elle grimaça un sourire aigre.

— Si c'est une fille, appelle-la Charité ou Vertu, elle en aura besoin. Si c'est un garçon, donne-lui le nom d'un des douze apôtres.

Je m'abstins de répondre, rejetant par avance toute suggestion qui viendrait d'elle. Pour une fille, j'aurais aimé Christie, mais pour un garçon j'étais moins sûre. Tout en y rêvassant, je m'aperçus que Michaël n'avait jamais abordé le sujet avec moi. J'aurais dû comprendre plus tôt, en voyant qu'il montrait si peu de fierté paternelle ! Je me surpris à me demander ce qu'il devenait, ce qu'il faisait. En ce moment même, son nom devait briller en haut d'une affiche. Il ne pouvait que tenir la vedette dans une brillante création de printemps.

Un printemps qui tardait à venir, d'ailleurs. D'après Luther, « on n'avait jamais vu ça en Virginie, que c'en était une calamité pour les cultures ». L'herbe eut beau reverdir et les bourgeons pointer, le temps ne se réchauffa vraiment qu'au début d'avril. Quant à moi, je n'eus pas le loisir d'apprécier la douceur de l'air, ni les fleurs, ni les gazouillis d'oiseaux. Mlle Emily m'accablait de besogne du matin au soir. Les jours et les nuits s'imprégnaient de chaleur, et pourtant... la grande maison me semblait toujours aussi froide. À croire qu'en traversant les vitres le soleil lui-même perdait de sa force. L'hiver continuait à régner sur la demeure et le printemps restait dehors.

Quand j'entamai mon septième mois, j'étais devenue vraiment grosse et il m'arrivait de manquer de souffle au cours d'un effort physique. Mais bien qu'elle se prétendît excellente sage-femme, Mlle Emily n'allégea pas ma peine pour autant. Elle m'obligeait à m'agenouiller pour récurer les parquets, à déplacer des meubles, à fourbir et laver sans relâche. J'eus même l'impression qu'elle alourdissait ma tâche comme à plaisir.

Un matin, alors que je venais de finir la vaisselle et le ménage de la cuisine, elle entra pour son inspection quotidienne et me trouva à genoux sur le sol. J'étais si épuisée que je me tenais le ventre à deux mains, haletant pour reprendre haleine. Elle se campa devant moi, me toisa de toute sa hauteur et jeta autour d'elle un regard pointilleux.

— Tu n'as donc pas changé l'eau, ce matin ?

— Si, mademoiselle Emily, comme d'habitude. J'ai vidé trois fois le seau.

Elle se pencha d'un air soupçonneux, le nez sur le dallage.

— Hmmf ! Ce carrelage n'a même pas l'air d'avoir été mouillé.

— Il est très usé et tout fendillé, mademoiselle Emily.

— N'essaie pas de te trouver des excuses, bonne à rien ! fulmina-t-elle en tendant le doigt vers le sol. À partir d'ici... (elle traça sur le carrelage une ligne invisible)... tu vas me faire le plaisir de recommencer, jusqu'au bout.

— Recommencer ? Mais pourquoi ?

— Parce que tu as utilisé de l'eau sale, et donc sali ce carrelage au lieu de le laver. Tu ne prétends pas nous faire manger dans cette porcherie, tout de même ?

Sa bouche s'était convulsée, ses yeux jetaient des lueurs mauvaises. Une vraie guenon enragée !

— Mais j'ai les meubles à cirer, protestai-je, les fenêtres de la bibliothèque à laver, sans compter...

— Je ne veux pas le savoir ! À quoi sert un travail mal fait, tu peux me le dire ? Re-com-mence.

— Je vous en prie, mademoiselle Emily... Ma grossesse est très avancée, cela devient trop dur pour moi ! Est-ce que ce n'est pas dangereux, d'abord ?

— Bien sûr que non. On voit bien que tu n'es qu'une chiffe molle et une enfant gâtée ! Plus tu travailleras, plus tu seras forte au moment de ta délivrance.

— Mais je n'en peux plus, je dors mal, je...

— Tu vas me relaver ce carreau immédiatement ! rugit-elle, le doigt tendu. Sinon, quand le moment sera venu, je dirai à Luther de te conduire à l'étable pour mettre bas au milieu des cochons.

— Il faudrait que je voie un médecin, marmonnai-je à mi-voix, sans oser lever les yeux.

J'en aurais bien dit plus, mais j'avais trop peur qu'elle ne mette sa menace à exécution. Et tout ce que j'y gagnerais, ce serait la mort de mon bébé.

Je me relevai péniblement, allai une fois de plus remplir mon seau, pris mon savon et « relavai » l'invisible tache. Du seuil de la pièce, Emily suivait chacun de mes gestes.

— Frotte plus fort, en tournant. Et plus larges, les cercles. Je croyais t'avoir entendue dire que tu étais femme de chambre, chez ma sœur ?

— Oui, mais nous ne faisions pas ce genre de travaux.

— Eh bien, il devait être propre, son hôtel ! Quoique... pour ce qu'elle y connaît. Elle a toujours été la préférée de mon père et n'a jamais mis la main à la pâte. Bien trop maligne ! Elle s'arrangeait toujours pour que les corvées retombent sur moi ou sur cette pauvre imbécile de Charlotte. Et ça continue, la preuve : tu es là. Plus grands, tes cercles, insista-t-elle. Et frotte plus fort.

Là-dessus, elle tourna les talons et je récurai de plus belle. Mais quand j'eus terminé, non sans peine, je m'aperçus que je ne pouvais plus me relever. J'avais le dos complètement raide, je dus m'appuyer au mur pour attendre que la douleur s'apaise un peu.

Plus le temps passait, plus je peinais à l'ouvrage. Je ne terminais plus jamais avant la nuit. Il me fallait une bougie pour me diriger dans la noirceur et la désolation des corridors, jusqu'à ma retraite. Le plus dur, c'était l'escalier. Je m'y traînais avec une lenteur désespérante, au bord de la syncope et redoutant par-dessus tout un accident de ce genre. Si je tombais, j'en étais sûre, je perdrais mon bébé.

Un soir, vers la fin de mon septième mois, alors que j'atteignais à grand-peine le placard qui me servait de chambre, Mlle Emily surgit sur mes talons à l'instant même où j'y entrais. Elle avait dû me guetter dans un recoin du couloir et me suivait de si près que je sentis son souffle sur mon cou. Elle portait d'une main sa lampe personnelle et de l'autre, un grand sac en papier.

— Il est temps de faire un petit inventaire, répondit-elle à ma question muette quand je me retournai vers elle.

— Quoi ! Que voulez-vous dire ?

Je tombais de fatigue, mes yeux se fermaient tout seuls. Elle n'allait pas me faire inventorier ses réserves à une heure pareille, quand même ?

— Je dis qu'il est temps de voir où tu en es.

— Maintenant ? Mais il faut que je dorme, je n'en peux plus, moi !

— Et alors ? Il faudrait que ce soit moi qui adapte mes horaires aux tiens, peut-être ? Enlève-moi cette robe.

À contrecœur, je levai les bras pour me dépouiller de ce qu'elle appelait ma robe, mais ma lenteur dut l'exaspérer. Elle m'arracha ma défroque, si brutalement que je faillis tomber. Je lui jetai un regard meurtrier et croisai les bras devant moi pour protéger mon ventre. Bien inutilement :

elle y plaqua la paume, appuya vigoureusement et je m'entendis pousser un cri de douleur.

— C'est bien ce que je pensais, observa-t-elle. Tu es constipée.

— Non, pas du tout. Je...

— Comment ça : non ? Depuis le temps que je mets des bébés au monde, tu crois que je ne sais pas quand une femme enceinte est constipée, et quand cette constipation cause une pression sur la matrice et le fœtus ?

J'étais perplexe. Se pouvait-il qu'elle ait raison ? Après tout, j'avais souvent le souffle court. Comment savoir ?

— Mais...

— Pas de « mais ». Tu veux faire ce qu'il faut pour ton bébé, oui ou non ?

— Oui, bien sûr.

— Parfait, commenta-t-elle en tirant de son sac une énorme bouteille d'huile de ricin et un grand verre.

Elle le remplit à ras bord, me le tendit sans douceur et je le pris avec circonspection.

— Bois ça.

— En entier ?

— Naturellement. Je sais mieux que toi ce qu'il te faut, non ? Allez, bois ça.

Je fermai les yeux et avalai, avalai, je n'en finissais plus d'avaler l'immonde mixture qui descendait en gargouillant dans mon estomac. Le verre enfin vidé, j'eus la surprise de voir Emily le remplir à nouveau. Elle me le fourra littéralement sous le nez.

— Encore un. Allez !

J'engloutis le liquide visqueux aussi rapidement que possible.

— Très bien. Ça te nettoiera les intérieurs et tu te sentiras moins oppressée, affirma-t-elle d'un ton satisfait.

À la faible clarté de sa lampe, je crus la voir sourire. Maintenant que mon terme était proche, peut-être allait-elle se comporter en sage-femme, finalement ? Elle replaça dans le sac le verre et la bouteille presque vide, me fit savoir que je pouvais me rhabiller et s'en fut en emportant sa lampe

Ce fut peu de temps après son départ, alors que je coulais dans les limbes du sommeil, qu'une crampe aiguë me transperça l'abdomen. Une autre suivit, plus vive encore et qui me plia en deux, celle-là. Puis elles se succédèrent, de plus en plus intenses et pratiquement sans interruption. Je sautai à bas du lit et, sans prendre le temps d'allumer ma lampe, me précipitai à tâtons vers la porte du cabinet de toilette. Je la tirai vivement vers moi (elle se coinçait toujours), seulement cette fois, le bouton me resta dans la main et je tombai à la renverse. Le choc fut tel qu'à la seconde même où je touchai le sol, l'accident se produisit.

— Oh, non ! me lamentai-je au moment où mes intestins se vidaient à grand tapage.

Je ne pouvais rien faire, sinon attendre la fin de l'horreur. Après quoi, je m'épluchai avec précaution de ma robe souillée, la roulai en boule et retournai à la porte de la salle de bains. La poignée arrachée y avait laissé un trou suffisant pour y passer la main, et je finis par réussir à l'ouvrir. Mais mon gant et ma serviette ne me permirent qu'une toilette sommaire, et je revins sur mes pas en rasant les murs pour appeler Mlle Emily. Je n'en eus pas le temps. Les menaçants borborygmes recommencèrent et cette fois, je réussis à éviter le pire. Mais je n'étais pas au bout de mes peines. La révolution grondait dans mes entrailles et quand l'orage se calma, je restai prostrée sur le siège fendillé, incapable de me relever. J'avais affreusement mal au ventre, je haletais, mon cœur battait à me rompre les côtes. Je trouvai quand même la force d'appeler à l'aide.

— Mademoiselle Emily ! m'égosillai-je en direction de la porte. Mademoiselle Emily !

Je tendis l'oreille mais aucun pas ne résonna dans le

grand corridor et je perdis tout espoir. Elle ne pourrait jamais m'entendre, du fin fond de ces oubliettes !

Terrifiée par ma situation catastrophique, je me remis péniblement sur mes pieds et me traînai jusqu'à mon lit. Les élancements qui me taraudaient le ventre gagnaient mes reins, de plus en plus violents. Je compris qu'un nouveau voyage au cabinet de toilette s'imposait, et de toute urgence. Je roulai sur moi-même à bas de ma couchette, rampai jusqu'à la cuvette et l'atteignis juste à temps, mais cette fois la crise me laissa totalement affaiblie, vidée dans tous les sens du terme, aussi avachie qu'une serpillière humide. Je m'écroulai en gémissant sur le sol. J'aurais pleuré si j'en avais eu la force. Je savais que j'étais en grand danger de perdre mon bébé, mais je fus incapable de faire un mouvement de plus.

Grâce à Dieu, la douleur commença à décroître, les spasmes à s'espacer. Je croisai les mains sur mon ventre et fermai les yeux. Le lendemain matin, j'étais toujours à la même place et ce fut là qu'Emily me trouva, endormie sur le lino usé.

— C'est répugnant ! glapit-elle. Regarde-moi cette chambre, c'est une vraie bauge.

Je me levai gauchement et fondis en larmes.

— Je n'ai pas eu le temps d'arriver jusqu'aux toilettes, mademoiselle Emily. Vous m'avez donné trop d'huile de ricin.

— C'est trop fort ! Tu es tellement stupide que tu ne sais même pas prendre soin de toi, et c'est moi que tu accuses ?

— Je ne suis pas stupide à ce point-là, protestai-je avec véhémence. J'ai failli perdre mon bébé. (Je vis poindre sur ses lèvres une ébauche de sourire et mes soupçons se confirmèrent.) Vous vouliez que je le perde, vous avez fait ça exprès. Et voilà pourquoi vous me faites trimer comme une esclave !

— Espèce de... (ses yeux étroits se rétrécirent encore) espèce de sale petite ingrate ! Moi, faire une chose pareille ? Punir un enfant pour le péché de ses parents ? Décrasse-toi, et en vitesse, avant que je ne te fasse jeter dans la soue avec mes cochons. Tu te conduis comme une truie, de toute façon. Je vais t'envoyer Charlotte...

Elle rejeta les épaules en arrière et me toisa d'un air dégoûté.

— ... avec une serviette de toilette, un gant et une robe propres. Tu passeras la matinée à te nettoyer et à nettoyer tes ordures, c'est un ordre. Ensuite, et pas avant, tu seras autorisée à descendre pour prendre un peu de nourriture, c'est compris ? Quelle abjection ! cracha-t-elle en s'éloignant à grandes enjambées.

Je restai où j'étais jusqu'à l'arrivée de Charlotte, qui m'apportait mon linge de rechange. Mais pourquoi ne se trouvait-il pas dans ma commode, au fait ? L'aurais-je oublié en bas ? Possible, après tout. J'étais si fatiguée depuis quelque temps, je travaillais si dur... oui, j'avais pu oublier. Pourtant, mon instinct me soufflait que je devais cette humiliation délibérée à la pieuse demoiselle Emily.

— Beurk ! fit Charlotte en se bouchant le nez.

Je m'emparai vivement du linge qu'elle me tendait.

— Désolée, Charlotte. Et merci. Si j'avais une fenêtre, j'aurais pu aérer, ajoutai-je avec humeur.

À distance prudente, elle assista à ma grande toilette. Je me récurai avec délices de la tête aux pieds. J'avais l'impression de sortir d'une fosse à purin et je pris même plaisir à enfiler ma tunique de pénitente. Au moins, elle était propre ! Puis j'entamai le nettoyage de ma cellule, toujours sous l'œil intéressé de Charlotte.

— Il m'est arrivé exactement la même chose, constata-t-elle tristement tandis que je m'activais.

Du coup, je m'interrompis et levai le nez.

— Comment ça, la même chose ? Vous voulez dire que vous avez été malade... euh... de la même façon, vous aussi ?

— Oui, mais moi c'est parce que le bébé avait les oreilles pointues et qu'il était l'enfant du démon.

Je méditai cette dernière information et fis certains rapprochements. Un hochet, une broderie destinée à un bébé, et maintenant cette allusion de l'innocente à sa grossesse. Était-ce une invention de son esprit malade... ou une réalité ?

— Charlotte, quand avez-vous eu ce bébé ?

Un glapissement d'Emily nous parvint du rez-de-chaussée.

— Charlo-o-otte ! Je t'ai dit de lui monter ses affaires et de la laisser tranquille.

La pauvre fille battit en retraite, hésita au moment de franchir la porte et se retourna, la mine espiègle.

— Hier ! lança-t-elle en détalant dans le couloir.

Hier ? Je faillis éclater de rire. Charlotte n'avait pas la moindre notion du temps. Mais fallait-il en déduire que tout cela sortait de son imagination ? Et si elle avait eu un enfant illégitime, elle aussi ? Emily aurait agi avec elle exactement comme avec moi. Inutile de l'interroger, naturellement. Non seulement elle ne me dirait rien, mais elle me gronderait pour avoir écouté sa sœur et m'accuserait d'encourager sa tendance aux fantasmes.

En tout cas, il fallait que j'en aie le cœur net et au plus vite, avant qu'il ne soit trop tard. Trop tard pour moi et pour l'enfant que j'attendais.

Au début de mon huitième mois, Mlle Emily décida que j'étais trop grosse et m'imposa un régime draconien. Il m'arrivait d'avoir si faim que je dévorais tout ce qui me tombait sous la main, fût-ce un croûton de pain moisi. Encore devais-je soustraire en cachette le peu que je trouvais à me mettre sous la dent, car elle veillait à ce que rien ne traîne à ma portée. Quand j'avais avalé ma maigre pitance, il me fallait rester à table pour assister à la fin du repas des deux sœurs. J'en vins bientôt à racler les restes de Charlotte en faisant la vaisselle. Sa sœur, elle, ne laissait jamais rien.

Mais si mes rations diminuaient, ma besogne augmentait en proportion inverse. Le bébé était descendu, je ne pouvais plus me baisser. Je devais m'agenouiller pour ramasser la moindre chose. Un matin, vers la fin d'avril, Mlle Emily annonça qu'il était temps d'« aérer un peu ». Sur le moment, le sens de sa phrase m'échappa, mais je ne devais pas tarder à comprendre ce qu'elle attendait de moi.

Tout d'abord, elle me fit sortir tous les tapis de la maison pour aller les battre au grand air. Puis elle me fit transporter dehors tous les coussins sans exception pour leur faire subir le même traitement. Quand j'émis un embryon de protestation, elle enjoignit à sa sœur de m'aider, ce que Charlotte accepta de bon cœur, trop heureuse de se rendre utile. Nous commençâmes par rouler le grand tapis de la bibliothèque, travail ingrat dont Charlotte assuma la plus grande part. Mais tirer notre fardeau à l'extérieur de la maison s'avéra une épreuve épuisante. Même si je n'en portais que la moitié, c'était encore bien trop lourd pour moi. Son poids me tirait sur le ventre. Nous réussîmes pourtant à le haler jusqu'à la rotonde et à l'installer sur la balustrade. Après quoi, sous le regard critique d'Emily qui se contentait d'observer de loin, nous nous mîmes en devoir de lui faire cracher la poussière accumulée pendant des mois. Sous les coups que nous lui assenions avec vigueur, de véritables nuées s'en échappaient, nous devions nous arrêter de temps en temps pour ne pas suffoquer. Ce fut pendant une de ces courtes pauses que Charlotte me confia :

— Je me suis levée tôt, ce matin. Le bébé m'a réveillée.

— Comment est-ce possible ? Je croyais qu'il était en enfer.

— Quelquefois, Emily lui permet de revenir. Je sais qu'il est là quand je l'entends pleurer pour avoir son biberon.

Je m'assurai prudemment qu'Emily ne nous écoutait pas avant de poser la question suivante.

— Et où est-il aujourd'hui, Charlotte ?

— Dans la nursery, tiens ! Où veux-tu qu'il soit ?

Sur cette réponse déconcertante, elle se remit à manier son fouet d'osier en fredonnant une chanson enfantine :

Ne va pas au bois joli
Ce matin, ma mignonnette...

J'arrêtai instantanément ma décision. Le soir même, permis ou pas et une fois bien certaine qu'Emily serait endormie, je transgresserais l'interdit. J'irais explorer l'aile ouest.

Cette séance d'aération fut la plus pénible de mes corvées cette semaine-là, mais au moins elle me permit de sortir, et de profiter un peu du printemps. J'avais presque oublié la tiédeur de l'air, la radieuse beauté du ciel bleu floconné de nuages mousseux, blancs comme neige. La brise qui jouait avec mes cheveux me faisait fondre de douceur. Elle réveillait en moi le souvenir d'autres jours printaniers, trop rares hélas mais si heureux, quand Jimmy et moi étions encore presque enfants, trop jeunes pour comprendre quelle vie misérable était la nôtre. Comme nous avions le cœur léger, en ce temps-là ! En tout cas moi, car Jimmy, lui... Jimmy devait savoir et souffrir de notre pauvreté, depuis toujours.

Il y avait si longtemps que nous étions sans nouvelles l'un de l'autre ! S'imaginait-il que je l'avais oublié, qu'il m'était devenu indifférent ? J'avais mille raisons de le craindre et pourtant... Si j'attendais avec une telle impatience la naissance de mon bébé et le moment de quitter Grand Prairie, c'était pour le retrouver, renouer nos anciennes relations. Mais lui, le souhaitait-il ? Voudrait-il encore de moi après tout ce qui s'était passé ?

— Cesse de rêvasser, petite dinde !

Sur cet avertissement cinglant, claironné par une fenêtre, je revins à mes coussins gorgés de poussière.

La quantité de besogne que nous abattîmes ce jour-là dut satisfaire Emily car j'eus droit à une faveur spéciale. Au dîner, elle m'annonça que je pouvais lire ou monter me coucher, au choix. Le choix fut vite fait : je me retirai dans la bibliothèque pour examiner d'un peu plus près certaines photos de famille, découvertes au cours de mon grand époussetage. Les vieux clichés couleur sépia défilèrent un à un sous mes doigts jusqu'à ce que je trouve ceux que je cherchais : les photographies des fillettes qu'avaient été Grand-mère Cutler, Emily et Charlotte.

Grand-mère Cutler était de loin la plus jolie des trois. Tout enfant déjà, Emily montrait ce visage revêche et ces yeux pareils à des glaçons. Et même à l'époque, Charlotte était un peu trop potelée mais j'aimais son regard innocent, presque candide. Il n'avait pas changé. Je vis même apparaître sur certains clichés la silhouette de Luther, grand gaillard et assez bel homme, toujours en retrait, dans le fond. Les portraits de M. et Mme Booth présentaient une particularité constante. Monsieur était toujours assis, Madame debout derrière lui, la main posée sur son épaule. Pourquoi ne souriaient-ils jamais, ni l'un ni l'autre ? Par crainte de voir surgir le diable ? Fort possible.

Les photos des jardins étaient superbes, et je compris que la plantation avait connu son heure de splendeur. Cela me rendit songeuse. Sous l'empire de quelles forces ou de quels événements dramatiques les choses avaient-elles pu changer à ce point, faire de cette famille ce qu'elle était devenue ?

Ces questions sans réponses me ramenèrent à ma résolution d'explorer l'aile ouest et je montai prendre un peu de repos. J'attendrais que la nuit fût assez avancée, je voulais être sûre qu'Emily dormirait pour de bon. Mais j'avais compté sans la terrible fatigue de cette dure journée, et ce fut moi qui m'endormis, sitôt la tête sur l'oreiller. L'aube était proche quand je rouvris les yeux, mais il faisait encore assez sombre pour que je mette mon projet à exécution.

Je me levai, allumai ma lampe à pétrole et m'aventurai dans la noirceur du corridor, cap sur l'aile ouest et bien décidée à tirer au clair les élucubrations de Charlotte Booth. S'il existait la moindre preuve à l'appui de ses divagations, je la trouverais.

Sur le palier, toutefois, j'hésitai. Exactement comme si je m'étais heurtée à un mur invisible, une frontière qu'il me fallait franchir, et qu'à peine cette limite franchie j'allais déclencher les foudres d'Emily et les attirer sur ma tête. L'aile ouest baignait dans un noir d'encre et j'ignorais totalement la disposition des lieux, mais je poursuivis ma route en rasant le mur de droite.

La décoration ressemblait beaucoup à celle de l'aile symétrique, meubles anciens et vieux tableaux. J'en vis deux côte à côte qui représentaient les parents Booth, toujours privés de sourire, l'air aussi furieux et aussi malheureux l'un que l'autre. Juste en face, une porte, devant laquelle je m'arrêtai pour écouter. Qui dormait là, Emily ou Charlotte ? Très lentement, je tournai le bouton d'émail et poussai le battant, qui tout d'abord ne s'écarta pas d'un pouce. Puis il s'ouvrit d'un seul coup et je faillis plonger dans la pièce.

Épouvantée à l'idée que je pouvais me trouver chez Emily, je haussai ma lampe, mais il me devint vite évident que personne n'avait dormi là depuis bon nombre d'années. Rassurée, je montai la mèche afin d'y voir plus clair. La chambre était immense, avec un énorme lit à colonnes au chevet en demi-lune dont le dais frôlait le plafond, encore garni de sa literie complète. Sans oublier les broderies et festons tissés par des générations d'araignées.

Deux grandes fenêtres, aux rideaux lourds de poussière et soigneusement clos, encadraient une cheminée de pierre où l'on aurait pu brûler un tronc d'arbre. Au-dessus, ornant le manteau, le portrait d'un monsieur Booth encore jeune ; le père des trois sœurs, supposai-je. Carabine d'une main et dans l'autre une paire de canards liés par les pattes, il se distinguait des autres personnages peints de la demeure par un signe tout particulier : il souriait.

Le mobilier sombre et cossu, par contre, respirait l'austérité, et sur la table de chevet une grosse bible voisinait avec une paire de lunettes. Avec son petit relent de moisi et de renfermé, la pièce donnait l'impression que ses occupants l'avaient désertée un beau jour, d'un seul coup, comme par enchantement. Brosses, peignes et flacons jonchaient la coiffeuse en désordre, et certains pots de crème encore débouchés montraient leur contenu desséché, au parfum évaporé. Je vis deux paires de chaussures au pied du lit : bottillons d'homme d'un côté, fins souliers de femme de l'autre. Du coup, j'allai entrouvrir une armoire que je trouvai pleine de vêtements, et un frisson me courut le long de l'échine. J'eus le sentiment d'avoir violé la retraite d'un couple de fantômes.

Je quittai sans délai la chambre qui, j'en aurais juré, avait été celle des parents Booth, et passai à la suivante. À ma grande surprise, elle était ouverte et même vaguement éclairée. Je baissai vivement la flamme de ma lampe et m'avançai prudemment jusqu'au seuil. Et là, sur un lit étroit au châssis de bois nu, Emily dormait dans une longue chemise qui ressemblait à un suaire. On l'aurait crue morte. Le halo de la veilleuse tremblotait sur sa face crayeuse, plus rigide que jamais dans cette lueur spectrale. Ainsi, la parcimonieuse Emily se permettait de gaspiller du pétrole. Intéressant. Quelles terreurs dissimulaient son visage minéral et ses yeux d'acier pour qu'elle redoute à ce point les ténèbres ?

Je repartis en hâtant le pas le long du corridor, car la porte suivante se trouvait à bonne distance. Elle était ouverte, elle aussi, et je trouvai Charlotte blottie au creux des draps en position fœtale, le pouce tout près de la bouche. Ses couettes dénouées formaient autour d'elle une masse grise et désordonnée, auréole des plus étranges pour son visage puéril.

Je réfléchis, sourcils froncés. À part la chambre des parents, qu'Emily pouvait considérer comme un musée, que voulait-elle m'empêcher de découvrir en m'interdisant l'aile ouest ? Je levai ma lampe pour éclairer le fond du corridor et découvris une seconde porte juste à côté de celle de Charlotte, mais plus petite. Je m'en approchai sur la pointe des pieds, tendant l'oreille au moindre craquement, mais aucun bruit ne me parvint du côté d'Emily. Je respirai. Seulement cette fois, je trouvai porte close et tournai le bouton avec des précautions de voleur. Exactement comme la première fois, je dus forcer un peu et manquai tomber en avant quand le battant céda brusquement. Je fis encore quelques pas sur ma lancée.

Et quand je levai ma lampe à bout de bras pour examiner la pièce, je sentis ma nuque se hérisser. Une nursery ! Sur ce point au moins, Charlotte n'avait rien inventé. Les murs étaient tapissés de ravissantes broderies encadrées, aussi remarquables par le dessin que par l'exécution. Certaines représentaient la maison, d'autres des coins de paysage ou des animaux des bois, des oiseaux, des fleurs... et tout cela d'un travail exquis, dû à la main de Charlotte. La pièce était entièrement meublée, mais ce qui retint mon attention fut le berceau placé au centre, et l'enfant qui y reposait. Un nourrisson ! Ici. Depuis tout ce temps. Et je ne l'avais jamais entendu pleurer !

Plus je m'avançais dans la chambre, plus mon cœur sautait dans ma poitrine. Pourquoi faire un pareil secret de la présence de ce bébé ? Et le bébé de qui, d'abord ?

Ma lampe haut levée, je me penchai sur le berceau, rabattis doucement la couette rose et tressaillis en découvrant le petit visage de... d'une poupée.

Une poupée ? Mais alors, il n'y avait jamais eu de...

— *Qui t'a permis d'entrer ici ?*

Je faillis lâcher ma lampe et me retournai tout d'une pièce, pour me trouver face à face avec une sorcière. Pieds nus, en chemise et les cheveux défaits, Emily brandissait sa veilleuse au-dessus de ma tête.

— Comment as-tu osé pénétrer dans cette aile ? Je te l'avais in-ter-dit.

— Charlotte me parlait toujours d'un bébé, j'ai voulu...

— Tu n'avais pas le droit. Cela ne te regarde pas, siffla Emily entre ses dents serrées.

Elle n'était plus qu'à un pas de moi, le cou tendu au point que ses clavicules saillaient sous sa peau tirée. La flamme orangée tombait d'en haut sur son visage cireux, convulsé, venimeux. Ses yeux prenaient un éclat rouge dans les trous d'ombre des orbites. Devant ce masque macabre je me pétrifiai, la gorge sèche.

— Je... je ne voulais pas vous ennuyer avec mes questions, mais je...

— Mais tu étais curieuse, comme Ève devant l'arbre de la connaissance, auquel il lui était pourtant interdit de goûter. Ainsi, rien n'a pu te faire changer ! Ni le temps, ni le travail, ni la prière à la chapelle, ni mes sermons, rien. Tu es, tu as toujours été, tu resteras ce que tu étais en arrivant chez moi. Une pécheresse.

— C'est faux, rétorquai-je, à nouveau maîtresse de moi. Je voulais seulement...

— Savoir où le mal avait déjà frappé ? Mais oui, bien sûr. Je comprends que cela t'intéresse. Eh bien, vas-y, regarde. (Elle balaya l'espace d'un ample geste de la main.) Et ne te gêne surtout pas, profite bien du spectacle !

— Je ne comprends pas. Qu'y a-t-il à voir ?

— C'est dans cette pièce que nous gardions l'enfant avant qu'il ne meure et ne retourne en enfer.

— Qui est mort ? L'enfant de qui ?

— Celui du démon. C'est Charlotte qui l'a mis au monde, mais c'était celui du Malin.

— Et pourquoi affirmez-vous cela ?

— Parce que c'est la seule explication possible. Lui seul a pu faire qu'elle se retrouve enceinte comme ça, du jour au lendemain. Tu comprends, maintenant ? C'est lui !

Les yeux d'Emily s'agrandirent démesurément et j'y vis passer une lueur inquiétante.

— Je l'ai toujours su, reprit-elle avec véhémence, depuis le début ! La naissance n'a fait que nous le prouver.

— Et vous avez dit à Charlotte que l'enfant avait les oreilles pointues ?

— Oui, des oreilles de bouc. Heureusement, il n'a pas vécu.

Mon pouls s'emballa. J'eus l'impression qu'il me battait dans la gorge.

— Et qu'avez-vous fait ? chuchotai-je.

— Rien, sauf prier pour lui. Jour et nuit.

Après cela, Emily se tut longuement, l'air absent, puis elle parut soudain se rappeler où elle était.

— Mais ma demi-sœur, elle, n'a rien compris. Alors je l'ai laissé se raconter des histoires, la malheureuse !

Elle faisait vraiment peur à voir avec son regard dément, mais je ne baissai pas les yeux. Et avant que le courage ne me manque, je débitai tout d'une haleine :

— C'est vraiment cruel ! Et vous pensez la même chose de mon bébé, naturellement ? C'est pour cela que vous m'avez fait travailler comme un forçat, obligée à boire votre huile infecte et affamée par-dessus le marché. Vous vouliez que je fasse une fausse couche. Vous êtes folle.

— Je savais que tu dirais ça ! Dehors ! Retourne là où est ta place.

— Ce n'est pas ici, en tout cas ! ripostai-je en marchant vers la porte. Je m'en irai, ça oui. J'irai... n'importe où, mais loin d'ici, et ce n'est pas vous qui m'en empêcherez !

Sur quoi, je décampai sans demander mon reste.

— Retire-toi, Satan ! Éloigne-toi de moi ! ulula derrière moi la voix sinistre.

Je n'en courus que plus vite. Mais en sortant de la zone interdite, je commis la faute de me retourner et je trébuchai. Déséquilibrée, je tournai sur moi-même, heurtai le mur et tombai lourdement sur le parquet. Par miracle, la lampe ne se brisa pas mais elle s'éteignit, et je me retrouvai dans le noir. J'avais mal, mais cette fois la douleur s'accompagnait d'une contraction caractéristique. Je gémis, autant de souffrance que de frayeur. Mon bébé ! Oh non, pas ça, non, pas ça. *No-o-o-on !*

J'avais hurlé. Lentement, Emily remonta le couloir, précédée du halo de sa veilleuse. Je me comprimai le ventre à deux mains.

— Aidez-moi, il se passe quelque chose. Je crois que... je crois que je perds les eaux !

Emily éclaira la tache humide qui s'élargissait entre mes jambes et m'ordonna sans douceur :

— Debout, et vite !

Ce fut à cet instant que Charlotte, enfin réveillée, se montra derrière elle.

— Qu'est-ce qu'elle a, Emily ? Pourquoi elle est couchée par terre ?

— Aide-la à se relever, tu veux ?

L'assistance de la brave Charlotte n'empêcha pas ce retour à mon cachot d'être une véritable torture. Je n'aurais jamais cru possible de souffrir à ce point. Les contractions se succédaient, elles étaient déjà très rapprochées quand je m'étendis sur ma couchette. Emily posa tranquillement sa lampe sur la table et se retourna vers sa sœur qui m'observait, bouche bée.

— Va réveiller Luther et dis-lui d'apporter un seau d'eau chaude.

Puis elle me jeta un bref regard, accompagné d'une grimace de dédain qui frisait le sourire, et reprit à l'intention de Charlotte :

— Cette fois c'est en route, elle n'aura pas perdu de temps. Dépêche-toi un peu, toi aussi !

Je laissai échapper une plainte.

— Ô mon Dieu, ce que j'ai mal !

— Plus grave est la faute et plus ça fait mal, commenta Emily avec une satisfaction manifeste.

Elle releva ma robe, me fit plier les genoux et posa la main sur mon ventre.

— Tu es en travail, m'annonça-t-elle en retrouvant son hideux sourire. Et maintenant, nous allons bien voir si tu as le courage de payer le salaire du péché.

16

Mon chevalier en armure étincelante

— Pousse ! Plus fort ! Tu ne pousses pas !

Penchée sur moi, Emily me vociférait ses ordres à la figure et je protestais entre deux halètements :

— Mais je pousse !

La douleur explosait en moi, me broyait les reins, m'écartelait. Je commençais à me demander si une telle agonie n'était pas un châtiment divin, selon la théorie si chère à Emily. Maman ne m'avait jamais dit qu'on souffrait tant pour mettre un enfant au monde. Je savais que ce n'était pas une partie de plaisir, mais de là à subir une pareille torture... Il me semblait qu'on me déchirait le ventre à coups de cisailles. J'en venais à m'imaginer que j'allais mourir en plein travail, que mon enfant ne verrait jamais le jour... Et tout à coup, je le sentis bouger.

— Je m'en doutais : le bébé se présente par les pieds ! triompha Emily.

Et ses longues mains décharnées aidèrent mon enfant à entrer dans ce monde, sous les yeux d'une Charlotte émerveillée par le miracle. Elle avait déjà fait deux voyages, un pour aller chercher de l'eau, le second pour monter des serviettes et des ciseaux. Elle les tenait toujours à la main et quand je vis Emily s'en emparer d'un geste brusque, je frémis.

— Qu'allez-vous faire avec ça ?

— Couper le cordon ombilical, grogna-t-elle en faisant cliqueter les lames. Et voilà.

— Je n'entends pas le bébé crier, c'est normal ? C'est

parce que c'est mon premier ou quoi ? Je croyais qu'ils criaient toujours ?

J'avais le visage mouillé par la transpiration, de petites gouttes de sueur me dégoulinaient dans les yeux.

— Ne parle pas tant et tiens-toi tranquille ! N'oublie pas que c'est un prématuré.

— C'est une fille ?

Je n'obtins pas de réponse d'Emily mais je vis Charlotte hocher la tête. Une petite fille, juste ce que j'espérais ! Je me renversai sur l'oreiller, fermai les yeux et cédai à une bienheureuse lassitude. Mon pouls reprenait graduellement son rythme normal. Soudain, j'entendis les pleurs ténus de mon bébé.

— Montrez-la-moi ! criai-je à Emily qui achevait de la laver et l'enroulait dans une serviette.

C'est à peine si je pouvais garder les yeux ouverts mais quand elle la déposa près de moi, ma longue épreuve ne fut plus qu'un souvenir. J'oubliai ma fatigue, mon corps endolori, je ne vis plus que ce délicat petit visage rose et un flot d'allégresse ineffable me dilata le cœur. Mon bébé, ma toute petite ! Ses doigts fripés ressemblaient à ceux d'une vieille dame, en miniature, et comme elle serrait ses poings minuscules ! Elle avait une houppette de cheveux blonds — mes cheveux — et le plus mignon petit nez, la plus exquise petite bouche, les plus adorables petites oreilles du monde. Elle gardait les yeux fermés, et je mourais d'envie de découvrir leur couleur. Seraient-ils du même bleu saphir que ceux de Michaël ?

— Qu'elle est jolie ! m'exclamai-je avec ravissement. Elle a une fossette sur la joue, on dirait ?

— Trop menue, bougonna Emily pour toute réponse.

Elle rassembla les serviettes souillées, les jeta dans le seau et nous regarda longuement, mon bébé et moi. Puis elle secoua la tête, me retira ma petite fille des bras et je ne pus rien faire pour l'en empêcher. J'étais sans forces.

— Où l'emmenez-vous ?

— En voilà une question ! À la nursery, évidemment. Toi, tâche de dormir. Dans un moment, Charlotte t'apportera un remontant.

Je la trouvai plutôt brusque avec le bébé, et j'essayai de me mettre à la place d'un nouveau-né, manipulé par ses mains osseuses. La petite geignait et remuait la tête comme pour protester contre un tel traitement.

— Pourquoi ne me la laissez-vous pas ?

— Tu pourrais rouler sur elle en dormant et l'étouffer.

Emily nous gratifia d'un de ses regards hautains, l'enfant et moi, puis s'en fut en marmonnant :

— Elle est trop petite, oui. Et trop chétive.

— Mais elle est belle, n'est-ce pas ? criai-je avant qu'elle n'eût quitté la place. C'est un beau bébé ?

Emily loucha vers moi par-dessus son épaule étriquée.

— Elle est arrivée en ce monde les pieds les premiers.

— Qu'est-ce que ça veut dire ?

Ma question angoissée n'obtint pas de réponse et je répétai un ton plus haut :

— Qu'est-ce que ça veut dire ?

Le pas d'Emily décrut dans le couloir et je renonçai, exténuée. Me trouver ainsi désarmée, trop faible pour seulement tendre la main ou même remuer la tête était pour moi une expérience absolument nouvelle, éprouvante. Totalement désemparée, je me réfugiai dans le sommeil.

Et je rêvai. Je tenais mon bébé dans les bras, mais son visage avait déjà changé, on y retrouvait nettement les traits de Michaël et les miens. Subitement, elle me fut arrachée et ses petites mains se tendirent vers moi, en vain. Je la vis s'éloigner de plus en plus. Elle pleurait, et moi aussi je pleurais pour qu'on me la rende. Ce fut ma propre plainte qui m'éveilla.

Il pleuvait. Des torrents d'eau ruisselaient le long du toit, j'entendais les gouttes rageuses battre les fenêtres du couloir. Puis il y eut un roulement de tonnerre, le fracas d'un éclair et la vieille bâtisse trembla jusqu'à ses fondations. Le bruit cinglant des rafales était si évocateur que je me sentais toute transie. Je me recroquevillai sous ma couverture et ne tardai pas à me rendormir, au grondement de la tempête qui semblait s'acharner sur la maison.

— Emily a dit que tu devais boire ça.

Je m'éveillai à la voix de Charlotte et contemplai d'un œil vague le verre qu'elle me tendait. Du lait aux céréales ? Le liquide avait une coloration brunâtre et il y flottait de minuscules flocons.

— Qu'est-ce que c'est ?

— Quelque chose qui va te rendre des forces. Ma grand-mère buvait toujours ça quand elle avait eu un bébé, elle a donné la recette à Emily.

— C'est sûrement plein de vinaigre, grommelai-je en saisissant le verre.

Je goûtai prudemment la potion, qui ne me parut pas du tout amère, au contraire. Je lui trouvai une saveur de miel. Je devais à Sally Jean une certaine confiance en ces vieux remèdes de bonne femme, souvent plus efficaces que les soi-disant découvertes de la science moderne. J'engloutis celui-là sans respirer.

— Vous avez vu ma petite fille, Charlotte ? (Elle acquiesça d'un signe de tête.) Elle est jolie, non ?

— Emily dit qu'elle est trop menue.

— Elle grossira. Je la nourrirai et en un rien de temps, elle deviendra une enfant superbe. Ce n'est pas ma faute si elle est née trop tôt. Je ne voulais pas faire d'imprudence mais j'ai eu tellement peur d'Emily ! J'ai cru qu'elle me poursuivait, je me suis sauvée en courant et c'est comme ça que je suis tombée. Enfin, tout est fini maintenant. Je ne resterai plus longtemps ici. Au fait…

Je m'interrompis un instant pour réfléchir. J'avais dû dormir quelques heures d'un sommeil de plomb, et mes souvenirs n'étaient pas encore très nets. Mais au fil de mon discours, mes souvenirs se réveillaient. Je tendis le bras hors du lit pour prendre la main de Charlotte et l'attirer plus près de moi.

— J'ai vu la nursery, vous savez. Vous pouvez tout me dire. Vous avez eu un bébé, n'est-ce pas ? Un vrai bébé ?

— Il avait des oreilles pointues, récita-t-elle d'une voix machinale, comme une leçon apprise depuis l'enfance.

— Non, Charlotte. Je suis sûre que non. Emily prétend que vous vous êtes retrouvée enceinte comme ça, sans savoir comment. Mais les femmes ne se réveillent pas un beau matin avec un enfant dans le ventre, voyons ! Il y a toujours un père. Il fallait dire son nom à Emily, pour l'empêcher d'inventer ces histoires horribles. Pourquoi ne l'avez-vous pas dit ?

Elle voulut me retirer sa main mais je la retins dans la mienne.

— Ne partez pas, Charlotte. Racontez-moi. Vous n'êtes pas aussi stupide que votre sœur voudrait le faire croire. Vous aviez honte d'avouer le nom de cet homme, mais pourquoi ? Parce que Emily ne l'aurait pas accepté ? Avez-vous cru l'aimer comme j'ai aimé Michaël, le père de mon enfant ?

La pauvre fille écarquilla les yeux, manifestement intéressée. Mais je compris à son regard que l'amour n'était pour rien dans cette énigme.

— Vous pouvez me parler, Charlotte. Je ne dirai rien à Emily, vous le savez très bien. Nous sommes amies, maintenant. Vous avez été très gentille avec moi et je veux vous prouver mon amitié. Vous avez fait croire à votre sœur que vous ne compreniez pas ce qui vous arrivait, c'est ça ? Vous l'avez laissé fabriquer cette ignoble histoire de démon !

Elle se contenta de baisser les yeux et je revins à la charge.

— Vous savez comment on fait les bébés, n'est-ce pas, Charlotte ? Vous savez qu'une femme doit avoir des rapports avec un homme pour être enceinte, même si on n'a jamais pris la peine de vous le dire. C'est un sujet tabou dans cette maison, j'en suis certaine, surtout depuis que votre sœur y fait la loi. Mais vous savez comment c'est arrivé. Alors ? Parlez, Charlotte.

— C'est à cause des guilis, chuchota-t-elle précipitamment.

— Des quoi ? Expliquez-vous, enfin ! Comment êtes-vous tombée enceinte ?

— Juste après qu'il m'a fait des guilis, le bébé a commencé à pousser dans mon ventre.

— Après qu'il vous a... Mais de qui parlez-vous ? Qui vous a fait des guilis ?

— C'était dans l'étable. Il m'a montré comment les cochons se tortillaient en se faisant des guilis et il a fait des guilis sur moi.

— Dans l'étable ? Alors c'était... Luther ?

L'expression de Charlotte m'apprit que j'avais deviné juste et, en un éclair, je compris tout.

— Mais oui, bien sûr, c'était Luther ! Je crois même qu'Emily le savait depuis toujours, et pendant tout ce temps elle l'a culpabilisé, puni, utilisé. Voilà pourquoi il se laisse exploiter comme un esclave. Quel cauchemar cela a dû être pour vous, Charlotte ! Je suis navrée pour vous. Mais dites-moi... qu'est devenu le bébé ?

Le pas d'Emily retentit dans le couloir et la pauvre fille retira vivement sa main de la mienne.

— Je te broderai un joli tableau pour la nursery, dit-elle un peu trop vite en reprenant le verre.

Puis elle tenta de s'esquiver, mais sa sœur lui barra le passage.

— Est-ce qu'elle a tout bu ? s'enquit-elle en lui happant le bras.

Puis, en voyant Charlotte hocher la tête, elle ajouta :

— Parfait. Va rincer ce verre à la cuisine.

Et pas un mot à mon adresse, malgré le regard insistant qu'elle attachait sur moi. Ce fut moi qui lui demandai :

— Comment va mon bébé ?

Elle débita sa réponse tout d'une traite.

— Elle était trop petite. Maintenant dors, si tu veux partir demain matin. Je prendrai les dispositions nécessaires.

Je me soulevai brusquement sur les coudes.

— Comment ça, elle était trop petite ? Quelles dispositions ? Expliquez-vous !

Elle m'avait déjà tourné le dos et ce fut de la porte qu'elle me jeta d'un ton exagérément détaché :

— Des enfants si fragiles, mieux vaudrait qu'ils ne soient pas venus au monde. Il est rare qu'ils survivent.

— Que lui est-il arrivé ? *Où est-elle ?*

Je pouvais bien crier : Emily était déjà loin. Je voulus me lever, rejetai les draps et posai les pieds par terre mais un vertige me saisit. Je retombai sur le lit et fermai les yeux. Mon estomac fit entendre un gargouillis bizarre, accompagné d'une sensation de chaleur qui gagna bientôt ma poitrine. Que m'avait-on fait boire ? Je n'aurais pas dû prendre cette potion, finalement. Je n'aurais...

Tout vacillait, je dus faire un effort prodigieux pour remonter les jambes et me recoucher. Mais garder les yeux ouverts me fut impossible. J'avais l'impression de m'enfoncer dans mon lit, écrasée sous une pesanteur effrayante, poussée vers un abîme sans fond. Je tentai de battre des bras pour remonter, mais rien n'y fit. Je coulai à pic dans le sommeil.

Je m'éveillai plusieurs fois dans la journée, mais chaque fois que je tentai de me lever, je dus y renoncer. Le sang me battait les tempes, j'avais mal à la tête, je ne trouvais un peu de soulagement qu'en fermant les yeux et je replongeais dans la torpeur. Je ne savais même pas s'il faisait jour ou nuit : ma porte était fermée. Quand elle s'ouvrit enfin (beaucoup plus tard, me sembla-t-il), Emily marcha droit à mon lit, passa vivement la main sous ma nuque et pressa un verre contre mes lèvres. Je reconnus le breuvage qu'elle m'avait déjà fait monter par Charlotte et voulus le recracher, mais elle me tenait trop bien. Elle me redressa brutalement la tête, appuya le verre contre mes dents et un peu de liquide coula sur mon menton.

— Bois, m'ordonna-t-elle durement. Bois si tu veux tenir debout et t'en aller.

Je luttai encore, sans succès. Je n'étais pas de force contre l'étau de ses doigts osseux. Ils s'attachaient à mon cou comme un lierre mort et maintenaient le verre contre ma bouche. Elle me contraignit à l'ouvrir et y versa la potion qui s'écoula directement dans ma gorge. Je suffoquai, luttai, crachai, mais rien n'y fit. J'avalai bon gré mal gré une partie de sa mixture et quand elle me relâcha, je retombai lourdement sur mon oreiller.

— Où est... où est mon bébé ? balbutiai-je en la voyant s'éloigner.

— Je t'avais dit qu'elle était trop menue.

Emily referma la porte derrière elle et je me retrouvai plongée dans un noir d'encre.

Cette fois, il ne fallait pas que je m'endorme. Je devais me lever tout de suite, aller voir ce que devenait mon bébé. Je me mis à chanter pour chasser le sommeil. Mais ma pauvre tentative ne fit pas long feu, le souffle me manqua bien vite. Les mots moururent sur mes lèvres et si je croyais les entendre encore, c'était en rêve.

Quand je rouvris les yeux, un peu de jour entrait par ma porte ouverte et je sus que c'était le matin. Charlotte se tenait au pied de mon lit, portant un plateau chargé de nourriture substantielle, cette fois : un bol de céréales fumantes, une tranche de pain et une orange pelée. Elle le déposa sur la table de chevet, alluma la lampe et gazouilla de sa voix chantante :

— Bonjour ! Emily dit que tu dois avaler ce bon déjeuner et t'habiller, pour que Luther te conduise à la gare. Tu vas faire un voyage en train !

Je m'assis dans mon lit, non sans peine. Je me sentais

bizarrement faible et fatiguée, malgré ce long sommeil. Il s'attardait en moi comme un brouillard et tout me semblait vacillant, lointain, vaporeux.

— M'habiller ?

Charlotte branla du chef et se baissa pour ramasser un paquet de chiffons qu'elle posa sur mon lit. *Mes vêtements !* Mes vêtements, et dans quel état : feutrés, fripés, décolorés, mais je m'en moquais bien. Ils étaient là au grand complet, y compris la botte que j'avais perdue dans la neige ! J'eus le sentiment de retrouver de vieux amis.

— Merci, Charlotte ! m'écriai-je en arrachant ma guenille de prisonnière.

Elle m'aida à m'en défaire et ce fut un délice que de retrouver le contact du linge sur ma peau. Je trouvai mon sac en dessous de la pile et m'empressai d'y pêcher mon peigne. Hélas, il avait fondu dans ce chaudron de sorcière, toutes les dents s'étaient soudées. Il faudrait que je garde encore un moment cette botte de foin sur la tête.

Malgré mon horreur pour tout ce qui venait d'Emily, je ne pus m'empêcher de grignoter un peu de pain et d'engloutir l'orange. Par contre, je me gardai bien de toucher au brouet de céréales vinaigrées : sa seule vue me soulevait le cœur. Si maigre qu'il fût, ce repas me rendit assez de forces pour me lever, même si je vacillais un peu sur mes jambes.

— Où est votre abominable sœur, Charlotte ?

— Dans la bibliothèque, elle fait des tas et des tas de comptes. Et moi je ferais bien de m'occuper de mon ouvrage. C'est mon cadeau pour toi, il est presque fini.

— Et ma petite fille, où est-elle ?

— Ils sont venus la chercher, babilla ingénument l'innocente. Emily a dit qu'elle était trop petite, alors ils l'ont emmenée.

Je la saisis par les épaules et m'y agrippai comme à une bouée de sauvetage.

— Emmenée ? Qui l'a emmenée, Charlotte ? Dites-le-moi, au nom du ciel !

Mais je l'implorais en vain, je voyais bien qu'elle ne savait rien de plus.

— Il faut que j'aille finir ton cadeau, fut sa réponse.

Et elle s'en alla en remorquant ses pantoufles.

Je réunis mes forces et parvins à me lever, mais dès les premiers pas le vertige me reprit. Je dus m'appuyer au chambranle en attendant de retrouver mon aplomb. Il fallait que je sache ce qu'Emily avait fait de mon bébé. *Il le fallait*. Soutenue par l'énergie du désespoir, je me traînai le long de l'immense corridor avec une lenteur somnambulique. Chaque pas exigeait de moi un surcroît de volonté, le chemin qui restait à parcourir semblait ne jamais diminuer. J'en vins à bout cependant, après ce qui me sembla durer des heures, et je débouchai sur le palier. Enfin !

Mais je n'allai pas plus loin, pas tout de suite. Je tendis l'oreille. Une voix montait du rez-de-chaussée, une voix familière qui fit courir en moi un frémissement d'espoir et m'emplit d'une vigueur toute neuve. Cette voix prononça mon nom puis celle d'Emily s'éleva, pincée, glacée.

— Elle n'est plus là. Elle est partie ce matin.

Je m'appuyai au mur pour franchir à la hâte les quelques pas qui me séparaient de l'escalier, je l'atteignis, je me penchai sur la rampe... Juste à temps pour voir Jimmy sortir en tirant la lourde porte derrière lui.

— Jimmy ! criai-je de toute la force de mes poumons. Jimmy !

Trop tard. Mes jambes se dérobèrent sous moi et je m'effondrai sur le parquet, le front contre la balustrade. Je fondis en larmes et mes épaules se soulevèrent, mais je ne m'entendis pas sangloter. J'étais trop lasse et le souffle me manquait, même pour pleurer. Emily se retourna et leva vers moi son visage blême, étiré par une grimace démoniaque.

— Jimmy, chuchotai-je.

Jimmy. Était-ce bien lui que j'avais vu ou seulement l'ombre d'un rêve ? Et cette voix... un rêve, elle aussi ?

Je n'attendis pas longtemps la réponse à mon interrogation angoissée. La porte se rouvrit avec fracas, Jimmy bondit dans le hall et s'arrêta tout net. C'était bien lui, en chair et en os, si grand ! Et beau comme un dieu dans son uniforme, des rubans sur la poitrine. Je rassemblai le peu de forces qu'il me restait encore.

— Jimmy !

Il leva les yeux. Il me vit. Et il passa comme une flèche devant Emily au risque de la renverser, grimpa l'escalier en escamotant la moitié des marches et en un temps record il fut à genoux près de moi, m'enferma dans ses bras et me serra contre sa poitrine en m'inondant le front de baisers.

— Aurore ! Ô mon Dieu, Aurore ! Qu'est-ce qui t'est arrivé ? Qu'est-ce qu'ils t'ont fait ?

Il avait desserré son étreinte pour m'éloigner un peu de lui, il me dévorait du regard et moi... tout ce que je pouvais faire, c'était sourire, en essayant de garder les yeux ouverts.

— Jimmy... c'est vraiment toi, cette fois ? Je ne rêve plus ?

— C'est bien moi, je suis là. Je suis venu te chercher aussi vite que j'ai pu.

— Mais comment m'as-tu trouvée ? Je me croyais enterrée pour toujours dans cette maison de fous.

— Je suis allé à New York, chez ton ancienne logeuse, et j'ai parlé à ton amie Trisha. Toutes mes lettres m'étaient retournées avec la mention « N'habite plus à cette adresse ». Papa n'avait plus de nouvelles de toi et deux de ses lettres lui avaient été retournées de la même façon. Je ne pouvais pas croire que tu sois partie comme ça, sans me prévenir, et à peine rentré au pays je suis allé voir ton amie. Elle m'a raconté ce qui s'était passé, acheva-t-il en baissant la tête.

— Oh, Jimmy, je...

— Non, dit-il en posant un doigt sur mes lèvres. Pas

maintenant, tu n'as rien à expliquer. La seule chose qui comptait pour moi, c'était toi, et ce que je pouvais faire pour toi. Trisha aussi a essayé de te joindre, elle t'a écrit. Dans la lettre que tu as laissée pour elle à l'hôpital, tu faisais allusion à un endroit qui s'appelait Upland, en Virginie, et tu lui parlais des sœurs Booth.

« Elle t'a écrit plusieurs fois mais tu ne répondais jamais et ses lettres ne lui étaient pas renvoyées. Elle n'a jamais pu savoir si tu les recevais.

— Mais non ! Je n'en ai jamais vu une seule ! Cette affreuse mégère les interceptait, et moi, elle m'empêchait d'écrire ou de téléphoner à qui que ce soit. Il n'y a pas le téléphone dans cette maison, et il faut faire des kilomètres pour en trouver un.

— Mais qui est cette femme ? Pourquoi m'a-t-elle menti en prétendant que tu étais partie ?

Jimmy jeta un coup d'œil dans le hall, mais Emily n'y était déjà plus.

— C'est la sœur de Grand-mère Cutler, la même en plus méchant, ce que je n'aurais jamais cru possible. Il y a une troisième sœur Booth, Charlotte, une simple d'esprit qu'Emily a trouvé un autre moyen de torturer.

Jimmy m'observa longuement, l'air pensif.

— Comment se fait-il... je veux dire, je croyais qu'on t'avait envoyée ici parce que tu étais enceinte ?

— Je l'étais, je viens juste d'accoucher. C'est pour ça que je suis si faible et si fatiguée. Pour ça et aussi à cause d'une potion qu'Emily m'a fait boire, pour que je ne lui crée pas de problèmes jusqu'à mon départ. Je n'ai aucune idée de l'endroit où elle comptait m'envoyer.

— Et où est le bébé ?

— Je n'en sais rien. Elle m'a dit qu'il était trop chétif et je n'ose pas penser à ce qu'elle a pu faire. D'après Charlotte, quelqu'un est venu le chercher. J'espère que ce n'était pas un fossoyeur !

— Quoi ? Mais qu'est-ce que tu racontes ?

Je débitai d'un ton plaintif et presque sans respirer :

— J'ai accouché près d'un mois avant terme, Jimmy. Il s'est passé tellement de choses épouvantables, dans cette maison ! Une nuit, j'étais dans la nursery et j'ai vu cette poupée dans le berceau, et puis Emily est arrivée et elle m'a poursuivie comme une folle, alors je suis tombée en courant et...

— Calme-toi, voyons, calme-toi, dit-il en caressant mes cheveux emmêlés. Tu me raconteras tout ça plus tard, nous aurons tout le temps. Pour l'instant, tu n'es pas dans ton état normal, il n'y a qu'à te regarder ! Tu es méconnaissable.

— Méconnaissable ? (Je me palpai le visage du bout des doigts.) C'est vrai, tu dois me trouver hideuse. Je ne me suis pas coiffée depuis des mois et mes vêtements...

Un accès de faiblesse mit fin à ma tirade et je m'effondrai dans les bras de Jimmy.

— Je ne sais pas ce qu'elle m'a fait boire, en tout cas je ne suis toujours pas très d'aplomb.

— Alors laisse-moi t'emmener là où tu pourras te reposer un moment. Quand tu te sentiras mieux, nous tirerons tout cela au clair.

Comme il était sûr de lui, ce nouveau Jimmy ! Son beau regard sombre me révélait sa force, sa maturité, son expérience. C'était un homme, à présent. Un bel homme au visage énergique et à la carrure imposante. Je m'étais toujours sentie en sécurité près de lui, mais maintenant je savais que je pouvais m'en remettre à lui pour tout, m'appuyer sur lui avec la plus totale confiance. Il ferait ce qui devait être fait.

Il m'aida à me relever, m'entoura de son bras et me soutint avec une telle aisance que je ne sentais plus mon poids.

— Conduis-moi simplement là où je couchais, Jimmy. C'est le lit le plus proche et je veux seulement souffler un peu. Mais dès que je me sentirai mieux, nous nous occuperons de savoir ce qu'elle a fait de mon bébé, nous chercherons...

— Mais oui, me promit-il d'une voix rassurante, nous nous en occuperons. Calme-toi, plus personne ne te fera de mal.

— Oh, Jimmy ! Dieu merci, tu es là ! m'écriai-je en posant la tête sur son épaule.

Et cette fois, j'éclatai en sanglots.

— Ne pleure pas, je suis là maintenant. Je vais m'occuper de toi, chuchota-t-il en m'embrassant le front et les cheveux.

Puis il découvrit ce qui m'avait servi de chambre.

— Quoi ! On te reléguait dans ce placard ? Ce trou sans fenêtre, sans air, sans électricité ? Ça pue le renfermé, là-dedans !

— Je sais, mais je veux juste me reposer cinq minutes.

Il m'aida à m'allonger, passa dans le cabinet de toilette et revint avec le gant humide.

— C'est pire que tout ce qu'on peut voir comme taudis dans la vieille Europe, grommela-t-il en me bassinant les joues. Pire que... la cellule d'isolement dans une prison militaire, tiens ! Et encore : les cachots, c'étaient des palaces, en comparaison.

Il posa le gant frais sur mon front, s'assit à côté de moi et me prit la main.

— Jimmy, murmurai-je en serrant ses doigts entre les miens. Tu es là, vraiment vraiment là ?

— Oh oui, et je n'ai pas l'intention de te quitter de sitôt, sois tranquille ! dit-il en se penchant sur moi.

Il déposa un baiser léger sur mes lèvres, et je souris. Je me sentais en sécurité, enfin ! Je pouvais fermer les yeux et m'accorder le repos dont j'avais tant besoin.

Je ne dormis pas longtemps et Jimmy ne quitta pas la pièce un seul instant. Je connus pourtant un moment d'angoisse en ouvrant les yeux. Bien que nous ayons laissé la porte ouverte, je ne le vis pas tout de suite et je crus vraiment que j'avais rêvé. Mais lui, accoutumé à la faible lueur qui filtrait du couloir, vit aussitôt que j'étais éveillée. Instantanément, il me prit dans ses bras et me couvrit de baisers.

— Alors, tu te sens d'attaque pour le départ ?

— Oui, Jimmy, mais pas avant de savoir ce qu'est devenu mon bébé.

— Évidemment, répliqua-t-il en relevant une mèche qui me tombait sur le front. Et moi, je n'arrive pas à croire ce qu'on t'a fait subir. Je veux tout savoir, dans le moindre détail.

— Je te raconterai tout, Jimmy. Comment j'ai trimé le jour et tremblé de froid la nuit, comment on m'a affamée, obligée à prier pendant des heures. Au nom de la religion, cette fanatique me traitait comme l'enfant du démon, et je suis sûre que Grand-mère Cutler savait ce qui m'attendait. Mais d'abord, je veux retrouver mon bébé.

Il serra les lèvres et, tout comme autrefois, ses yeux brillèrent d'un éclat farouche.

— Allons-y, décida-t-il d'un ton résolu. Plus tôt nous aurons quitté ce nid de vipères, mieux ce sera !

Il m'aida à me lever, mais j'aurais pu le faire seule. Je me sentais bien mieux et j'avais à nouveau les idées claires. Je ressentis un bizarre petit pincement au cœur en abandonnant ma misérable tanière. Je m'y étais si bien accoutumée au cours de ces longs mois de détresse ! J'en connaissais chaque recoin, chaque détail, jusqu'à la moindre fissure de ses murs nus. Elle était à mes yeux ce que j'avais été moi-même, une pauvre chose déshéritée, oubliée, enterrée au fin fond de l'horreur ténébreuse de Grand Prairie.

En arrivant au bas de l'escalier, je sus tout de suite où trouver Emily : il y avait de la lumière dans la bibliothèque.

— Elle espère que nous allons partir comme ça, Jimmy. Elle aimerait bien nous ignorer, comme si rien ne s'était passé.

Il m'approuva d'un hochement de tête, l'œil fixé sur la porte ouverte. Je glissai ma main dans la sienne et, d'un pas résolu, nous avançâmes vers le rectangle de lumière.

Emily se tenait à sa place habituelle, derrière le grand bureau de chêne, sous le portrait de son père. Seulement cette fois, ils ne m'intimidaient plus, ni l'un ni l'autre. J'avais Jimmy à mes côtés, et sa force était la mienne.

Dès qu'elle nous aperçut, Emily se carra dans son siège et le rictus que je connaissais si bien fendit son visage cireux. Sa peau couleur d'ivoire se tendit sur l'ossature du crâne et je crus voir le masque de la mort en personne. Mais je ne faiblis pas.

— Eh bien, susurra-t-elle, je ne suis pas fâchée qu'on soit venu te chercher. Cela m'épargne des frais d'essence, le prix du billet de train, et Luther ne perdra pas son temps en déplacements. Il a autre chose à faire, figure-toi !

— En effet, ce n'est pas le travail qui lui manque, le pauvre ! ripostai-je en m'approchant du bureau. Vous l'avez réduit en esclavage et depuis des années vous le punissez en vous payant sur son dos. Bien pratique. Mais après tout, s'il y consent, c'est son problème. Seulement moi, je ne partirai pas avant de savoir ce que vous avez fait de ma petite fille. Qui est venu la chercher ? À qui l'avez-vous confiée ? Et pourquoi ?

— Je te l'ai dit, elle n'était pas assez robuste. Et tu n'aurais pas su t'en occuper, de toute façon. Ma sœur a fait ce qu'il fallait.

Sur ce constat débité comme un verdict, Emily nous signifia d'un regard que nous pouvions disposer et fit mine de retourner à ses paperasses. Elle n'en eut pas le temps. Je franchis d'un bond l'espace qui me séparait encore du bureau et ma main s'abattit sur les précieux papiers.

— Comment ça, votre sœur a fait ce qu'il fallait ? Qu'est-ce qu'elle a fait ?

Le visage d'Emily resta de marbre, elle n'avait pas la moindre intention de répondre. Mais elle oubliait Jimmy : en un instant, il fut à mes côtés.

— Vous feriez mieux de tout nous dire. Vous n'aviez aucun droit de disposer de son enfant et si besoin est, nous préviendrons la police qui viendra enquêter sur place.

— Vous osez...

— Écoutez-moi bien, l'interrompit Jimmy, à bout de patience. Nous sommes aussi pressés de nous en aller que vous de nous voir partir, mais si vous ne coopérez pas...

Il se pencha sur le sous-main et y plaqua les paumes.

— ...nous resterons ici jusqu'à ce que l'enfer gèle, si c'est nécessaire.

Pour un peu, j'aurais applaudi. Emily recevait enfin la leçon qu'elle méritait. Pas trop tôt !

— Vous pourriez être accusée de kidnapping, mademoiselle. Et maintenant, qu'avez-vous fait du bébé ? Parlez ! tonna Jimmy en assenant une telle claque sur le bureau qu'Emily sauta dans son fauteuil.

— Je ne sais pas qui a emmené le bébé, commença-t-elle d'une voix geignarde. Ma sœur avait pris toutes ses dispositions bien avant l'arrivée de cette... (Ici, le ton changea et elle cracha littéralement les derniers mots.) Bien avant l'arrivée d'Eugénie. C'est elle que vous devrez interroger.

— Et c'est bien ce que nous allons faire, mademoiselle. S'il apparaît que vous avez menti, nous reviendrons avec un officier de police et vous serez accusée de complicité dans une affaire intéressant la justice.

— Je ne mens jamais, proféra Emily Booth avec hauteur, la bouche étirée comme un élastique.

Jimmy soutint son regard venimeux et le sien n'était pas tendre, lui non plus. Quand il jugea que la leçon avait porté, il se redressa.

— Viens, Aurore. Sortons d'ici.

— C'est ça, et bon débarras ! siffla Emily entre ses dents serrées. Je t'ai assez vue !

C'en fut trop. Tout le chagrin et la colère que je contenais depuis si longtemps explosèrent d'un seul coup. Chaque parole acerbe et tranchante dont Emily m'avait gratifiée, chaque bouchée de l'ignoble nourriture qu'elle m'avait contrainte à avaler, les indignités et les humiliations abjectes dont elle m'avait abreuvée, ma claustration dans les ténèbres, tout ce poison me remonta dans la gorge. Et je le vomis.

— Oh non, mademoiselle Emily, énonçai-je en détachant les syllabes. C'est moi qui vous ai assez vue, vous et votre face de carême, votre sale tête de mégère frustrée crachant le fiel par tous les pores. J'en ai soupé de vos grimaces de grenouille de bénitier qui accuse les autres de tous les péchés de l'enfer sans voir dans quel jus elle barbote. Je n'en peux plus de vos bassesses et de vos procédés ignobles au nom de la justice divine, qui vous les rendra au centuple, si elle mérite son nom. Je n'aurai plus à supporter votre jalousie maladive envers tout ce qui est beau et bon. Donnez à qui vous voudrez vos leçons de propreté, vous qui vivez dans la crasse de ce caveau que vous appelez une maison. Je vous les laisse. Et je n'ai pas fini !

Je m'avançai jusqu'à son fauteuil et la toisai de tout mon haut, le temps de décocher ma dernière flèche.

— Je n'aurais jamais cru qu'on puisse éprouver un tel plaisir à quitter quelqu'un, mademoiselle Emily. Et vous voulez que je vous dise ? À force de vivre avec vous, j'ai fini par prendre en pitié ce vieux Satan. Parce qu'une chose est sûre : vous irez le rejoindre en enfer, et il n'a quand même pas mérité ça, le pauvre diable !

Elle en resta pétrifiée dans son fauteuil, la mâchoire pendante et l'œil hagard, tel un condamné sur la chaise électrique. Quant à moi, je lui tournai tranquillement le dos et pris la main de Jimmy qui souriait jusqu'aux oreilles.

— Eh bien ! C'est maman qui aurait aimé entendre ça !

— Je suis certaine qu'elle l'a entendu, répliquai-je en lui rendant son sourire.

En moins de temps qu'il n'en faut pour le dire nous

avions quitté la pièce. Quelques secondes plus tard, nous étions dehors et nous hâtions le pas vers la voiture de Jimmy, quand j'entendis crier mon nom. Je me retournai pour voir surgir Charlotte. Mal fagotée dans ses oripeaux jaune et rose, couettes en bataille et rubans au vent, c'était la même exactement que le jour de mon arrivée. Et elle patinait toujours dans les pantoufles de son père.

— Qu'est-ce que c'est que cet oiseau ? s'effara Jimmy.

— Ce n'est que Charlotte, je vais lui dire au revoir.

— Tu vas faire un tour en voiture ? s'enquit-elle, les yeux fixés sur Jimmy.

— Je m'en vais, Charlotte. Il faut que j'aille chercher mon bébé.

— Ah bon ! Et tu pars tout de suite ?

— Oui.

— Alors, tiens ! C'est pour toi, dit-elle en me tendant un petit carré d'étoffe.

Je m'empressai de le déplier. Je savais que ce serait un travail de broderie, mais je n'en fus pas moins surprise. J'avais sous les yeux le portrait d'une jeune femme qui me ressemblait à s'y méprendre, à quelques détails près toutefois. Ses cheveux blonds étaient soigneusement coiffés, elle portait une ravissante robe bleu ciel... et elle tenait un bébé dans les bras. La tête inclinée, elle le regardait avec une merveilleuse expression de tendresse.

— Oh, Charlotte ! Quel tableau superbe ! Je n'en reviens pas. Vous êtes vraiment, vraiment très douée. Cet ouvrage a dû vous prendre un temps fou, quand l'avez-vous fini ?

— Hier, babilla-t-elle avec un petit rire.

Hier, bien sûr... j'aurais dû m'en douter ! Tout se fondait dans cet éternel hier, pour la pauvre fille. Peut-être avait-elle trouvé là le moyen d'effacer l'horreur des jours. Peut-être était-elle bien moins sotte que ne le supposait son abominable sœur, finalement.

— Merci, Charlotte. Ne laissez plus Emily vous tourmenter, vous n'avez rien fait de mal. Elle vous culpabilise à plaisir mais... (je la serrai dans mes bras) vous êtes bien meilleure qu'elle, je vous assure. Au revoir, Charlotte.

— Au revoir. Oh, s'il te plaît ! Tu pourras me rapporter des bonbons acidulés, en revenant ? Je n'en ai pas eu depuis...

— Depuis hier ? Oui, vous en aurez, des sacs entiers. J'y veillerai.

Toute souriante, elle nous regarda monter dans la voiture. Cahin-caha, Jimmy descendit l'allée défoncée jusqu'au portail et nous allions passer entre les piliers délabrés quand je me retournai vers la grande maison. On aurait dit que ses ténèbres intérieures dégoulinaient sur les murs par toutes ses fenêtres, elle exsudait la tristesse. Et là, sur le porche noyé d'ombres, se tenait Charlotte qui agitait la main comme une petite fille. J'en eus les larmes aux yeux.

Quand Jimmy s'engagea sur le chemin de terre, la vieille demeure disparut à mes yeux, mais je sus qu'elle ne disparaîtrait jamais de ma mémoire. Aussi longtemps que je vivrais, elle conserverait une place bien à elle parmi mes plus horribles souvenirs. Je lui échappais, j'étais libre, et pourtant j'éclatai en sanglots. J'en fus tellement secouée que Jimmy dut s'arrêter pour me prendre dans ses bras.

— Ça va bien, Jimmy, je t'assure. C'est juste que... je suis tellement heureuse d'être enfin sortie de cet endroit ! Emmène-moi vite, le plus vite et le plus loin possible.

Devant nous le ciel était bleu, à croire que les nuages s'écartaient d'eux-mêmes pour aller s'amasser loin derrière nous, sur la plantation. Et plus nous avancions, plus il faisait beau et chaud, plus je sentais revenir mes forces. Elles croissaient avec ma joie. J'avais oublié combien j'aimais l'odeur et la couleur de l'herbe ! Après ma longue incarcération, loin de tout ce que le monde a de beau et de bon à offrir, je m'en emplissais la vue, je le buvais, je l'absorbais par tous les pores. J'y puisais une détermination nouvelle et je retrouvais l'espoir.

— Jimmy, conduis-moi au plus vite à Cutler's Cove,

s'il te plaît. Il faut que je voie ma grand-mère et lui fasse dire où est mon bébé, avant qu'il soit trop tard.

— Compte sur moi.

— Tu sais ce qu'elle a fait, Jimmy ? Elle a tout simplement recommencé la même manœuvre que pour moi ! Elle s'est entendue avec des gens pour qu'ils prennent ma petite fille et l'élèvent comme si c'était la leur. Elle s'arroge le droit de diriger la vie de tout le monde.

— Eh bien, cette fois nous l'en empêcherons, voilà tout. Ne te tracasse pas pour ça.

Tant de gentillesse m'emplit de remords.

— Jimmy, je ne mérite pas que tu m'aides comme ça ! Quand tu es venu à New York, je t'avais fait une promesse, et puis... j'ai perdu la tête, exactement comme tu le craignais. Je me suis laissé étourdir par cette vie trépidante, les sorties, la musique, enfin tout ! Je t'avais juré que cela n'arriverait jamais, et en un rien de temps c'était arrivé. J'ai essayé plusieurs fois de te l'écrire, mais je ne trouvais jamais les mots. Peut-être qu'au fond de moi je ne voulais pas vraiment que les choses se passent comme ça.

— Quelqu'un a profité de toi, dit-il avec une surprenante sagesse. J'ai vu ces choses-là si souvent ! Les filles jeunes et impressionnables sont une proie facile pour certains hommes plus âgés qu'elles. Ils leur font toutes sortes de promesses, les grisent de rêves et d'espoirs et quand ils ont profité d'elles, ils les abandonnent à leur chagrin. À l'armée, j'ai vu des copains faire ça, ajouta-t-il avec colère. Et si je tenais celui qui s'est conduit de cette manière ignoble avec toi, je lui...

Il s'interrompit net et se tourna vers moi.

— Mais tu tiens peut-être encore à lui ?

— Non, Jimmy. J'ai compris qui il était vraiment.

— Bien, dit-il avec un grand sourire, alors l'histoire est enterrée. Le pire est derrière toi, occupons-nous du meilleur et faisons de notre mieux. Tu es toujours une future grande cantatrice, affirma-t-il en me tapotant la main. Tu verras.

— Pour l'instant, tout ce qui compte pour moi, c'est de retrouver ma petite fille. Dès que j'ai vu sa minuscule frimousse, j'ai su que c'était un être foncièrement bon qui méritait tout mon amour et tous mes soins. Ce sont mes erreurs qui l'ont amenée en ce monde, et je ferai tout mon possible pour qu'elle s'y trouve bien. Tu comprends ça, Jimmy ?

— Parfaitement, mais procédons par ordre. Pour moi, le plus urgent c'est de t'emmener dans un grand magasin pour t'acheter de quoi te faire belle : une jolie robe, des affaires de toilette, tout ce qu'il te faudra. Ensuite, nous irons dans un motel où tu pourras te laver, te pomponner et te reposer. Ça te va ?

Je lui sautai au cou.

— Oh oui, Jimmy ! Oui, oui, oui !

— Eh là, doucement ! C'est un tireur d'élite doublé d'un caporal que tu embrasses, dit-il en passant fièrement la main sur ses galons.

Sur quoi il se tourna un peu en bombant le torse, pour que je puisse admirer ses décorations.

— Alors te voilà caporal, maintenant ? Tu grimpes vite, mais ça ne m'étonne pas. J'ai toujours su que tu réussirais tout ce que tu entreprendrais.

— Et moi j'ai peut-être toujours su que tu t'y attendais. C'est ce qui m'a fait réussir.

Je posai la tête sur l'épaule de Jimmy. C'était si bon de l'avoir de nouveau à mes côtés ! Je doutais encore de ma chance. À peine quelques heures plus tôt, je me croyais la fille la plus malheureuse de la terre, abandonnée pour toujours à mon triste sort. Et maintenant…

Maintenant, l'arc-en-ciel brillait après la pluie, le soleil perçait les nuages, la haine et les ténèbres avaient cédé la place à la lumière et à l'amour. Jimmy m'était revenu. J'avais confiance, je retrouverais mon bébé.

Même les yeux fermés, je voyais encore la merveilleuse lumière.

17

Un nouveau coup du sort

Jimmy mourait d'envie de me voir changer de peau et à la première ville digne de ce nom, il m'emmena tout droit dans un grand magasin. Il était si fier de pouvoir le faire que je ne me risquai pas à soulever une seule objection contre les prix. Je lui aurais gâché sa joie.

— Mets-toi bien ça en tête, Aurore : à partir de maintenant, c'est moi qui m'occupe de toi. En Allemagne, les copains me traitaient de grippe-sou parce que je ne sortais jamais, et que je ne dépensais pas un centime de ma solde. Je mettais tout de côté et en pensant à tout ce que je pourrais t'offrir en rentrant, j'étais heureux comme un roi. D'ailleurs, tu es si jolie quand tu t'habilles ! J'adore ça.

— Ne me raconte pas d'histoires, Jimmy. Je sais très bien que je suis à faire peur, avec mon teint de plâtre et mes cheveux en paquet de ficelle.

— Plus pour longtemps ! commenta-t-il au moment où nous quittions le rayon de mode.

Puis il m'acheta des accessoires de toilette, des produits de beauté, et nous reprîmes la route pour quelques heures avant de nous garer devant un motel.

J'avais oublié comme c'était bon de sentir l'eau chaude couler sur mon corps, de me frictionner la tête au shampooing et de passer du démêlant dans mes cheveux. Je m'attardai si longtemps sous la douche que Jimmy vint heurter à la porte pour me demander si je ne m'étais pas noyée. Quand j'estimai avoir eu mon content de plaisirs aquatiques, je m'enroulai dans un drap de bain et passai la tête à l'intérieur de la chambre. À demi couché sur un des lits jumeaux, Jimmy était plongé dans un journal.

Le voir ainsi, calme et détendu, me rappela le temps où il lisait des illustrés sur notre petit lit pliant, les sourcils animés de mouvements divers selon les émotions qui l'agitaient. Pendant un moment, j'eus l'impression qu'il me suffirait de fermer les yeux pour revenir en arrière, et pour que toutes les horreurs survenues depuis notre enfance regagnent le royaume des cauchemars. Puis Jimmy abaissa son journal et attacha sur moi son regard brun.

— Alors ? Comment ça va ?

— Merveilleusement bien, Jimmy. Je me sens toute neuve.

Il y avait une petite coiffeuse, juste à la sortie de la salle de bains. Je m'y assis et commençai à me sécher les cheveux, mais aussitôt, Jimmy sauta du lit.

— Laisse-moi t'aider, tu veux ? Tu ne t'en souviens peut-être pas mais je te séchais déjà les cheveux quand tu étais haute comme trois pommes.

Je lui souris dans le miroir.

— Je m'en souviens, Jimmy.

Il m'ôta la serviette des mains et entreprit de me frotter vigoureusement les cheveux. Quand ils furent assez secs pour commencer à gonfler, il cessa son manège et me planta un baiser sur la joue.

— Je deviendrai peut-être coiffeur, finalement.

— Et un bon coiffeur, en plus. Tu réussis tout ce que tu veux, affirmai-je avec confiance. Qu'est-ce qui te tenterait vraiment, quand tu seras libéré de tes obligations militaires ?

— Je n'en sais rien, dit-il en haussant les épaules. La mécanique ou l'électricité, un truc comme ça. J'aime bien me servir de mes mains.

Debout derrière moi, il me regarda brosser longuement ma chevelure. Ma frange avait poussé en mèches inégales, et je dus les rabattre sur les côtés. À Grand Prairie, je gardais les cheveux tirés et attachés pratiquement tout le temps. Je ne m'étais pas rendu compte qu'ils étaient devenus si longs. Jimmy les effleura du bout des doigts.

— Ce qu'ils sont doux !

Je saisis sa main, la portai à mes lèvres et la gardai ainsi quelques instants, les yeux fermés.

— Ne t'en fais pas, chuchota-t-il, tout est arrangé, maintenant. Tout va bien se passer.

Quand j'eus fini de me coiffer, j'allai m'allonger pour prendre un peu de repos, selon le programme que nous nous étions fixé. Quelques petites siestes en attendant le fabuleux dîner que je savourais d'avance, après ces mois de privations. Mais nous avions compté sans la fatigue. Jimmy avait voyagé pendant des jours et des jours avant de me retrouver, et nous étions aussi fourbus l'un que l'autre, sans nous en douter. En fait, ce fut moi qui m'éveillai la première, pour découvrir qu'il faisait déjà nuit. Mon estomac criait famine mais je n'eus pas le cœur d'interrompre le sommeil de Jimmy. Je me levai en catimini, m'habillai sans bruit et m'assis dans un fauteuil en attendant qu'il ait assez dormi.

Quand il ouvrit les yeux, ses paupières battirent et pendant quelques secondes son regard se fixa sur moi, puis il se dressa sur son séant.

— Quelle heure est-il ?

— Au moins neuf heures.

— Pourquoi ne m'as-tu pas réveillé ? me reprocha-t-il en balançant les jambes hors du lit.

— Je ne pouvais pas, Jimmy. Tu dormais si bien !

— Et toi, pendant ce temps-là, tu mourais de faim, c'est bien de toi ! Tu sais quoi ? Quand je t'ai vue, là, dans ce fauteuil... j'ai cru que j'étais toujours en Europe et que je rêvais de toi. Il ne s'est pas passé un jour sans que tu me manques, dit-il en mettant ses chaussures. Je t'imaginais partout avec moi.

— Eh bien, tu n'auras plus besoin de m'imaginer, maintenant !

Il sourit et se dépêcha de s'habiller pour m'emmener dîner. Nous n'eûmes pas beaucoup de chemin à faire, à vrai dire : nous allâmes au restaurant du motel. Il offrait l'avantage d'être à portée de la main, quant à la qualité, je ne m'en inquiétais guère. Après ma longue pénitence, je savais que n'importe quelle gargote aurait pour moi les mêmes attraits qu'un quatre étoiles.

Ce fut un grand moment que celui où on nous présenta le menu. Je le parcourus longuement, incapable de me décider. Rien qu'à lire la liste de ces mets délicieux si longtemps interdits, je sentais frissonner mes papilles. Jimmy me taquina pour mon hésitation et me proposa une solution : choisir au hasard. Je fermai les yeux, pointai le doigt sur le papier étalé devant moi et tombai sur un des menus complets proposés par la maison. Le hasard m'offrait de la dinde.

Pour commencer, j'eus droit à une excellente salade et faillis me couper l'appétit en avalant trois petits pains au beurre. Je commandai un Coca et me délectai de sa saveur sucrée. Je la déclarai divine. Jimmy assistait au spectacle en secouant la tête et en souriant jusqu'aux oreilles. Mais quand on servit la dinde arrosée de sauce à la canneberge, les pommes de terre et les brocolis, ce fut plus fort que moi : je fondis en larmes.

— Hé là ! s'exclama Jimmy en me prenant la main. Pas de ça, ou tu ne vas plus pouvoir manger.

— Aucun risque, affirmai-je, cet instant de faiblesse passé. Tu vas voir !

Et j'attaquai le plat de résistance en me régalant de chaque bouchée. Même quand je fus rassasiée, je commandai encore une tranche de gâteau à la crème au chocolat. J'en vins à bout mais après cela, j'eus toutes les peines du monde à me lever de ma chaise.

— Tu as fait honte à ces pauvres camionneurs, commenta Jimmy en me pilotant vers la sortie. Et Dieu sait s'ils ont un solide coup de fourchette !

Il ne nous fallut pas longtemps pour nous endormir, ce soir-là, mais le premier rayon du jour m'éveilla. Quel enchantement d'ouvrir les yeux dans le soleil, après tant de matins sinistres de noirceur ! Je ne pouvais pas me lasser de cette joie. Voir la nuit s'effacer devant la lumière, simplement cela, qu'y avait-il de plus beau sur cette terre ? Et dire que j'avais pu vivre comme une taupe, enterrée vive dans cette bâtisse lugubre... Grands dieux, quelle horreur !

Le petit déjeuner me réservait d'autres délices, et je lui fis autant d'honneur qu'au dîner de la veille. La seule odeur du bacon frit me plongea dans l'extase. J'engloutis des œufs, des saucisses, des petits pains, et remplis plusieurs fois ma tasse de café, boisson proscrite à Grand Prairie. Emily le jugeait aussi néfaste au salut que le whisky, et j'en bus assez pour me damner.

Procédons par ordre, avait dit Jimmy. Comme il voyait juste ! Revigorée, bien coiffée, bien habillée, je me sentais enfin de taille à affronter Grand-mère Cutler et nous attaquâmes la dernière partie du voyage. Dans quelques heures, nous serions à Cutler's Cove.

Jimmy me décrivit longuement sa vie en Europe, sujet apparemment inépuisable. Tout m'intéressait, mais j'avais quelque chose à lui dire, moi aussi. Seulement, à chaque tentative de ma part, il se lançait dans de nouveaux détails.

— Jimmy, hasardai-je enfin, tu ne m'as rien demandé sur mon aventure avec Michaël Sutton.

— Tu n'es pas obligée de m'en parler, répliqua-t-il d'un ton bref.

— Je sais, mais je veux le faire. C'était mon professeur de chant et il m'avait promis de m'obtenir un grand rôle à Broadway. Tout s'est passé si vite ! Il m'a invitée à son appartement et...

— Aurore, implora-t-il, je t'en prie, tais-toi. C'est du

passé, maintenant. Je sais qu'il t'a blessée, que tu as souffert, et je voudrais vraiment lui mettre la main dessus, crois-moi. Ce qui se produira peut-être un jour, d'ailleurs, mais ne me raconte pas comment c'est arrivé. Je te l'ai dit, je sais comment ça se passe. Je l'ai vu de mes yeux. La seule chose qui compte...

Il me jeta un long regard, empreint d'une résolution farouche.

— ... c'est que cela n'arrivera plus.

J'inclinai la tête, soulagée de me sentir pardonnée.

— Je t'aime, Jimmy. Je t'aime vraiment. Je ne savais pas moi-même à quel point et je... je regrette.

— Oui ? Alors essaie de ne plus manger autant, plaisanta-t-il, c'est au-dessus de mes moyens !

J'éclatai de rire en même temps que lui. Comme c'était bon de pouvoir me détendre ainsi, de me savoir protégée, comprise, surtout par ce garçon merveilleux ! Sa seule présence mettait du soleil dans ma vie. Je découvris, non sans surprise, que plus nous nous éloignions de Grand Prairie, moins je haïssais Mlle Emily. J'en arrivais à la prendre en pitié.

Mais je ne risquais pas de m'apitoyer sur Grand-mère Cutler, par exemple. Je connaissais trop bien sa bassesse incroyable, sa cruauté native, terrifiante, diabolique. Engendrée par les mêmes forces mauvaises qu'Emily, c'était indéniable, son pouvoir personnel la rendait infiniment plus dangereuse. Personnage important, influent, respecté, ses projets tortueux se concrétisaient. Elle agissait en grand, et dans le monde réel. Une ennemie redoutable, aucun doute là-dessus.

Mon pouls s'accélérait à chaque tour de roue qui nous rapprochait de Cutler's Cove et de notre inévitable confrontation. Je ne voyais plus rien de la beauté du jour, ni le ciel bleu, ni le soleil. Pour mon esprit inquiet, le monde était plongé dans la grisaille, et il resterait privé de clarté tant que mon bébé ne me serait pas rendu.

La première échappée sur l'océan me fit l'effet d'une décharge d'adrénaline. Un peu plus loin, je reconnus la pancarte annonçant Cutler's Cove et ses charmes touristiques : rien n'avait changé. Je retrouvais les longues rues bordées de petits restaurants et d'échoppes désuètes, fort tranquilles en ce début de saison. La circulation était fluide, les passants peu nombreux. Mais pour moi, ce calme apparent recélait une menace voilée, oppressante. L'œil du cyclone, pensai-je avec appréhension. Les maisons vieillottes et les boutiques, les voiles blanches et les pelouses verdoyantes, tout cela m'apparaissait comme un décor trompeur. Je croyais entendre le cœur qui battait sourdement derrière ce masque : celui du mal à l'état pur. Celui de Grand-mère Cutler.

— Nous y sommes presque, annonça Jimmy avec un sourire destiné à me réconforter. Ne t'inquiète pas, nous allons tirer cette histoire au clair. De bout en bout et une fois pour toutes, je te le garantis.

J'acquiesçai d'un signe et respirai profondément, trop émue pour parler. Nous arrivions à cette anse de sable blanc et uni, plage privée qu'on eût dit passée au peigne fin pour le seul usage d'une clientèle fortunée. Ici, les vagues elles-mêmes se faisaient discrètes et chuchotantes. Elles venaient mourir doucement sur le rivage, comme si l'océan lui-même redoutait la colère de la terrible matrone qui gouvernait ce royaume. Quand mon regard tomba sur le panneau placé à l'entrée du domaine, je crus bel et bien entendre la voix de Grand-mère me corner aux oreilles. *Plage réservée aux clients de l'hôtel... ex-clu-si-ve-ment*.

Jimmy s'engagea dans l'allée et l'hôtel lui-même se dressa devant nous, sur ses hauteurs habillées de gazon. Était-ce une illusion ? Tout me parut étrangement calme. Pas un visage aux fenêtres dont la triple rangée de volets blancs se détachait sur les murs bleu tendre. Personne sur la colonnade où les lanternes japonaises, éteintes à cette heure de la journée, se balançaient doucement dans la brise. Et parmi les pelouses vallonnées, seuls quelques jardiniers vaquaient tranquillement à leurs tâches quotidiennes. Les promeneurs familiers avaient déserté les kiosques et les alentours des fontaines, et je ne vis personne non plus se reposer sur les bancs, ni dans les jardins, ni sur la galerie. Personne, en plein après-midi ? Les clients ne pouvaient plus être à table à cette heure-là !

— On dirait que l'hôtel est fermé, observa Jimmy.

— Non, sûrement pas, répliquai-je, peu disposée à reconnaître qu'il se passait quelque chose d'inhabituel.

J'étais déjà bien assez nerveuse sans cela.

Jimmy se gara devant l'entrée principale et pendant un long moment je me contentai de la regarder, en songeant au jour où je l'avais franchie pour la dernière fois. Je partais pour New York, j'étais folle de joie à l'idée d'entrer au conservatoire, et presque aussi inquiète, mais je me rappelais parfaitement l'expression de ceux qui m'entouraient ce jour-là. Clara Sue, Philippe, Mère et Randolph, et surtout Grand-mère Cutler ! Je revis leurs visages comme s'ils étaient encore devant moi.

— Prête, Aurore ?

— Oui, affirmai-je en sautant à terre.

Nous escaladâmes les marches du perron et dès que nous eûmes passé la porte, je sus qu'il se passait vraiment quelque chose. À l'exception de Mme Hill, la réceptionniste en chef, et d'une de ses assistantes, le grand hall était rigoureusement vide.

— C'est forcément fermé, s'entêta Jimmy.

Je me dirigeai vers le comptoir de la réception, où Mme Hill m'accueillit d'un air désolé.

— Oh, mademoiselle ! Vous arrivez tout droit du collège, j'imagine ?

Du collège ? Mais oui, bien sûr ! Grand-mère Cutler avait dû faire croire à tout le monde que j'étais toujours à New York.

— Mais où sont passés tous les clients, madame Hill ?

Je vis s'affaisser les coins de sa bouche.

— Les clients ? Alors vous n'êtes pas au courant ?

— Au courant de quoi ?

— Votre grand-mère a eu une crise cardiaque, une attaque très sérieuse. Elle est à l'hôpital et nous avons fermé l'hôtel pour la semaine. Votre père était tellement bouleversé qu'il ne pouvait s'occuper de rien et votre mère... Hmm ! Votre mère est très déprimée, naturellement.

— Une attaque ? Quand cela ?

Mme Hill faillit fondre en larmes et je compris que je m'étais montrée un peu sèche. Je me radoucis aussitôt.

— Je voulais dire... on ne m'a pas prévenue, vous comprenez ? Quand est-ce arrivé ?

— Hier. La saison commence à peine et nous n'avions pas beaucoup de monde, mais quand même... Votre père a remboursé les clients et naturellement, le personnel sera payé à plein salaire.

J'interrogeai Jimmy du regard, mais il paraissait aussi indécis que moi sur la conduite à tenir. Je me retournai vers Mme Hill.

— Mon père est-il à l'hôpital, en ce moment ?

— Non, il n'a pas bougé de son bureau depuis ce matin. Il est effondré. Heureusement que vous êtes revenue, mademoiselle. Vous pourrez sans doute l'aider... et nous aussi.

« Pauvre Mme Cutler, reprit-elle en se tamponnant les yeux, foudroyée en plein travail, à son bureau. C'est bien d'elle, tenez ! Heureusement, votre père est entré chez elle et l'a trouvée. Tout le monde était sens dessus dessous jusqu'à ce que l'ambulance arrive, vous pensez. Mais nous prions tous pour elle, ajouta-t-elle en larmoyant.

— Merci, madame Hill.

Je fis signe à Jimmy de me suivre et traversai le hall pour aller frapper discrètement à la porte de Randolph. N'obtenant pas de réponse, je frappai un peu plus fort et une voix angoissée cria de l'autre côté :

— Qui est là ? Qu'est-ce que c'est ?

Je poussai la porte et entrai, Jimmy sur mes talons.

Randolph était assis à sa table de travail, penché sur une pile de paperasses qu'il fixait d'un œil absent. Il avait dû passer des heures à fourrager dans ses cheveux, à en juger par sa coiffure en désordre. Sa cravate pendait lamentablement sur sa chemise déboutonnée, et quand il leva les yeux, un bref instant il n'eut même pas l'air de nous reconnaître.

— Je suis occupé, je regrette. Revenez plus tard, débita-t-il en farfouillant nerveusement dans ses crayons. Oui, c'est ça, revenez plus tard.

— Randolph, c'est moi, Aurore.

J'eus droit à un second coup d'œil furtif.

— Aurore ? Ah oui... Aurore, bafouilla-t-il en lâchant ses crayons. Tu ignores sans doute... c'est-à-dire que ma mère... ma mère... ma mère n'a jamais été malade, acheva-t-il péniblement, avec un petit rire étrange qui me fit froid dans le dos. Elle ne voit jamais de médecin et je lui dis toujours... je lui dis toujours...

« Mère, vous qui avez tant d'amis médecins, un petit bilan de temps en temps ne vous ferait pas de mal ! » Mais elle ne veut rien savoir. « Les médecins me rendent malade », voilà ce qu'elle me répond, à chaque fois.

Il émit à nouveau son gloussement inquiétant et reprit son discours haché.

— « Les médecins me rendent malade » ! Tu te rends compte ? Mais elle a toujours été solide comme un roc, oui : comme un roc, répéta-t-il en brandissant le poing. Jamais elle n'a manqué un jour de travail, même du vivant de mon père. Jamais un rhume, rien ! Et tu sais ce qu'il disait, mon père ? Que les microbes... les microbes n'oseraient pas s'en prendre à elle ! pouffa le pauvre Randolph, inconscient de l'effet que produisait son rire hystérique.

« Et moi je croule sous les papiers, les commandes, les... toutes les choses dont elle s'occupait. J'ai dû renvoyer les clients, je ne peux pas faire face à tout, tu comprends ? Il faudra attendre qu'elle revienne.

— Randolph, glissai-je dès qu'il me laissa une chance de parler, sais-tu seulement où j'étais, ces derniers mois ? Où Grand-mère Cutler m'avait envoyée ?

— Où tu étais ? Oui, bien sûr. Tu étais dans une école où tu apprenais le chant. Alors te voilà ? Quel bonheur !

— Elle ne lui a rien dit, chuchotai-je à Jimmy qui assistait à la scène, les yeux écarquillés de stupeur.

Puis je tentai à nouveau de m'adresser à Randolph.

— Tu ne savais pas que j'étais à Grand Prairie ?

— À Grand Prairie ? Non, je n'en savais rien. Enfin, je ne crois pas. Mais avec tous ces soucis, tu comprends... je ne suis plus sûr de rien. Il y a l'hôtel, déjà, et Laura Sue, qui supporte ça très mal. Depuis le temps que les médecins défilent dans cette maison, il n'y en a pas un qui a pu la guérir. Alors maintenant, avec Mère qui...

Il s'interrompit et secoua la tête avec énergie.

— Jamais un rhume, tu m'entends ? Jamais.

— Il faut que je voie Grand-mère, affirmai-je. Immédiatement.

— Elle ? Oh non, ma chérie, c'est impossible. Elle est à l'hôpital.

— Je le sais. Et toi, pourquoi n'y es-tu pas ?

— Je suis... heu... très occupé, voilà : très occupé. Oh, elle comprend ça, pouffa-t-il. Si quelqu'un peut comprendre, c'est bien elle. Mais tu peux y aller si tu veux. Tu lui diras...

Il farfouilla dans les papiers étalés sur son bureau.

— Tu lui diras que les provisions qu'elle a commandées la semaine dernière ont augmenté de dix pour cent. Oui, c'est bien ça : dix pour cent. Ma foi tant pis ! conclut-il en haussant les épaules.

Je renonçai à tirer quelque chose de lui.

— Viens, Jimmy. Il n'y a rien à faire.

— J'irai passer un moment avec toi plus tard, me lança

Randolph au moment où nous franchissions la porte. Pour l'instant, j'ai trop de travail.

— Merci. C'est vraiment gentil.

Je ne fus pas fâchée de me retrouver dehors, et Jimmy non plus.

— Et ta mère ? suggéra-t-il. Veux-tu que nous allions la voir d'abord ? Ce serait peut-être mieux.

— Au contraire. Je suis sûre qu'elle se régale de voir toute cette pagaille !

Nous eûmes donc recours à Mme Hill qui nous indiqua l'adresse de l'hôpital et dix minutes plus tard, nous étions dans le couloir de l'unité de soins intensifs. Une infirmière nous accueillit à la porte de la salle.

— Je suis la petite-fille de Mme Cutler, expliquai-je. Je n'étais pas en ville et je viens juste d'apprendre la nouvelle. Il faut que je voie ma grand-mère. Comment va-t-elle ?

— Vous savez sûrement que la crise a été grave. Extrêmement grave.

— Oui, je le sais.

— Son côté gauche est complètement paralysé et elle s'exprime avec difficulté. En fait, elle peut à peine parler.

— Je vous en prie, implorai-je. Puis-je la voir ?

— Je crains de ne pouvoir vous accorder que cinq minutes, dit-elle en fronçant les sourcils. Mais ce monsieur...

— C'est mon fiancé. Grand-mère ne l'a jamais vu, je voulais le lui présenter, improvisai-je.

Elle se dérida instantanément, s'effaça devant nous et nous désigna le box de Grand-mère Cutler. Nous pouvions déjà la voir par la paroi vitrée, forme rigide avec une aiguille à perfusion plantée dans le bras, près du moniteur cardiaque dont l'écran clignotait. Je remerciai l'infirmière et nous nous approchâmes de la petite chambre de verre.

Couchée dans son lit d'hôpital, avec le drap remonté jusqu'au cou, Grand-mère paraissait nettement moins redoutable. Elle était réduite à sa vraie taille, et même diminuée, ratatinée, pâle et vieillie, l'ombre de ce qu'elle avait été. Ses cheveux raidis entouraient d'un halo blanc bleuté son visage cendreux, aux paupières étroitement closes. À part cela, tout ce qu'on voyait d'elle était son bras gauche où s'enfonçait l'aiguille, et la main aux longs doigts crispés comme des serres. À son poignet et sur ses tempes, un fin réseau violet saillait sous sa peau parcheminée.

J'aurais dû éprouver de la pitié, même pour elle, si l'image de mon bébé enveloppé dans sa couverture n'avait soudain surgi dans mon esprit. Sous son drap, la silhouette menue de Grand-mère Cutler n'était guère plus imposante que celle d'une enfant, et cette pensée fugitive réveilla mon douloureux désir de tenir mon bébé dans mes bras. Cette femme savait où se trouvait ma petite fille. Il fallait qu'elle me le dise.

Je fis un pas vers le lit, seule. Jimmy resta discrètement près de la porte.

— Grand-mère Cutler ! (Ses paupières battirent, mais sans se soulever.) Grand-mère Cutler, c'est moi, Aurore. Ouvrez les yeux !

Cette fois encore, ses paupières frémirent comme si elles résistaient à l'injonction qui leur était faite de s'ouvrir, puis elle céda. Elle leva les yeux sur moi, le visage toujours figé. Seul, un tressaillement agita le coin de sa lèvre. Ses prunelles avaient perdu leur éclat de métal glacé.

— Où avez-vous envoyé mon bébé ? Vous devez me le dire. Votre sœur m'a traitée de façon ignoble, elle m'a torturée pendant des mois. Et vous saviez qu'elle agirait ainsi, j'en suis sûre. Elle a même essayé de me faire faire une fausse couche, mais j'ai mis au monde un enfant magnifique et en pleine santé. Malgré toutes vos manœuvres, vous n'avez pas pu empêcher cela. Ma petite Christie est superbe. Vous n'aviez pas le droit de me l'enlever, encore moins de la donner à d'autres grâce à je ne sais quels arrangements. Où est-elle ? *Vous devez me le dire*.

Le tressaillement de sa bouche s'accéléra : ses lèvres tremblèrent.

— Je sais que vous êtes gravement malade, mais c'est peut-être le moment d'accomplir une bonne action. Je vous en prie, implorai-je d'une voix radoucie, dites-le-moi.

Sa bouche s'ouvrit et se referma sans émettre un son, mais je vis sa langue remuer.

— Vous avez déjà commis le même crime autrefois, Grand-mère Cutler. Je vous en supplie, ne recommencez pas. Ne laissez pas mon enfant grandir dans le mensonge, auprès de gens qui ne sont pas ses vrais parents. J'ai besoin d'elle et elle a besoin de moi. Moi seule peux lui donner l'amour qu'elle mérite et l'aider à réussir sa vie. Vous *devez* me dire où elle est !

Elle faisait des efforts de plus en plus violents pour parler, sa tête allait et venait sur l'oreiller. Sur l'écran du moniteur, le tracé lumineux vacilla et adopta un rythme plus rapide.

— S'il vous plaît, suppliai-je. S'il vous plaît.

À nouveau, elle ouvrit et referma la bouche, mais cette fois il en sortit quelques sons. Je m'agenouillai tout près d'elle et approchai mon oreille de ses lèvres.

Tout d'abord, je ne perçus qu'une sorte de gargouillis, d'où émergèrent enfin quelques mots.

Elle les articula, ferma les yeux, se détourna, et le moniteur fit entendre un long couinement aigu et monotone.

— Pourquoi ? m'écriai-je. *Pourquoi ?*

Un autre cri répondit au mien : l'infirmière entra en coup de vent dans le box.

— Que se passe-t-il, ici ?

Elle se rua vers le lit, saisit le poignet de Grand-mère Cutler, le lâcha au bout de quelques secondes, pressa un bouton et revint précipitamment vers la porte.

— Le signal est dans le bleu ! lança-t-elle à l'intention de la surveillante.

Et sans transition elle se tourna vers nous :

— Dehors, vous deux !

— Elle va peut-être revenir à elle ? plaidai-je, contre toute vraisemblance.

— Non. Vous ne pouvez pas rester.

Je baissai les yeux vers le visage rabougri de Grand-mère Cutler : on aurait dit un pruneau desséché. Rien à faire. Ma frustration fut telle que je m'enfuis plus que je ne sortis du service, Jimmy sur mes talons, tandis que l'unité de soins intensifs entrait en action.

— Tu es dans un de ces états ! s'exclama-t-il quand nous nous retrouvâmes dans le couloir. Qu'est-ce qu'elle t'a dit ?

— C'était dur à entendre.

Je me laissai tomber sur une banquette et il s'assit à mes côtés.

— Mais quoi ? Parle, voyons ! Qu'est-ce qu'elle a dit ?

— Juste quelques mots : « Tu es ma malédiction. »

— Toi ? Sa malédiction ? Je n'y comprends rien.

— Moi non plus, me lamentai-je, et je fondis en larmes.

Jimmy m'entoura de son bras et me serra contre lui, mais j'étais inconsolable.

— Elle va mourir et emporter son secret dans la tombe, Jimmy. Elle me hait assez pour cela, et je ne sais pas pourquoi. Qu'est-ce que nous allons faire ?

Un médecin passa en trombe devant nous, en direction de l'unité de soins intensifs. Dix minutes plus tard, il en ressortait, beaucoup plus lentement et en compagnie de l'infirmière du service. Elle nous aperçut et s'approcha en secouant la tête.

— Je suis désolée, dit-elle simplement. C'est fini.

— Oh, Jimmy !

J'enfouis mon visage entre mes mains et laissai couler mes larmes. Elles m'aveuglaient, je ne voyais plus rien de ce qui m'entourait, tout se réduisait à une tache mouvante et floue. Ce n'était pas pour Grand-mère Cutler que je pleurais, jamais je ne le pourrais. Je pleurais pour l'enfant que j'avais perdue, et peut-être pour toujours.

Jimmy dut m'aider à me lever et me soutenir pour sortir de l'hôpital. Je ne sentais plus le sol sous mes pieds.

Quand nous arrivâmes à l'hôtel, tout le monde savait déjà. Mme Hill et son assistante sanglotaient à petit bruit derrière leur comptoir. Quelques jardiniers s'étaient rassemblés sur la galerie et s'entretenaient à voix basse. Dans un coin du hall, je reconnus quelques serveurs et leur adressai un signe de tête, qu'ils me rendirent. L'hôtel avait déjà pris le deuil.

— Et si j'allais voir ma mère, Jimmy ? Elle sait peut-être quelque chose.

— Entendu, je t'attends ici.

Je pris le chemin de l'aile réservée à la famille, mais au milieu du corridor qui y menait, je m'immobilisai. Des sanglots étouffés me parvenaient du salon. J'y jetai un coup d'œil et découvris Mme Boston, la fidèle gouvernante noire de la famille, affalée sur le divan.

— Aurore ! s'exclama-t-elle en levant sur moi un visage larmoyant, vous arrivez trop tard. On vous a dit, pour ce grand malheur ?

— Oui.

— Qu'est-ce qu'on va devenir sans elle, nous autres ? Et ce pauvre M. Randolph qui est là comme une âme en peine, il fait mal à voir.

— Comment va ma mère, madame Boston ?

— Votre mère ? Ma foi, je n'ai pas mis les pieds là-haut depuis que M. Randolph est descendu. Il est monté pour la prévenir il n'y a pas une demi-heure, et quand il est revenu on aurait dit que le ciel lui était tombé sur la tête. Il ne pouvait plus parler, le pauvre. Il m'a juste regardée, on s'est mis à pleurer et il est parti je ne sais pas où. Moi je suis venue m'asseoir ici.

— Je vais voir ma mère, décidai-je.

Sur le point de m'engager dans l'escalier, je lançai un bref coup d'œil vers un certain petit couloir. C'était là-bas, dans une minuscule chambre du fond, que Grand-mère Cutler m'avait reléguée comme une parente pauvre. Et pourtant, ceux qui travaillaient pour elle, Mme Hill, Mme Boston ou même Nussbaum, le chef cuisinier, la tenaient en haute estime. Et sa dureté, sa cruauté, ils ne la voyaient pas ? Admirer quelqu'un pour sa compétence et sa réussite, je comprenais. Mais la compassion, l'humanité, qu'est-ce qu'ils en faisaient ? Là, je ne comprenais plus.

La porte des appartements de ma mère était fermée. Je l'ouvris sans bruit et entrai dans le salon, qui me parut aussi inhabité qu'à l'ordinaire. Rien n'avait changé depuis mon départ, sauf un détail : il n'y avait plus de partition sur le pupitre du piano, et le couvercle était rabattu. La chambre, par contre, était entrouverte et j'allai y frapper.

— Oui ? fit la voix de Mère.

Je poussai le battant et m'avançai dans la pièce.

Je m'attendais à trouver Laura Sue dans son grand lit, renversée sur ses oreillers moelleux, comme toujours. Eh bien non : assise à sa coiffeuse, elle brossait avec soin ses longs cheveux d'or, étalés sur ses épaules en vagues soyeuses. Elle tourna la tête d'un geste plein de grâce et attacha sur moi le regard innocent de ses yeux d'azur. Jamais je ne l'avais vue aussi belle. Son teint de porcelaine éclatait de fraîcheur et elle respirait le bien-être et la joie.

Elle portait un de ses ravissants déshabillés roses et, naturellement, des bijoux. Pendants d'oreilles en diamants et médaillon en cœur, son préféré, niché au creux des seins. Quand elle me vit, une lueur de surprise s'alluma dans ses yeux et elle me gratifia d'un sourire affable.

— Aurore ! J'ignorais que tu devais venir aujourd'hui ! Randolph aussi, sans doute, sinon il m'aurait prévenue.

— Je te croyais à nouveau malade, Mère, rétorquai-je sans ménagement. Très, très, très malade.

— Oh, mais je l'étais ! Et même terriblement, cette fois. Une... une allergie épouvantable. Heureusement, elle a fini par céder et quitter mon pauvre corps épuisé, commenta-t-elle en secouant ses boucles blondes.

— Je ne te trouve pas si épuisée que ça, Mère.

Sourire et candeur s'envolèrent. Les yeux de Laura Sue se durcirent.

— Tu n'as jamais montré beaucoup de compassion pour moi, Aurore. Je suppose que je ne dois pas y compter, malgré les épreuves atroces que je viens de subir.

— Les épreuves que *tu* viens de subir ? Et moi, alors ? Sais-tu où j'étais ces derniers mois, Mère ? T'es-tu inquiétée une seule fois de savoir si j'étais morte ou vivante ? Eh bien, réponds !

— Comme on fait son lit, on se couche, Aurore. N'essaie pas de rejeter le blâme sur quelqu'un d'autre, et surtout pas sur moi. Je ne le supporterais pas. Plus maintenant. Plus jamais, insista-t-elle avec emphase en relevant le menton. Tu l'ignores peut-être encore mais Grand-mère Cutler, Dieu ait son âme... Grand mère Cutler vient de mourir.

— Je sais, Mère. J'arrive de l'hôpital. Jimmy et moi étions à son chevet quand elle est morte.

— Vous y étiez ? Toi et Jimmy ? Tu veux dire, ce garçon...

Son petit nez se fronça de dégoût.

— Oui, Mère, ce garçon-là. Dieu merci, il est arrivé à temps pour me tirer des griffes de cette horrible Emily, la sœur de Grand-mère Cutler, et me délivrer de cet enfer.

— Emily, articula Mère avec une grimace de dédain. Je ne l'ai vue qu'une fois, celle-là. Elle ne m'a jamais aimée et je ne l'aimais pas davantage. Une femme épouvantable, je te l'accorde.

— Alors comment avez-vous pu laisser Grand-mère Cutler m'envoyer chez elle ?

— Franchement, Aurore, nous n'avions pas le choix !

me lança-t-elle sur un ton excédé. Après la façon dont tu t'étais conduite... Mais on dirait que ton problème est résolu, et tu n'as pas l'air de t'en porter plus mal. Tu as retrouvé ta silhouette, j'en suis ravie.

— Mon problème ? Tu ne sais pas ce que j'ai enduré, Mère. Elle m'a torturée, traitée comme une esclave. Elle a tenté de me faire faire une fausse couche, c'est une femme ignoble, un monstre !

Je criais presque, mais Mère n'en parut pas autrement émue. Elle se retourna tranquillement vers son miroir.

— Bon, mais tout cela est fini, Aurore, et Grand-mère Cutler est morte. Tu peux revenir à l'hôtel et...

— Tu ne me demandes pas de nouvelles de mon enfant, Mère ? Tu ne t'inquiètes pas pour lui ?

Elle pivota sur son siège et m'accorda un peu d'attention.

— Quelle raison aurais-je de m'inquiéter, Aurore ? Franchement, que souhaites-tu m'entendre demander ?

— Si mon enfant est en vie, pour commencer. Si c'est un garçon ou une fille. Et surtout, où il est. À moins... à moins que tu ne le saches déjà, ajoutai-je, pleine d'espoir.

— Je ne sais rien du tout sur ce bébé sinon qu'on t'a expédiée à Grand Prairie pour accoucher discrètement, sans attirer le scandale sur la famille et ça, je pouvais difficilement m'y opposer. Tu aurais pu faire un peu plus attention, quand même ! Enfin, maintenant tout est fini...

— Non, Mère, tout n'est pas fini. Ma petite fille est en vie et je veux savoir où elle est !

— Inutile d'élever la voix. Je ne supporterai plus qu'on me parle sur ce ton, ni toi, ni personne. La reine mère est morte et je ne recevrai plus jamais d'ordres, tu m'entends ?

Elle aussi avait élevé la voix, puis elle se reprit et me sourit.

— Sois raisonnable, Aurore. Tu peux être heureuse toi aussi maintenant ; tout comme moi. Tu reprendras ta place dans la famille et...

— Mère, intervins-je avec douceur, sais-tu qui est venu chercher ma petite fille, juste après sa naissance ? Grand-mère Cutler ne t'en a pas parlé ? Si tu le sais, dis-le-moi, je t'en supplie.

— Je ne lui ai jamais posé de questions là-dessus, Aurore. Tu la connaissais : elle prenait toujours tout en main. Je ne serais pas étonnée qu'elle ait déjà commencé à mener le bon Dieu lui-même à la baguette et qu'il ait dû la chasser du paradis !

Mère éclata de rire et se retourna vers son miroir.

— Mais qu'est-ce que je raconte ? Cette sorcière doit déjà rôtir en enfer, à sa vraie place ! acheva-t-elle avec férocité.

— Mais mon bébé, Mère...

— Voyons, Aurore, tu ferais mieux de l'oublier ! Ton amant t'a laissé tomber, non ? Alors pourquoi vouloir garder son enfant ? Et puis, pense aux conséquences. Quelles chances te resterait-il de faire un mariage convenable ? Aucun beau parti ne voudrait de toi. Aucun homme comme il faut n'ira s'embarrasser d'une jeune personne avec un enfant, surtout celui d'un autre.

— Est-ce pour cela que tu t'es si facilement débarrassée de moi, Mère ?

— La situation était tout à fait différente, Aurore. Et tu ne vas pas remettre sans arrêt cette histoire sur le tapis ! Estime-toi heureuse de t'en tirer si bien, reprit-elle d'une voix lasse où pointait la colère. Grand-mère Cutler avait ses méthodes, mais en tout cas elle t'a évité le pire. Tout est rentré dans l'ordre, personne n'a besoin d'être au courant, et toi tu peux repartir de zéro.

Elle se pencha vers le miroir et passa le doigt sur ses sourcils.

— J'ai encore tant de choses à faire avant les funérailles ! J'ai horreur des enterrements, d'abord. Le noir vous fait le teint jaune et si on a le malheur de sourire, les gens sont choqués. Ce n'est pas moi qui ferai des grimaces pour leur faire plaisir, en tout cas. Ça donne des rides. Heureusement, je me suis trouvé un amour de petite robe noire quand nous sommes venus te voir à New York. Un peu habillée, peut-être...

Elle réfléchit un moment.

— Non, je crois que ça ira. Il faudra que j'en impose, tu comprends, il y aura tellement de gens qui viendront présenter leurs condoléances à Randolph. Je dois jouer mon rôle de belle-fille et de petite femme courageuse, et les accueillir dignement. Quant à toi...

« Je crois que tu devrais t'acheter une toilette de circonstance, Aurore chérie. Philippe et Clara Sue vont arriver du collège et vous ferez un joli tableau de famille, tous les trois.

— Mère, tu n'as donc rien entendu de ce que je t'ai dit ? J'ai eu une petite fille, et on me l'a prise.

Laura Sue se leva pour gagner son lit.

— J'aimerais me reposer, maintenant. Je ne tiens pas à avoir un teint de papier mâché, ce qui ne servirait à rien ni à personne, d'ailleurs. Les gens se font de moi une certaine image et je ne peux pas les décevoir.

Elle se faufila sous les couvertures, poussa un long soupir et se renversa au creux des oreillers.

— Rends-toi compte, Aurore : je suis la dame du manoir, maintenant. Je suis la reine. C'est merveilleux, non ?

— Tu t'es toujours considérée comme telle, répliquai-je. En pensée, tu as toujours été la reine.

Là-dessus, je la quittai, plus dégoûtée d'elle que je ne l'avais jamais été.

— Eh bien ? s'enquit Jimmy, qui se leva dès qu'il me vit approcher.

— Elle ne sait rien et ne veut rien savoir. Elle ne pense qu'à jouer son rôle de nouvelle reine de Cutler's Cove, un point c'est tout. Oh, Jimmy ! Qu'est-ce que nous allons faire ?

— Inutile de parler à Randolph, réfléchit-il à haute voix. Par contre... si nous allions faire un tour dans le bureau de ta grand-mère ? Nous pourrions trouver une piste, qui sait ?

— Dans son bureau ?

Je coulai un regard apeuré du côté de la pièce en question. Grand-mère Cutler était morte et la seule idée d'entrer chez elle sans permission m'épouvantait. Elle avait exercé un tel pouvoir de son vivant, surtout dans cet hôtel. Ici, tout portait sa marque, tout et tout le monde. On la sentait toujours présente et toute-puissante.

— Je ne vois pas d'autre solution, avoua Jimmy.

Mon cœur battait à tout rompre, mais je me dominai.

— Très bien, il faut ce qu'il faut. Nous voulons retrouver ma fille, non ? Alors, allons-y.

Je saisis la main de Jimmy et, d'un pas résolu, nous prîmes le chemin du bureau de Grand-mère Cutler.

18

Retour de bâton

Devant la porte, toutefois, j'hésitai. Les deux petits mots peints à même le bois : *Mme Cutler*, me firent l'effet d'un signal clignotant, lourd de menaces. Mes doigts se crispèrent sur la poignée de céramique. Quelques secondes s'écoulèrent, puis Jimmy me posa la main sur l'épaule.

— Si ta mère ne sait rien et Randolph non plus, c'est le seul moyen. Nous ne sommes pas des voleurs, tout de même !

J'inclinai la tête sans mot dire et tournai le bouton. Tout d'abord, nous ne vîmes ni l'un ni l'autre que la pièce avait un occupant. Les rideaux étaient tirés, et la lampe de bureau, abat-jour baissé, ne projetait qu'un petit rond de clarté sur la table de travail. Un parfum de lilas flottait partout, aussi vivace que si Grand-mère Cutler en personne se trouvait là. Pendant un moment, je crus même la voir à sa place habituelle, levant sur moi son regard haineux, aussi impitoyable qu'au premier jour.

Jimmy me pressa doucement l'épaule et quand je me tournai vers lui, il m'indiqua le canapé d'un geste du menton. Ce fut alors que j'aperçus Randolph, assis là dans une immobilité de mannequin, les yeux fixes et comme emplis d'ombre. Notre entrée ne parut pas le surprendre le moins du monde : on aurait dit qu'il s'y attendait.

— Je ne peux pas me faire à l'idée qu'elle soit partie pour de bon, énonça-t-il d'une voix lente. Quand je pense qu'avant-hier elle parlait de redécorer le salon !

« Elle savait très exactement de quand datait le mobilier

actuel, vous vous rendez compte ? Elle pouvait vous dire le jour précis où elle avait acheté telle ou telle chose, même... (il eut un sourire attendri) même un paquet d'épingles. Quelle maîtresse femme ! La meilleure femme d'affaires de tout l'État, ça j'en suis sûr. Et maintenant...

Il poussa un profond soupir et contempla le bureau d'un œil morne.

— Plus rien ne sera comme avant. Plus jamais. À quoi bon continuer sans elle ? J'ai envie de tout envoyer promener et d'attendre la fin.

— Elle n'aimerait pas t'entendre parler comme ça, Randolph. Elle serait extrêmement déçue.

Son regard conserva son expression désolée, mais il parvint à me sourire. Il parut même retrouver un peu de sa présence d'esprit.

— Tu as raison, Aurore. Quel curieux hasard que tu sois revenue justement aujourd'hui !

J'allai vivement m'asseoir à ses côtés.

— Cela n'a rien d'un hasard, Randolph. Tu sais certainement ce qui m'est arrivé à New York, et pourquoi on m'a envoyée à Grand Prairie, chez Emily. Tu le sais, n'est-ce pas ?

— Tante Emily, dit-il d'une voix rêveuse. Je ferais mieux de la prévenir tout de suite. Je serais surpris qu'elle et Charlotte fassent le voyage pour assister aux funérailles, remarque. Mais il faut bien lui dire que sa sœur est morte.

— La nouvelle va lui briser le cœur, persiflai-je.

Mais le sarcasme échappa totalement à Randolph, et je repris mes travaux d'approche.

— Randolph, tu savais que j'étais là-bas, n'est-ce pas ? Et tu savais également pourquoi ?

— Oui, reconnut-il enfin, en cessant de fuir mon regard. Mère me l'a dit. Je suis navré pour toi, Aurore, mais c'est toi-même qui t'es mise dans cette situation. Tu as gâché toutes tes chances.

— Je sais, mais ce qui compte maintenant, c'est ma

petite fille. Elle est née à Grand Prairie et juste après sa naissance, Grand-mère Cutler a envoyé quelqu'un la chercher. Je veux qu'on me la rende.

— Qu'on te la rende ? répéta Randolph, tout décontenancé. Mais qui va te la rendre ?

Je lui saisis brusquement le poignet.

— Les gens à qui Grand-mère Cutler l'a donnée. Elle n'avait pas le droit de disposer de mon bébé. Aide-nous à la retrouver, je t'en prie.

Son désarroi fit soudain place à la terreur. Son regard dériva vers le fauteuil vide, puis revint se poser sur moi. On aurait vraiment dit qu'il s'attendait à voir sa mère surgir d'entre les morts pour le punir d'avoir osé me parler.

— Je ne sais pas...

— Réfléchis, mets-toi à sa place. Comment t'y serais-tu pris, toi ? Qui aurais-tu appelé ? Aide-moi !

— Il y a tant de choses à faire maintenant qu'elle n'est plus là, gémit-il. Le mieux serait de commencer par appeler son notaire, M. Updike. Il avait toute sa confiance et il ne doit pas être beaucoup plus jeune qu'elle, en fait. D'aussi loin que je me souvienne, c'est lui qui administre les biens des Cutler.

— M. Updike, dis-tu ?

Je louchai vers Jimmy, qui me répondit par un coup d'œil encourageant.

— C'est ça, confirma Randolph en se levant. Il faut que je l'appelle pour le prévenir, c'est un vieil ami de la famille.

Il contourna le bureau mais resta debout près du fauteuil : il n'aurait jamais osé s'y asseoir.

— Demande-lui s'il sait quelque chose à propos de mon bébé, tu veux bien ?

Jimmy vint me rejoindre sur le canapé et nous attendîmes en silence que Randolph ait composé le numéro. Dès les premiers mots, sa voix vacilla, puis il écouta longuement sans rien dire, en hochant la tête de temps à autre.

Je vis venir le moment où il allait raccrocher sans avoir parlé de mon enfant et je bondis sur mes pieds.

— Puis-je parler un instant au notaire, s'il te plaît ?

Il me dévisagea comme s'il avait oublié ma présence, puis me tendit le combiné.

— Monsieur Updike ?

— Moi-même, fit une voix profonde et vibrante. Qui est à l'appareil ?

— Je m'appelle Aurore, je suis...

— Je sais très bien qui vous êtes, mademoiselle. En fait, je m'apprêtais à appeler Randolph pour m'assurer que vous seriez présente à l'ouverture du testament.

— Je serais fort surprise de figurer sur le testament de Grand-mère Cutler, monsieur Updike. J'ai souhaité vous parler pour une tout autre raison. Auriez-vous connaissance des dispositions qui ont été prises concernant mon bébé ?

Une longue pause fit suite à ma question.

— Dois-je comprendre que vous n'avez pas donné votre consentement à cet arrangement ? demanda enfin le notaire.

— Oh non, monsieur. Absolument pas.

— Je vois. Et vous êtes en train de me dire que vous voulez reprendre cet enfant, c'est bien cela ?

— Oui, monsieur.

— Tout ceci est très regrettable, marmonna-t-il. Une bien triste histoire. Bon, laissez-moi un peu de temps. J'aurai des informations pour vous à la lecture du testament.

— Je veux mon bébé, insistai-je.

— Oui, oui, je comprends. Si Randolph est encore là, passez-le-moi, s'il vous plaît.

Je rendis le combiné à Randolph et rejoignis Jimmy sur le canapé.

— Alors ? s'enquit-il précipitamment. Il sait quelque chose ?

— Oui, et il a promis de m'aider. Nous devrons rester à l'hôtel quelques jours de plus, jusqu'à la lecture du testament. D'ici là, M. Updike aura fait les démarches nécessaires et enfin... enfin, ce sera fini !

Je poussai un long soupir et pris la main de Jimmy.

— Allez, viens ! Allons nous choisir une chambre.

— Tu crois que nous pouvons ? Je veux dire...

— Et qui nous en empêcherait ? m'égayai-je, souriant à la seule idée de revoir bientôt ma petite fille. D'ailleurs, si ma mère est reine, je suis princesse du sang !

Nous revînmes dans le hall, où Mme Hill nous remit la clé d'une des suites les plus luxueuses de l'hôtel, et Jimmy eut tôt fait d'y transporter ses bagages. Je ne pris même pas la peine de prévenir ma mère. Nous allâmes tranquillement dîner en ville. Mais en rentrant, nous eûmes la surprise de trouver Mère dans le hall, donnant ses ordres à quelques membres du personnel. En pleine possession de ses moyens, elle s'exprimait avec une autorité confondante. Quand elle eut réglé tous les détails concernant les jours à venir, elle nous rejoignit, radieuse.

— Alors, voici Jimmy ! s'exclama-t-elle en levant la main. La dernière fois que vous êtes venu, nous n'avons pas eu l'occasion de faire connaissance.

Faire connaissance ? À quoi rimaient ces simagrées ? Le séjour de Jimmy n'avait rien eu d'une visite mondaine ! Je n'en revenais pas. Et à la voir déployer tous ses charmes, j'en avais honte pour elle.

— Madame... balbutia Jimmy, complètement désarçonné.

Et quand elle eut compris qu'il n'avait pas l'intention de lui baiser le bout des doigts, elle retira sa main, sans cesser pour autant de le couver du regard.

— Vous vous êtes engagé, je vois ? J'adore les hommes en uniforme. Cela vous a une allure ! Je trouve ça très romantique, même si vous êtes dans un de ces affreux camps d'entraînement et non en guerre contre l'ennemi étranger. Et toutes ces décorations ! s'exclama-t-elle en effleurant les rubans qui ornaient sa veste. C'est ravissant.

Jimmy rougit jusqu'aux oreilles. Mère éclata de rire, caressa ses cheveux blonds et se retourna vers moi.

— Clara Sue et Philippe arriveront dans la soirée. Assez tard, précisa-t-elle. J'essaie de hâter la cérémonie afin qu'ils ne manquent pas l'école trop longtemps. L'année scolaire est presque finie, pour eux.

— Quelle délicatesse de ta part, Mère.

Je ne vis même pas changer son expression. Son sourire demeura plaqué sur son visage, tel un masque, et ce fut en souriant qu'elle enchaîna :

— Vous n'êtes pas obligés de prendre vos repas dehors, tous les deux. J'ai donné des ordres à la cuisine. La famille sera servie dans la salle à manger, comme d'habitude. Nussbaum assurera également les repas du personnel, et je pense que nous pourrons rouvrir aussitôt après les funérailles.

— Quelle efficacité, Mère ! Grand-mère Cutler serait très fière de toi.

Elle battit des cils mais sa belle assurance ne diminua pas, au contraire. Elle rayonnait. L'animation lui donnait des couleurs, elle vibrait d'excitation. Je ne l'avais jamais vue ainsi.

— Après les obsèques, dès que les gens seront partis, je veillerai à ce que Mme Boston déménage tous les effets personnels de Grand-mère Cutler. Tu pourras t'installer dans ses appartements, ma chérie.

— Ce ne sera pas nécessaire, Mère. Je n'ai pas l'intention de rester à Cutler's Cove.

— Tu n'as pas l'intention... Ne me dis pas que tu médites une nouvelle sottise, Aurore ! Pas maintenant qu'une pareille chance s'offre à toi. Tu ne peux pas être inconsciente à ce point-là !

Elle jeta un regard furtif à Jimmy et reprit sa plaidoirie.

— Imagine un peu la vie que tu pourrais mener ici. Tu

m'aideras à superviser la bonne marche des choses. Le soir, nous accueillerons les clients à l'entrée de la salle à manger, toutes les deux. Je t'achèterai de jolies toilettes et...

— Voyons, Mère, tu n'y penses pas ? Avec ta santé si fragile, crois-tu qu'il serait sage d'assumer un tel surcroît de responsabilités ?

Sous cette volée de flèches assassines, elle vacilla un court instant mais sauta l'obstacle. Son sourire s'élargit et elle se pencha pour m'embrasser sur la joue.

— Comme c'est gentil de t'inquiéter pour moi, Aurore ! Il n'est pas question de brûler les étapes, et c'est justement pourquoi ton aide me sera si précieuse, ma chérie. Tu seras mon bras droit, minauda-t-elle en faisant des grâces à l'intention d'un Jimmy effaré.

Plus elle battait des cils et roulait des épaules, et plus le malheureux s'évertuait à regarder ailleurs.

— Je crains qu'il ne soit un peu tard pour cela, Mère. Dès que je saurai où est mon bébé, Jimmy et moi nous en irons. Comme je n'ai pas encore dix-huit ans, tu pourras t'y opposer, bien sûr. Mais je ne crois pas que tu tiennes à faire un éclat en ce moment, et je serai bientôt majeure, de toute façon.

Le beau sourire de ma mère ne résista pas à l'épreuve.

— J'espérais que tu aurais tiré la leçon de cette pénible expérience, Aurore. Je vois que je me suis trompée. Tu n'as rien appris, sauf à faire souffrir ton entourage, et surtout moi. Mais pourquoi, gémit-elle d'une voix théâtrale, pourquoi ai-je pris la peine d'essayer de t'aider ?

Puis, renonçant au mélodrame, elle ajouta avec une détermination rageuse dont je ne l'aurais pas crue capable :

— Je crois que tu as raison, finalement. Pour toi, il est trop tard. Beaucoup trop tard ! Vous me faites pitié, tous les deux !

Là-dessus, elle s'éloigna dans un brusque envol de jupes et l'œil allumé de colère. Mais au milieu du hall, elle croisa le chef des chasseurs et sa fureur s'évanouit comme par enchantement : elle le gratifia de son plus délicieux sourire.

Un pareil voyage et l'expérience traumatisante de l'hôpital, c'était beaucoup pour une seule journée. Jimmy et moi montâmes nous coucher de bonne heure, à moitié morts de fatigue. Le lendemain, par contre, rafraîchis par une longue nuit de sommeil et une bonne douche, nous fûmes les premiers à descendre pour le petit déjeuner. J'avais oublié que Philippe et Clara Sue seraient là, arrivés tard dans la soirée. Ils entrèrent ensemble dans la salle à manger, précédant de peu Randolph et Mère. Le visage de Philippe s'éclaira, mais Clara Sue grimaça un rictus dédaigneux.

— Jimmy ! s'exclama Philippe. Comment vas-tu ? Tu as l'air en pleine forme.

Jimmy, qui s'était levé à l'entrée de Mère, serra la main qu'il lui tendait et se rassit aussitôt.

— Et toi, Aurore ? En beauté, comme toujours !

— Merci, Philippe.

Gênée par son regard insistant, je me hâtai de détourner le mien, et Clara Sue se laissa tomber sur sa chaise. Elle s'était contentée de nous fixer sans dire un mot, et n'ouvrit la bouche que pour demander un jus d'orange à un serveur. Mère se montra beaucoup plus aimable.

— Bonjour, nous salua-t-elle de sa voix chantante.

Elle avait dû passer une bonne nuit, elle aussi, à en juger par l'éclat de son teint. Elle avait même pris la peine de le rehausser par une touche d'ombre à paupières et un soupçon de rouge à joues. Une vraie poupée de porcelaine, et des plus exquises : la femme enfant dans toute sa splendeur. Mais ses yeux d'azur transparent auraient fait damner un saint, et elle connaissait leur pouvoir. Elle avait choisi ce matin-là une robe en soie bleu clair, dont la nuance paraissait se refléter dans ses prunelles.

Randolph, par contre, portait les mêmes vêtements que

la veille, en plus fripé. À le voir ainsi, pâle et défait, les yeux cernés, le dos voûté, l'idée me vint qu'il ne s'était sans doute pas couché. Je n'aurais pas été étonnée d'apprendre qu'il avait passé la nuit dans le bureau de Grand-mère Cutler.

— Je suis ravie de vous voir debout si tôt, tous les deux, dit Mère en prenant place à table.

Et comme Randolph restait debout, l'air absent, elle tapota le dossier de sa chaise et il s'assit à ses côtés. Il ne commanda que du café, mais l'appétit de Mère était miraculeusement revenu. Outre le café, elle se fit servir un jus d'orange et des œufs.

— Il faut bien prendre des forces, annonça-t-elle en saisissant un petit pain, la journée sera lourde. Randolph et moi nous rendrons au siège des pompes funèbres pour régler tous les détails de la cérémonie. Nous avons pensé qu'il serait tout indiqué, après le service religieux, que le cortège revienne à l'hôtel. Ainsi, Grand-mère Cutler pourrait franchir encore une fois le portail et recevoir les derniers adieux du personnel. Cela aurait de la classe, non ? s'enquit-elle de sa voix flûtée.

Philippe approuva, mais Clara Sue avala son jus de fruits sans répondre. Elle me fusilla du regard et, finalement, trouva le courage de passer à l'attaque.

— Il paraît que tu étais au chevet de Grand-mère, juste avant sa mort ?

— Et alors ?

— Tu as dû faire quelque chose pour aggraver son état, et ça l'a achevée. Elle n'a jamais pu te supporter.

— Clara Sue ! implora Mère de sa voix geignarde, pas de scène dès le petit déjeuner, je t'en supplie. Mes nerfs n'y résisteraient pas.

— Grand-mère n'avait pas besoin de moi pour aggraver son état, ripostai-je. Elle t'avait, toi.

Philippe éclata de rire et la chère Clara vira au cramoisi.

— En tout cas, moi, je n'ai pas été envoyée dans un

trou pour accoucher d'un bâtard ! De qui était-il, au fait ? siffla-t-elle en pointant le doigt vers Jimmy. De lui ? Mais j'y pense... peut-être ne sais-tu pas toi-même qui est le père ?

— Assez ! intervint rudement notre mère. Nous sommes une famille en deuil, ne l'oubliez pas.

Philippe baissa le nez sur la nappe, mais continua de sourire bêtement. Clara Sue croisa les bras et s'enferma dans un silence boudeur. Je cherchai le regard de Randolph, mais il semblait ailleurs, inaccessible. Sous la table, Jimmy me pressa doucement la main.

Après cela, Mère alimenta la conversation en se lançant dans une description détaillée des dispositions qu'elle avait adoptées pour les funérailles. Tout y passa, des fleurs choisies pour les couronnes au libellé des faire-part, y compris ses conseils à Nussbaum pour le buffet qui serait servi après la cérémonie.

— Naturellement, il faut que cet enterrement soit le plus somptueux qu'on ait jamais vu à Cutler's Cove, décréta-t-elle. Les gens n'en attendent pas moins.

Tel un pantin dont elle eût tiré les ficelles, Randolph approuvait chacun de ses propos d'un hochement de tête silencieux. Comme elle avait vite pris en main le gouvernement de Cutler's Cove ! Elle pouvait à peine dissimuler sa joie.

Elle accomplit ses préparatifs personnels avec délices, comme s'il se fût agi d'un gala. Et le jour venu, c'est en reine qu'elle descendit le grand escalier, drapée dans sa majesté comme si elle s'avançait à la rencontre de ses sujets. Elle resplendissait dans sa robe noire, au décolleté en V souligné de minuscules diamants. Toilette un peu osée pour la circonstance, à vrai dire, mais d'une élégance à couper le souffle. Manches courtes, taille cintrée, jupe plissée, un mélange d'audace et de simplicité on ne peut plus étudié. Avec cela, Mère portait sa plus prestigieuse rivière de diamants, les boucles d'oreilles assorties et l'un des châles en soie de Grand-mère, que Randolph avait été chercher sur sa demande.

Philippe et lui étaient en complet noir, et Clara Sue se pavanait dans une robe noire qui craquait aux coutures. Il avait fallu l'élargir à la taille et à la poitrine, et le personnel chuchotait qu'elle s'était montrée odieuse avec la couturière. Des propos indignés concernant les séances d'essayage étaient parvenus jusqu'à moi.

Pour ma part, cédant aux instances de Mère, j'avais été choisir (avec Jimmy) une petite robe toute simple à la boutique de l'hôtel. Et ce fut dans la voiture de Jimmy que nous nous rendîmes à l'église, derrière la limousine où avait pris place le reste de la famille.

Le ciel bas et couvert était triste à souhait, à croire que Grand-mère Cutler l'avait commandé tout exprès pour ses funérailles. Un vent froid soufflait de la mer, et l'océan lui-même semblait en deuil. Les crêtes blanches des vagues se soulevaient à peine, et le flot venait mourir sur la plage dans un bruissement étouffé, solennel.

Mère se vit exaucée : la cérémonie fut grandiose. Tout Cutler's Cove y assistait, l'église débordait, et pas un notable ne manquait à l'appel, dont un bon nombre de clients fidèles. Médecins, avocats, hommes d'affaires et personnalités politiques, tout ce qui comptait à la ronde était là. Et si tous les yeux nous suivirent quand nous allâmes prendre place au premier rang, j'eus l'impression que l'intérêt convergeait tout spécialement sur Mère.

Le cercueil se trouvait juste en face de nous, fermé comme l'avait décidé Mère. Le pasteur fit un long sermon sur les obligations morales des puissants de ce monde, et cita Grand-mère Cutler en exemple. Il montra comment elle avait fait usage de sa position, de sa fortune et de ses talents de femme d'affaires pour aider à construire la communauté et secourir les plus démunis, moins favorisés qu'elle par la Providence. Il conclut en déclarant qu'elle avait accompli la tâche qui lui avait été confiée par Dieu.

Randolph seul montra une émotion sincère. La tête

penchée sur la poitrine, il s'efforçait de ravaler ses larmes. À ses côtés, Mère conservait son imperturbable sourire et adressait de temps en temps un léger signe de reconnaissance à une personnalité importante de l'assistance. Quand elle le jugeait nécessaire, elle se tamponnait délicatement le coin de l'œil, en comédienne consommée, sûre de ses effets. Clara Sue semblait s'ennuyer, ni plus ni moins que d'ordinaire, et Philippe me décochait de temps à autre un coup d'œil complice et provocant. Puis, le service terminé, le cérémonial mis au point par Mère s'accomplit.

Le cortège suivit le corbillard jusqu'à l'entrée principale de l'hôtel et, du perron, le pasteur nous adressa quelques propos édifiants supplémentaires. Tout le personnel était rassemblé là, l'air morose et accablé. Du coin de l'œil, j'aperçus Sissy et sa mère, un peu en retrait. Oui, même Sissy, que Grand-mère Cutler avait renvoyée ! Quand elle m'aperçut à son tour, elle m'adressa un sourire amical.

Cette partie du programme achevée, nous passâmes à la suivante : le cimetière. La première chose que je vis, c'est que la pierre tombale qui portait mon nom, enfin mon soi-disant nom, avait disparu. Et je me sentis plus légère, comme si on m'ôtait un poids de la poitrine : maintenant, je pouvais me dire que tout cela n'avait été qu'un cauchemar.

Le pasteur lut quelques psaumes, nous invita à nous recueillir et cette fois, je priai. Je priai pour Grand-mère Cutler. Pour qu'elle comprenne enfin, là où elle se trouvait, tout le mal qu'elle avait commis par cruauté. Pour qu'elle s'en repente et pour que Dieu lui pardonne.

Était-ce un signe ? Une éclaircie s'ouvrit dans les nuages, un rayon de soleil tomba sur nous et l'océan parut reprendre vie. À nouveau, il refléta le bleu du ciel ; et les appels des mouettes, qui m'avaient semblé si lugubres ce matin-là, résonnèrent à mes oreilles comme des cris de joie.

Randolph, lui, était si égaré par le chagrin qu'il fallut

le soutenir pour l'aider à regagner la voiture. Mère exprima sa reconnaissance au pasteur pour « son merveilleux sermon » et l'invita à ce qui était censé être « une réunion entre amis de la chère disparue ».

Elle avait fait les choses en grand, et tout était prêt dans le hall. On se serait cru à une des célèbres soirées de l'hôtel, il ne manquait qu'un peu de musique. Des serveurs circulaient avec des plateaux de hors-d'œuvre et de boissons, et Nussbaum s'était surpassé. Le buffet dressé au fond de la grande salle occupait plusieurs tables où trônaient les spécialités du chef. Salades, canapés, pâtés, feuilletés et timbales d'un côté, fruits et desserts de l'autre. Le tout en grand apparat, selon les instructions précises de Mère.

Peu à peu, le murmure discret des premiers arrivants devint un brouhaha de plus en plus sonore, à mesure que le hall s'emplissait. Toute la famille se tenait à l'entrée pour accueillir ceux qui revenaient du cimetière, mais Randolph avait le plus grand mal à tenir son rôle d'hôte. Il dut aller s'asseoir et on lui apporta un verre de whisky, qu'il garda tristement à la main, comme s'il ne savait qu'en faire. De temps à autre, il tournait vers moi son regard hésitant et, comme s'il identifiait brusquement un visage de connaissance, il me souriait.

Je ne tardai pas à entendre le rire cristallin de Mère, qui escortait tour à tour vers le buffet les personnalités les plus en vue. Elle était partout à la fois, affairée, papillonnante, resplendissante, et suivie dans tous ses déplacements par un cortège d'admirateurs empressés.

Tard dans l'après-midi, les assistants commencèrent à se retirer et la plupart vinrent serrer la main que leur abandonnait mollement Randolph. Les plus âgés tentaient de le réconforter, surtout les vieilles dames. Certaines d'entre elles lui donnèrent l'accolade et ce fut seulement alors qu'il parut comprendre son malheur, comprendre enfin que tout ceci était vraiment arrivé.

Puis, quand il ne resta plus qu'une demi-douzaine de

personnes, un homme de haute taille au visage énergique s'approcha de Jimmy et de moi. Le teint légèrement hâlé, les cheveux blancs, il avait le front sillonné de rides et des pattes-d'oie marquaient le coin de ses yeux noirs, mais il émanait de lui une autorité naturelle et une fermeté peu communes. Même avant qu'il se fût présenté, j'avais deviné que je me trouvais en présence de M. Updike.

— J'ai pris contact avec les gens qui espéraient adopter votre enfant, m'annonça-t-il après nous avoir attirés à l'écart.

Puis il tira une enveloppe de sa poche et me la tendit.

— Voici leur adresse. Ils comptent recevoir votre visite dans les jours qui viennent. Ils sont très déçus, comme vous pouvez l'imaginer. On leur avait laissé entendre que vous étiez d'accord pour abandonner le bébé.

— On ne m'a même pas demandé mon avis, et je n'y aurais jamais consenti !

— Je vois. Tout ceci est très, très délicat, je m'en rends compte. Autre chose : je vais procéder à la lecture du testament d'ici une demi-heure, dans le bureau de Mme Cutler. Soyez-y.

— À ton avis, demanda Jimmy dès que le notaire nous eut quittés, qu'est-ce que ta grand-mère a bien pu te léguer ?

— Un seau et un balai ! répliquai-je instantanément.

Et à vrai dire, je ne m'attendais à rien de mieux.

M. Updike siégeait au bureau de Grand-mère Cutler, quelques feuillets et documents divers étalés devant lui. Randolph, Mère et Clara Sue avaient pris place côte à côte sur le canapé, Philippe à leur droite, sur une chaise. Jimmy et moi nous assîmes à leur gauche. Toutes les lampes étaient allumées, il faisait encore jour et malgré tout, la pièce me parut froide, grise et lugubre. La lumière elle-même y perdait son éclat.

Ma mère, par contre, brillait comme un soleil : je n'en

revenais pas. Les joues roses d'animation après ses performances de maîtresse de maison, elle vibrait de jeunesse et de fraîcheur, ses yeux jetaient des étincelles. Clara Sue, qui n'avait pas cessé de bouder pendant toute la journée, me criblait de regards meurtriers. Notre adorable mère paraissait à peine plus âgée qu'elle.

— Bien, commença M. Updike d'une voix grave et solennelle, puisque toutes les personnes dont la présence est requise sont réunies, je vais procéder à la lecture du testament et des dispositions prises, relativement à leurs biens et avoirs, par William et Liliane Cutler, tous deux décédés.

Mère fut la première à s'apercevoir que quelque chose allait de travers.

— Vous avez bien dit : William et Liliane, John ?

— Oui, Laura Sue. En ce qui concerne les instructions laissées par William, il reste en effet quelques points en suspens.

— Pourquoi ne pas les avoir réglés plus tôt, alors ? insista Mère.

— Un peu de patience, Laura Sue. La réponse se trouve dans ce document.

Ma mère perdit soudain son assurance et son sourire, mais Randolph parut ne rien remarquer. Jambes croisées, les yeux dans le vague, il semblait fixer non pas M. Updike mais une image lointaine et visible pour lui seul.

— Je commencerai donc par une lettre contenant les instructions de William B. Cutler, décédé, annonça le notaire.

Il affermit ses lunettes sur son nez et déplia le feuillet devant lui.

— « Cher John, ou toute personne concernée,

« Cette lettre contient mes dernières volontés qui prendront effet immédiatement après la mort de ma femme, Liliane. J'ai tenu à procéder ainsi afin d'éviter à cette dernière toute cause d'embarras pendant sa vie. »

À cet instant précis, Mère bondit de son siège et porta la main à sa gorge. M. Updike leva les yeux de son document.

— Je... je ne me sens pas bien. Il faut que j'aille m'étendre ! bégaya-t-elle en prenant la porte.

Son mari se leva, prêt à la suivre, mais le notaire intervint d'une voix ferme :

— Je vous conseille de rester, Randolph.

— Mais... Laura Sue...

— Ne vous inquiétez pas pour elle, rétorqua l'homme de loi avec un geste désinvolte de la main. Poursuivons.

Randolph se rassit, l'air à la fois inquiet et effaré, et M. Updike reprit sa lecture.

— « Il n'est pas en mon pouvoir de réparer mes torts, et j'en suis conscient, mais je ne puis accepter que mes péchés retombent sur l'innocent. C'est pour ce motif que je reconnais, par la présente, être le père du second enfant de ma bru. Ma seule excuse, si c'en est une, est d'avoir succombé aux désirs charnels qui tourmentent les hommes depuis Adam et Ève. Moi seul mérite le blâme.

« C'est pourquoi je décide par la présente qu'à la mort de ma femme soixante pour cent de mes propriétés de Cutler's Cove reviendront à cette enfant puînée, à savoir la demi-sœur de mon fils, laquelle pourra en disposer dès l'âge de dix-huit ans ; et que les quarante pour cent restants, jusque-là réservés à ma femme, seront distribués ainsi qu'elle en a disposé dans son testament. »

M. Updike releva les yeux et, pendant un instant, tout le monde resta figé, comme si un éclair venait de traverser la pièce et que nous guettions le bruit du tonnerre. Tous les visages arboraient la même expression incrédule, même le mien. Randolph n'arrêtait pas de secouer la tête. La pomme d'Adam de Philippe montait et descendait comme s'il venait d'avaler une grenouille. Et finalement, Clara Sue fondit en larmes.

— Je ne peux pas le croire ! glapit-elle en se martelant la cuisse à coups de poing. Je ne peux pas ! C'est impossible !

— Ces décisions ont été enregistrées devant témoins et légalisées par acte notarié, déclara tranquillement M. Updike. J'ai moi-même servi de témoin à cet acte il y a de longues années de cela, et son authenticité ne saurait être mise en question.

— Papa, hurla Clara Sue en secouant l'épaule de Randolph, dis-lui que ce n'est pas vrai ! Dis-lui que c'est un mensonge !

Il baissa la tête, accablé, et elle se retourna vers le notaire.

— Et pourquoi devrait-elle recevoir autant ? C'est une bâtarde !

— Ce sont les volontés de votre grand-père. Et c'étaient également ses biens, permettez-moi de vous le rappeler. Il en a disposé comme bon lui semblait.

— Mais elle ne fait pas partie de la famille ! beugla Clara Sue, hors d'elle. C'est une... une pièce rapportée, voilà ce qu'elle est ! Un sale chiffon cousu sur un vêtement neuf !

— Pas du tout, riposta Philippe avec un sourire amusé. Aurore est ta demi-sœur, et ta tante par-dessus le marché.

— C'est de la triche ! Je ne le crois pas, ça ne tient pas debout ! rugit ma tendre sœur en bondissant vers la porte.

Arrivée là, elle se retourna vers moi, les traits convulsés de haine.

— Je te déteste ! Je ne te laisserai pas t'en tirer comme ça, tu m'entends ? Je ne te laisserai pas me voler ce qui m'appartient. Tu me le paieras, c'est moi qui te le dis !

La porte claqua derrière elle et Philippe demanda tranquillement :

— Et le testament de ma grand-mère ?

— J'y arrive, répondit M. Updike. Elle laisse différentes choses à diverses personnes, mais sa part de l'hôtel revient à votre père.

Randolph restait tassé sur lui-même, effondré. Avait-il toujours connu la vérité ? Était-ce pour cela qu'il en était arrivé là ? Pour lui, la question se posait mais pour Grand-mère Cutler, le doute n'était plus permis. Elle avait toujours su. Je comprenais maintenant pourquoi elle me haïssait tant, pourquoi elle m'avait parlé ainsi sur son lit de mort. Et malgré mon ressentiment, tout au fond de moi, je la plaignais. Mais je n'éprouvais rien de tel envers ma mère, par exemple. Bien au contraire ! Je me levai d'un air décidé.

— Monsieur Updike, puisque ma présence n'est plus nécessaire...

— Oui, naturellement. Vous êtes libre. Je resterai en contact avec vous pour la signature des documents.

— Je vous remercie, dis-je en tournant les talons.

Mais je ne sortis pas tout de suite et m'approchai de Randolph, qui leva vers moi des yeux voilés de larmes. Je lui posai la main sur l'épaule avec tendresse.

— J'aurais voulu, hoqueta-t-il d'une voix éteinte, j'aurais voulu... que tu sois vraiment ma fille.

Je l'embrassai sur la joue et me hâtai de quitter le bureau, Jimmy dans mon sillage.

— Eh bien ! s'exclama-t-il dès que nous nous retrouvâmes de l'autre côté de la porte. Pour une fille qui n'avait pas de quoi manger, en voilà un héritage !

— Je l'échangerais sans hésiter contre une vie normale, si c'était possible.

Il eut un hochement de tête compréhensif.

— Bon, allons chercher Christie.

— Attends-moi dans la voiture, Jimmy, je te rejoins tout de suite. Il faut d'abord que je parle à ma mère.

Je montai directement chez Mère où j'entrai sans frapper, pour marcher droit à sa chambre. Je la trouvai naturellement sur son lit, mais à plat ventre, cette fois : elle sanglotait dans ses oreillers de plume.

— Pourquoi ne m'as-tu jamais dit la vérité, Mère ?

— C'est tellement gênant ! larmoya-t-elle. Quel besoin avait-il d'écrire cette horrible lettre et de mettre tout le monde au courant ?

— Il ne voulait pas mourir avec ce poids sur la conscience, Mère. La conscience, tu sais ce que c'est ? Cette chose qui te tourmente quand tu trompes ceux que tu es censée aimer. Quand tu leur mens et que tu les blesses, trop égoïste pour te soucier du mal que tu leur fais, même s'il s'agit de la chair de ta chair.

— Arrête ! cria-t-elle en plaquant les mains sur ses oreilles. Je ne veux pas entendre parler de ça !

— Qu'est-ce que tu ne veux pas entendre ? La vérité ? Tu n'as jamais pu la supporter, n'est-ce pas, Mère ? Jamais ! Voilà donc pourquoi tu as laissé Grand-mère Cutler monter cette comédie de kidnapping : elle savait qui était mon père, c'est ça ? Eh bien, dis-le ! Elle savait ?

— Oui, avoua-t-elle. *Oui, oui, oui !*

— Et voilà pourquoi elle me haïssait au point de ne pouvoir supporter ma vue, n'est-ce pas ? *N'est-ce pas ?*

Pièce à pièce, impitoyablement, je m'acharnais à reconstituer le puzzle.

— Oui, geignit-elle, cette femme me détestait à cause de ce que William avait fait. Elle voulait me faire souffrir, pour se venger.

— Et tu l'as laissée me chasser, Mère. Tu l'as laissée me persécuter quand je suis revenue, parce que je lui rappelais ta liaison avec Grand-père Cutler. Tu l'as laissée faire, Mère. Sans essayer une seule fois de m'aider, pas une seule !

Elle tourna vers moi un visage tuméfié, sillonné de larmes.

— Si, j'ai essayé. J'ai fait ce que j'ai pu.

— Tu n'as rien fait du tout, Mère. Tu l'as laissée m'humilier. Tu as permis qu'elle fasse graver une pierre tombale à mon nom, comme si j'étais morte. Que je devienne son esclave. Qu'elle m'envoie chez son abominable sœur pour y être torturée à plaisir. Tu as tout permis... Pourquoi ? *Pourquoi ?*

Je hurlai, dévorée de frustration, rongée par tant de

questions demeurées sans réponse. Toute ma vie, j'avais été manipulée comme un pion par des joueurs sans scrupules, dans un jeu que je n'avais pas choisi. Je répondis moi-même à ma question.

— Parce que tu avais peur, voilà pourquoi. Peur qu'elle ne révèle la vérité. Et la vérité, c'est que tu as séduit son mari.

— Non !

— Non ? Je ne suis pas aveugle, Mère. Je t'ai vue aguicher les hommes, même Jimmy. C'est dans ta nature. Je suis sûre que la fable que vous m'avez laissé croire, cette histoire de chanteur itinérant, n'était pas totalement inventée. Tu as dû avoir des tas d'amants, n'est-ce pas ? Réponds !

— *Arrête !*

— Je n'éprouve plus aucune pitié pour toi, Mère. Je te méprise. Tu as fait tant de mal autour de toi que si tu avais une conscience, elle t'aurait déjà tuée.

Elle essuya ses larmes d'un geste puéril, en passant les deux mains sur les joues, et sa voix prit ce ton enfantin dont elle jouait si bien.

— Aurore, tu as raison d'être en colère, je ne t'en veux pas d'être si fâchée contre moi. J'aurais dû faire plus de choses pour t'aider, mais j'avais peur d'elle. C'était un vrai tyran, tu sais ? Je regrette, je regrette tellement ! Mais maintenant, c'est fini, n'est-ce pas ? J'ai demandé pardon.

Elle retrouva subitement le sourire et poursuivit :

— Tu vas être très riche et il y a l'hôtel à diriger. Randolph ne te sera d'aucune utilité, il n'a jamais servi à rien. Mais nous pouvons être amies et travailler ensemble, comme une mère et une fille. J'adorerais ça, Aurore, pas toi ? Je t'ai toujours aimée, tu sais. Je le jure. Il faut que tu me croies. Je t'aiderai et toutes les deux nous ferons de cet hôtel un véritable...

— Pour l'instant, Mère, la seule chose qui m'importe, c'est d'aller rechercher ma petite fille. Et ne t'imagine pas que l'argent va tout arranger. Quant à cet hôtel... même s'il brûlait jusqu'à la dernière pierre, ça me serait bien égal ! lançai-je en lui tournant le dos.

J'étais déjà dans le salon quand je l'entendis crier :

— Tu changeras d'avis, Aurore, crois-moi ! Quand tu seras calmée, tu verras les choses autrement et alors, tu auras besoin de moi. Oui, tu auras besoin de moi...

Coupant court à ce flot de menaces plaintives, je claquai la porte et me précipitai dans l'escalier. Je ne m'arrêtai de courir qu'une fois sur le perron, pour respirer à longues bouffées. Quand j'eus repris haleine, je levai la tête vers le ciel immense, dégagé jusqu'à l'horizon où s'effilochaient les derniers nuages. Tout ce bleu si profond et si pur au-dessus de moi me rendit songeuse.

Dieu ne pouvait pas avoir voulu tout cela. Il n'intervenait pas dans nos misérables comédies humaines. Nous seuls en tissions la trame, avec nos convoitises, notre égoïsme, nos désirs coupables. Les riches et les puissants s'entre-dévoraient comme des cannibales, et tant pis pour les perdants ! Puis, à l'image de Mère calfeutrée dans son luxueux appartement, ils s'efforçaient d'agir comme si rien de grave ni d'important n'avait eu lieu. C'était tout simplement ignoble, méditai-je sombrement. Aucune punition ne serait assez dure pour eux !

— Hé ho ? appela Jimmy de la voiture. On y va, Aurore ?

Puis il descendit et vint me prendre par la main.

— Oublie tout ça, c'est du passé, nous perdons du temps. Pense plutôt à l'avenir et à Christie : elle nous attend.

Cher, cher Jimmy ! Il savait toujours trouver les mots qu'il fallait. Je me sentis revivre. J'étais libre, libre d'oublier jusqu'à mes idées de vengeance, qui s'évanouirent en fumée. Je ne pensai plus qu'au bleu du ciel, à la douceur de la brise, aux jours de bonheur emplis de musique, cette source de joie dont j'avais si soif. Je serrai la main de Jimmy et le laissai m'entraîner jusqu'à la voiture.

Quelques secondes plus tard, nous roulions vers l'avenir et les radieuses promesses de l'arc-en-ciel.

Cet ouvrage a été réalisé par la
SOCIÉTÉ NOUVELLE FIRMIN-DIDOT
Mesnil-sur-l'Estrée
pour le compte de France Loisirs
en décembre 1998

Cet ouvrage est imprimé
sur du papier sans bois et sans acide.

Imprimé en France
Dépôt légal : décembre 1998
N° d'édition : 30860 - N° d'impression : 45350